绫辻行人作品
珍藏版

〔日〕绫辻行人 著

谭媛媛 译

yukito ayatsuji
アナザー
綾辻行人
Another
2001
替身
2001

人民文学出版社
PEOPLE'S LITERATURE PUBLISHING HOUSE

著作权合同登记号　图字 01-2022-0442

Another 2001

© Yukito Ayatsuji 2020
First published in Japan in 2020 by KADOKAWA CORPORATION, Tokyo.
Simplified Chinese translation rights arranged with KADOKAWA CORPORATION, Tokyo.
through Timo Associates Inc., Japan
Cover illustration by Shiho Enta

图书在版编目(CIP)数据

替身 2001/(日)绫辻行人著;谭媛媛译.—北京：
人民文学出版社,2023(2025.7 重印)
(绫辻行人作品:珍藏版)
ISBN 978-7-02-017567-3

Ⅰ.①替…　Ⅱ.①绫…②谭…　Ⅲ.①长篇小说-日本-现代　Ⅳ.①I313.45

中国版本图书馆 CIP 数据核字(2022)第 204058 号

责任编辑	朱卫净　陶媛媛
装帧设计	汪佳诗
出版发行	人民文学出版社
社　　址	北京市朝内大街 166 号
邮政编码	100705
印　　制	凸版艺彩(东莞)印刷有限公司
经　　销	全国新华书店等
字　　数	402 千字
开　　本	787 毫米×1092 毫米　1/32
印　　张	18
版　　次	2023 年 1 月北京第 1 版
印　　次	2025 年 7 月第 6 次印刷
书　　号	978-7-02-017567-3
定　　价	99.00 元

如有印装质量问题,请与本社图书销售中心调换。电话:010-65233595

给 亲爱的 M. J.

目 录

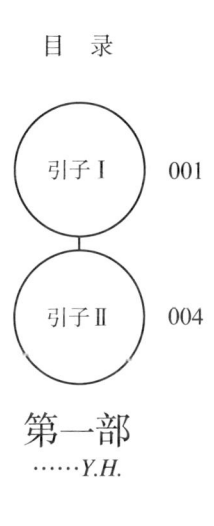

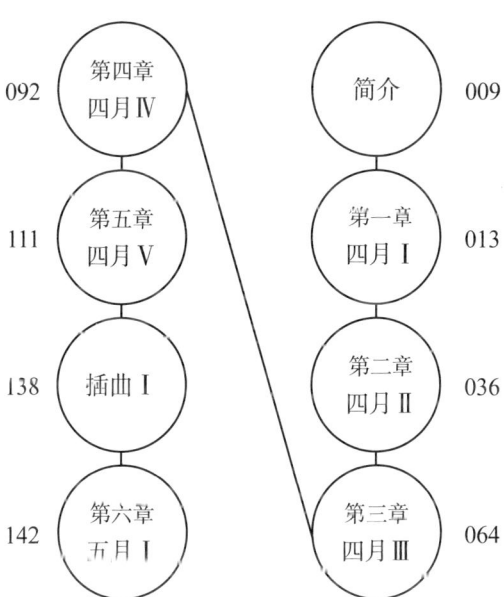

引子 I 001

引子 II 004

第一部
……Y.H.

092 第四章 四月 IV

111 第五章 四月 V

138 插曲 I

142 第六章 五月 I

简介 009

第一章 四月 I 013

第二章 四月 II 036

第三章 四月 III 064

第二部
……I.A.

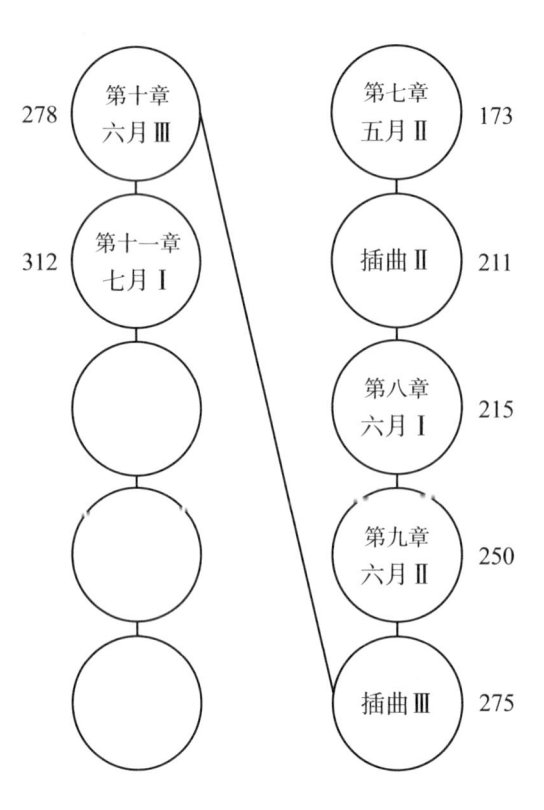

278 — 第十章 六月Ⅲ
312 — 第十一章 七月Ⅰ

第七章 五月Ⅱ — 173
插曲Ⅱ — 211
第八章 六月Ⅰ — 215
第九章 六月Ⅱ — 250
插曲Ⅲ — 275

第三部
……*M.M.*

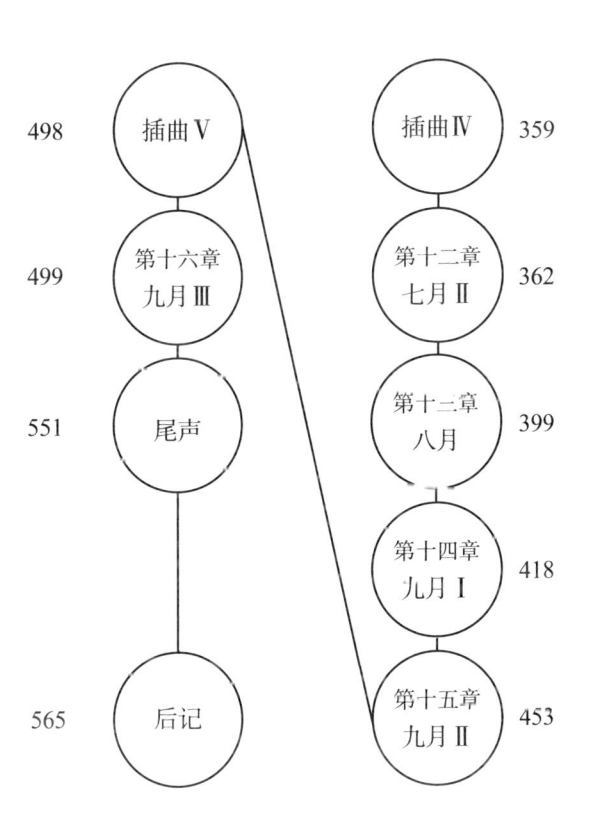

- 498 插曲Ⅴ
- 499 第十六章 九月Ⅲ
- 551 尾声
- 565 后记

- 359 插曲Ⅳ
- 362 第十二章 七月Ⅱ
- 399 第十三章 八月
- 418 第十四章 九月Ⅰ
- 453 第十五章 九月Ⅱ

引子 I

一九七二年。按年号来说正是昭和四十七年。**也就是说，那已经是二十九年前的事了。那年春天，夜见山北中学初三（3）班有个学生死了。**当时正值新学期开学，那孩子刚过完十五岁生日。关于他的死因，学校里偶有传闻，有人说是死于坠机事件，也有人说是因为火车事故……但其实，他是死于家中发生的火灾？

好像是这样。

全家人都在火灾中死掉了。除了他本人，还有他父母和比他小一岁的弟弟。

是嘛。

那学生名叫Misaki。但那些爱传八卦的人不仅把他的名字错记成Masaki，就连性别也搞得有点儿含含糊糊。

真实情况是，他名叫Misaki。

可不是嘛。

全名叫夜见山岬，是个男生。

名字的读音是Yomiyama Misaki……

……

打从初一开始，他就学习成绩优异、体育全能。在美术和音乐方面也颇有才华，是优等生。不仅如此，他模样眉清目秀，为人也不错，很受同学和老师喜爱，在学校里大受欢迎——这么看来，此人简直完美得有点儿不真实啊。

但他好像的确就是这样吧。

对啊。所以……听到他遇难的消息,所有人都大为惊骇。无论同班同学还是班主任老师都觉得难以接受,所以……

出于美好的愿望,所有人开始对阿岬的死采取了一种错误的应对方式。

他们开始假装阿岬"还活着"。

嗯。

阿岬的死不是真的。他们不能相信也不愿相信。事情就这么开了头。在那些日子里,阿岬并没有死,他还活着。"看嘛,他不就在**这儿**吗?"这种自欺欺人的做法后来愈演愈烈……

……

阿岬就在那儿。好端端的,毫发无伤。他根本没有死……**初三(3)班的所有同学都开始假装"阿岬还活着"。至少,在他们的教室里,人人都是如此。这场戏一直演到他们毕业那天。**

……

就连班主任老师也十分配合啊。就像同学们说的那样,阿岬没有死。至少在这间教室里,他还作为班级的一分子好端端地活着。他的课桌仍然照原样摆在那里,同学们假装和坐在课桌后面的阿岬谈笑风生,邀请他一起出去玩儿,或者放学后一起回家……

……

不过说到底,这种做法终究是不可取的吧?死了就是死了,大家总归不该演戏,坦然地接受他的离去。然而人人都……

……

毕业典礼结束后,班里人通常还要在教室里拍毕业照,对吧？可是当照片冲洗出来以后，大家都不禁大吃一惊。那张全班同学一起拍摄的集体合影里出现了不可思议的东西：现实中根本不存在的阿岬，带着一张死人般苍白的面孔也出现在照片里，跟其他同学一样开心地笑着。

这就是二十九年前事情起始那年的情形……

以这件事为引子，从第二年开始，初三（3）班陆续出现了一系列不可思议的"现象"。

还有伴随"现象"而来的、毫无道理的"灾祸"。

对……

……

……

……

不会有事儿吧？

你在说什么？

"现象"不会因为三年前的那件事就平息吧？说不定还会再次发生。万一今年你被分到初三（3）班怎么办？而且假如……

啊，你说那个啊……事到如今，瞎担心也没用。

你觉得没用？

……

反正，你要小心点儿，万一事情真变成那样。

嗯。不过万一事情真变成那样，我就……

引子 Ⅱ

(被视为)死于一九九八年那场"灾祸"的人员名单

四月　　**藤冈未咲**……初三(3)班学生,见崎鸣的表妹,实际上是她的双胞胎妹妹。

五月　　**樱木由香里**……初三(3)班学生,班长。
　　　　樱木三枝子……樱木由香里的母亲。

六月　　**水野沙苗**……初三(3)班学生,水野猛的姐姐。
　　　　高林郁夫……初三(3)班学生。

七月　　**久保寺绍二**……初三(3)班班主任,语文老师。
　　　　久保寺德江……久保寺绍二的母亲。
　　　　小椋敦志……初三(3)班学生,小椋由实的哥哥。

八月　　**前岛学**……初三（3）班学生。

　　　　赤泽泉美……初三（3）班学生。

　　　　米村茂树……初三（3）班学生。

　　　　杉浦多佳子……初三（3）班学生。

　　　　中尾顺太……初三（3）班学生。

　　　　沼田谦作……咲谷纪念馆管理员，高林郁夫的祖父。

　　　　沼田峰子……沼田谦作的妻子。

第一部
......
Y.H.

简介

喂,关于最近那件事,你怎么想?

最近那件事……哦,你是说毕业生们提醒的那件事?

嗯。他们说的那些,你信吗?

怎么说呢……

不相信?

说不清。

据说每年三月的时候,前一届的初三(3)班都会举行所谓"通气会",向新一届的初三(3)班交代一些事儿。

新一届初三(3)班的学生名单将在四月公布。

学校方面好像默许他们这么干。被分到初三(3)班的学生一般会在正式名单公布之前收到消息。可见,担心这件事的并不只有学生。

可是不管怎么说,这么离奇的事也未免太……

我倒是听说了一些传闻。

初三(3)班被诅咒了,这种吗?

嗯。你呢?

我什么都没听说啊。

嗯,基本上,大家都在小心保密呢。据说如果随随便便透露给其他人,就会招来倒霉事。

虽然这样,可是猛然听到这种事,谁都会……

觉得难以置信,对吧?

你呢？你相信吗？

不知道啊。

所以说嘛。去年，还有前年，不是都平安无事嘛。任何能牵扯上"灾祸"的事都没有发生。

咱们入学前一年，大概是"某某年"，据说发生了好多起事故啊、凶杀案什么的，闹得可厉害了，听说好多人都……

死了？

据说死了不少人，所以心里多少还是有点儿害怕。

那倒确实挺吓人的。不过……

不过什么？

世界上真有"诅咒"之类的事吗？我觉得还是不必太当真。

这倒也是。

那些吵吵着要开"通气会"的学长其实好像也是半信半疑。

你也这么觉得？

嗯。可是……

可是什么？

说起来，**二十九年前那个阿岬如何如何的传说**本身听起来就有点儿不大可信。

嗯……感觉有点儿可疑？

说不定只是他们为了吓唬新生搞的鬼把戏，不过是个口口相传的游戏吧。

真的只是个游戏就好了。

听说月底他们还要张罗着开会？

嗯，说是什么**"对策讨论会"**。

搞什么啊，这些人可真不嫌麻烦！

不少人很把它当回事儿呢。

那就不太好不去了吧?

嗯,我看也是。

据说班主任也会参加?

听他们说,好像是这样。

哎呀,真叫人头疼!

去年和前年,即一九九九年和二〇〇〇年,万幸都是"平安年"。已经迎来了新世纪,**那件事说不定该画上句号了吧?**所以很多人心里都冒出了这样的念头:今年应该不会再发生之前那种事了吧?……

然而,并没有什么可靠的证据能够证明:事情已经"画上了句号"。

假如事情仍然没有完结,而今年,即二〇〇一年,将会是"发生年",那么我们就必须有所准备。正因为如此,我们今天才把四月入学的新一届初三(3)班的同学们召集来,一起讨论"对策"。

今天主要想和大家商议两件事:

第一、要推选出新的**应对负责人**。

第二、**假如今年是"发生年",就需要有人担任"不存在的人"这个角色**,以便在发生状况时应对风险,所以要尽快确定具体人选。

到目前为止,每年选定应对负责人和"不存在的人"的方式都不太一样。今年,我们特地召集大家一起讨论,希望听听大家的意见之后再……

……

……

……

那么，大家都没有异议，对吧？

那就这么定了。新学期开始后，一旦发现今年可能会发生状况的迹象，就要……

老师，请等一下。

嗯……什么事？

这样就能行吗？

什么？

我的意思是，仅仅这样就能应付了吗？

你的意思是……

嗯，我是说……听说三年前，也就是一九九八年，那年也是"发生年"，当时……

……

……

……

所以，**从今年开始，我们也按照一九九八年那样准备，岂不是更好也更保险吗？**

哦，是这样啊。

假如今年仍是"平安年"，自不必多说。即使真的"有事发生"，我想情况大概不会比上一次更糟糕。不过，既然今天大家都在，我们不妨尽可能地……

你的建议很好，值得讨论……大家觉得呢？

第一章 四月 I

1

春天来了。新学期将在明天开学。我终于搬完家。

其实算不上正儿八经的搬家。从地理位置上说,只能算是一次近距离的移动——在水平方向移动了不足一百米,在垂直方向则不过十几米。搬运的东西也只是些日常用品。

所以我没找搬家公司,而是花了几天工夫,自己用纸箱一点儿一点儿地把东西搬到了新家。有些箱子我一个人搬不动,幸好有赤泽家伯父伯母不辞辛苦地来帮忙。

名为"飞井弗罗伊登"的六层公寓楼,其中位于五楼的E座9号房就是我的新住处。

这是一套相当整洁的一居室。虽然我已经把所有家当都搬进来,但屋子里还是显得空荡荡的。对于一名独自居住的初中生来说,这套房子不免有点儿宽敞了。我对伯父伯母的费心帮忙自然心怀感激,却又总觉得有些过意不去,所以当伯母对我说"顺便也帮你把东西都收拾收拾吧"的时候,我赶忙推辞道:"让您费心了。不过没什么要紧的,还是我自己来吧。"

无论道谢还是推辞,我都是发自内心的。

在伯父伯母家吃过晚饭,我便独自回到了这套只属于我一个人的房子里。

一进门,我便打开今天刚刚搬过来的一只大型运动包,从里面取出一只用浴巾包裹的黑漆木盒，又打开木盒的盒盖，看看那东西还在不在里面。

那是个一体化的人形玩偶。

外观是个身穿黑色连衣裙的美丽少女，大概四十厘米高，正是专业玩家所谓的球形关节人偶。在我所有的家当里，它可是数一数二的宝贝。

盖好盒盖，我把木盒放到尚未摆满书籍的空书架上，随后漫无目的地走上阳台朝外眺望。

四月上旬的夜晚尚有些寒意，冷空气微微刺痛了脸颊，连口中呼出的气体也立刻变成白雾。

夜空里只有屈指可数的几颗星星，稀稀落落地散布着。今天本应是满月的日子，但月亮被云层遮住了。

我把手搭在栏杆上，有意识地拉伸着背部的肌肉，平静地反复呼气、吸气，朝四下张望着。

晚上八点钟以后，附近的街区已是一片昏暗。

近处隐约可望见夜见山河在默默流淌，路上还有点儿稀疏的、排成行的路灯灯光。河对岸的较远处有一大片灯光璀璨的地带，大约就是红月町那一带的繁华商业街吧。

我回到这座城市——夜见山市，一座山间小城——已经有两年零七个月了。

据说我是在市中心的妇产医院出生的。之后，我们家在市中心住了不到一年便搬离了，搬回离夜见山很远的海滨附近的绯波町一带，一直住到我上小学六年级那年的夏天。

虽然也算是曾在市区住过，但我那时还只是个婴儿，什么都不记得了。现在自然也不会对那里感到丝毫的怀念或亲切之情，反而总有一种生活在他乡的感觉，甚至一度感到莫名的不安和恐惧……幸好这种心情在过去的两年零七个月里总算慢慢消散了。

话虽如此……

从眼前延绵的夜见山市夜景中收回视线，我又朝楼下望去。随即下意识地屏住呼吸，紧紧地闭上双眼。

话虽如此，但从明天开始……

明天的事态将决定我……

我仍紧闭双眼，正要再次屏住呼吸的时候……

从房间里传来一声隐约的电子铃声。有人打电话来了？

2

难道是她打来的？

我边想着边忐忑地拿起银色的手机。期待落空了。手机屏幕上显示的是未知的电话号码。

"喂，阿想吗？是我啊，矢木泽。我的手机出了点儿毛病，这是用家里的电话打给你的！"

原来是矢木泽畅之。

他是我在市立夜见山北中学（人们通常简称之为"夜见北"）的同学。初一、初二一直同班，最近听说我俩都被分到了初三（3）班。我跟他刚认识没多久就在彼此身上发现了某种共同之处，于是很快成了十分特殊的好友。

"怎么了，特地用家里的电话打过来？"我问，同时在心里提醒自己：怎么可能会是她给我打电话呢……

"没什么大事……就是有点儿担心才打给你。明天新学期就要开学了……"

"嗯，害怕了？"

"那还用说？一想到'万一有事'就挺紧张的。不过，应该不会有'万一的情况'吧，所以想想又觉得没什么。"

"从老早以前你就一直这么说吧。"

"嗯，我基本上属于乐观主义者嘛。"

"那你还担心个什么劲儿？"

"嘿，不就是想让你体会体会有朋友的好处嘛！"

虽然自称"乐观主义者"，但电话听筒里传来的矢木泽的声音中似乎多少带着一丝惊惶。我感觉到了他的不安，却又疑心是自己想多了。

"我是怕你老担心发生'万一'，正在家里战战兢兢呢，所以安慰安慰你。"

"哦，我挺好的，不用担心。"我竭尽全力用冷静的口气说，"心情平静，毫无压力。"

"……"

"那就明天看看情况再说吧。乐观主义倒是没问题……不过，你应该有心理准备吧？"

"嗯？"

"'万一有事'发生的时候，你小子可别跑得比谁都快。"

电话那头静默了几秒钟，随即便传来"啊哈哈哈"的笑声，虽然那笑声听起来还是有点儿压抑。

"那就这样吧。"说着我便挂断了电话。

又过了一个小时，电话铃再次响起，这次是赤泽家伯母打来的。

"喂，小想啊，之前我忘了跟你说，明天早上要按时过来吃早饭啊。可不准睡懒觉，不吃早饭就去上学。"看来，她打电话来就是为了嘱咐这件事。我于是老老实实地回答了一声"好"。

"还有，每天的换洗衣服都拿到这边来洗。至于洗澡……在那边好好洗吧。"

伯母就是这样，事事都爱操心。明明我两个小时前刚刚和他们道过晚安告辞回来。

"一个人在那边住怕不怕？"她又问。

"不怕。我到秋天就十五岁了，没什么好怕的。"我认认真真地回答她。

"有了为难的事，千万别客气，一定要告诉我啊……我们家里有急事的时候也常常请你楼上的茧子她们帮忙。"

"嗯，知道了。谢谢伯母。"

自大前年，也就是一九九八年，承蒙他们收留我以来，赤泽家伯母一直待我很好。无论是对我那很成问题的境遇还是对我这个身处此种境遇的孩子的心情，伯母都尽可能地给予细心的抚慰。这一点，我很清楚。

自然，我对伯母心怀感激。不过，有时候他们的体贴和照顾也成了我沉甸甸的负担。

"那就这样吧，小想。晚安啦！"

"嗯，晚安。"

"想"是亲生父母给我起的名字。虽然我现在仍然姓比良冢，但早晚会改姓吧。到时候要不要改姓赤泽呢？看来很有这个可能，不过眼下我还没决定。

3

人物关系看起来是不是有点儿乱？我先简单梳理一下吧。

在夜见山市对我关照有加的赤泽家据说在很久以前就是飞井町一带的大地主。上一代的家长（虽说是上一代，但其实本人仍然健在）赤泽浩宗共有三个儿子：长子春彦、次子夏彦和三子冬彦。前文中我提到过的"赤泽家伯父"是指赤泽家的长子赤泽春彦，"赤泽家伯母"则是他太太赤泽小百合。

春彦伯父夫妻俩与年事已高、早已退隐的祖父赤泽浩宗同住。我本人呢，则是在两年零七个月前被领进了那所位于飞井町的老宅——按传统说法就是赤泽本家——生活。因为我在绯波町那边的家——也就是比良冢家——早已没有了安身之地……更确切地说，我被自己的家放逐了。

公寓离赤泽家老宅很近，步行只要一两分钟，是赤泽家次子夏彦伯父经营的出租公寓。先略去我本人之前的种种曲折不谈，简单地说，从四月开始，这栋公寓里的一个套间就成了我的书房兼卧室。

刚才伯母在电话中提到的"楼上的茧子"，是指住在这栋公寓的顶层，也是公寓房东的夏彦伯父的太太。为避免混淆，我干脆直接用她们的名字来区分吧。毕竟，严格地说，夏彦和茧子夫妻俩也可以被称为"赤泽家伯父伯母"。

所以，事情就是这样的……

赤泽浩宗的第三个儿子赤泽冬彦，是我的亲生父亲。十四年前，我刚刚出生的时候他就去世了。而且——直到我上中学后才知道——他是因为患上了精神疾病而自杀的。

4

我一个个地拆开搬家用的纸箱,整理好自己日常生活必需的物品,已经临近午夜。

因为明天只有开学典礼,所以书包里几乎什么也不用装。我从箱子里找出校服和衬衫,用衣架挂好,开学前的准备工作便宣告完成。

虽然这个套间号称是我独自一人居住的地方,但其实不过是真正的住所之外的第二空间,也就是大家所说的"别屋",因此房间里并没有配备电视、冰箱之类的家用电器。因为有手机,所以没必要安装固定的座机。不过因为要用电脑上网,所以还是申请了一条电话线。

洗完澡,我松了口气,走到客厅的桌子旁,打开了笔记本电脑。在这个时间打开电脑无非只有一个目的:收邮件。

邮箱里有两封新邮件。

一封是名为《夜见山城市通信》的电子杂志。大概每月出两期,内容不外乎本地新闻之类的。我在一年前发现了这个杂志,不知怎么地就订阅了。

另一封是幸田俊介发来的。他是我初一时的同班同学,还一起参加了生物小组。听说从四月开始,他将担任生物小组的组长。当然,之前打来电话的矢木泽是我们共同的好友。

他发来的邮件大部分是关于今年生物小组的活动计划。这个一本正经的家伙,他能特地做一份计划书,我一点儿也不觉得奇怪。

然而邮件的最后一句话让我像是被打了一巴掌。"啊？"我不由得叫出声来。

祈盼自明日起无事发生。

初三（3）班的特殊情况基本上是"对外保密"的，难不成连他也听说了？不过，这么诡异的事，没传出去才奇怪呢。

匆匆看完两封邮件，我又拿起了放在电脑旁的手机。自小百合伯母的那通电话后，再也没人打来过。

唉。我叹了口气，又把视线转向了电脑屏幕。

就算不打电话，发个邮件来也好啊。或许我在内心深处总怀着一丝小小的期待吧。对她——见崎鸣。

最后一次和她说话是什么时候来着？

今年好像有过一次……啊，不，两次机会。

一次是新年那会儿，在电话里简短地聊了几句。

另一次是二月初去参观御先町的玩偶展《夜见的黄昏下 空洞的苍之眸》时，好像直接跟她交谈过。

二月那次会面时，我还跟她聊起了那件事。我告诉她自己马上就要升初三了，恐怕无论如何躲不过那件事了。

毕业典礼和结业仪式结束后过了几天，我听说自己被分到了新的初三（3）班，便干脆又给她打个电话。可惜，打了几次她都没有接。到了四月，我还特地去了一趟御先町的玩偶美术馆，却看见大门上贴着《闭馆通知》。

难道她们全家出门旅游去了？我猜想着。不然还能是怎样？从四月起，她要升入高三了，无论是应付眼前的事还是将来的规划，都应该忙得团团转吧。所以……

我决定给她发一封邮件。

就说自己之前的预感果然应验了，初三还是被分到了（3）班之类的。

当然，绝不能说"今后该怎么办啊"之类的。就算进了初三（3）班，今年也未必是"发生年"。

我正长吁短叹，准备关上电脑的时候，忽然听到一声"叮咚"的轻响。原来是新邮件的提示音。

"啊呀！"我不禁大叫一声，重握住鼠标，紧盯着邮箱。

是一封没有标题的邮件，但发信人的地址是……

"哇！"我不自觉地欢呼起来。

发信人一栏里显示的是"Mei M"，正是见崎鸣发来的啊！

小想：

从明天就要开始了哦……

千万记得小心。

与其说这封信让我人感开心，倒不如说我从收到信的那一刻起像是松了口气。

凝视着电脑屏幕上的文字，眼前渐渐浮现见崎鸣的身影。然而奇怪的是，她的身影不像是二月见面时看到的模样，反而更像是三年前那个夏天用眼罩盖着左眼的那名十五岁少女……

"不会有事的。"我默默地自语。

抿了抿干燥的嘴唇，我又大大地伸了个懒腰。

"不会有事的，我会好好的。"

5

来到夜见山市后,我养成了一个习惯:除非是特别疲劳或生病,平时我每天都会在六点半左右醒来。虽然为了保险起见,我仍然设置了闹钟,但即使没有闹钟,我也从来没睡过头。

醒来后,我没有立即翻身起床。

躺在床上,我直勾勾地盯着天花板,确认自己的呼吸、体温、心跳……是否一切正常。我的全部意识都聚焦在自己还活着这一"现实"上。我知道自己的这种举动肯定是受三年前那次奇异经历的影响,或者干脆就是它的后遗症。

即使换了住处,从睁开眼睛到起床之前这一套流程也还是照常不变。

"没问题!"我喃喃低语,点点头,翻身起床。

我还活着。

这就是二〇〇一年四月九日周一的"现实"。没问题。

换好衣服,我走出房间,锁上门。

门边贴着 E9 的门牌,门牌下方还有一个金属框,供住户放入姓氏牌。我为不知该用哪个姓氏而纠结了一番,后来索性决定让它空着。摆在公寓门厅的邮箱也一并照此办理吧。

小百合伯母昨天好像跟左邻右舍都打过了招呼。所以即使不挂出姓氏牌,邻居们也不会担心新搬来的家伙有什么可疑之处。至于邮箱那边,反正不会有人给我写信,挂不挂牌子毫无关系。即使万一有邮件,邮差也会照例送到对面的老宅去,所以完全不用担心。

公寓是按英文字母顺序来标识楼层的,比如 A 即一楼,B 即二楼。所以，我住的 E 是位于五楼。左邻右舍的门上大多贴着姓氏牌，都是跟 E9 不同的房型，似乎是面向家庭设计的套间。

时间还早，走廊里空无一人。我沿着走廊朝电梯厅走去。

不经意地，我的目光从电梯厅对面 E1 号房的门上掠过。和我的房间一样，门旁边的姓氏牌那里也是空的。

这里……

我心里忽然生出一丝疑惑。

这里是？

这个房间……

忽然，在那么一瞬间，世界变得一片漆黑。

我忽然感到在正常的听觉范围之外传来"咔哒"一声低响。

怎么回事？简直就像是……打个不恰当的比方，就像是在眼前的这个世界之外，某人按下了相机的快门，把这一切都拍了下来；又像是有盏"黑暗的闪光灯"刷地一闪。

我的脑海中胡乱地闪现出这些奇怪的念头，但立刻又无影无踪了……

算了，不必在意。只不过是一瞬间的事，只有零点零几秒，特别短暂的一瞬间，应该只是我自己一念之间的胡思乱想罢了。

再说……之前心中掠过的那一丝疑惑也的确算不上什么。

"嗯，就这样。"我点点头告诉自己，又背上书包，按下了电梯按钮。

早上六点五十分。此时，离上学时间还早着呢。

6

在赤泽家老宅吃过早饭，离规定的到校时间还很富余。

"我走了!"我尽量若无其事地对伯母打了声招呼,便准备起身出门。在这个家里住得远比我年头久的黑助(一只黑色小公猫,年龄大概在八岁左右)一边喵喵地叫着,一边跟着我走到门口附近。它该不会是要送我出门吧……

一般情况下,我不会从家里直奔学校。从老宅直接去学校,即使慢慢磨蹭也只需十五分钟。在天气不太恶劣的时候,我更喜欢绕远去夜见山河的河滩走走,度过一段独处的时光。从去年夏天开始,我渐渐养成了这种习惯,如今竟像是每天必做的功课了。

今天早上,夜见山河的水流十分平稳。大约是好一阵子没下过雨了,河里的水位很低,似乎可以徒步涉水过河。

天有点儿阴,但并不怎么冷。对于身穿长袖衬衫加立领外套这一身标准校服的我来说,气温刚刚好。不过,偶尔吹来的风中还是带着些寒意,我不禁缩了缩肩膀。

像往常一样,我沿着河滩边上的小路慢慢溜达。路边有几处石凳,我便在其中一张石凳上坐了下来。

朝河对岸望去,河堤上的樱花树美不胜收。樱花已开到最繁盛的时候,似乎只要有阵微风吹来,花瓣便会像雪花般四散飘落。嗯,这时候反而是最美的。

我用两手的食指和拇指搭成取景框,从中端详着四周的风景。心里不时响起按下相机快门的"咔哒"声。如果手里带着相机,我肯定会拍下这些风景。不过,凭想象把眼前的景色拍下来记在心里也挺不错。

"咕咕咕——"传来一阵鸟鸣。

我回头望去,在上流的一块小沙洲上找见了发出叫声的鸟儿。那是一只大得惊人的鸟儿。

白色的羽毛、长长的脖颈，还有一对儿长腿……是鹭鸶吗？

一刹那间，我以为那是鹭鸶。不，不对，它和平时常常能看到的白鹭不太一样。它的体形更大，细看之下，羽毛似乎也不是白色的，更像是泛着点儿蓝的浅灰色。从前额到头顶还有一片黑色的羽毛，翅膀上也有一部分是黑色的……即便真是鹭鸶，那也应该是一只苍鹭吧。

我是头一次在这附近看到这种鸟。

我不禁站起身，用双手组成的取景框拍下眼前的一幕。

忽然，我又怔怔地想到了什么。

说到底……我发现自己很希望背上单反相机，去往许多地方，拍下各式各样的风景。原来我一直在憧憬这个啊，就像晃也舅舅——他是我母亲那边的亲戚，三年前过世了。

但我已经搬来了夜见山上初中。伯父和伯母多次鼓励我参加学校里的兴趣小组，而我却最终选择了生物小组而不是摄影。

我觉得生物小组也没什么不好，不能一味地追随晃也舅舅的老路。当时我就是这么想的，所以选择了生物小组。那么……

"眼下暂时就……"至少现在还不是去云游四方的时候。

还有其他事情要做呢。还有一道不可逾越的障碍。

我重新在石凳上坐下，闭起了双眼。

水在河床里潺潺流淌，微风吹拂过肌肤……我从眼前这不可思议的"现实"中抽离了自己，连那只鸟儿鸣叫着飞向天空的声音好像也十分遥远。

闭目养神了一会儿，我的心情已十分平静，于是从石凳上站起身来。

那只苍鹭已经不见了踪影，取而代之的是一些白色的小鸟，贴着河面成群结队地飞着。

被称为伊札那桥的那座步行桥终于出现在我面前。这是一座桥面狭窄的旧木桥，从上面走过时只能侧着身子通过，木制的柱子和栏杆一副摇摇欲坠的模样。

我径直从桥下穿过，从河滩走回大路上。

"比良冢同学！"有个声音在叫我，"比良冢同学……"在河边的马路上，离我身后十米左右，有个人正朝我晃着右手。

那是？

原来是一名身穿夜见北校服的女生。她一路小跑地朝我跑过来，一头长发在风中飘舞。

她是？

叶住结香。

我记得初一时曾经和她同班，初二时又分别去了不同的班级。上了初三后，据说我们又一同分到了（3）班。虽然过去没怎么跟她说过话，但名字和样貌至少我还记得。

但我不会因为她而停下脚步，仍照直朝前走。

为什么会在这种时候遇见她？我心里闪过一丝疑问……唉，算了，没什么大不了的。

"喂！"她有些慌乱地喊了一声，"比良冢同学，等一下嘛！"

既然她这样说了，我只好停下脚步。就算觉得有点儿奇怪，倒也不至于特地躲开她。

不一会儿她就赶了上来，和我肩并肩地走着。上初一那会儿，男生们经常凑在一起对女生们评头论足，叶住是曾经被大家公认为"美女"的。姑且不说那套"美女"的评判标准是否准确,但叶住的确面庞娇小、样貌清秀,还带着些超乎年龄的成年人气质。

她的个头跟我差不多高,我在男生中也算是中等身高。一头带着几分浅棕色的长发垂在胸前,不知是天生的还是染成的。

"喂,比良冢!"叶住结香说,"你干吗?明明听见我在喊你,还一个劲儿地往前走!"我有一种感觉,她说话的时候似乎也在窥视我的脸色。

与外表装出来的成年人模样颇不相符,她一开口说话就显出几分幼稚。见我沉默不语,她又追问道:"你到底怎么了?"说话时,她还微微歪了歪脑袋,更像个小孩儿了。

"听说你每天早上都会在河滩上散步……"

哦,原来如此。那么她是故意在这里等着我吗?

"喂,比良冢……"

"哦,我在练习。"我回答道,目光却并没有看着她,尽量保持着冷淡的口气,"虽然还没确定,不过我打算一会儿就去学校。要是……"

"要是……"叶住鹦鹉学舌般地重复着,突然沉默了几秒钟。"你的意思是,要是今天教室里的桌椅数量不够?"

"对。到那时,就……"我抬头正视着她的面孔,"你明白了吧?"

"嗯。"叶住表情复杂地点点头,随即又露出了笑脸。

"我是想跟你说声'拜托了'才特地……"

"特地跑到这里来?"

"是。"她的脸颊上微微泛起一片红晕,大概是一溜小跑,跑热了吧。

"你也太……哎,算了,那就辛苦你了。"我说。

"究竟会怎么样,很快就会见分晓了吧。到了那时也还是要'请多关照'哦。"

跟她只能说到这里了。一想到还要跟她同路去学校,我便心生退意。

"那就先这样吧。"说着,我走下了河滩,把似乎还有话要说的叶住独个儿留在原地,"学校见!"随后,我又补充了一句:"对了,叶住同学,如果不介意,以后请叫我阿想吧。我不太喜欢别人比良冢、比良冢地用姓来称呼我。"

7

上午八点四十五分,我走进了校门。

开学典礼预计在九点钟举行。

学校的主教学楼——校长室、教员室都设在这里——A号楼门口有广告栏,上面张贴着新学期各班级的学生名单,还按年级制成汇总表打印了出来。虽然初三(3)班的学生早就收到了通知,但大家还是对着名单又确认了一遍,之后便朝举办开学典礼的体育馆走去。

大家都按新分配的班级排好了队……站在人群里,我竭力避免与别人目光相对。不仅是其他班级的人,我回避的对象还包括昨晚刚给我打来电话的矢木泽、刚被分配到初三(3)班的同班同学以及三月初曾经一起参加过"通气会"和"对策讨论会"的那些家伙。

避免对视、避免交谈……我站在队伍最后,在主席台上老师们的致辞声中渐渐抽离了自己的意识,打发掉了这段时间。我的心思不在这儿。看我的样子就知道了。

开学典礼结束后,大家便回自己班级的教室去。初三(3)班的教室在于C号楼的三层。

我走进教室,见屋里已经聚集了大半个班级的同学。尽管如此,教室里却安安静静,毫无喧闹之声。除了几个人在叽叽喳喳地交头接耳,其他人都像我一样保持沉默……

空无一字的黑板。虽然刚开学,天花板的荧光灯管却坏了一根,忽明忽暗,闪个不停,令人有点儿不安。课桌椅排列得整整齐齐,却莫名透着些诡异。

"不管怎样,大家都先坐下吧!"一名女生说。

吐字清晰,语言流畅,略有些尖细……说话的人是谁?

"咔哒——"

刹那间,从世界的某个角落传来一声低响,我顿时觉得眼前一黑。

"哦,对了。"我随即想道,而且十分确定——她就是三月在"对策讨论会"上选出来的几个"应对负责人"之一。

"请大家按照座位表上的顺序……哎,算了,大家还是先坐下就好。"

她一再催促,却没什么人动。

大部分人不是低着头就是面面相觑,还有几个人不知为什么把视线偷偷瞄向了我,其中就有曾经信誓旦旦说过"应该不会发生万一情况"的矢木泽和其他几个人。我不经意地抬头一看,早上在河边遇到的叶住结香也在偷偷望着我,像有话要说。

我谁也没有理会,自顾自退到教室后门旁。

第一章 四月 Ⅰ

"万一有事……"

对。现在我不能跟大家一起坐下，那太危险了。

我也不明白自己为什么会如此谨慎。其实所谓的规矩，究竟要严格遵守到什么程度并无定论。

不过我已抱定一个宗旨，那就是不管怎样，先牢牢记住那些规矩。

终于，老师走了进来。此时还有多数的人没敢坐下。

"同学们，早！"班主任神林老师（女性，年龄在四十岁上下，担任科目为理科，大概是单身）把两手撑在讲台上说，"刚刚的开学典礼，大家都辛苦了。估计心情都不太好吧。"

她也许从所有人的身上感到了三月开会时的那种紧张，甚至比那时更甚。

其实感到紧张的并不只有学生。此刻，老师心里肯定也七上八下，没准恨不得立刻逃离这间教室呢。

神林老师推了推看起来颇为高档的金属框眼镜，气定神闲地在教室里扫视了一圈："总之，请同学们入座，先不用考虑座位顺序。"

之前那位负责"应对"的女生也这么说过。此时，听老师也这样命令，那些还在站着发呆的人便都匆匆找座位坐下了，只有我一个人站在后门旁纹丝不动。我决定等到最后。老师自然也明白我的心思。

然后，没过多久……

事态很清楚了。教室里除了我，所有人都坐下了。

每套桌椅后面都坐了一个人，数量刚刚好。也就是说，只有还站着的我没有座位。教室里缺了一套课桌椅。

"唉……"讲台上的神林老师声音发颤地叹息了一声。像是连锁反应,几个同学也相继发出了类似的声音,声音里掺杂着各种复杂的情感。

叶住结香的座位在靠窗边那排的最末。当全班人都拼命朝前看去、不敢瞥我一眼的时候,她却把目光投向了我。

我迎接着她的目光,默默地点了点头。

然后,我又看向讲台上的神林老师,她也立刻移开了视线。确认过她实际上在微微点头,我便无声地退出了教室。作为今年这个班里"不存在的人",我必须开始履行自己的职责。

矢木泽的预测,看来过于乐观了。虽然过去的两年都是"平安年",但那并不代表这件事已经彻底完结。就算已经进入了二十一世纪,但事情并没有随之终结——说到底,它没有结束的理由啊。

二十九年前因为 Misaki 的死而引发的初三(3)班特异"现象",在二十九年之后的今天仍继续上演着……就像我在很久以前就预感到的那样,今年,即二〇〇·年,果然是"发生年"。

8

"虽然是出于好意,但对于 Misaki 的死,他们采取了错误的应对方法,才引发了后面的事情。"

我记起二月跟见崎鸣聊天时她说过的话。

然后我自己也说过:"'死了'就是'死了',应该老老实实地接受现实。他们却……"

据说事情就是从那时起开始变得不妙的。

在毕业典礼结束后拍摄的集体合照上出现了原本不可能还在人世的Misaki的身影。自那以后，夜见北每一届初三（3）班似乎都会发生一些不可思议的特殊"现象"。

起初，是在四月刚开学的时候发现课桌椅不够用。究其原因，据说是……

"班里平白无故多出来一个人。"

我还没上初中，就多多少少听说过这些事。是三年前去世的晃也舅舅告诉我的。

之后，在二月即将升入初三时，我不得不重新了解了一下有关的情况，还特意去找曾经也是初三（3）班的学生、亲身经历过"发生年"的见崎鸣求助。

"怎么也搞不懂为什么会多出来一个人。不管怎么去调查，不管去问谁……反正把相关的每个环节都查遍了，最后还是没搞明白。班级名单、学校和政府部门的记录以及周围人的相关记忆好像都为了配合这个'增加的人'而被篡改或改变了。"

篡改事实。改变记忆。

"这个现象分'发生年'和'平安年'。也就是说，不是年年都会发作。迄今为止，大概每两年或者更长的时间发生一次，中间似乎没什么规律。就算进了初三（3）班，假如那年刚好是'平安年'，就啥事儿都没有。可如果赶上了'发生年'，那可就……"

"就会'灾祸'连连？"

"对。如果被那个'增加的人'混进班里，班上的人就会遭遇没完没了的大麻烦。每个月至少有一个人，多的时候甚至有好几个所谓'关联之人'死掉。一句话，班上的人会被死亡纠缠。"

事故死亡、病死、自杀、他杀……总之，会以各种各样的形式死掉。而所谓"关联之人"，根据从以往的经验中总结出来的规律，大概是"班级成员的二等亲以内有血缘关系者"，也就是所谓的二等亲。所以说，除了班级成员本人，他们的父母、兄弟姐妹以及祖父母辈也有可能会被波及。

班里为什么会多出来一个人，还因此招致"灾祸"？

因为那个"增加的人"是已经死了的人啊。

见崎鸣解释道："大概是以二十九年前Misaki同学的死亡为契机，夜见北初三（3）班过于接近死亡的缘故吧。由于班上有'死者'，所以整个班级变成了一个容易招致死亡的场"。

"也就是说，因为班里混进了一名'死者'，整个班级的人都生活在死亡之侧。从相反的角度看，也可能是那名'死者'把死亡带到了大家身边。所以……"

"所以和初三（3）班有关联的人更容易死掉，更容易被死亡纠缠。"

对于明显有悖常识的"现象"和"灾祸"之类的说法，校方拒绝公开承认。据说，虽然学校作为公共机构，一律对这类反科学的说法不予理会，私下里却尝试过各种处理对策。

比如更换教室。考虑到这种"诅咒"或许是专门针对初三（3）班教室这个"地点"，校方特地为这个班调换了教室。但毫无成效，说明"现象"似乎与教室的位置无关。

再比如更换班级名称。把原来的（1）班、（2）班、（3）班改为A班、B班、C班。但最后也失败了。"现象"和"灾祸"还是不断地降临到虽然名为"C班"实质上仍是"初三年级的第三个班"的那个班级。

后来还尝试过干脆取消（3）班的方法，即跳过（3）班，直接设置（1）班、（2）班、（4）班、（5）班、（6）班，但仍然没用。特异现象会直接跳过数字，按顺序落在（4）班头上。

经历了种种尝试之后，终于在十几年前发现了似乎有些作用的对策。那就是……

"与那个'增加的人'相对应，把班里的某人指定为'不存在的人'。这样一来，班级的应有成员数无增无减，所有相关数字也都对上了。之后，由原本不应该出现的那个人所引发的一切数量上的偏差也都恢复了正常。"见崎鸣解释道。

"只要应对得当，就算是在'发生年'，也不会引发'灾祸'。按照这个办法，有好几个'发生年'都没有人死。所以，从那以后，初三（3）班每年都会……"

三月底的那次"对策讨论会"在神林老师的主持下，大家首先推选出了负责应对特殊情况的"应对负责人"。紧接着，在假设今年是"发生年"的前提下，作为对策，需要有人来担任"不存在的人"。

"不存在的人"。

也就是说，虽然仍为班级的一分子，但所有人都会假装他或她并不存在。

全班同学也好，班主任老师和各科教学的老师也好，都将完全无视此人的存在。从开学第一天到毕业典礼结束，始终如此。

谁将担任这个大任，去应对那"万一"的情况？

如果没有人毛遂自荐，就由大家来讨论推选，再不行就抽签决定……话虽如此，但实际上一般会按年龄顺序来决定。

"我来！"当时我毫不犹豫地举起了手，"我愿意当那个'不存在的人'。"

我记得当时所有在场的人都朝我投来了感情复杂的目光。

"你真的愿意吗？"神林老师又问了一遍，目光中似乎充满了诧异，"真的没关系？"

"是，"我像是当即坐直了身子，坦然地迎视大家的目光，"没问题！"

从四月开始的一整年，我要在班里扮演"不存在的人"。

假如这样就能避免发生"灾祸"……

我乐见其成，绝不会半途而废。

想明白之后，我提前开始强化自己的意念。

不会有问题的。一想到三年前的那次经历，我就觉得这没什么大不了。不就是在全班人的支持、配合下扮演"不存在的人"吗？小菜一碟。

你一定能做到。我不断告诉自己。

我可以。肯定行。我会让你们刮目相看。

然而……

出乎我的意料，事情又有了新的变化。

"老师，请等一下！"是那个被推选为"应对负责人"之一的女生，好像姓江藤。她满脸掩饰不住的忐忑和惊慌，刨根问底地追问道："这样就能行吗？"

所有人都疑惑地看向她。

"我的意思是，仅仅这样就能应付了吗？"

于是大家又讨论了一番，得出的结论是：今年的"对策"中增加了一个重要的变化。

第二章　四月　Ⅱ

1

开学典礼后是新班级的第一次班会。我作为"不存在的人",自然应该按照字面上的意思,保持不存在状态为妙。所以,我早早地离开了教室。

其实有件事一直让我放心不下,但她毕竟是她,应该会好好履行职责吧。我没必要一天到晚地跟着她。况且,多余的模仿,据说反而容易坏事。

那今天就早点儿回家吧。

出了教室,我一时感到有点儿迷茫。

所有的班级现在都在开班会,大楼走廊里一个人影也没有。

我下意识地放轻了脚步朝楼梯走去。此时我不想直接回家,那就不如去屋顶看看——不知怎的,我忽然冒出了这个念头。

通往屋顶的入口还是那扇奶油色的金属门,门上用胶带贴着张纸,纸上用红墨水潦草地写着"闲人莫入"几个字。但很少有人会老老实实地遵守这个规矩。

我推开门走上屋顶。当然,这里不会有人。这栋三层楼高的钢筋混凝土建筑的屋顶铺着略有些脏了的水泥地面,看起来颇为煞风景。屋顶四周围着的栏杆上也满是茶褐色的锈迹。

我走到面向操场的铁栏杆前,伸了个懒腰。

眼前是早晨一般的薄雾。仰头看去,见几只黑色的鸟在低空中盘旋。大概是乌鸦。

"嘎——嘎——"听见乌鸦的叫声,我忽然想到,一旦听到屋顶乌鸦的叫声,离开时应该先抬左脚,不然会受伤——好像有这种迷信。

入学后不久,似乎有人跟我说起过别的事情,好像跟这种迷信有关。

比如升了初三,就不能在后门外的那道斜坡上跌倒,否则会考不上高中。

这肯定都是胡诌,我根本不信。还有那些到处有人传的"夜见北十大怪事",居然真有人被吓得半死。而在我看来,那些都是毫无依据的奇谈怪论。

对于所谓幽灵啊、心电感应啊、鬼啊这些不科学的神秘传说,老实说,我真是腻烦透了。之所以会这么想,我猜肯定是因为三年前那次奇异的经历。不过……只有一个例外,那就是眼下初三(3)班所面临的这件事。无论如何,我都很难单纯地把它当作不符合科学常识的灵异事件而置之不理。

下课铃声响了。我朝下张望着,视线里陆续出现了同学们走出教学楼的身影。

我独自在屋顶又站了一会儿。原本想去生物小组活动室看看,但立即又打消了这个念头。今天就到这里吧。给生物小组的组长幸田俊介打个电话,或者发个短信通知一下今天缺席就可以了,所以……

仿佛是要故意抢在我前面,此时校服口袋里的手机忽然开始震动。

"听说今年是'发生年'?"在电话里直截了当发问的正是幸

田俊介。

"嗯,对,"我尽可能淡定地答道,"你的消息还挺灵通。"

"刚刚听敬介说的。"

"哦,难怪。"

敬介是幸田俊介的双胞胎弟弟,也是初三(3)班的成员。

虽然有关"现象"的一切都应该对(3)班以外的人保密,但同住一个屋檐下的双胞胎兄弟显然不太可能做到这一点。敬介在所难免地会对哥哥说起这些事。

"小组活动怎么办?"

既然幸田问起,我便直接提出了我的问题。

"之前跟你说过,生物小组里也有我们(3)班的同学啊。"

"哦,是因为他?"

生物小组共有三个成员在初三年级:幸田俊介、我和森下。

"如果他在,我就得按'不存在的人'的规矩行事,跟任何人都不能讲话。"

"可那小子这半年来都没怎么参加过小组活动啊!"

"眼下还是先看看情况再说吧。"

"嗯,说得也是。"

我远远地望见手握电话、戴着副高度数银框眼镜的俊介眯起了双眼。

"不过,你最近还是抽空来小组活动室一趟吧,有几件事我想和你商量商量。"

"好,知道了。"

"那就尽快找时间。昨天我给还你发了封邮件,但愿你今年平安无事。"

"多谢!"我挂断电话,把手机放回兜里,耳边又传来乌鸦的叫声。

下楼的时候该先迈哪只脚呢?刚这么想着,我已经抬脚开始往回走了。

2

从教学楼出来,我朝位于操场南侧的学校后门走去。一路上倒是没遇见(3)班的人。正当我刚走出校门没几步的时候,却意外地听到有人在叫我的名字:"比良冢同学!"便不由得停下了脚步。

不用想我就知道是谁。今天已经是第二次被她叫住了……

"比良冢……啊,不,阿想。"

果然是叶住结香。

她独自站在校门边,脸上略带着不大自然的笑容,有些不安地歪着头。

"哦,是你啊。"我也有些不自然地朝她打了个招呼。

问题应该不大吧。毕竟这里已经属于"学校外面"了。我自我安慰地想。

"有什么事吗?你怎么会在这儿?"

听我这么一问,叶住一溜小跑地朝我走来,边走还边说着:"因为我在等你啊!"

"等我?"

"你刚才去屋顶了吧?"

"嗯。"

"我看见你下楼来了,所以想着大概在这里等着就会碰见你。再说,如果你直接回家,肯定要经过这道门。"

"哦。"我点点头,望着叶住。

她似乎吃了一惊,赶忙朝一旁移开了眼神。

"所以,"我又问,"你有什么事吗?"

"我……我有好多话想跟你说呢。我还是头一次经历这种情况呢。"

说得也是,我想。觉察到她此刻心里似乎十分忐忑。

"这个给你。"说着,她从书包里掏出一样东西递给我。

那是一张对折的白纸。我顺手接了过来。

"哦……这是什么时候的事?"我边看着纸上的字边问。

"刚刚班会上发的。"叶住说,"老师放在讲台上,让大家每人拿一张。所以我也替你拿了一份。"

看来,虽然我早早离开了教室,她却一直待到最后。

"没出什么问题吧?"保险起见,我又确认了一遍。

"你今天有没有跟班上的人讲过话?或者,有没有人叫过你的名字?"

"没有,所以我觉得应该没问题。"

虽然我说得斩钉截铁,但她似乎仍有些担心地歪着头。

"可是真到了关键时刻,感觉还是挺别扭。"

"班上的同学肯定都是这么想的。"说着,我又重新看了一眼那张纸。

那是初三(3)班的学生名录。果然,按照学校的惯例,班级名录会在开学典礼后的第一次班会上发给所有班级成员。

不过,一望便知,今年的名录大大地不同以往。虽然仍按照学号列出了所有学生的姓名、住址、电话号码之类，但其中有一行被双划线删掉了。

"这就是'发生年'专用的名录格式？"

双划线不是打印出来之后才用笔划掉的，而是在制作文件时就直接使用了这种格式。之所以没有完全涂黑，我猜是为了紧急情况下的不时之需。如果全涂黑，到时候名录就派不上用场了。

"据说还重新准备了两种格式的名录。"

真不愧是神林老师，我想。初一时，她教过我所在班级的理科课。关于这位老师，往好里说是个非常认真的人，往坏处说呢，就是个呆板无趣、丝毫不懂得变通的人。不过，对于面临"发生年"的这届初三（3）班来说，她或许正好是最佳人选。

"我可真有点儿受不了她啊，"叶住像是在自言自语，"她对人好像挺冷漠的，心思让人也捉摸不透。"

"我倒没觉得她有多冷漠。而且，平时待人接物就那样淡淡的也……"我想，反正我觉得淡淡的正好。

我对那些情绪波动剧烈、习惯把自己的意志强加于人的人，唯恐避之不及，就算是出于"热情"或"善意"也不行。

我又把视线投向了手里的那份名录。

在这份专为"发生年"准备的二〇〇一年度初三（3）班的学生名录里，我，比良冢想，从名字到住址、电话等信息都被划掉了。既然从今天开始到毕业典礼结束，我都要被班上的所有人当作"不存在的人"，这种处置算合情合理。

另外……

和我一样，在名录上被划掉名字等信息的还有一个人：叶住结香。

3

"仅仅这样就能应付了吗?"

在三月底那次"对策讨论会"上,曾有学生提出质疑。

那个姓江藤的女生曾经这样问道。

她还举出了三年前即一九九八年那次"发生年"的例子。据说她有个表亲恰好是那届初三(3)班的学生,她因此了解不少当年的情况。

因"对策"考虑不周,那个"发生年"发生了未曾预料到的情况,招致"灾祸"降临。为此,不得不采取紧急补救措施,即将"不存在的人"增加为两名。

但新的尝试最后奏效了没有,不得而知。

"灾祸"仍然降临到初三(3)班,还导致了好几名"关联之人"去世。但是,原本应该持续到次年八月才结束的"灾祸"在暑假时便戛然而止。从这个意义上说,或许补救措施真的发挥了作用。

所以江藤提议,今年从一开始就设置两名"不存在的人"。

按照以往的规则,设置一名"不存在的人"之后,顺利的话,就可以避免"灾祸"降临。那么,如果从一开始就设置两名"不存在的人",岂不是能将成功率提高一倍?

而且这样一来,假如第一个"不存在的人"抗不住压力,无法继续履行职责,从而引发"灾祸"(据说从前发生过这种情况),尚有第二个"不存在的人"可以全力顶上,阻止事态的最终恶化。也就是说，上了双保险。

"仅仅这样就能应付了吗？"江藤的提问里包含的就是这个意思。"光靠一个人是不够的，不如今年从一开始就安排两个人。"

神林老师认为她的提议"很有讨论价值"，随即征询了大家的意见。赞成者与不置可否者各占了一半，但并没有人强烈反对。所以……

最终决定，将今年"不存在的人"人选增加到两名。

由于我已经自告奋勇，于是理所当然地成了第一个"不存在的人"。但推选第二名的人选就没那么容易了。最后，大家决定用扑克牌抽签的方式来解决。按参会人数数出若干张扑克牌，其中有一张"大王"。每个参会者抽一张牌，抽到"大王"牌的人就是最终人选。

叶住结香就这样成了第二个"不存在的人"。

4

"说真的，我到现在都不敢相信呢……"

我们在后门外的坡道上并排走着。沉默片刻，叶住开口说道。

"嗯？"

"今天早上我还和你说过吧，真有万一的话，要请你多多关照。可是，真的会发生万一情况吗？"

"你不相信会发生？"

"不管怎么想，我都觉得太……"

"今天不就发生了缺少课桌椅的情况？"

"那可能是学校的安排出了岔子，或者只是偶然现象……"

"不好说……话说回来，既然你根本不相信有这回事，为什么还同意担任'不存在的人'？这绝对不是个好差事。"

"关于这个嘛……"叶住顿了顿，"可是我毕竟抽中了'大王'牌啊。"

"如果特别不情愿，我觉得你也可以当场拒绝啊。"

"可是……"叶住又不说话了。

我倒也能理解她的心情。虽说三月底的时候，一会儿开"通气会"，一会儿开"对策讨论会"，但就算到了现在，大部分人的真实想法仍是"难以置信"或"半信半疑"。然而……

"叶住同学，你可要听好。"我稍微加重了语气。

"嗯？"

"初三（3）班眼下的遭遇，跟'七大怪事''都市传说'那些可不是一码事！可是从二十八年前就一直在我们学校里真实发生过的事啊。"

叶住停下脚步，有些困惑地点了点头，"哦"了一声，但她随即又轻轻地摇摇头："那些事情我也听说过。可怎么说呢，好像感觉很不真实。"

"等你觉得真实就太晚了！"我再次加重了语气，"要是我们应对失败，没能阻止'灾祸'降临，就会有人真的丧命啊。实际上，不是已经有好多人死了吗？"

"……"

"我亲耳听经历过'灾祸'的人谈到过，所以我……"

说起来，那还是三年前去世的晃也舅舅亲自告诉我的。他在十四年前，即一九八七年，也曾是夜见北初三（3）班的一员。

那年正逢"发生年",他亲眼目睹了很多人在"灾祸"中死于非命。之后,他也……

"你明白吗?"我盯着叶住,郑重其事地说,"千万不要小看这件事。这可不是什么游戏。"

叶住脸上的困惑消失了不少,表情也开始认真起来。她慢慢地点了点头,继而忽然露出了孩子般的笑容:"明白了。我会坚持的。所以,阿想,还是要请你多多指教呢!"

5

后来我俩一路边走边聊,大体上是她问我答。

"'增加的人'就是'死者',是这样吗?"

"嗯。而且,'死者'好像就是在过去的'灾祸'中死去的某位'关联之人'。"

"那就是鬼? 或者是僵尸? 如果这么说就很好理解了嘛。"

关于这类问题,在三月末的"通气会"上应该都进行过说明。不过,虽然她也像所有人一样在现场听了个大概,但恐怕仍未理解这其中的细微之处。

"它不是鬼,因为它真的存在。更不是僵尸,因为它实际上还活着。所以有点儿不太好形容。怎么说呢,从外表上看,它跟活着的人毫无差别,就算去医院做体验,医生也绝不会察觉到有什么异常。而且,'死者'自身也完全不记得自己'已经死了'这一事实。"

"那么它的家人呢? 难道他们不会发现那是自己早就去世的孩子?"

"好像发现不了。"

"可是，明明有那么多东西能够证明……"

"因为相关的记录和相关人员的记忆都被彻彻底底地修改了，直到毕业典礼结束，那个'增加的人'消失之前，都会是这样。"

"……"

"也就是说，那是一种谁也不会觉察到、不会想去深入调查的特异'现象'。"

"'现象'？"

"对。它不是诅咒或闹鬼什么的，更不是因为某个人的过错，而只是一种'现象'。这一点好像已有定论了。"

定论不是来自晃也舅舅，而是在他去世后，即三年前的那个夏天，经历了种种事情之后，见崎鸣和她的同班同学榊原恒一告诉我的。不仅如此，后来我转学到夜见北后，见崎鸣还让担任第二图书馆的图书管理员千曳先生来跟我说过这件事。

我不由得记起千曳先生当时用"超自然的自然现象"这个词来解释整件事的由来。

沉思间，我们不知不觉已经走到了夜见山河边的便道上。

河水仍然平缓地流淌着，与早晨没什么两样，风却不似早上那么寒凉了。

"那么，这个呢？"叶住指了指肩上挎着的书包。

"'死者'的名字，应该已经在这份名录里了吧？"

"哇……说得也是哦。"叶住诧异地张了张嘴，"我还是有点儿不敢相信……不过，你放心，我会当好那个'不存在的人'。"她似乎有些讨好地说，说完还轻轻地叹了口气。

"明天上午是入校仪式吧？初二和初三年级不上课，只有班会。阿想，你有什么安排？"

"我打算请假休息一天。"

"老师会批准吗？"

"神林老师当然会了，其他各科的老师……他们也都知道是怎么回事，都很支持。"

"哇，怎么感觉事情真的很了不得呢！"

我本打算去河滩走走，无奈叶住一直跟着我，只得作罢，索性陪着她在河边的便道上慢慢走着。

"要不要再确认一遍规则？"我说。

"规则？"

"就是作为'不存在的人'必须遵守的规矩。"

"哦……"叶住伸出食指，轻轻地敲打着嘴唇。

"总之就是，在学校里的时候不能跟班上的同学讲话。哦，也包括神林老师。"

"嗯，对。"

"跟其他班的同学讲话没事吧？"

"没事。"

所谓"不存在的人"的禁忌仅限于初三（3）班内部。这一点似乎是从当初开始尝试"对策"以来就从未改变过的共识。

"其他老师上课的时候更要多加小心。一旦出了教室，跟班主任神林老师之外的所有老师正常交流都没有问题，但在上课时绝对不行，因为那时候班级全体成员都在场。上课期间，老师们也绝对不会点我们的名。"

"也就是说，上课时我们都要装出不在场的样子，对吧？"

"对，就是这样。"

"那体育课怎么办？只能请假？"

"团体的球类项目当然是不能参加的。至于跑步、游泳什么的，虽然是个人项目，但我觉得也还是不参加为好。"

"我最讨厌体育课。这下可好了！"

"在学校里的注意事项大概就是这些。"

"那……我还有一个问题。如果在学校外面遇见（3）班的同学，能跟他们讲话吗？"

"之前我听有人提过，说似乎在学校外面也应该继续装作不在场。不过按照目前的规则，似乎没必要做到那种程度。"

"是啊，离开学校以后还要接着演戏，也太过分了！"

"哦，那倒不用。不过……"

我又补充了一句："即使在校外，也可能会有班级集体活动的时候，比如远足和社会实践什么的。那时候也必须扮演'不存在的人'的角色。有些场合很难判断是否属于班级集体活动，所以，我觉得干脆彻底不跟班级里的同学接触才是最保险的，尤其是上学、放学的时候，一定要特别小心。"

"真没想到要这么麻烦……"

"嗯，确实挺麻烦的。哦，对了，大家会无视你的存在，但并不等于欺负或霸凌你，这一点可千万不要误会。"

"嗯。"

叶住点点头，叹了口气，又说："阿想，三月底开会的时候，你为什么主动要求当'不存在的人'？"

"啊，我那会儿……"我想了想，给出了一个无关痛痒的回答,"我觉得这个'工作'挺适合我。"

"为什么?怎么适合你了?"

我不打算直接回答她的问题,只说了句"我觉得我肯定能干好"便打算岔开话题:"好像平时就没什么人注意到我,所以正好。对了,这么说来,其实只要把自己当成幽灵就可以了……你也能行。"

"我会尽力的。"叶住挽住了被风吹乱的头发。

"要是只有我一个人,肯定不行。可是跟阿想你一起……"

"对了,关于这件事——不仅是你当了'不存在的人'这件事,还有整个初三(3)班的特异现象——基本上都要对外人保密。就算对家里人,也不能轻易透露。"

"嗯。这在三月开会的时候就说过了。"

"听说随便透露秘密会招来更厉害的灾祸。所以,虽然规则里没写禁止,但还是希望大家都尽量保守秘密。"

虽然这样说,但我心里其实认为在这一点上不必神经过敏。见崎鸣曾经对我说过,用不着过分拘泥于那些"规矩"。还说那些不过是因为过分警惕而臆想出来的一般看法罢了。

"对了,叶住,你参加社团小组了吗?"我忽然想到一点。

"现在没有了,"她使劲摇摇头,"去年参加过戏剧社,不过已经退出了。"

那就没什么好担心的了……吧。毕竟,社团活动中也可能会不经意接触到(3)班的同学。

此刻,我已能远远看到那座每天都会路过的伊札那桥。

"哦,还有,"我忽然发现漏掉了什么,"叶住,还有……"

偏巧叶住也正好开口说:"喂,阿想……"

我们俩立即同时住了口，不免有些尴尬。游弋在河面上的一群鸟像是受了惊吓，拍打着翅膀飞起来。叶住趁机再次开口道："那个……刚才我给你的那份名录上，你家的地址……"

"地址？……哦。"我立刻明白了她想问什么。

"写的是飞井町的地址吧，后面还带着'转赤泽家'，对吧？那是……"

"从初一开始就一直么写，你刚注意到？"

"嗯。"

"我家里发生了些事。赤泽家是我大伯父家，从小学六年级开始就一直是他们在照顾我。我自己的家在绯波町那一带……怎么说呢，反正就是出了些状况。"

叶住像是听了什么传闻，但我不打算向她透露更多的详情，便装出一副毫不在意的样子移开了视线。

"那么赤泽家……"她正要追问，我发现我们正好走到了伊札那桥下。要回家的话，我得继续沿着这条河边便道往前走。于是，我停住了脚步，对叶住说："今天就先聊到这里吧。"

"诶？"她惊讶地看着我。

我再次移开视线，说了句"我还有点儿事情"，便丢下她径自朝桥边走去。

这时，忽然又想起了刚才那件想跟她说的事。唉，算了，不是非要在今天说。后天就开始正常上课了，到那时再说也不迟。

"再见了！"我朝她挥挥手，走上桥。

叶住站在原地，朝我挥挥手。一阵风忽地吹起她的长发，遮住了她的脸庞。我没能看到那一刻她脸上是怎样的表情。

6

夜见的黄昏下　空洞的苍之眸

黑漆底子上用奶油色涂料写着这行字。这块广告牌自从三年前的秋天我第一次来这里时就立在那里，至今没有任何变化。

这是御先町附近宁静的住宅区一角。这是一栋从外观看像是杂居楼一样的建筑，一楼正对着上坡道，而那个名字古怪的玩偶美术馆的大门入口就设在这里。

刚才我对叶住说"还有事"倒也不是托辞。所谓"有事"并不是已经约了什么人，而只是我想顺路来这边看看。

美术馆入口旁的墙上有一扇大大的椭圆形窗户，权作美术馆的橱窗。三年来，橱窗里一直摆着个玩偶（一个妖冶美少女的上半身）。可惜，二月我再来的时候，它已经不见了，据说有人出大价钱买走了。

我多少感到有些可惜。对玩偶的创作者雾果老师来说，作品"已售出"算得上是件大喜事，但她内心偶然也会感到一丝落寞吧。

橱窗如今空着，并没有摆上新的替代品。

门上没挂"闭馆"通知。我正打算推门而入，却忽然想到了什么，决定先打个电话。于是掏出手机拨给她——见崎鸣。

电话没人接。

她家就在这栋大楼的三层。她妈妈，也就是玩偶艺术家雾果老师的工作室——"M工作室"——则设在二层。

为什么不接电话？该不会又把手机扔在一边儿了吧。鸣不喜欢手机，常常说它是"讨厌的机器"。

又或者另有原因？

其实我根本不知道这位高中生眼下在不在家。直接跑来的目的无非是想把初三（3）班的情况说给她听听，然后征询一下她的看法。

此刻，我只得无可奈何地先推开了美术馆的大门。

"当啷——"门上的到客铃喑哑地响了一声。

虽然外面的天色还很明亮，美术馆里面却像临近黄昏般光线暗淡。从走进门的那一刻起，我的视线就仿佛被一片昏暗团团笼罩了。

"欢迎光临！"一个熟悉的、含混不清的声音说。

入口的左边摆着一张长条桌，桌上放着一台老式收银机。声音是从长条桌后面传来的。一位身穿深灰色衣服、满头白发的老妇人正坐在桌后，像是已经与周围的昏暗融为一体。

她扶了扶嵌着深绿色镜片的眼镜，似乎在探头朝这边张望。

"哦哟，原来是小想啊！"

这位被鸣叫做"天根婆婆"的老妇人据说是雾果老师娘家的姨婆，平时在美术馆负责接待来客。

"您好！"我赶忙过去跟她打招呼。老太太用满是皱纹的嘴咕哝着说："哎哎，你好你好。小想，你都长这么大了啊……"

我每次来，她都会这么说。

第一次来这家美术馆还是两年前的十月，那时我刚上小学六年级，个子比现在矮得多，也不像现在这样已经开始变声了……所以，老太太说我"长大了"倒也没错。

"既然是鸣的朋友,就不用买门票了。想去看看玩偶吗?"

收银机前面挂着块小黑板,上面用黄色粉笔写着"入馆费用每位五百日元"。虽说有"中学生半价"的优惠,但我从第一次来的时候就被看作"鸣的朋友",从来没让我买过门票。

"嗯……"其实我很喜欢这里陈列的玩偶和画作,但今天我不是来欣赏艺术的。

"来找鸣?"

"是,"我用力点点头,"我给她打过电话,可是没人接。她还没放学吗?"

"她就在楼上,"天根婆婆说,"不过她今天不能见你。"

"啊?"我不自觉地探探头,"为什么?"

"她得了流感,从前天起就一直在家蒙头大睡。"

流感?原来如此。

"好像还没退烧,要是传染给你就糟了。所以,你可千万别上楼去啊。"

"哦,"我仰头望望大楼昏暗的天井,长长地叹了口气,"谢谢您,那就请您转告她多多保重吧。"

"还年轻着哪,会没事的。你不用担心,回头我会转告她你来过了。"

"好的,那就拜托您了!"我朝天根婆婆鞠了个躬,便告辞离开了。

过几天再联系她吧。

可是……得了流感发高烧,她肯定很难受吧。但即便这样,昨晚她还特地给我发了邮件。一想到这里,我从早上就绷紧的神经多少放松了些。

走出门,我又瞥了一眼那块写着"夜见的黄昏下,空洞的苍之眸"的牌子。"空洞的苍之眸"几个字让我不由自主地联想到见崎鸣的左眼和那"玩偶之眼"的颜色。

7

时至今日,我还常常会梦见来这里之前在绯波町的那个家。当时亲身经历过的种种记忆片段最后汇集成一个个可怕的噩梦。

梦境的舞台通常是在水无月湖边的"湖畔之家"。那是晃也舅舅生前独自居住的地方。他姐姐,也就是我的母亲月穗,十年前再婚了,跟从我继父的姓比良冢,后来又跟他生了个妹妹,名叫美礼。因为在自己家里越来越不受关注,我便时常跑去晃也舅舅的"湖畔之家"玩耍。虽然名分上我是他的外甥,但晃也舅舅实际上一直把我当作亲弟弟般疼爱,还教给我很多东西,我也很喜欢他。小屋里有个专门的书房,里面堆着我一辈子也看不完的书。独自躲在那间书房里读书成了我最美好的回忆。

然而,三年前的春天,晃也舅舅忽然去世了。在他二十六岁生日那天晚上,他如愿以偿地结束了自己的生命。

从那以后,我便经历了一连串不寻常之事。

我并未遗忘那些奇怪的、在常人眼中或许带着些疯狂的往事,而是将它们统统埋进了心底,锁进一只秘密的小箱子。然而有些记忆是无论如何也关不住的,只要那只小箱子稍稍打开一条缝,往事便会立刻栩栩如生地浮现在我眼前。

在我的梦里,那只小箱子常常被解除封印,埋藏于其中的记忆便随即喷涌而出……

比如某次，我似乎正身处于"湖畔之家"后面的庭院里，单膝跪地，面前并排竖立着几座木制的、不甚精致的十字架。那一幕简直就像是法国老片《禁忌的游戏》里的场景。有一座十字架特别大，而且是崭新的。这都是什么？我思忖着，朝那十字架伸出手，握住横梁，想把它从地里拔出来……

突然！

十字架前的地面裂开了，从泥地里冒出一只沾满血的手。这简直就像……嗯，就像初一时租来看的恐怖片里那著名的、令人胆寒的最后一幕。

泥地里冒出来的那只手抓住了我的脚踝。我放声大哭。

面前竖立着的十字架相继冒出地面，又一个个倒下去。我眼睁睁地看着它们开始燃烧，然后烧成漆黑的焦炭，最后，化为灰烬，飘散在风中。

体形巨大的乌鸦出现在天空，呼啦呼啦地扇动着翅膀，口中一边吐着黑血一边凄厉地叫着。随着它们一声声的哀号，我的嘴里也开始喷出黑色的血。血化成雨，雨又汇成洪水，不断地没过我的头顶。我沉入了深深的水底，才忽然惊觉自己身在梦中，猛地醒过来。

还有一次，我发现自己身处一片黑暗中。那是一片彻彻底底、无边无际的黑暗，没有一丝光亮。忽然，我闻到一股令人作呕的气味，越来越浓烈……正当我觉得难以忍受之际，黑暗中忽然透出了一缕光亮，我这才看清眼前的东西是……一具尸体。

肮脏不堪的沙发上横卧着一个人的尸体。

这具尸体就是我吧……我凝视着尸体想。

在这里，我已经死了，逐渐变成丑陋不堪的东西。我……

我就是那名"死者"吧？给所有人带来灾祸的不是别人，正是我。对，就是我……

我抱着脑袋，开始号啕大哭。

"咚！"

一声巨响，周围的一切都开始摇晃，像是被一把无形的巨斧重重敲击了似的，那具尸体忽然炸裂了、消失了。沙发也融化了，变成一团黏稠的黑色液体融进了黑暗之中，继而流淌到我的脚下，沿着我的身体朝上蔓延……

我想大叫，却发不出声音，从梦境中猛然惊醒。

今天，我又做了相同的梦。

在赤泽家吃过晚饭，我便回到自己的住处。正睡在床上翻来覆去睡不着，忽然听到不知什么地方不断地响起低沉的响动。

我立刻反应过来，那是被我设为静音状态的手机在震动。或许我辗转反侧都是因为它？

我起身正要伸手去拿放在书桌上的手机，震动却停止了。我看了看手机上的来电显示，原来是矢木泽打来的。他昨天说过手机坏了，看来今天已经修好了。

——喂喂，是我，矢木泽。你辛苦了！现在我们都放学回家了，算是在校外，跟你联系应该没问题吧？

还有一则留言。

——虽然情况不像预期的那么乐观，但也不必过分紧张。继续努力就是了，一定会顺利的，对吧。回头见！

嗯，他一如往常地是个乐天派。我苦笑着，打消了给他回电话的念头。

的确，现在是课外时间，在电话里跟他聊几句应该不会违反规则。可我刚才不是还叮嘱过"第二个不存在的人"叶住吗？即使在校外，也要尽量避免接触同班同学为好。

一旦习惯了在校外与同学们正常交往，就很可能不小心在校内也做出同样的举动，就会违反规则，惹出大问题。这虽是我个人的想法，却是我抱定的宗旨。

所以，不要主动给别人打电话。

至于拒接别人的电话或者在别人来搭话时视若无睹……我还没打算做到那么极致的程度，但至少我不允许自己主动去接触别人。

嗯，至少在眼下，还是如此为妙。

8

洗脸的时候，我在卫生间的镜子里观察了一下自己。

来到夜见山市已经两年零七个月了，我的模样显然发生了不少变化，但皮肤白净、眉目清秀、旁人看来或许有些过于中性这些大致的特征还是跟以前一样。现在我已过了变声期，嗓音彻底变得低沉粗重，但胡子还是稀稀拉拉的没几根。

为了从刚才的浅睡状态中完全清醒，我用冷水洗了把脸。正打算顺便再冲个澡的时候，却想起这里没有洗发水和肥皂。对了，连牙刷和牙膏也没有，搬家的时候都忘了带过来。今天早上，我是在赤泽家刷牙的。本打算把牙具先带过来，结果忘了。

干脆明天再说。我这么想着，抬手看了看表。已经是九点多了，过去拿有点儿晚了吧……

不行，还是过去一趟。

既然打定了主意，就立刻行动。我走出家门，出门时随手把钥匙和手机塞进了上衣口袋。

另一通电话打来的时候,我正在五楼的电梯厅里准备按下电梯按钮。

强压着心头的急躁,我接起了电话,简短地说了一声"喂"。

"喂,小想……"电话那头是一个虚弱而又干涩的声音。

"见崎学姐?"来电显示确实是她的手机号。尽管如此,我还是得确认一下。

"见崎学姐,是你吗?"

电话里又传来一阵剧烈的咳嗽声。

"你还好吗?听说你得了流感,可真……"

"天根婆婆告诉我了,说你今天来过。"又是一连串的咳嗽。

"嗯。不过,你还好吗?"

"哦,抱歉抱歉。今天稍微退了点儿烧。"

"还是别太逞强啊。"

"没关系,死不了。"

在说什么啊。这么不吉利的话,还是少说为妙吧。

"特地跑过来,是为了那件事?"

"是。"既然她问了,我便立刻老老实实地承认。

"昨天开学典礼之后,班里开了班会。"

"今年果然是'发生年'?"

"是。"

"唉……"

"还有,我成了今年的'不存在的人'。"

"你真的毛遂自荐了?"

二月见面的时候我就告诉过她,真到了万不得已,我将会承担所有的后果。

"是……"我下意识地握紧了手机,"我不想逃避。"

"哦……"

"其实,见崎学姐,今年的情况有点儿不太一样……"我刚想告诉她今年增加了第二个"不存在的人"作为补救措施,电话里又传来一阵拼命咳嗽的声音,便只好住嘴,改了主意。

"你还是别多说话了,我们下次再聊。等你身体恢复了,我再找你。"我说,最后还加了句"谢谢"。鸣察觉到我言犹未尽,但她显然真的是体力不支,有气无力地说了声"好",便结束了通话。

我呼了口气,正要把电话放回兜里,靠近电梯厅的 E 座 1 号房(就是那家没有挂出姓氏牌的房间)的门却猛地被推开了。

9

我被这突如其来的声音吓了一跳,下意识地躲到一旁,却发现根本没什么大不了的。这个房间里已经有人入住,她如今时常在楼里进进出出。

从 E 座 1 号房出来的那个人正如我所预料的,或者说,理所应当地,是我认识的人。

"哦,是你啊,"她也认出了我,"正好,麻烦你帮帮忙吧。"

她手里拎着一堆大垃圾袋,好像有三个。

"扔垃圾?"

"嗯。"

她穿着件肥肥大大的浅蓝色运动外套,下身则是牛仔裤。这身随随便便的打扮一时让我怀疑是不是认错了人。不过眼前这张面孔,还有说话的声音……不会错,不可能认错,就是她。

今天在学校,我还在初三(3)班的教室里见过她。开学典礼过后,大家回到班里,当时对犹豫着不肯就座的全班人说"大家都先坐下吧"的那个人就是她。她也是今年的"应对负责人"之一。

"房间里怎么会这么乱!净是些没用的东西。"说着,她把一个垃圾袋塞给我。

"说好了由我负责打扫这间屋子……嗯……不知不觉就搞得又脏又乱。"虽然有点儿唠叨,但她的口齿十分伶俐、爽快。大概因为说话对象是我,她的口气也大大咧咧的。

"你也是一个人住在这里?"

"嗯。大概会住到六月。"

"反正离那边很近,不会有什么不方便。"她毫不在意地跨前一步,按下了电梯按钮。

"有什么难处,随时跟我说。日常生活的事啦,还有……班里的那件事什么的,都行。"

"好。"

我们俩乘电梯下到一楼,把垃圾袋丢进设在玄关旁边自行车停车处的住户专用垃圾箱。

"多谢啦!怎么,你要出去?"

"有点儿事。"

"去哪儿?有什么事?"

"哦,我……"我只好老老实实地把自己的窘境对她说了。

"那就用我的。"她立刻接口。

"E 座 1 号房？可是……"

"肥皂和牙具，我那儿都有多余的，洗发水也没问题。"

"可是……"

"已经九点多了，太晚了。那边的伯父伯母都睡得很早。"

"哦……"

"别客气了，反正咱们是亲戚！"

"哦。"

教室里的她和眼前这副面孔……以我们之间的关系看来，当然也会有所不同。正像她刚刚所说，我和她是亲戚，是堂姐弟。

三年前的秋天被寄养到赤泽家之前，我从没和她见过面。但自那之后，因为住得很近，而且年龄相仿，我们逐渐熟络起来。不过，成为同班同学还是头一次。

在学校应该怎么称呼她呢？事到如今，我才想起这一点。

还是应该用姓来称呼吧。无论平时关系怎样，只叫名字还是有点儿别扭……不过我现在既然已经当了"不存在的人"，在学校里根本不需要主动和她打招呼。

"你什么时候搬到五楼那个房间的？"走回电梯厅时，我顺口问道。

"嗯……"她歪头想了想，"大概是初二那年的夏天？"

"为什么偏要一个人住？你们家不就在楼上？"

"原因很多。我这个人比较任性，反正我爸妈早就习惯了。"

"跟父母合不来？"

"那倒不是，"她原本大大咧咧的表情轻松了几分，瞥了我一眼，"一个人住，就不用天天老是要顾虑别人的感受了，难道不觉得很舒服吗？你呢，你不这么想？"

"是吧……"

"再说，以后我要是考上了大学，不是得离开夜见山市，出去一个人生活吗？所以想提前适应一下。"

大学。

我还从来没有想过那么遥远的事情。无论如何，眼下我最大的挑战就是先把今年这件事应付过去。甚至，这可能是我目前存在的理由。

回到五楼，她跑回1号房，把我需要的东西一股脑儿地拿给了我。我道了谢接过东西时，她忽然又很认真地问："明天是入校日，你打算去学校吗？"

"不去。"

听我如此回答，她仍十分认真地点点头。"这样啊。反正明天也不会正式上课，不去是对的。"

"嗯。"

"明天的班会上要选出班委成员，我会看情况转达给你，如果有什么感觉不对劲儿的地方也会跟你说——当然是在放学回家以后。虽然很不容易，可是阿想，还是拜托你认真承担起'不存在的人'的责任啊……"

"明白，没问题。"我干脆地回答，之后便不再说什么。

"在学校里，我绝对不会跟你搭话，就算是亲戚也不行。"

"是。"

"那就加油吧……虽说其实是要大家一起加油才行。"

"嗯。那些我就暂时先借用了，洗发水一会儿就还给你。"

"明天再还吧。晚安！"

"晚安！"

我走回到自己的房间门前，又回头朝电梯那边望了望，看见了电梯厅对面的房间门口正准备关门的她的身影。

走廊天花板上的灯忽然"嗞啦嗞啦"地开始闪烁，但立刻又恢复了正常。接着又传来了"咔哒咔哒"的低沉回声，"黑暗的闪光灯"好像再次亮起，世界仿佛走向无边的黑暗。但这些都只发生在一瞬间，短暂得像是立刻会被忘记。

我注视着E座1号房紧闭的房门，心里默念她的"简历"，像是在复习刚学到的知识。

夜见山北中学初三（3）班学生，本年度"应对负责人"之一，与我年纪相仿的堂姐，住在这栋楼的顶层公寓的赤泽家次子赤泽夏彦和茧子夫妇的女儿，名叫泉美，赤泽泉美。

第三章　四月　Ⅲ

1

"啊哟,小想,你怎么还在这里啊!"

我正要从公寓的存车处推车出来,忽然听到有人在和我打招呼。原来是茧子伯母。她眉眼俊秀、端庄,跟泉美一看就是母女俩。此时,她正站在公寓大门的门廊下,带着些讶异的神情看着我。

"现在才去上学?还要骑车去?"

时间已经是上午十点半。虽说一早有入学仪式,开课时间会比平时晚,但这个时间段才出发,无论如何都会迟到。而且,这栋公寓属于步行就能上下学的范围内,学校不允许学生骑车到校。难怪她会这么诧异。

"泉美早就去上学了,你怎么才……"

"哦,不,我……"我跨上自行车,嘴里含糊地应付着。

早上在赤泽伯父家吃过饭,我又回到自己的房间磨蹭了一阵,还脱下校服,换回平时穿的衣服。所以,明眼人应该一看就明白,我此时外出肯定不是为了"去上学"。

"今天心情不太好,所以不去学校。我请泉美帮我请假了。"

"心情不太好?"

"嗯……不过现在已经没事了,我准备去趟书店。"

"哦。"茧子伯母微微皱了皱眉,没有再追问下去,随后又笑着对我说"那你路上多注意哦"。

"嗯，那什么……这件事还请您对小百合伯母保密。"

"怎么了？"

"我不想让她为我担心。那边家里现在事情也挺多。"

与春彦伯父他们同住的爷爷（赤泽浩宗）从去年底开始身体就不太好。为了照顾他，从四月开始，大伯他们张罗着对那栋出入不便的老宅进行翻新。说得夸张一点儿，我之所以会搬到飞井弗罗伊登公寓来暂住，多少也有这方面的原因。

"知道了，你就别瞎操心啦！"茧子伯母忽然停下口，回头朝公寓大门望了望。

"喂，小想，"她又朝我走近了几步，压低声音说："今年你跟泉美分到同一个班了？"

"嗯。"

"那么，你们班上发生什么特别情况了吗？"

"诶？"我握着自行车把的手心不禁出了汗，"您为什么这么想？"

"没什么，我总觉得哪里有点儿不对劲……"

就算是对家人，也不能随意泄露有关情况。这是既定的"规矩"。泉美应该在严格遵守吧，还是说茧子伯母从她女儿的言行举止中察觉到了什么？

我也一直在严守秘密。有关那些"现象"和"灾祸"，我对春彦伯父和小百合伯母都只字未提。至于我自己被选为对付那些麻烦的"不存在的人"一事，更是丝毫不能向他们透露。而且，擅自泄露秘密的人可能会招来更不可测的灾祸，我又怎么会让他们平添烦恼呢？毕竟他们都不是我的亲生父母，却在细心地照顾着我，所以……

"没什么事啊，"我努力装出一副若无其事的样子，"昨天刚刚举行了开学典礼。"

"是吗？"茧子伯母似乎更加忧心忡忡了，"小想，你可能不知道，关于夜见北初三（3）班，从老早以前就流传着很可怕的传说呢。"

哈哈，"传说"果然是防不胜防啊。

"都是些什么样的传说？"我小心地试探着。

"怎么说呢，好像那个班总会出乱子，还会牵连一些事故、案件什么的。三年前那次就真的发生了不少……"说着，她抬手捂住了前额，用大拇指按压着太阳穴。沉默了一阵，她又慢慢地摇了摇头，放开手掌。

"啊呀，我这是怎么了？抱歉了，小想，你别在意。"不知为什么，她脸上忽然浮现出一副又似落寞又似悲伤的神情。

"今天的事，我不会告诉你的小百合伯母。不过，你也别总想得太多。那样的话，你自己也会很辛苦吧。"

茧子伯母比大伯母还年轻几岁，大概只有四十五六岁的样子，却已生出了明显与年龄不符的丝丝白发。她顺手拢了拢头发，脸上恢复了微笑。

"有空也来我们家吃个饭，你伯父和泉美都会很高兴。"

2

这一天，逃课的我骑车去了图书馆，而不是之前对茧子伯母说过的书店。

在红叶町旁边的吕芽吕町附近有一座名为"拂晓森林"的市民公园，市立图书馆就设在公园一角。

还住在绯波町自己家里的时候，我常常光顾"湖畔之家"，那儿的书房里有无尽的藏书，其中很多是小孩子最喜欢的漫画书和小说。有时晃也舅舅会推荐书给我看，有时则全凭我自己从书堆中发掘。我还读了不少对小学生来说颇有难度的书籍。这种从小就养成的兴趣爱好在我来到夜见山后也不曾改变。

市立图书馆是我经常光顾的地方。上初中以后，我把学校图书馆里的书借了个遍，渐渐再也找不到我想看的书了。

今天，我先还了几本书，随即借了几本新书。

入学仪式过后，学校从明天起就要开始正常上课了。只要一去上学，我作为"不存在的人"自然就不能跟班上的任何人搭话，独处的时间就多了起来，不准备几本书是不行的。

办完事，我把自行车停在图书馆门前，独自在公园里散步。

天气很好，比昨天更像春天。没有一丝风。阳光照在身上，暖洋洋的，令人惬意。

这是普普通通的一个午后。气氛悠闲的公园里，随处可见弯腰驼背散坐在长椅上的老人和推着五颜六色的婴儿车散步的母亲。

我望着那些推着婴儿车的母亲，蓦地移开了视线。眼前挥之不去地浮现出我母亲月穗的面孔……不过，我并没有陷入自叹自怜，也没有过于感伤。三年前的夏天，她作为那个姓比良冢的男人的妻子，选择了保护自己眼前和未来的生活，因此疏远了有可能威胁到她生活的亲生儿子……这倒也情有可原。

我并不认为她是个坏母亲。时至今日，我仍然觉得，她只是个软弱的女人。她所做的一切都是出于无奈。因此我不觉得自己受到了什么伤害。

拂晓森林里有一条两侧栽满樱花树的散步小路，路两边尽是盛开的樱花。走过这条路，稍远处就是"夕见丘"。这是一处位于街道东端、小山似的高地，上面耸立着一座我十分熟悉的建筑，夕见丘市立医院。

在宽阔蓝天的背景里飘着几丝淡淡的云，衬托着近处医院建筑物笔直的线条，组成了颇有意境的画面。

我用双手的拇指和食指搭成虚拟的取景框，又按下了想象中的快门。一片樱花花瓣恰在此时飘然而落，掠过了我那假想中的取景框。

我眯起眼，猛地仰起身子，尽情地朝天空伸出双臂。这种时刻，才真算得上是无忧无虑、岁月静好的春日午后啊。

干脆每天就这样度过好了，我想。明天、后天、大后天……都不用去上学了。说不定这才是最万无一失的"对策"。

一个人独处这件事对我来说并不算痛苦。在这方面，我的经验值绝对比班里的任何人都高。不如干脆就这样下去吧……

上衣兜里的手机在振动。

会是谁打来的？又是矢木泽？在这个时间点，学校应该已经放学了。

我胡乱猜测着，掏出手机看了一眼屏幕上的来电显示，立刻屏住了呼吸。

来电人显示的是"月穗"。她这时候打电话来做什么？

我感到了一阵又一阵的困惑。结果，我拒接了亲生母亲打来的电话。

"小想，你上初三了吧？美礼也上小学三年级了。"后来我听到了她的电话留言，"听小百合伯母说，你过得挺好。嗯……对了，你有没有按时去医院啊？零用钱够不够花？要是不够就告诉我，我找个机会过去……"

每隔一两个月，她就会像突然想起了我似的打来电话。每次都是小声地唠叨着相同的那几句话。挂掉电话前，她还总忘不了说一句：对不起啊，小想。

喂，根本没必要吧，我根本不需要你的道歉啊！

我还只是一个十四岁的中学生。在世人眼中，我不过是个小孩儿，但我大概能够理解她的那些所谓"成年人的苦衷"。离开那个家时，我心中还存着几分芥蒂，但现在已经过去了两年半，我并不想再责备任何人。

"这算什么啊……真是的！"我把手机扔回兜里，再次眺望着夕见丘上的医院大楼。

月穗提到的医院，就是那栋大楼里的一个诊疗科室，正式名称是"市立医院精神神经科"。来到夜见山市以后，我一直定期在那里接受医生的诊疗。

说起来，这周六就是下次的诊疗时间。

我并不讨厌负责给我治疗的碓冰医生。相反，我对他怀着某种程度的信任。不过，最近我感觉自己已经不需要再去医院了。这次索性也找个借口不去了吧。

3

"老房子那边的翻新工程下周就要正式动工了。工人都是在白天干活，我正好白天去上学不在家，何必特地准备这间屋子呢？真是太过意不去了。可他们说明年我就要考高中了，现在正是学习的关键时期。但我心里总觉得有点儿不好意思。"

"我说你啊，能不能别一天到晚想那么多？"

"想那么多？"

"不是正好赶上施工了嘛！这种时候，家里肯定会乱七八糟的事情一大堆，再说他们还要忙着照顾爷爷。"

"那倒也是。"

"他本来就是个顽固的老头儿。听我妈说，他最近更是越来越难伺候了。想想他的身体变成那个样子，跟他一起住的伯父伯母真够辛苦的。"

"嗯。"

"所以呢，你到这边来避避，对小百合伯母来说也能松口气，你还有什么好过意不去的！"

"你这么想？"

"反正我们家那间屋子也空着，我妈很欢迎你过来住哦。"

晚上，我和泉美聊着天。

晚饭后，我回到了自己的住处，已经过了八点。泉美跑来我的房间找我，说是要向我转达一下今天班里的动态。

跟前天晚上一样，她还是一身休闲装打扮，毫不客气地走进了我的起居室，还塞给我一罐乌龙茶。"这个送给你。"说着，又把一个纸袋放在桌上，自己则一屁股坐在椅子上，"新发下来的课本，还有这学期的课程表，都在这儿了。"

"哇……"我不自觉地发出一声欢呼。

新学期伊始当然会发新课本。既然从明天起正式开始上课，课程表当然也早就安排好了。尽管我一直叮嘱自己要冷静、冷静，言行举止都要保持正常，却连学校里这些最基本的事情都忘了个精光，满脑子只想着初三（3）班的特异"现象"。

"谢谢你，特地给我送来。"我道了声谢。

泉美只简单地回了声"嗯"，便立刻开始介绍起班里的情况。

"入学仪式结束后，是例行的大班会，选班委和各类负责人之类的。班长有两个人，男生班长是矢木泽，女生则是继永。"

"矢木泽？他当班长了？"我再次惊讶地问。

一头乱蓬蓬的头发、浅色的圆眼镜，以初中生的身份来说，他这副模样其实挺古怪的，怎么看都不像是当班长的材料。从初一到初二，他从来没担任过班长，这次为什么突然……

真是令人费解的谜。

"他参加班长竞选了，而且没人反对。"泉美说明原委。

不过，那家伙为什么忽然想起来参加竞选呢？下次一定要问个明白。

"那个姓继永的女生……"

"名叫继永智子，你之前没跟她同班过？"

"没有。"

"那你明天就能见到她了。做事认真，干脆利落，也挺细心的。我们'应对委员会'觉得她是个人才，想把她吸收进来呢。"说着，泉美拿过声称是送给我的那罐乌龙茶打开，"咕咚"喝了一大口。

"矢木泽和你关系不错吧？"

"嗯。从初一开始一直同班。"我正想接着往下说，却又停下了。不知为什么，我懒得解释，或者说，发愁该怎么解释。

"教室里的气氛还是很紧张,大伙儿都战战兢兢的。"泉美降低了声调说。

"明天我去上学,大家会更胆战心惊吧?"

"可不是!毕竟都是头一回经历这种事,而且不少人心里还在半信半疑。"

"嗯,也难怪。"

"不过想要成功应对,还是需要所有人一起努力才行。"泉美忽然有些生气地瞪大了双眼,"不管心里信还是不信,都必须遵守定下来的'规则'!"

"叶住呢?"我忽地想到,"她去上学了吗?"

"她没来。"泉美回答,立刻又加上了"但是","我回家的时候在校门外碰见她了。虽然没参加入校仪式和班会,但她好像一直在校外等到放学,说是等着朋友帮她把课本什么的拿来。"

"哦。"

"后来她就在那儿跟她的朋友聊了半天……在校门外。虽说也没违反规定……"

"那倒是。"尽管嘴上这么说,我还是想到了叶住这种行为可能带来的风险,无论如何不觉得这是个好兆头。泉美的语气中也透出了同样的意思。

"当时她还主动跟我搭话呢!"泉美又说。

"为什么?她和你说了什么?"

"打听你的事呗。"

"我?"

"她问我,阿想是不是真的没来上学?"

"哦。"

"我和她之前从没说过话。这次她特地跑过来问我,可能是觉得咱俩的关系比较近。"

"也许吧。"我想起昨天和叶住的一番谈话,不禁点了点头,"班级名册上我的登记地址是赤泽家,她大概注意到了。"

"所以我干脆跟她说明白了,我们是住得很近。她好像还担心你没领到新课本,我就直接告诉她说我会拿给你。"

与泉美面对面地交谈,我忽然觉得,虽然是亲戚,她却更像是我的亲姐姐。我俩明明同岁,但泉美身上的姐姐气场十足……这或许是成长环境造成的,也可能是她的性格和气质使然。

这就是人家口中的"巾帼英雄"吧!头脑灵活,雷厉风行,想到什么就立刻付诸行动。我则不然,虽然一度想试着像她那样,却怎么也做不到。

聊完学校的事,我们的话题又转向了赤泽家的家事,不可避免地又提到了我搬来公寓"避难"的事。

"我知道你一向都挺拘谨。不过阿想,你还是应该跟春彦伯父、小百合伯母多亲近亲近才好啊。"

除了含含糊糊地"嗯"了一声,对泉美的话,我没法作出更多的回应。我为什么会被赤泽家收留,这其中的原委以及当时那奇怪的背景,只有我自己心里最清楚。

"听我妈说,你能来搬来这里,伯父伯母心里可高兴了!"

的确,她本人也这么对我说起过。

"为什么?他们有什么可高兴的?"

"你瞅嘛,伯父伯母虽然有两个女儿,但都嫁人了,而且都嫁得那么远。"

这些我自然也知道。

大堂姐嫁了知名商社的一位白领，如今住在纽约；二堂姐的丈夫是大学时代结识的海洋生物学家，婚后两人长期生活在冲绳那边。

"所以，"泉美的目光忽然变得柔和了，"你这么一来，对他们老两口来说就像又多了个儿子，当然会很开心！"

"是吗？"我听着泉美的话，心里却无法赞同。

泉美不知有没有看透我的心事，拿起乌龙茶又大大地喝了一口，然后轻轻地叹了口气。

"赤泽家的孩子长大后很少留在老家。就说我，上了大学后也准备去东京生活。"她有些感慨。

对了，我又想到，她还有个比她大很多岁的哥哥吧，那么他现在……

"听说他现在德国……我哥，去了好多年。"

"啊，是嘛。"

泉美点点头，脸上似乎流露出几分不满："大学上到一半就跑去德国留学了，然后就一直待在那边，基本不怎么回来。这么个不顾家的不孝子，我爸妈还宝贝得跟什么似的，就连这栋公寓的名字也……"

"公寓的名字？飞井弗罗伊登有什么含义？"

"是德语。弗罗伊登在德语里的意思是喜悦。"

"是因为你哥哥？"

"嗯。"

我忽然想起一件事，起身走进浴室，把昨天借用的洗发水拿出来。

"昨天谢谢了。今天总算把自己用的从老宅那边拿来了。"

泉美好像在想着别的心事，只简单地应了声"好"，右手忽然指了指书架。

"那个，"她终于注意到书架中间放着的那件东西，那是夹在一个简朴的白色木质镜框里的一张照片。

"那张照片……"那是拍摄于十四年前，即一九八七年夏天的彩色旧照。

"照片上的人就是……你常提起的贤木晃也？"

"对，"我深吸了一口气，"三年前去世了。是我妈妈家那边的舅舅。"

事到如今才想起，泉美知道多少关于晃也舅舅的事？

说起来，我为什么在三年前离开比良冢家，又被赤泽家收留？其中的缘由，在很大程度上与发生在"湖畔之家"的一连串事情有关。泉美对此是否知情……

"听我妈说起过他。据说是你母亲的弟弟，你一直很敬爱他之类的。所以，三年前他去世的时候，你好像受了不少刺激？"

"嗯。"我缓步走到书架前，拿起那张引发一切的照片。

照片一角印着日期：一九八七年八月三日。相框上还写着一行字：初中时代的最后一个暑假。

拍摄地点似乎是在水无月湖的湖畔。照片上一共有五个人，有男有女，站在最右侧、满面笑容的就是当时只有十五岁的晃也舅舅……

三年前他去世后，我便把这张原本放在"湖畔之家"书房里的照片拿了出来。之后，我却不愿把它带在自己身边，便送给见崎鸣保管。可是不久之后她又给我送了回来，说"还是由你自己保存比较好"。

"这就是晃也舅舅。"我指着照片里最右侧那个人,"另外四个都是他的朋友,他们都是夜见北那届初三(3)班的学生。"

"哪届?一九八七年?"从声音中,我感受到泉美的震惊。

"一九八七年是'发生年',当时还没找到有效的'对策',他们暑假期间就从夜见山逃了出去,跑去绯波町那边的家……"

除了见崎鸣,这些事,我之前从未告诉过其他人。仔细想来,似乎对矢木泽也不曾详细透露过。

想到这里,我偷偷朝正在仔细端详照片的泉美瞥了一眼。

只见她嘴唇紧闭,微微皱着眉头,一副想要把那照片印在脑海里的表情。从她那扎成马尾、看来十分柔软的头发中间飘出了淡淡的香甜气息。跟我昨天用的洗发水味道一模一样。

"你听说过'八七惨案'吗?"她从照片上抬起了目光。

"听说在学校举行修学旅行的时候,初三(3)班乘坐的巴士发生了车祸,死了好几人。就是贤木先生他们那时候出的事吧。"

我无言地点点头,把相框放回原处。老实说,我不想继续这个话题了。

或许是觉察到了我的情绪,泉美没有继续追问下去。她从我身边走开,把手撑在桌子上,环顾整个房间,忽然转了话题:"你这间屋子也太煞风景了吧!"

"什么?"

"总该有冰箱、电视机什么的吧。"

"哦,我不需要。"

她不理睬我的回话,继续说:"我哥房间里有一台迷你冰箱,你上楼去搬过来用吧。对了,好像电视机也有一台多余的。"

"不用了,这些我都不需要……"

"不要老是那么客气,听见没有!"

"哎……"

她又把视线落在我电脑旁摆着的几本书上,那是我今天刚从图书馆借来的。

"看来你也是拂晓森林的常客嘛,"说着,她凑近那些书,一本一本地念着书名。

"你要是喜欢看这类小说,我哥的房间里可有很多,"她似乎有些开心地笑着,"下次你来我家看看吧,要是有喜欢的,就不必费劲跑去图书馆借了。"

"啊,好,不过……"

"没关系,来吧。反正我哥一时半会儿不会回来,你想看就随便拿。"

4

四月十一日周三。通常这是各学校正式开课的日子。

早上,我按时来到学校,走进教室,在靠走廊那排最后的位子上坐下。另一位"不存在的人"叶住结香则坐在靠窗边那排的最后。我们俩的座位是后来经重新讨论决定的。新补充的两套桌椅一望便知地表明了我俩作为"不存在的人"的特殊身份——不仅与其他人所用的桌椅型号不同,连外观也是破破烂烂的。

这两套桌椅是特地从被称为"0号楼"的旧校舍的二层,即原来的初三(3)班教室里搬来的。"不存在的人"必须使用原教室里的旧桌椅,据说这也是"对策"的"规则"之一。所以今年的"应对负责人"便特地为我俩去那里搬来了两套旧桌椅。

我面前的这张课桌伤痕累累，在过去的几十年间曾被多位学生使用过。桌子上到处都是被擦掉的，或者干脆已经擦不掉的涂鸦。桌面也凹凸不平，考试时如果没有垫板，恐怕没法在考卷上落笔。

既然坐在这个位子上，我自然不会跟班里的任何人主动搭腔，甚至连视线交会也尽量避免。无论是那些连名字都不知道的新同学还是从初一就一直同班的铁哥们矢木泽、早晨上学时刚刚在公寓门廊打过照面的泉美……我对任何人一律视若无睹。

既然是"不存在的人"，周围任何人也都会对我视而不见。我时常提醒自己。

我还在心里回味着前天对叶住说过的那句话：把自己当作幽灵一样的存在，能做到吗？

能。

我想着，心头立即又泛起一阵不安。

她真能做到吗？

老师走了进来。第一节课是语文。在老师开始讲课之前，我偷偷朝窗边叶住的位子上瞥了一眼，见她正用手撑着脑袋，朝讲台上看着。或许是觉察到了什么，她忽然朝我看过来。我默默地移开视线，翻开了手边的课本。

5

上午的课平平安安地结束了。

我不必遵守"起立、敬礼、坐下"的课堂礼仪，也无需理会上课前的点名、报数什么的（任何人都不会叫"不存在的人"的名字）。上课时，老师们也会心照不宣地在点名回答问题时避免叫到我俩。

课间休息时，我一般是埋头读着从图书馆借来的书打发时间。

那天我读的是约翰·迪克森·卡尔的推理小说《三口棺材》。这是一部很早以前的作品，但相比通过见崎鸣认识的那位榊原恒一推荐给我的恐怖类小说，我还是更喜欢这类风格。

榊原介绍的那些恐怖类小说大多围绕着超自然的恐怖或威胁——比如恶魔啊、怪物啊、鬼啊什么的——展开，不知为什么，我对这类东西总有点儿排斥。

恐怖电影也是一样。刚上初中那会儿，在榊原恒一的撺掇下，有阵子我看了不少有名的恐怖电影。最终得出一个结论：这类东西不符合我的口味。或者说，我没法像榊原那样为之着迷。什么恶魔啊、怪物啊、鬼啊之类的故事，无论多么光怪陆离，老实说，我都欣赏不来。

相比之下，我更喜欢悬疑类作品，尤其是约翰·迪克森·卡尔、阿加莎·克里斯蒂、埃勒里·奎因那些古典派的侦探小说。

在这些作品里，无论案件一开始多么不可思议、多么恐怖如噩梦，最后总能以符合逻辑或合乎常理的方式揭开谜底。在我的认知世界中，恶魔、怪物、鬼之类的东西都是不存在的。我对悬疑类小说的喜爱，或许是对我迄今为止所经历的那个扭曲的"世界"所采取的逆反、反抗甚至逃避吧。

第四节课是班主任神林老师负责的理科课。课堂上的气氛比之前的三节课紧张得多。这倒不是我神经过敏，而是因为神林老师也是初三（3）班的一员，万一有事，她很可能被"灾祸"波及。

正因如此，她对我和叶住这两个"不存在的人"采取了彻底无视的态度。从走进教室的那一刻起,她就始终避免把视线转向我俩所在的方向。直到下课铃声响起,她脸上才似乎露出了一丝轻松的表情。

午休时,我独自离开教室去了教学楼的屋顶上。午饭也最好找个没有同班同学的地方吃。在风景并不怎么美丽的屋顶,我找了个地方坐下,刚要打开小百合伯母给我带的盒饭……

"哎呀,你在这儿呢!"

我吓了一跳,忙停下手。说话的原来是叶住。

"准备在这儿吃午饭?那我也一起吧,行吗?"

上午上课时,每当我放心不下,朝她那边窥探时,总是能迎面撞见她回看的目光,一副对我有话要说的样子。当时我就觉得有点儿不妙。哎,怎么就没想到她会趁午休时主动跑来跟我搭话呢。

"嘎——嘎——嘎——"不知从哪里传来一阵乌鸦的叫声。

我抬头朝天上望了望,又收回了视线,但仍没有看向叶住,只是左右摇了摇头。

"诶?"叶住似乎很诧异。我仍旧不看她,站起身来匆匆走开,将她一个人留在身后。

"阿想,怎么了?"

我听见她困惑不已地问。但我并没有回头,只说了句:"第五节课是体育,要不要逃课先回去?"

这句话像是在自言自语,但她应该听到了。

6

"我应该早点儿告诉你,"我直视着她的眼睛说,"就算我们彼此都是'不存在的人',在学校里也还是避免直接交谈为好。"

此时,第五节体育课还在上课。我俩已经走到了校外,位于距离学校后门步行只需几分钟的夜见山河边。

我的谈话对象——一同跟出来的叶住——当然听懂了我的暗示。本来,放学前离开校园是违反校规的行为,但作为"不存在的人",我们似乎多少可以享有某些特权,即使被老师们发现了也不会挨骂。

"为什么?"叶住有些不服气地问,"既然大家都是'不存在的人',那就应该没关系啊,都是自己人,不是吗?再说,班上的其他人也都不在意……反正我是这么想的。"

我皱了皱眉,慢慢地斟酌字句。

"我还是从另一个角度来说吧。"

"什么角度?"

"仔细想想'不存在的人'的含义,你不觉得有些奇怪吗?今年,他们随随便便就设置了两个'不存在的人',也不知道这法子在三年前是不是管用……我觉得这一点很奇怪。"

"……"

"我和你确实是担负着同样职责的'自己人',所以你觉得我俩能在知道彼此存在的情况下一起行动,对吧?可是,既然是'不存在的人',那么,对另一个'不存在的人'来说,他/她也应该是'不存在'的吧?"

"……"

叶住皱着眉摇摇头。

"这话听起来有点儿绕。可你仔细想想,对于'不存在的人A'来说,'不存在的人B'也是根本不存在的。反之也是一样。

所以我还是觉得，只要在学校里，就最好不要像刚才那样……"

叶住沉默了一会儿，不知是在琢磨我说话的意思，还是对我的结论不知如何是好。

"这……这也太……"说着，她小声地哭起来。

"我也是好不容易才……"我想安慰她两句，但此时我的声音和表情大概都十分生硬。本想接着说点儿什么，但一看到她是一副随时要哭出来的表情，我不免感到为难。不过，这倒不是说我有多讨厌她。

哎，果然前天就该把事情跟她说清楚。我一面懊悔，一面又开口道："所以，你不能在学校里跟我搭话。我俩也要尽量避免一起行动。我觉得这样比较保险。"

"……"

"我们只能独来独往，独自去扮演好'不存在的人'这个角色。虽然这的确比较辛苦……明白了吗？"

叶住没有回答，只轻轻地摇了摇头。这个动作到底是什么意思？是表示"明白了"还是说她"很讨厌这样"？

我抬头眺望着川流不息的夜见山河。河对岸正在盛开的樱花在阳光的照耀下显出不甚美丽的苍白之色。

"阿想，"叶住又开口道，"我……"

"咱们回学校吧。"我打断她，准备抬脚离开，"以后的时间还长着呢。既然事情已经开了头，我们就不能再回头了。"

我正准备朝学校走去，忽然又停住了脚步。"哦，对了……"我掏出手机，问她要不要互相留一下电话号码。

叶住原本因紧张而绷紧的表情似乎舒缓了许多。

"遇到什么难事，也好互相打打气。"我说。

"不过，在学校的时候不行，对吧？"她趁机回击了我一句。

7

"昨天我和森下聊过了，"幸田俊介摘下眼镜，一边擦拭着厚厚的镜片一边说，"他说暂时不参加小组活动了。不过倒不是想退出小组。虽然没来得及细问，但他家里好像最近出了些状况。"

我和森下同为生物小组的成员，实际上，我们从初一就认识了。回想起来，他似乎从来都对自己的家人、父母的职业之类闭口不谈。在这方面，我俩挺一致。

"这样也好，阿想，这样你就不用担心遇见（3）班的同学了，可以安心参加小组活动。既然你在自己的班里不能跟别人讲话，我就在这里当你的听众好了。"

"能不能讲话，我倒是无所谓。"

"别这么说嘛，"俊介重新戴上眼镜，"你要是不来，这里的标本可要越攒越多了！"他的目光扫了扫室内，脸上露出微笑。

明知他是在开玩笑，我还是假装气愤地瞪了他一眼。

放学后，我去了生物小组的活动室。

第六节课下课时，我收到了俊介发来的短信："快过来！"既然他特地叫我过去，那就说明森下今天肯定不在。想到这里，我便立即接受了他的邀请。

生物小组原本是一个没什么影响力的弱势社团，先前只能借用位于特殊教室楼（通常被称为 T 楼）里的理科实验室，每周进行一次小组活动。几年前，仓持老师开始担任小组的顾问。在他的协调下，生物小组终于有了固定的活动地点，就是现在这个房间。但小组成员仍然只有来自不同年级的几个人，弱势社团的地位丝毫没变。

如今的生物小组活动室在0号楼的一层。

这栋旧教学楼里都是以前的旧教室。如今二楼全空着，不准任何人进出。一楼的部分房间则改作其他用途，比如由千曳先生担任管理员的第二图书馆、美术教室及一些文艺类社团的活动室。

幸田俊介俨然生物小组活动室的"主人"。

他从今年四月开始担任生物小组的组长。但其实从初二开始，他就已经是小组事实上的核心人物了。对此，组里的高年级同学并无异议，小组顾问仓持老师也一直把他看成小组负责人。

俊介有一张长脸，鼻梁上架着一副镜片很厚的银框眼镜。虽然个头不高，却很壮实。

他的双胞胎弟弟幸田敬介在初三（3）班。虽然跟他一样也是近视眼，平时却只肯戴隐形眼镜，参加的兴趣社团居然是网球队。明明是孪生兄弟，为什么两人的差别竟会这么大？但他们兄弟俩的长相实在太相似了。一个戴眼镜而另一个不戴，倒是挺方便别人辨认。

"我该不会是今天在学校里第一个跟你讲话的人吧？"

我点了点头。除了第五节课时在校外跟叶住有过那一番交谈，今天我确实还没有和任何人讲过话。

"那就是说，以后你每天都不能跟别人讲话？时间久了，该不会影响健康吧？"

"还好。"

"就算身体不受影响，精神上应该会很难受吧？"

"谁知道呢！"

"午休时，我也会在这里。你要是闷得慌，可以随时过来。"

"啊？嗯。"

"千万别客气啊。大概的情况，我都听敬介说了。不过，你们班的那件事，到底有多少是真的啊？"

"百分之百都是真的。"

"敬介他半信半疑呢。"

"他那么想，我也没办法。不过情况就是这样。这件事跟'七大怪事'那些校园传说可不是一回事。二十八年前，确实有很多相关的人都死掉了。假如今年的应对不成功，每个月会有人因此而丧命的。"

"看来真有麻烦了啊，"俊介皱紧了眉头，"所以你成了负责'应对'的人？"

"嗯。"

"哦，原来如此。不过不用担心，要是你万一丢了小命，我就去帮你收尸，然后制作成标本。"他忽然开玩笑地说，边说边扫视屋内。

这个房间只有普通教室的一半大，摆满了大大小小的水槽和笼子。夜见北生物小组的主要活动内容是"饲养与观察"，这是仓持老师的宗旨。所以那些水槽和笼子里饲养着各种各样的生物，从水蚤、水蛭到鱼类、两栖类、爬行类动物……还有许多昆虫。至于哺乳类动物，现在只养了两只仓鼠。

眼下，负责管理这些生物的可以说只有俊介一个人。虽然喂食之类的工作已经排好了值班表，但每次总少不了俊介的参与。

他不是来帮帮忙,就是指手画脚地对其他组员发号施令。从这个意义上说,他的的确确已经成了这个房间的"主人"。

"不过,有件不幸的事要向你通报。我就是为此才特地把你叫来的。"俊介说。

出了什么事?见我满脸不解,俊介开口道:"很不幸,我们的小呜呜君去世了。"

"诶,真的?"

"应该是昨天下午死的。午休时我看它还在动呢。"

小呜呜君既不是小猪也不是科幻电视剧里的小怪物。它是生物小组里饲养的一只墨西哥钝口螈(雌性,推断年龄大约四岁)。在日本,人们很喜欢这种蝾螈,昵称它为"呜帕鲁帕",所以小呜呜君这个名字并不是我们随便乱起的。起初它是被前年毕业的某位生物小组的组员在自家养大的,后来那个组员把它带到了学校,留给生物小组继续饲养。从那时起,它的名字就被简化成"小呜呜君"了。

今天它死掉了。放春假的时候我还特地来看过,当时并没发现它有什么异样。

"据说蝾螈的寿命大概是五到八年。哎,死得有点儿早啊。"俊介说着,朝窗台上放着的水槽望了望。那里曾是小呜呜君的栖身之地,如今已经空荡荡的。

"怎么会忽然死了?"

"还不清楚。不过,饲养方法应该没问题。"

"哦。"

"所以……"俊介说,"我打算把它做成透明的骨骼标本,你觉得怎么样?"

特地把我叫过来就是为了问这个?

"我不同意。"我立刻回答。

"我就知道你会这么说。不过,蝾螈的透明标本很珍贵哦。"

"那我也不同意。"

"听说在它原产地还是一种食材,要不干脆把它炸了尝尝?"

"绝对不行!"

"哎呀哎呀,"俊杰苦笑着举手投降,"真拿你没办法。下次,下次我可一定要做成标本啊!"

"如果是鱼类,我没意见。"

我走到空荡荡的水槽边,俊介则从冰箱里拿出了已经死掉的小呜呜君,把它放进一个玻璃容器里,用保鲜膜盖好——如果不按此方法处理,动物的尸体很快会腐烂。

小呜呜君大概有十二厘米长,通体金黄。虽然已经死了,但圆溜溜的黑眼睛看来仍十分滑稽可爱。俊介默默地把容器递给我,我也默默地接了过来。

我俩的关系很好,但作为生物小组的成员,在有关如何处理死掉的动物方面,我俩的观点截然相反。

在俊介看来,无论是已经死掉的仓鼠还是我们尚未开始饲养的鳝鱼、小鸟,死后都应该被制成标本。而我对此无法接受。除了鱼类和昆虫,我觉得,死去的动物都应该回归泥土。

从生物学研究的角度来看,俊介的想法不无道理。正因为如此,我的意见经常遭到来自其他小组成员的反对。

不过,就算今天死掉的是我们去年在这个房间里抓到并饲养的那只少棘蜈蚣,俊介也会对我说"请吧,请去埋葬它"。此时,这已经与原则无关,而是出于对当下氛围的考虑。我作为一个正受到死亡威胁的班级中的一员，目前似乎可以享有某种特殊待遇。

俊介跟着我走出大楼来到院子里。经仓持老师同意，生物小组活动室窗外的一片空地成了实验动物们的墓地。地上立着一块充当墓碑的、小小十字架形状的木牌，上面标明着迄今为止埋在这里的动物的数量。

我把死掉的小呜呜君埋进土里，又在上面放了几块小石头做记号。明天要不要给它做一个小墓碑？

我轻轻地合上手掌，默默为小呜呜君祈祷。

静静地安睡吧。希望我是错的。反正，不要再回到这个被诡异的"现象"所威胁的世界上来了。

8

经过这一番折腾，幸田俊介似乎觉得很有必要陪我一起放学回家。

路过第二图书馆的时候，我很想进去跟千曳先生聊几句。但那里的门锁着，门上还挂出了"闭馆"的牌子。后来我才得知，整个四月，千曳先生都因"身体不适"无法继续打理图书馆，据说要等到五月才能重新开门。

朝校门走的路上，我们遇见了负责生物小组的仓持老师，我和俊介一起跟他打了招呼。后来我们又遇见了（3）班班主任神林老师，我便任由俊介独自跟她讲话，自己则一言不发。对她来说，我是一个"不存在的人"，所以绝对不能在校内交谈。

出了校门没多久，一个没想到的人也加入了我们。

"阿想，今天辛苦了！"一听这声音，我就立刻知道来人是赤泽泉美。她远远地瞧见了我们，便一路小跑地追过来。

"刚参加完小组活动？"我问。

她一面大口喘着气一面说："今天是我们戏剧社的例会。"

"你参加了戏剧社？"

"对啊。上了初三，也差不多该给学弟学妹们让路了……"

我忽然想起来，好像叶住直到去年也一直是戏剧社的。

"这位同学是……"泉美看了看俊介。

"哦，他叫幸田俊介，是初三（1）班的，也是我们生物小组的组长。一个奇怪的家伙。"我尽可能简单地介绍了俊介，随后又向他介绍了泉美，"这是我堂姐赤泽泉美。她也在初三（3）班。"

"也是（3）班的？"俊介扶了扶眼镜，"那你们俩怎么还能随便讲话？！哦，对了，在学校外边就不要紧了，对吧？"

我仍坚持认为，即使在上学、放学的途中也还是尽量不要接触为好，但对方既然是泉美，我又觉得似乎没什么问题。

"幸田……我们班也有一个姓幸田的男生。"泉美刚刚认识俊介，并不知道他是双胞胎。

我替俊介回答说，那是他的弟弟。泉美听了不禁吃惊地瞪大了眼："哎——果然是双胞胎啊！要是不戴眼镜就更像了！"

"所以，你们（3）班的那些事我都知道。'灾祸'啊、'对策'啊什么的，大致的情况我都听说了。"

因为对方是刚刚认识的女生，俊介忽然多出了几分男子气概，说话的口气也很绅士。我在一旁不禁暗暗好笑，转头对泉美说："虽然我说过这家伙很奇怪，不过他的人品没话说。以后在路上如果偶然遇到，你不用特意躲开他。"

泉美"扑哧"一笑。俊介似乎有些脸红地瞪了我一眼。嗯。偶尔这样开开玩笑也不错嘛。

我们仨七嘴八舌地聊着天，走在回家的路上。这时已经过了五点半，西边的天空被夕阳染成了一片火红。

突然——

就在我们走上大路前的最后一个路口处，交通灯刚从红色变成绿色，我们打算穿过人行横道的那一刻……

从左侧路口驶来一辆轻型卡车。

司机大约看到了正在闪着黄灯，想赶在变灯之前通过路口，便猛打方向盘忽然左转。轮胎发出一阵刺耳的摩擦声，随即失去平衡。一瞬间，我们听到一阵什么东西破裂的声音，好像既不来自汽车发动机也不来自轮胎。

货车的车厢里装满了木材。我们听到的那个声音是用来捆绑、固定木材的绳子绷断的声音。

我慌忙停下脚步。身旁的泉美低低地惊叫了一声，俊介则不自觉地大喊起来。

发现事情不妙的货车司机赶忙踩下了刹车，但为时已晚。车子虽然没有翻倒，但车厢里装载的几十根木材叽哩咕噜地滚落到马路上。有几根借着惯性冲到了我们正准备过马路的人行横道附近。假如刚才我们在信号灯变绿时立即过马路，很难说现在的我们是否还会安然无恙。万一路口当时还有其他车辆，或许会导致更严重的交通事故。

"该死的，这下可麻烦了！"

货车司机跳下车，惊慌失措地望着眼前的遍地木材，又抬头朝我们这边张望了一阵："喂，你们没事吧？"

如此近距离地接近事故现场，当然是偶然的巧合。虽然在出事的那个瞬间，我们都吓得半死，但幸好没有人受伤。然而……

或许这是一种征兆……肯定不止我这么想。无论泉美还是已经了解了事情大概情况的俊介，脑海里肯定都闪出了这个念头。

说不定，这就是由于我们"应对失误"而导致的某种后果？如果是这样……

这就不是一次单纯的货物翻载事故，而是与那个"灾祸"紧密相关。整个过程中，只要出现一丁点儿概率偏差，比如有人被车上落下来的木材砸到或者司机操作不当而最终翻车，就很有可能导致什么人死亡。

至于那位不幸的遇难者，有可能是作为初三（3）班成员的我或泉美。对，甚至可能是俊介，他与初三（3）班成员幸田敬介有"二等亲以内的血缘关系"，自然也是会被"灾祸"波及的关联之人。

"幸亏刚才我们没有大意，"泉美深深地吸了一口气，看着我说，"希望这不是灾祸的开端。拜托了，老天爷，千万不要让它来啊！"

她的眼神中充满了恐惧。我竭力控制着自己的表情，轻轻地回答了一声，嗯。

"我的'任务'果然关系重大啊。"

第四章　四月　Ⅳ

1

"夜见的黄昏下，空洞的苍之眸。"虽然还是下午，玩偶美术馆里却依然光线暗淡，宛如黄昏。

"欢迎光临！"像往常一样，天根婆婆又迎了出来。认出来人是我之后，便含混不清地嘟囔了一句"哦，是小想啊！鸣在地下展厅呢。既然是她的朋友，你就不用买门票啦。"

美术馆里摆满了各种各样的玩偶，大多都是在二楼开设有工作室的雾果老师的作品。墙上四处挂着的也大多是雾果老师的画作。

相比于我在三年前的秋天第一次参观这里时，美术馆的陈列品虽然略有更替，但总的来说变化不大。这里最惹人注目的展品是一些美少女造型的球形关节玩偶。此外还有些略显中性的少年模样的玩偶，以及一些动物、半人半兽造形的玩偶。美术馆里的整体氛围昏暗、诡异，在一部分人眼中，肯定令人不舒服，但我当初一进门就立刻被这个有如现实世界的影子般的地方迷住了，甚至忘了这里其实也是见崎鸣的家。

馆内播放的背景音乐也几乎没变。主要以古典管弦乐为主，偶尔会播放一些香颂音乐或日语歌。基调大体宁静而幽暗。整个美术馆就像是玩偶们秘密聚会的场所。

眼下，除了我，美术馆里没有一个参观者。

也请到这边来看看↘

房间深处一个角落的墙上贴着这样一张小纸条，有些吓人。如果是不经意看到，大概足以吓得人落荒而逃。文字下方有一个箭头指向斜下方的地面。我抬眼望去，见那里有一道通往地下的楼梯。

一楼下方有个狭窄的、如洞穴般的空间，是那个地下展厅。

地下展厅里也有很多玩偶，但陈列方式比一楼杂乱得多。与其说是展厅，倒不如说更像是储藏室。其中有些玩偶是已完成的作品，有些尚未完工。展厅里到处是散乱摆放着的玩偶头颅、躯干、手脚等部零件。见崎鸣坐在位于屋子一角的黑色圆桌旁。

"好久不见了，小想。"鸣从椅子上站起身来对我说，"上次没能见你，抱歉。"

"身体好些了？"

"嗯，全好了。"她的声音还带着些沙哑，不过脸上浅浅的笑意说明已经基本恢复了。她上身穿了件款式简洁的象牙色上衣，下身配黑色短裙。脖颈上的红色装饰带鲜艳欲滴……

此刻，美术馆的背景音乐换了新的曲了，是佛雷的《西西里舞曲》。一段短促的钢琴前奏之后，空气里飘荡起由大提琴演奏的主旋律。

我慢慢地走进展厅，她也起身朝我迎来。相隔一米的距离，我们再次面对面了。三年前的夏天，我的身高还没有赶上她，而今情况则截然相反。与三年前相比，她几乎没什么变化。个子娇小，穿着亮丽。我猜，在这三年里，她的身高一点儿没增加。

蓬松的黑色短发、宛如白色蜡像般毫无血色的肌肤。与四年前的夏天我们在望得见来海崎灯塔的海滩上偶遇时相比,她似乎毫无变化,像脱离了凡尘的时间,独自活在另一个世界里。

然而,今天她的左眼却戴着一只白色的眼罩,与铭刻在我记忆中她的分毫不差。

这有些出乎我的意料。至少在最近的两年中,我从未见到过她戴着眼罩示人。

"眼睛怎么了?"我问。

"没什么。"她答道,脸上的笑容倏地消失了。

2

四月十五日。周日下午两点半。

昨天下午收到了见崎鸣的邮件,她约我这个时间来见面。

"我注意到不少新情况。"她在邮件里这样写道。

这样的话,见面直接问她岂不是更好?

于是我立即回了封信说,如果你病好了,见面当然没问题。

我也有很多发现想和她好好聊聊。

"就在这里谈吧。小想,你不讨厌地下室吧?"她一边轻轻地摸了摸眼罩一边问。

嗯,没事。我回答说。

她脸上浮出一丝淡淡的笑容。"那就请坐吧。"说着,指了指圆桌旁一张蒙着红布的扶手椅。

桌子上放着一本包着酒红色书皮的文库本图书,大概是她在等我时刚刚开始读的。书的旁边还放着部白色手机。我忽然觉得这手机与周围的一切看起来是那么格格不入,仿佛是个异物般的存在。

据见崎鸣说:"玩偶都是空虚的躯壳。"

身心空虚,才会与死亡相通,才拼命地想要寻找什么来填补自己的空虚。

正因为如此,见崎鸣还说,像地下室这种密闭的空间,一旦堆满了玩偶,置身其间的人常会有被榨取的感觉——感觉自己身体里的很多东西被吸走了。

就因为这样,她又说:"榊原他们无论如何都不愿待在这里。虽然嘴上说着习惯了习惯了,其实……"

但我从来没有过这种感觉。这样的地下空间反而让我觉得很踏实。假如见面是在这栋大厦的三层——她自己的家里,我反而会感到十分紧张,无论如何也放松不下来。

也许……我不禁想到,我跟这些玩偶是同类。它们从我身上没有什么可吸走的,因为我也跟他们一样身心空虚,所以我们彼此之间反而能势均力敌……

"第一学期开学一周了,"见崎鸣在我对面的椅子上坐下,缓缓地说,"你们班里的情况怎么样?"

"呃……"我没有马上回答,努力想着该如何开口,"应该还好。虽然感觉大家都有点儿战战兢兢的,不过总算还好,还没出什么状况。"

"当了'不存在的人'以后,你的心情怎么样?"

"我的心情?"

"比如有没有感到寂寞啊、厌烦啊什么的?"

"哦,那倒没有。"我老老实实地回答,"不过的确有几件事让我很在意。所以想请教请教学姐。"

"请教我?"她微微地眯起了右眼,"什么事?"

"就是三年前……哦,就是有关一九九八年那一届初三(3)班的事。其实很早之前我就想问了,一直没找到合适的机会。而且我也不想通过邮件,觉得还是当面谈谈比较好。"

三年前……

那时,见崎鸣也是夜见北初三(3)班的成员。初三转学过来只在夜见北读了一学年的榊原恒一跟她同班。他们共同经历了当年发生的"现象",也目睹了"灾祸"降临时的情形。学校放暑假后,她还去了绯波町的"湖畔之家"拜访晃也舅舅——因为他曾是一九八七年度初三(3)班的成员,曾经历过同样的"现象"。鸣希望能从他那里了解到一些有用的信息。

我隐约听说那年担任"不存在的人"的,正是坐在眼前的这位见崎鸣。不过我只知道这么多。她从没有主动跟我提到过更多情况。既然她看来不大想谈这件事,我也就没道理去苦苦追问。

"设置了两个'不存在的人'?"

我把今年的应对情况向她作了说明。她垂下眼帘,盯着桌子,嘴里咕哝了一句。

"其实三年前也出现过类似的情况。我记得,当时我们班似乎也的确有个姓江藤的女生。"

"那年担任'不存在的人'的,就是你吧?据说是因为出现了未曾预料的情况,最终引发了'灾祸',所以临时追加了补救措施……"

"嗯。那年我们的应对出了问题,所以我提议再增加一个'不存在的人',然后榊原他就……"

"榊原?"

"怎么,他没告诉过你?"

"没有。"

和见崎鸣一样,关于三年前发生的那次"现象",榊原同样守口如瓶。

"这样啊,"见崎鸣慢慢点点头,"不过,后来我们还是失败了,没能阻止'灾祸'发生。就在放暑假前,我们的班主任老师惨死在教室里。"她低低地叹息着,缓缓摇了摇头。我心中一阵隐隐作痛。对鸣来说,这些当然都是她努力想回避的往事。

"所以,小想,"她抬起头正视我,"我觉得,就算增加一个'不存在的人',也不见得有什么用。"刚说完,她忽然又歪了歪头,"不过,在第一学期一开始就配置两个'不存在的人'倒没有先例,所以我的结论也许并不一定对。"

"那么三年前那场'灾祸'是怎么结束的?我听说,八月,初三(3)班在夏令营的时候发生过很严重的事故,可是九月以后就再也没有出现过死人现象了。"

"哦,那个嘛……"她只起了个头便又陷入了沉默,更用力地摇了摇头。这表示她"不想再提这件事"吗?其实以前我也问过她相同的问题,她的反应跟现在一模一样。

"千曳先生呢?既然是与对策有关,你干吗不去问问他?"

我摇摇头。

"这阵子他一直在休假。第二图书馆要等到五月才开门。"

"是吗?他肯定也筋疲力尽了。"说着,见崎鸣又叹了口气。

楼梯那边传来了一阵说话声,是天根婆婆在唠叨:"我泡好了茶,你们两个都到上边来吧!"

3

背景音乐的光碟刚好循环播完一圈,美术馆里重新回荡起《西西里舞曲》的旋律。我和见崎鸣坐在一楼大厅的沙发上,喝着天根婆婆端来的热茶。绿茶出乎意料地香甜,刚才在地下展厅室里不知不觉变冷的身体逐渐暖和了起来。

"你刚才说有些事很在意,到底是什么事?"见崎鸣开口问,"该不会跟另外那个'不存在的人'叶住有关吧?"

一语中的。与三年前那个夏天一样,她的洞察力仍然十分敏锐。

"怎么说呢,我总觉得她有点儿让人不放心。"

"不放心?为什么?"

"呃……"我一时很难精确地描述,便索性反问她:"当初,你当那个'不存在的人'的时候有什么感受?"

"嗯?"

"就是你刚才问我的,会不会觉得寂寞啊、厌烦啊?"

"从来没有。"她干脆利落地回答,"没觉得有什么特别,就跟你一样。说起来,是因为我知道自己不会有这些情绪,才同意担任这个角色。"

"哦。不过……"

"我原本就喜欢一个人待着。所以,变成'不存在的人'对我来说反而是件好事。"

"'不存在的人'不能在校园里四处走动。你们那时候也有这种规定吧?"

"好像是，"见崎鸣双手端起茶杯喝了一大口，"不过，就算在学校之外，我也基本把自己当成'不存在的人'，因为那样既简单又省事。再说我在班里也没有特别要好的朋友。"说罢，她淡淡一笑。显然，"不存在的人"的生活对她来说绝不是苦差事。

"榊原学长呢？"我脱口问道，"你跟他不是很要好吗？"

"榊原啊……算是吧。那时候我俩之间的关系比较特殊。"说着，她又笑了笑。

"特殊"二字深深地刺痛了我，让我几乎有点儿失控。但我还是沉默着，只朝她点了点头。

"你呢？"她又问，"校内校外随时切换吗？"

"嗯，算是……原本觉得这样不会有问题，但实际上做起来的确很麻烦……感觉容易混乱，稍不留神就有可能会做出错误的举动，所以我打算在校外也不跟班里的人接触。"

"班上有要好的同学吗？"

"哦哟，这方面我跟学姐可不太一样。"我故意用半开玩笑的口吻说。

"是嘛，"她抱着双臂，认真地盯着我，"小想，看来，到夜见山来的两年半时间里，你成熟了不少。"

"嘿，哪有……"

我成熟了？

跟以前不同，如今去学校、在学校里跟其他人相处对我来说都不再是痛苦的事，甚至交到了几个好朋友。在家里，我和赤泽家的人也相处得不错——但这些都可以被视为"成熟"的标志？

我常常觉得自己内心其实并没有任何变化。特别是像现在这样跟见崎鸣谈话时，这种感觉越发强烈。在过去的三年里，虽然我的个子长高了不少，内心却仍一成不变。对我来说，见崎鸣仍然个子比我高，性格比我沉着冷静，眼光比我长远。我们的关系也一如从前。所以，我一定要……

"我觉得，你大可不必过于担心那第二个'不存在的人'。"不知是否看穿了我的心事，她终于提起了叶住，"就算将来有一天，她厌烦了这个角色，甚至不愿继续承担相应的责任，也没什么大不了。"

"就算？"

"我觉得不是什么大问题。"见崎鸣咧了咧嘴，用左手的手指摸了摸眼罩。

"因为班上多出来一名'死者'，所以班级成员的总人数对不上，就让一个人装成'不存在的人'，那么全班总人数又对上了。我们用这个办法来保持班级人数的平衡。这本来就是用来对付那个诅咒的'对策'。所以只要你认真负起责任，照样可以避免'灾祸'的发生。"

"没错。"我钦佩地点点头。

既然见崎鸣说了"没问题"，那就一定没问题。

三年前的夏天，是她把我从无边无际的混沌中拯救出来。她一直都是对的。所以这次也一定会……

"不过，"她接着说，"万一叶住真的退出，她的身份就变回了'存在的人'，那你和她打交道的时候就要千万注意。"

"嗯。"

即使同为"不存在的人"，我也打算尽量不和她在学校里产生交集。考虑到今后的事态，这应该是个好主意。

一种与背景音乐颇不相称的声音忽然响了起来。

"啊……"见崎鸣显出了少有的慌乱，忙伸手在桌子上的书籍下面摸索手机。

有人打电话来了。

"不好意思，我去接个电话……"

我刚朝手机屏幕上瞥了一眼，她便从沙发上站起身来，把手机放在耳边"喂"了一声，随即起身离开，疾步朝楼外走去。

见我愣愣地望着她的背影，天根婆婆过来招呼我说："要不要给你再倒杯茶？"

"哦，不用了。谢谢您的款待。"

电话那头会是谁？学校里的朋友还是雾果老师？

说起来，自从鸣初中毕业考进县立高中之后，除了仍旧参加美术社团这一件事，我对于她的学校生活一无所知。她交到了什么样的朋友？有没有关系"特殊"的男朋友？我根本无从得知。

过了两三分钟，她从外面走进来，对我说了句"抱歉"便坐回到原来的沙发上。我偷偷地观察着她的脸色，却没看出她的神色有任何变化。

"小想，你现在是一个人住吧？"她重新把手机放回桌上问。

"嗯，"我有点儿紧张，"不过那里离赤泽家很近，吃饭洗衣服什么的都还是由伯母来照顾。"

"住的房子也是赤泽家的？"

"是夏彦……就是我二伯父名下的公寓，正好有套空房间。"

"嗯……"鸣咕哝了一句，"赤泽家……"她用指尖敲打着额头，歪着头想了会儿，忽然直视着我："小想，下次我能去参观参观你住的地方吗？"

"诶？"我越发紧张了。

"贤木先生的那个玩偶还放在你那儿吧?"

"啊……是的。"

"我想去看看,可以吗?"

见我犹豫着不知道该如何作答,见崎鸣又说了句"今天就先这样吧",随即站起身来。"有什么事就给我发邮件。要是紧急,直接给我打电话也行。"

"好。对了,另外……"我忽然想核实一件事。

"什么?"

"你还像从前那么讨厌手机?"

"对,"她瞥了一眼桌上的那个东西,"基本上,我还是觉得手机是一种很烦人的机器。"

我起身告辞回家。

推开大门朝外走的一瞬间,我又回头望了望。只见在光线昏暗的美术馆里,鸣正站在我们刚刚坐过的沙发边目送着我离开。然而……

她正慢慢地摘下覆盖在左眼上的眼罩。摘下眼罩的一瞬间,她的眼睛会是什么颜色?可惜由于光线太暗,我没能看清。

4

"喂,阿想!"

一个熟悉的声音,一张熟悉的面孔。

"老是逮不着你,所以我就干脆在这死等了!"

是矢木泽畅之。

他的个子比我高了一头,身材瘦长。穿着褪色严重的牛仔裤，上身则是一件鲜红的卫衣。头发一如既往，乱蓬蓬的。鼻梁上架着一副变色圆眼镜。从一般人的眼光来看，简直是个吊儿郎当的不良中学生。

这副模样显然成了他风格的标志。不过，我对这些所谓风格之类的事总是不大明白。在我看来，如果他能换个正常点儿的发型，再摘掉那副奇怪的圆眼镜，顺便把下巴上那几根乱七八糟的胡子剃干净，不失为一个受女生们欢迎的美男子。

从御先町的玩偶美术馆出来，我顺道去书店逛了逛，此刻刚刚回到飞井弗罗伊登公寓。把自行车放回车棚，我正要走进公寓大楼的门厅，便听见矢木泽在跟我打招呼。

"特地来找我？"

"嗯，算是吧！"

从他家到这里可不近，坐公交车要数十分钟。在周日的这个时间大老远地跑来，他居然不提前打个招呼。要是我不在家，不知他该作何打算。

"喂，你好！请进来吧。"大门旁边的对讲器中传出一个声音。诶？这是……

"我央求赤泽同学给我开门来着。"矢木泽说。

"刚才我给她打过电话，问你在不在家。然后她去你的房间看了看，说你出门了。她还说，你一般不会回来得太晚，如果我到了而你还没回来，她就给我找个地方先坐坐，等着你。"

"找个地方先坐坐……"难不成是在她自己的房间？

泉美什么时候跟矢木泽混得这么熟？唉，算了，说不定这又是一件全世界都知道只有我不知道的事。

"不用了，阿想他回来了，我们刚刚正好遇上。"矢木泽对通话器里的另一头说。

"行吧。"泉美回复了一句。

"谢谢,那我就先挂断了!"我抢在矢木泽前头回答。

"既然你都大老远跑来了,就上去坐坐吧。"

"好啊!"矢木泽摸着下巴上稀疏的胡子,开心地大笑着。

5

"你一个人住这么大的房子?简直太快活啦!"

在桌子旁坐下后,矢木泽打量着这间空荡荡的屋子,不禁连连称羡。

"听说整栋楼都是泉美他爸的产业?"

"嗯。赤泽家老宅那边从四月开始装修,我只是临时在这边借住。"

"太棒了啊,简直太棒了!"矢木泽仍赞不绝口,"我们家兄弟姐妹一大堆,房子破得不行。平时听光碟时稍微把音量开大点儿或者想练练吉他,我妈和老姐就会立刻冲过来叫我小声点儿;刚想安安静静看会儿书,弟弟们又跑来跑去,片刻也不得安宁;偶尔想租盘光碟看看电影,电视又老是被别人占着。反正就是一天到晚没个消停。"

"我倒觉得家里还是热热闹闹的好。"虽然嘴上这么说,但我其实并不这么想。跟父母、兄弟姐妹同住在一个屋檐下,这种普通的家庭生活环境让我多少有点儿难以忍受。

打开昨天才从泉美哥哥房间里搬来的小冰箱,我拿出两听饮料,顺手递给矢木泽一听,自己又走回桌边坐下。

"说吧，什么事儿？"我盯着他，"为什么忽然跑来找我？"

"自从开学，咱俩就没怎么见过面。虽然我明白你很小心，但这样是不是太见外了？"

"怎么？"

"反正我觉得挺见外。不管怎么说，咱俩可是自己人啊。"

我当然明白他口中"自己人"的意思——不单是指我们同为初三（3）班的成员，还有另一层含义。不过……

"当然是自己人，那还用说。可眼下的情况你也知道……"我尽可能冷静地解释，"就算是在学校外面，咱们也不能再像从前那样想见就见了。一年的时间很长，稍有疏忽，就会忍不住在学校里互相打招呼，所以我觉得还是尽量避免这种风险。"

"这套理论我早就听你说过了，可是……"

"所以呢，以后就别再唠叨什么见外不见外的了，"我郑重地提醒他，"自从知道了今年将会是'发生年'，班里的每个人都在积极努力地想办法应对，不是吗？"

"那倒也是。"

"另外，"这次轮到我发问，"你怎么忽然想到去竞选班长？"

"有什么奇怪？我竞选班长怎么了？"

"我听到这个消息就替你不值。"

"为什么？"他抓抓头发，"我原本想得很乐观，觉得今年不会出什么状况。结果谜底揭晓，今年居然遇上了'发生年'，我的想法自然变了。"

"怎么变？"

"从上小学至今，我从没当过班长，所以这回想试试。再说，万一情况不大妙，说不定今年就是我学生时代最后一年……"

"你怎么忽然变成悲观分子了？"我有点儿心情复杂地说，"咱们的应对还没失败呢。'灾祸'不是没降临吗？而且，就算出现万一情况，死的也不一定是你啊……"

"话是这么说，可……"

正在此时，门口传来一阵敲门声。

"来了！"我答应着，正要过去开门。没上锁的房门被人从外面推开了。

"打扰了！"话音未落，泉美走了进来，"哎呦，我该不会打扰你们男生的秘密会议吧！"

"哪有啊，请进请进！"矢木泽忙站起身来，喧宾夺主地招呼着泉美。

"这是我从家里带来的，"泉美说着把一个白色纸袋放在桌上，"拿来给你们尝尝，当作慰劳品吧。"

纸袋里装着三个泡芙，正好一人一个。

"哇，那我可就不客气了。"矢木泽伸手抓起来咬了一个。吃了一半，忽然又停住了，嘟哝着"班长……班长……"

十四年前的初三（3）班，最后也是班长……

"诶？你说什么呢？"一头雾水的泉美扭头看了看他。

我立刻明白了矢木泽的意思。"十四年前啊……原来如此。"

"一九八七年那一届的初三（3）班长是女生。是你姑姑？"

"嗯。"矢木泽唉声叹气地点了点头。

"所以我觉得今年搞不好也会轮到我……不管怎么说，这其中必定有些机缘巧合……"

"你们在讲什么？"泉美轮流看了看我俩，"矢木泽的姑姑十四年前也在夜见北初三（3）班？那就是说，她跟阿想的晃也舅舅是……"

"嗯，"我答道，"他们是一九八七年那一届初三（3）班的同班同学。"

上初一时，我刚认识矢木泽没多久就发现了我俩的共同点，即我们的舅舅或姑姑都曾在初三（3）班亲身经历过所谓的"现象"和"灾祸"。所以，在这个意义上说，彼此是"自己人"。

晃也舅舅在一九八七年那场惨案中受了重伤，但最终还是保住了性命。放暑假前，他搬离了夜见山市，转到别处的中学读书，总算逃过了当年的"灾祸"。但他原先的同班同学，也就是矢木泽的姑姑，却在第二学期忽然得了急病，不治身亡。

了解到这个事实之后，矢木泽和我之间产生了某种同病相怜的感情。

刚上初一时，矢木泽曾开玩笑地说，要是我俩升入初三后也被分到（3）班该怎么办？结果被他一语成谶，当初的玩笑果真成了事实。其实，当初就连我自己也从未认真地考虑过这种情况的真正后果。

"理佐姑姑真漂亮啊！"矢木泽感慨地说。

我隐约记得，他姑姑的全名好像叫矢木泽理佐。

"那是十四年前。我刚出生，对她一点儿印象都没有，直到后来看照片时才发现她长得这么漂亮。"

泉美貌似不经意地朝书架上瞥了一眼，似乎在书架上摆着的那张照片里发现了什么。

矢木泽顺着她的视线朝书架上望去，目光很自然地停在了那张照片上。

应该让他看到吗？应该让他知道吗？……算了，事已至此，不必再隐瞒了。我拿定了主意。

"这是……"矢木泽站起身来,走过去贴近看那张照片。

"喂,阿想,这张照片是……"

照片上是初三(3)班的几个学生。他们在一九八七年暑假逃离了夜见山市,去绯波町的"湖畔之家"临时避难。照片上除了晃也舅舅还有四个人。其中站在最右侧正用手按着被风吹乱的头发的女生好像姓矢木泽。这一点,我很久以前就知道了。

"这件事,我一直忘了告诉你。"我对矢木泽说。

十四年前的暑假。

晃也舅舅邀请他的好友们前往"灾祸"无法波及的地方,也就是位于夜见山市之外的"湖畔之家"避难。他们在那里度过了一段平静的美好时光,不再需要为"灾祸"降临而整天提心吊胆。他们还一起拍了照片留念,就是现在摆在我书架上的那张。

"为什么?"矢木泽有些不满地皱着眉问,"你为什么一直不告诉我?"

"那是因为……"我避开了他的视线。

"暑假结束以后,晃也舅舅因为远离了夜见山市,最终得以保住了性命。可是其他人后来又都回去了,结果你姑姑不幸遇难。所以,直到三年前他去世时,晃也舅舅仍因为只有自己得以幸免而备感内疚,所以……"

"所以你也觉得说不出口?"

我点了点头,"是。对不起了。"

"阿想,你有什么好抱歉的?"终于找到话缝的泉美干脆地说,"你舅舅是你舅舅,你是你。贤木先生去世后,你多难过啊。事情都过去三年了,可你现在还是不愿意提起这件事。要是跟别人解释这张照片的来由，免不了提到他，你说不出口也很正常。"

一时之间，我竟哑口无言。

过了一会儿，矢木泽忽地一笑，释然地说："泉美说得好像也没错。就算只有短短一个暑假，可他们还是享受了一段快乐时光，挺好的。从照片上看，理佐姑姑似乎很开心，不是吗？哦，对了，阿想。"

"嗯？"

"找机会我也想去那个'湖畔之家'看看。"

"呃……"

矢木泽明确地表达了愿望，我却无论如何没法当场答应。

6

"矢木泽，今后还要拜托你。"像是要打破眼前这种微妙的沉默，泉美开口说道，"我作为应对负责人，你作为班长，大家要一起努力。一定要保证今年应对成功，让每个人都平平安安地毕业。"

"嗯，"矢木泽似乎颇有些压力，"就按你说的办。不过，我还不太清楚到底该做些什么？"

"我们现在能做的主要是细心加小心，帮阿想和叶住扮演好'不存在的人'的角色。"

"这我知道。我会注意的。"

"阿想他应该没什么问题。如果说有漏洞，我想恐怕还是在叶住那边。"

"没错，"矢木泽点点头，抬手推了推眼镜，"其实我也有点儿担心她……你说呢，阿想？你这家伙似乎对叶住太冷漠了吧？"

"我哪有……"

"怎么，你自己还没发现？"

"我可没故意疏远她。"

"不不，就我所观察到的，你肯定对她爱搭不理的。怎么了？你俩不都是'不存在的人'吗？既然是伙伴，就算是在学校里又怎样？找时间多交流交流不好吗？比如午休时就可以……"

那实际上是因为……于是我把自己的想法向矢木泽解释了一遍。

他抱着胳膊听完冷冷地"哼"了一声："你说的这些大道理我不清楚，可你这样对叶住没关系吗？我看她大概对你……"

"没关系。"我像是故意为了打断他，急忙给出了一个连我自己都不太自信的结论。这时，我忽然又想到了昨天在玩偶美术馆与见崎鸣的一番谈话。

"没关系。她肯定能做好。我们的应对一定会成功。"

第五章　四月　V

1

四月的第三周，也就是新学期开学后的第二周，每一天都平安度过了，没有出任何状况。至少我这样认为。

在全班同学和老师的协助下，我继续小心谨慎地扮演着"不存在的人"的角色。叶住结香也采纳了我之前提出的建议。虽然同为"不存在的人"，但她真的做到了在校园里对我一概视而不见。这让我十分放心。

不过，虽然她对于我那套"即使在校外也应该尽量避免与同班同学接触"的理论表示了理解，但我好几次都发现她在上学或放学的路上与几个（3）班的女生毫无顾忌地说说笑笑。看来，她很难在校外也继续像一个"不存在的人"那样生活。

她还先后给我打过几次电话。每次我都鼓励她"坚持""我们一定要成功"，等等。但近来我注意到，这或许反而让她倍感压力，搞不好时间一长，还会起到反作用。

与开学日那天会面的时间略有不同，周五，也就是二十号那天，我在早上去学校的路上又遇见了叶住。于是我们从夜见山河边的马路上走下河滩，边走边聊了一会儿。

一路上，叶住滔滔不绝地谈论起自己的生活。

她父母由于工作的关系常常不在家。平时她放学回家后，常常发现家中空无一人。虽然与父母的关系并不算太差，但父母对她基本上采取了"放养"的态度。

"说难听一点儿，他们对我就是不闻不问。不过这样也好，我乐得没人来天天烦我。"她故作轻松地笑了笑。但其实这不是她的真实想法，我猜。但假如换了见崎鸣对我这么说，我肯定深信不疑。

她说，她还有一个大她五岁的哥哥。去年高中毕业后考进了东京某所大学的法律系，已经从夜见山市搬走了，将来还准备通过司法考试成为法律专家，是个志向远大、很有上进心的青年。她还说，总觉得我哪里跟她哥哥有几分相似……

"阿想呢？你有兄弟姐妹吗？"

"在绯波町那边的家里还有个上小学的妹妹。"我淡淡地回答。至于那个妹妹是我母亲再婚后生的孩子之类的事，就没必要告诉她了。

"她叫什么名字？"

"嗯？"

"你妹妹，她叫什么名字？"

"哦，她叫美礼。"

"可爱吗？"

"还好吧。"

仔细想来……不，其实根本不用想，自大前年的夏天以来，我就再也没有见过她。在过去两年半的时间里，据我所知，我母亲曾来过夜见山市三次，但每次都没有带她来。

"你现在跟赤泽同学住在同一幢楼吧？"叶住忽然唐突地问。

"哦，是临时的。我只是在那暂住一段时间。"我干脆地答道,"过了夏天就要搬回原先照料我的伯父家里。"

"那眼下也还是住在同一栋楼里呀。听说房间还在同一层,是真的吗?"

"嗯。"

她从哪儿打听到的消息?难不成是从那些她一离开学校就一起说说笑笑的朋友们那里听到的?或者是……唉,算了。反正这事也没什么好隐瞒的。

"你每天都跟赤泽同学讲话?"

"哦,偶尔会,也不是每天。"

"你不是说就算离开学校也尽量不要跟班上的同学接触吗?"

她的一连串提问里似乎埋着几根刺。

"因为她是我堂姐。"说罢,我扭头看了看她的侧脸。

她依旧目不斜视地朝前走着,冷冷地"哼"了一声,仿佛故意要让我听见似的。接着又问道:"对她没什么特别的感觉吗?"

"啊?"我吃惊地再次转过头盯着她。

"你这话是什么意思?"

"就是说……那个……"她用没拎着书包的那只手抚摸着垂到胸前的头发,"比如喜欢啊、讨厌啊之类的感觉。"

"如果你非要这么问,那我只能回答是'喜欢'了。"这种时候,既然对方是能够直截了当问出这种问题的人,我也可以趁机揣测一下她的心态吧。老实说,在这方面我没什么经验,这也不是我擅长做的事。而且,在我看来,眼下根本不是该讨论这些事的时候。所以我干脆直接投降,不为这些事白费脑筋。

"不过她是我堂姐,所以我说的喜欢并不是指那种喜欢。"我又补了一句,想尽快结束这个话题。

但叶住似乎仍然意犹未尽。

"就算是堂姐弟也是可以结婚的。"她说着,仍然面无表情地继续朝前走。不知是不是我的心理作用,她的语气里像是含着些讽刺的味道。

啊……我在心里大喊了一声,但在语气和表情上都没有流露分毫。

真让人受不了。无法忍受。我最烦女生的这种做派。

一个普通的初三男生会怎么应付这种场面?比如说矢木泽,他会怎么做?幸田俊介呢?(虽然这家伙可能毫无参考价值)。对了,还有三年前的榊原恒一呢?

我闷头胡思乱想,结果造成了几秒钟略显尴尬的沉默。

"啊……那个……我……"叶住有些惊慌地说,停下脚步看着我。

她的脸颊微微泛起了红晕,眼神似乎也有些扑朔迷离。明明是一张成年人般的漂亮脸蛋,此刻却因为脸上的这种表情而像个不知所措的小孩儿。赶紧结束这个话题吧,我想。她却忽然又说:"阿想……"

长长的睫毛下面,叶住那双通透的黑眼珠正紧盯着我。随即,她脸上的表情为之一变,浮出了一丝带着点儿恶作剧意味的微笑。这副表情反而跟那张成年人模样的面孔相称多了。

"当初你自愿担任'不存在的人'的时候,我就……"

"看,翠鸟!"我大喊一声,打断了叶住。又抬手朝河流的方向指了指,便拔腿朝河边跑去。

"看!就在那儿。正在空中悬停着呢!"

在河中心略靠近我们这边的河面上,有只鸟儿正在飞快地扑闪着翅膀悬停在水面上方约三米高的空中。鲜艳的琉璃色翅膀、橙色的腹部，体积虽小，喙却很长。没错，那就是翠鸟。它现在正盯着水里的猎物呢。

这种俗称"翡翠"的漂亮鸟儿并不是候鸟，它们的栖息地分布在全国各地。我还是第一次在夜见山河上见到它，更不用说还是在这种悬停的状态下了。我立刻不假思索伸出手，用两手的拇指和食指扣成一个取景框，一边静静地靠近，一边无数次地按下了想象中的快门。

"喂！你……"背后传来叶住的喊声。

没过一会儿，那只翠鸟突然扎进了水里，干净利落地捉起一条鱼，重新飞到空中。我继续"咔嚓咔嚓"地按下假想的快门，一边悄悄地对这位老兄（从黑色的喙来看，它应该是只雄鸟）表达了感激之情。

2

次日，四月二十一日周六。

上午我跟学校请了假去市立医院的诊所。上周的预约后来因故不得不取消，所以延后了一周，改在今天。

这是一家占地面积很大的综合类医院，占据了夕见丘的一角。正面是去年刚刚大兴土木改造过的门诊大楼，旁边紧挨着的是住院部大楼。这两栋楼被合称为主楼。在主楼后面稍远处有座又旧又小的建筑，是所谓的辅楼。我要去的"诊所"就在这栋楼里。

现在被改名为"精神神经科"的科室其实就是十年前的"精

神科"。大约是不想太引人瞩目的缘故，特地设在了辅楼里。社会上对于精神类疾病仍抱有根深蒂固的偏见，所以我母亲一直把这里称为"诊所"。相比于"医院的精神神经科"而言，"心理诊所"似乎更容易被人接受吧。

月穗的第一任丈夫——也就是我的亲生父亲，据说是因为罹患精神疾病而自杀了。三年前又发生了晃也舅舅的那件事。可以想象，她的心情直到今天还……然而与他们俩都有着血缘关系的我却并未因此受到太大的影响，只是……

站在辅楼门前，我总有一种不安的感觉。

这是座钢筋混凝土结构的四层楼房，楼面上没有任何装饰。而且从二楼以上，所有房间的窗户上都安着铁栅栏。略显肮脏的墙面上还覆盖着一层网，一眼看去有点儿阴森森的，充满了令人不安的气氛。不过，据说这里已经没有精神病患者的专用病房了。因为设施过于老化，这里已经不具备收治那些需要强制约束的重症精神病患者的条件。医院在别的地方重新修建了专用病房，所以凡是需要住院的患者都被送去了那里。不久之后，连这栋旧楼也将被拆除。

"早啊，小想。听说你已经升到初三了。"一走进诊疗室，负责给我治疗的碓冰医生像往常一样亲切地打着招呼。

"上次来还是在二月上旬吧?"他一边翻看着我的病历一边说，"怎么样? 这两个多月过得好吗? 有什么变化?"

自从我搬来夜见山市，一直是碓冰医生在负责我的治疗。他的年龄应该还不到四十岁，体格强健，像个柔道运动员。长着张四方大脸，脸颊和嘴巴周围留着浓黑的胡须。这副威风凛凛的模样虽然乍看有些令人生畏，但他每次注视着我的时候，那双不大的眼睛里总是充满了平静和关怀。

"没太大变化。不过也没什么大问题。"我回答说。

"晚上睡得好吗？"

"嗯。"

"不用再吃安眠药了？"

"基本上不吃了。"

"还做噩梦吗？"

"有时候会。"

"但次数比以前少了？"

"是。"

夜见山的赤泽家收留我没多久，月穗的丈夫，也就是我的继父比良冢修司便带我来这里看病。因为在三年前那件事中受到了惊吓，当时我的精神状态极不稳定。

虽然我自己觉得已经没什么大问题了，但其实我的身体仍饱受各种失调症的困扰。失眠，做噩梦，清醒时也会忽然觉得不安、恐惧、混乱、充满无力感，还有随之而来的心悸、出汗、呼吸困难等。

PTSD（创伤后应激障碍）。

我对这个名称很抵触，不想与之扯上关系，但碓冰医生最终还是得出了这个诊断。

他说这个病不像名字听起来那么可怕，让我不必过于担心。

"不管怎么说，你现在想依靠自己的努力重新站起来，这才是最可贵的。"直到今天，我还记得医生最初对我说的这些话，"我只是为你的努力提供一点儿小小的帮助而已。"

由于是继父比良冢介绍的，起初我对医生多少怀着一丝戒备心。但随着时间的流逝，我已逐渐把他视为"值得信赖的人"。经过他一年的治疗，我的状况有了很大的改善。治疗初期用过的好几种药物现在都不再需要了。

"最近跟你母亲联系过吗？"医生问。这是每次治疗必问的问题，而我每次的反应都不怎么积极，这一点甚至连我自己都意识到了。

"偶尔，这个月联系过一次。"

"通过电话联系？"

"嗯。"

"能跟她正常通话了？"

"没有，只是听了她的留言。"

"有没有主动给她打过电话？"

"没有。"

"还是不想和她说话？"

"对，不太想。"

"也不想见她？"

"……"

"真的没有偶然想念过她？"

"说不好。"

"是嘛……嗯……"

医生眨着小眼睛，口中不停地"嗯"着。

"关于比良冢家的特殊情况，我大概有所了解。站在你的立场来说，你对母亲怀有决裂的心情，这也情有可原。不过，千万不要让那件事伤害自己，明白吗？"

听医生这么说，我老老实实地点点头，回答了一声"好"。

3

我似乎是碓冰医生今天的最后一名患者。走出诊疗室的时候，我发现等待区里一个病人也没有。

"请把这个拿好！"相熟的菊地护士把结账用的单据递给我。此时，一个小小的身影从我身旁挤过去，直接朝诊疗室跑去。

诶？我惊讶地盯着那个身影。那是个年龄很小的孩子，大概是小学低年级的学生。从那娃娃头的发型以及服装和背上书包的颜色来看，应该是个女孩。一眨眼工夫，那孩子又转身跑了回来，小声地对我说了声"您好！"，便又转身朝诊疗室跑去。到了门口，她连门都没敲就直接冲进屋里。

"是医生的宝贝女儿呢！"菊地护士对我说，呵呵笑了两声，"她周六放学后常常来这里，跟医生一起吃过午饭，就拉着医生回家了。小想，你以前没见过她？"

"嗯，没有。"我一边想象那位满脸络腮胡子、威风凛凛的医生见到女儿后笑逐颜开的模样一边回答。

"父女俩的感情可好了！可惜孩子妈妈早早去世了。"护士随即又压低了嗓门说，"医生独自一人拉扯着孩子，简直视为掌上明珠呢。不过，那孩子确实是又聪明又可爱。"

后来我才得知，医生的女儿名叫希羽，在医院附近的公立小学上二年级。

4

那天从一大早天就阴沉沉的。我走出诊所所在的辅楼时，大上下起了大雨。

若在平时，我会直接穿过院子，从主楼的正门走进大厅，然后去结算窗口结账。但那天为了避雨，我只能沿着辅楼和主楼之间的游廊从后门走进主楼。主楼和辅楼之间有三层楼都是相互连通的。

或许是因为多次改建，医院里路线复杂，像座迷宫。我正沿游廊走着，忽然想到一件事。

三年前，就在此时此刻，榊原恒一曾在这里住院吧？

听说那时他才从东京搬来，第二天就要作为转校生去夜见北报到，结果却在开学前的头一天晚上突发气胸，不得不住院治疗，可真够惨的。

我认识他的时候他还是一副活蹦乱跳的模样，谁知后来却得了肺穿孔。我能想象他当时有多痛苦。

他究竟住在哪个病房？我沿着略显昏暗的走廊继续朝前走着，脑子里忽然冒出了这个念头，不由得下意识地东张西望。

"咔哒——"随着一声低沉的闷响，世界忽然为之一暗。但刹那间便又恢复了原样。

说到住院，因为它与某件事的关联性，此刻我的记忆里忽然闪出了一件事。

学校里有个同学从这个月的月初就一直在请病假，好像是初三（3）班的成员。虽然具体情况还不清楚，但听说是因为要住院治疗，所以才没法来上学。这究竟是什么时候的事来着？我好像是从泉美那儿听说的。那个学生，那个女生，她是姓牧野还是牧濑来着？……

我刚走进主楼的大厅，却听见上衣兜里的手机响了起来。

或许是受昨天与其他人几次会面的影响，我脑海里的第一反应是叶住的那张脸；接着是矢木泽的；再后来，我觉得不会还有其他人了，结果却又想到了见崎鸣。

看了看手机屏幕，我不禁叹了口气。原来是母亲月穗。

想到刚才碓冰医生对我说过的一席话，虽然心里还是乱糟糟的，但这次我终于按下了接听按钮。

"喂，是小想吗？"电话里传来了久违了的母亲的声音。

"我挺好的，"不等她开口，我便抢先说道，"一直都按时去诊所治疗。"

"对不起啊！小想。"

"不要老说对不起，已经没事了。"

"小想，其实我……"

"赤泽家的伯父和伯母都对我很好。我觉得这样就够了。"

"可是……"

"你不用担心我。"

"……"

"那就先这样吧，我挂了。"

我本想立即挂断电话，但月穗像是要拖住我似的说："小想，下个月我过去看你啊！很久没见你的模样了。另外，还要跟小百合伯母他们道谢。所以，下个月我一定过去……"

何必呢，你来不来我根本无所谓。

一瞬间，我几乎要开口拒绝她。但我深吸了一口气，改变了自己的想法。刚才碓冰医生对我说的那些话又涌上了心头："你对母亲怀有决裂的心情，这也情有可原。"

"嗯，知道了。"我又深深地吸了口气，简短地回答："那我先挂了。"

挂断电话，我去了大厅里的结账窗口交完钱，心头仍然郁积着一股挥之不去的阴郁情绪，心烦意乱地朝外走。走出大厅的自动门，我才发现外边的雨仍在下个不停，只好停住了脚步。

无意间，我忽然看到一位中年妇女刚好收起了透明塑料伞，慢慢走进楼来。

诶？我不禁大吃一惊。扭头想再看看她的容貌时，却只看到了一个背影。她好像根本没有注意到我。

这身影分明就是雾果老师啊！

"雾果"是她作为玩偶艺术家所用的笔名。她的真实姓名好像是叫由贵代。见崎由贵代，是见崎鸣的妈妈。

是身体不适来医院看病？刚才虽然只是短短一瞥，我却发现她的脸色似乎不太好。

但我不可能直接追过去，毕竟跟她没有那么熟识啊。

周日去玩偶美术馆的时候，与见崎鸣时隔两个月又见了面。不知怎的，此刻我忽然想到了她。以前我从未见过她用眼罩盖住左眼，如今为什么又要特意盖住呢？一股莫名其妙的惊惧开始在我心中慢慢升起。或许，我并不了解见崎鸣的真面目？

5

早晨，我在飞井公寓的 E9 房间里醒来。这样的生活已经持续了两周。

上学前，我还是会去赤泽伯父家吃早饭，这也已经成了每天的惯例。小百合伯母对我仍然关爱有加，时常问我"一个人住害不害怕啊"，每天还会给我准备好午饭的饭盒。放学后，一般我会先回公寓房间，差不多到了晚饭时间便又去老宅那边，还顺便带上要洗的衣服。所谓"独自生活"，实在是言之有愧。

赤泽家老宅的翻新工程已经动工了。虽然比计划晚了些，但那栋老旧的木造房子已经被拆掉，还盖上了蓝色的苫子。我搬来公寓前住的那个房间现在成了临时储藏室，用来摆放碍事的家具。

起初我想，既然改建工程的噪声基本上集中在工作日白天，那就根本没必要特地让我搬到飞井公寓这边来"避难"啊。然而工程开始后我才明白，一旦施工，家里所有的人都会被闹得不得安生。伯母曾说过，明年我就要考高中了，眼下正是关键时期，要保证我有一个好的学习环境。如今看来真是太应该谢谢伯母的细心了。

四月的第四周快要结束时，我在老宅里遇见了泉美。她好像是跟着茧子伯母一起来探望我们共同的祖父赤泽浩宗，而我那时刚好也在那里。

从去年年底开始，老爷子的身体又出了状况。

已是七十八岁高龄的他原本一直精神矍铄，直到某天不小心摔了一跤，还从楼梯上滚了下来。虽然没有危及生命，却导致右腿和腰部骨折，住院一个多月。之后，他本人坚决不同意转到康复医院，而选择了回家疗养。一来是因为他特别讨厌医院，二来也因为他尚未恢复，还没有足够的体力开始康复锻炼。

结果，他腿部和腰部的骨折迟迟无法愈合，既不能自由地起床活动更不能行走，只能终日卧床，直到现在伤势也不见好转。医生说，照这个样子发展下去，今后他恐怕只能靠轮椅生活了。

于是家里人不得不开始商量眼下的当务之急，即改建老宅时务必避免地面的高低不平以及狭窄的房门之类的。

"老爷子的心情看来不太好啊。"泉美悄悄地提醒我。

她才从老爷子休息的里屋溜出来，只剩小百合和茧子两位伯母陪着老人。之后，她一眼瞧见了正坐在外面起居室里的我。

"好久没见面的孙女来看他，他居然对我说：'你这家伙怎么会在这里？'你说过分不过分？"

"啊？嗯……"

"从小我就害怕见到他。"或许是我的心理作用，泉美紧紧地抿着嘴唇，脸上流露出一丝黯然的神情。

"他倒是时常惦记着我哥，可对我总是这么冷冰冰的，一点儿也不关心。"

"他大概不善于应付女孩子吧。"我尽量劝解着，但泉美依旧噘着嘴，不理不睬。

"唉。"她忽然叹了口气，抓起桌子上的水瓶"咕咚咕咚"地喝了几大口。

的确，祖父是个很难相处的人。自从骨折之后，他的脾气越发古怪了。有好几次，大家都疑心他是不是得了老年痴呆。小百合伯母还是像往常一样尽心尽力地照顾他，茧子伯母虽然就住在附近，却极少露面。大概她也像泉美一样，对老爷子望而生畏。

我却不觉得祖父有那么可怕。我对他的印象还停留在两年多前，我刚被带到这个家里、初次见到他时的情形。

"小想……是冬彦的儿子……"他口中喃喃地念叨，一边上下打量我，目光里满是伤感和温情。

无论是在当时还是自那以后，他都没跟我说上几句话。但他心里肯定对那个先自己而去的小儿子充满了惋惜和悼念之情。我曾自作多情地断定，当他看见我的时候，心中那份痛惜之情怕是再也无法抑制了……反正自从我懂事以来，还没有人对我表现出这种情感。所以，祖父的怜惜对我来说就像生命中的一道光。

那只名叫黑助的小猫跑了进来，跳到泉美的膝盖上。真是奇怪，这小东西平常跟我很少这么亲近呢。

泉美却淡然地，一边抚摸着黑助的背一边有点儿神秘地对我说："喂，阿想，一会儿我有几句话想跟你说。"

"什么话？跟班里那件事有关？"

"嗯。"

"有什么问题？"

"有一点儿。你最近跟叶住讲过话吗？"

"啊……那个嘛……"我含含糊糊地说。

"你觉得她最近的状态怎么样？"

"嗯，怎么说呢……"我正不知该如何回答的当口，两位伯母从里屋走出来，打断了我们的交谈。

泉美站起身来，凑到我耳边小声地说："那今天就先聊到这儿吧。"

四月二十七日周五。第二天即四月二十八日，这个月的第四个周六，学校将进入三连休。

以上是放假前那天晚上发生的事。

6

偶尔也来我家来坐坐吧。

十点钟也没关系。

吃过晚饭，我回到公寓时，见自己房间的门上贴着这样一张纸条。看笔迹应该是泉美留的。

她就住在同一层的 E1 号房间。的确，虽然平时她常常会来我的房间做客，我却一次也没去过她那里。我心里总有些犹豫：虽说是堂姐弟，但她到底是个女孩子，不好随意去打扰。

我一直等到她说的那个时间，才按响了 E 座 1 号房的门铃。

"来了！"泉美闻声迎了出来。她好像刚洗完澡，头发还是湿漉漉的，散发出我刚搬来那天她借给过我用的那种洗发水的香味，身上的衣服也换上了居家穿的运动衫。

"请进吧，阿想！"

这是一间比 E9 宽敞的两居室。厨房和客厅之间的吧台上，一台咖啡机正在吱吱作响，空气中弥漫着咖啡香，连泉美身上洗发水的味道都盖住了。

她把我让到客厅的沙发上，很快又端来了咖啡。

"谢谢，那我就不客气了。"我老老实实地道了谢，往咖啡里加了牛奶和糖，又端起了杯子。泉美喝的是不加糖也不加奶的黑咖啡。她端起杯子，刚轻轻啜了一口，便发出一声满足的赞叹："啊！"

"这咖啡豆还不错吧？"

"你很懂咖啡？"

"受我哥的影响，略懂一些。"说着，她朝厨房望了望，"其实还有一种我很喜欢的组合咖啡，但放的时间有点儿长了。这个是昨天刚到的夏威夷科纳咖啡，高级货呢！"

"哦。"我对咖啡乃至所有的美食都一窍不通，只能礼貌地回应了一句，随后便四下打量着整个房间。

她的房间比我想象中的"初三女生的房间"要朴素多了，完全没有所谓"可爱"的要素。屋内的装饰也基本上没有与"年轻女孩风格"相称的设计。

床上铺的床单是素白色的。窗户上没挂窗帘，而是在玻璃上涂了米色的涂层。窗边摆着个带玻璃门的柜子，柜子里陈列着一些恐龙手办——哈哈，难不成她喜欢这些？

"里面是琴房，"她说，"做了隔音效果，就算大半夜弹琴也没关系。"

"哇，太厉害了，真的！"

"小时候，家里就让我学钢琴，所以弹得还凑合——其实只是拿练琴当借口，让家里给做了个琴房，然后就把这间屋子据为己有了。"

哈哈，这话可真是太炫耀了。

天天抱怨父母"偏向哥哥"，其实她自己也很受父母的宠爱吧。她嘴上虽然承认"爸妈还是挺娇惯我的"，但没准什么时候又会冒出新的不满或压力——我心里转着这样的念头，但自然没有说出口。

"打算将来当钢琴家？"我问。

"没有没有，"泉美苦笑着说，"我最近很少弹了。前几天久苇地弹着玩，发现连调都找不准了。"

"是吗？"

"我看，只好把琴房改造成我的私人话剧排练室！"

"呵呵。"我有一搭没一搭地应付着，喝完了杯中的咖啡。

"再给你来一杯吧！"我刚要客气，泉美已经端过咖啡壶又给我续上了一杯。然后……

"关于之前你说的那件事,"我们的谈话终于进入了正题,"你觉得叶住最近的状态怎么样?"

7

"怎么说好呢……"我一时不知该从哪里说起。

自从上周跟她在河边谈过,我俩再也没有找到单独交谈的机会……不对,应该说,我实际上一直在竭力避免制造这种机会。虽然也跟她通过两次电话,但谈的都是些不疼不痒的琐事。

"没什么奇怪的,应该还好吧。"我笼统地说,尽量不涉及具体的细节。

至少在班里,她一直在尽职尽责地扮演着"不存在的人"的角色。在校内也一直跟我保持着距离,连电话都不打。

"我觉得没什么问题。"

"是吗?"泉美小声地应了一句,喝完了第二杯咖啡。

随即仰头看着天花板。"作为'应对小组负责人',我每天都在观察班里的动静。四月基本上算是安然无事。虽然还剩下三天,但好在学校放假,应该不会有问题。阿想和叶住你们俩也好,班里的老师同学也罢,都完全正常!"

嗯,看来我们的应对还算成功。事实证明,马上就要到月底了,班里还没发生任何有可能引发"灾祸"的状况。

"不过呢,"泉美接着说,"今天我听到了一些传闻,有点儿不大放心,所以也想告诉你一下。"

传闻?什么传闻?难道有人发现叶住有什么异样?

"我跟叶住是从初三才同班的,对她的性格不是很了解,所以，我拿不准要不要太在意这些传闻。"

"传闻和她有关?"难道又发生了什么我不知道的大事?

"班上有几个女生跟她关系很要好,你知道吧?据说叶住在学校里尚且能严格遵守'不存在的人'的规则,不和任何人接触,可在校外就……她在上学和放学的路上一点儿都不避嫌,像一般人那样跟其他同学说说笑笑。"

"哦,这事我知道。我也提醒过她还是要尽量回避一下,但也没说绝对不可以跟别人接触。"

"嗯。"泉美点点头,接着又说,"我想说的倒不是这个。在学校里一直扮演'不存在的人'确实挺辛苦的,所以离开学校之后,希望能跟好朋友们一如既往地交流,我觉得很正常,没什么好责备她的。可是今天我听继永同学讲到了一些事。"

继永……哦,就是当班长的那个女生吧,她又说了些什么?

"听说在这个周日,岛村同学受伤了。"

岛村是跟叶住关系很好的那几个女生之一吧?

"说是那天她、叶住,还有日下部同学三个人一起放学回家,正走在路上,忽然从后面冲过来一辆自行车把岛村撞了。"

"撞了?她受伤了?伤得厉害吗?"

"只是膝盖和胳膊有些擦伤。不过摔倒的时候还碰到了鼻子,据说当时鼻血直流,怎么也止不住,闹得沸沸扬扬的。"

"骑车的是谁?"

"据说是个中年男人,撞了人不赔礼道歉,反而溜掉。"

"这算是恶性交通肇事逃逸吧?"

"万幸岛村没受太大的伤,事情也就到此为止了,"泉美吸了一口气,又接着说,"可是第二天日下部同学那边又出状况了。"

"她也受伤了？"我不禁脱口问道。

泉美摇摇头："这次倒是不是受伤不受伤的事。"

原来，日下部在二十四日即周二晚上接到了叶住的电话。之后两人就像平常一样煲了电话粥。就在她们通话的过程中，日下部家里出了大事。跟她同住的曾祖母突发急病，倒地不起，一家人手忙脚乱地好不容易才把她送到医院。

"这也太……"听泉美说完，我不觉皱起了眉，忐忑地问，"难不成老人家过世了？"

"听说最后还是抢救过来了。"泉美回答，"虽然还没有彻底恢复，不过不用再住院了。"她蜷缩在沙发里，忧心忡忡地把手捂在前额上，好像要试试自己有没有发烧。

"继永说，接连不断地发生这些事，弄得岛村和日下部两人都有点儿害怕。"

"害怕？"

"因为她们俩都跟叶住比较接近。岛村出事的时候是跟叶住一起走在路上，日下部家则是在她跟叶住通电话时出事。"

所以，后面会不会……我思索着，隐约产生了某些联想。也就是说……啊……可是那又……

"也就是说，叶住让她们害怕。"泉美直截了当地点明我所想。

"她们猜测，'不存在的人'是不是在校外也不应该跟别人接触？还说岛村的摔伤、日下部曾祖母的忽然病倒是不是都因为她们曾经跟叶住走得太近？甚至，会不会是'灾祸'降临的前兆？"

8

"这怎么可能？简直胡说！"我半是抱怨半是难以置信地说，"什么叫'灾祸'降临的前兆？压根没听说过！"

岛村只是单纯地遇到了一个不讲公德的骑车人。日下部的曾祖母跟她是"三等亲"，而"灾祸"的影响仅限于当事人的"二等亲"，所以曾祖母根本不属于"波及范围"内的对象。即使她被送进医院后不幸病故，也只是一场偶然的不幸，绝对谈不上是"灾祸"的征兆。

这些有关"灾祸"的规律，泉美作为应对小组的成员自然都明白。所以我没必再费劲跟她唠叨。

"我跟继永说了，不管是岛村还是日下部，她们的事都跟'灾祸'无关。"泉美依旧手捂着脑门，自顾自地说着，"继永同学也真是的，在这件事情上比谁都焦虑。光是把这些猜测说给我听，她就慌得不行。不过，还好她能听进我说的话。真正让人不放心的反而是岛村她们俩。"

"为什么？"

"听继永说，她们俩现在好像都在故意躲着叶住。大概是觉得无论在校内还是校外都不应该再跟她有什么接触，连电话也不应该打。总之就是要躲她远远的，否则就会有生命危险。"

"啊？"

"照这样下去，万一大家都开始疏远叶住可就麻烦了。她不像你这么坚强。"

"坚强？你觉得我坚强？"我不由得问。

我的确是出于困惑才一不小心脱口而出的。长这么大，头一次听别人说我"坚强"。

"对啊，我觉得你挺坚强的，"泉美直率地说。

她伸了个懒腰，又盯着我说："所以呢……"

"首先要防止大家乱传谣言，什么'跟叶住走得太近会有危险'之类的。要向大家解释清楚'灾祸'的规律，然后告诉所有人，只要我们严格遵守应对策略，就不会有问题。回头我让应对小组的江藤、多治见和矢木泽他们也帮帮忙。"

"嗯。"

"要是叶住真的被大家疏远了，说不定她会放弃'不存在的人'的角色。那么我们好不容易建立起来的'应对措施'就无法执行了，对吧？"泉美的表情和语气都十分郑重。

我想到了见崎鸣的话。就算叶住中途退出，只要我还在认真扮演着"不存在的人"的角色，就不会有事。所以，假如有可能，按最初的计划来就行了。这应该也是个办法吧。

"阿想，"泉美仍旧盯着我，"所以说，你能不能去跟叶住谈谈？让她千万别放弃，继续当好'不存在的人'？"

"你是说，安抚她一下？"

"嗯。"

"好，明白了。"我虽然嘴上答应得痛快，但心里对叶住多少感到有些愧疚。

昨晚她曾给我打过电话，但我没接。之后，看到她没有留言，我也就没再给她打回去。

"对了，有件事我还要问问你，"我忽然又想到了一件头疼事，索性直接向泉美请教。

"叶住她……那个……她到底又是怎么看我的？"

"啊？"泉美歪歪头，立刻明白了我的意思，"哇哦……"她摆出一副恍然大悟的神情，"果然不出我所料啊！难怪从一开始我就觉得有点儿奇怪。"

"奇怪什么？"

"前不久矢木泽还跟我说起过呢。他说，谁都看得出来，叶住喜欢你。"

被她这么单刀直入地说出来，我唯一的反应是：麻烦了。

对于叶住，我既不讨厌也不厌烦。听到别人说她喜欢我，我的真实感想却是："根本没那回事！"

"她该不会已经向你告白过了吧？"泉美的好奇心被点燃了。

"啊……没有没有。"我说，避开了泉美窥探的目光。

"真的假的，"她哼了一声，抱起双臂，"那你呢？你喜欢她吗？"

"诶？"

"叶住长得挺漂亮，人也不错。"

"我没什么感觉。"我说，这是我的真心话。

"那你讨厌她？"

"也没有。"

"那就是说无所谓？"

"嗯，就是这样。"

喜欢或讨厌一个女孩，我并没有这种所谓恋爱般的心情。或者说，迄今为止，我从来没真正关心过任何一个女孩。大概是因为我在这方面很迟钝。

泉美眯着眼，任凭我语无伦次地辩解，最后点点头，"哼"了一声，又盘起双腿坐着，抬手把长发撩到脑后，简短地作了个总结:"总之,你觉得不用太担心她?"

"她确实有些地方不够慎重。不过,我觉得还是不要对她太苛刻,否则说不定会适得其反。"

9

四月最后的三天里无事发生。至少据我所知是这样。

这三天里,我去过一次拂晓森林图书馆,其余时间则往返于公寓和赤泽老宅的两点一线之间,除此以外再无外出。自然,除了泉美,也没有跟班上的任何人见过面。

在这种终日以读书打发时间的隐居生活中,我渐渐滋生出希望学校永不开学的妄念。我本来就不是那种擅长与众人打成一片的活泼性格——虽说自从搬到夜见山以来,我这孤僻的毛病已经改了不少,但如果深究就会发现,我内心深处似乎隐藏着一种总想逃离的强烈渴望。

要不干脆趁着黄金周放假的机会逃走吧?我的脑海里时常冒出这个念头,虽然明知自己根本无处可逃。

假期里没跟任何人见面,但我还是给矢木泽打过一通电话。

"喂,是阿想啊,怎么样?还好吧?"听筒里传来矢木泽一贯大大咧咧的声音,"四月总算结束了。从下个月开始,你还得照这样继续坚持下去啊!"

"嗯,那当然。"我答应着。

"我们的'不存在的人',终于觉得孤独了吗?"矢木泽快言快语地问,"要是受不了孤独寂寞,我倒是可以张开怀抱欢迎你啊,哈哈!至少可以在校外见见面吧。哎,对了,要不然咱们干脆组个乐队怎么样?"

"啊?"

"你会玩什么乐器?要是不会,先练练打击乐怎么样?比如从响铃或者手鼓开始?"

"你饶了我吧。"

"哎,说真的,玩乐器可比天天关在家里看书更有利于心理健康啊!"

对于每天在教室里安安静静地看书、似乎毫无心理压力地扮演着"不存在的人"的我,矢木泽以他独有的方式表达了关切。对此,我一方面心怀感激,一方面在潜意识里偶尔又觉得他多事。每当这时,我就变得十分烦躁。

最近叶住没再给我打电话。虽然听了泉美的话之后,我多少留了点儿心,但到底没主动去联系她。

三十日。四月最后一天的晚上。

十点钟左右,我打开了客厅桌子上的笔记本电脑。

有三封新邮件。

一封是幸田俊介发来的,邮件内容是例行的有关生物兴趣小组的活动报告。

上周有三名初一年级的新生加入了小组。两名男生、一名女生,都是关系到我们生物小组未来的重要接班人,所以他打算在他们第一次来活动室的时候好好接待……搞什么啊,这种事情值得特地发邮件通知我?

作为不幸离世的小呜呜君的继任者,小组里新近养了一只雄性的墨西哥钝口螈。听说是一名新加入的小组成员带来的,而且名字偏偏也叫做小呜呜君。

即使是在黄金周放假期间，俊介也每天都会去活动室。"你乐意的话也可以过来玩啊！"在邮件最后，他没忘了竭力邀请我。

第二封邮件来自见崎鸣。

上次她给我发邮件还是在开学仪式的前一天。我注意到"发信人"一栏里标示的"Mei M"，便怀着几分忐忑点开了邮件。

> 四月看来平安度过了。
> 希望下个月开始也都能顺顺利利的。

一如既往地简短。但我看了还是觉得心里多了几分踏实。

我舒了口气，闭上眼睛，眼前又浮现出她像从前那样戴着眼罩的样子。对了，两周前我去玩偶美术馆见她的时候，她似乎说过："有机会的话，希望能去你那儿参观参观。"她是说真的？还是只不过临时起意随口说说？

第三封是本地的电子报《夜见山市通讯》，每月发送两期。明明上周已经收到了四月的第二期，为什么又来了？我仔细看了看，原来今天收到的是名为《GW 增刊》临时版。

虽说是增刊，但内容并无多少新意。无非是某位热衷于乡土史研究的记者公布了最近的"新发现"；关于五月五日端午节由来的一些杂学讨论的专栏文章；黄金周期间市内举办的各种活动的通知，比如在拂晓森林公园举办的义卖会、市政府门前广场上的旧书市集、某地举办的市民同乐音乐会……

我大致浏览了一遍，没发现感兴趣的消息。

然而……

邮件最后，一篇标题为《编辑部通知》的小短文却吸引了我的注意。它的内容虽然不至于让我大惊失色,但的确读来心绪难平。

> 本刊发送前收到了一份最新的讣告:
> 仲川贵之先生不幸离世。
> 在此愿他一路走好。

插曲 I

那个叶住看来有点儿危险啊。

怎么了?

大家都在议论呢,说是跟她走得太近会有危险。

危险?什么危险?

据说会发生不幸的事,所以**最好还是躲她远点儿**。

可她不是"不存在的人"吗?本来就没人会在教室里跟她搭话啊。规定他们必须这样……

不不,现在不光是在学校里,在校外也一样。

在校外也不能接近她?

你知道有几个人经常放学后跟她一道回家吧?

哦,你说的是岛村和日下部?

岛村前阵子在回家路上受伤了呢。

听说是被自行车撞了。不过据说伤得并不厉害啊。

日下部的曾祖母还是什么人,忽然病倒了,被救护车拉走了呢。

这我倒没听说。

正好是在她和叶住通电话的时候发生的事。所以你觉得这会是偶然吗?

既然是曾祖母,年纪应该很大了吧?所以……

可是她俩都害怕得要命,据说现在回家时已经不跟叶住一路走了。

哦……

你觉得呢？还是有点儿诡异吧？

不好说，我觉得还好吧……

*

喂，叶住果然还是有点儿吓人啊。

又怎么了？

听说三十号发生的那场事故了吗？

事故？哎……

夜见一有个学生骑摩托车撞死了。

夜见一？是高中？

就是夜见山第一高中啊，死的是个高二男生……

*

据说死的那个名叫仲川贵之，是高二学生。

是因为无证驾驶吗？

不不，他那时候坐在别人摩托车的后座上，过路口的时候被右转汽车撞了。开摩托车的那个人只是受了点儿轻伤，反倒是坐在后座的仲川在车子倒地时被甩了出去，又被后面驶过来的车轧死了。

哎呀，太惨了！他该不是暴走族吧？

不是不是！现在都什么时代了，哪儿还有暴走族啊！

那他也真够倒霉的。

就是啊，太惨了。

你知道吗？**那个名叫仲川的高中生跟叶住也是熟人。**

对对。所以大伙儿都说，叶住还是有点儿诡异啊……

听说她还去参加了仲川的守灵夜呢。

他俩真有那么熟？

早就认识了。据说仲川的哥哥跟叶住哥哥是好朋友。

叶住的哥哥呢？

好像已经上大学了。

好朋友的弟弟啊，哎……

看吧，这件事肯定不是巧合。

那还真说不定。

又是受伤，又是家人忽然生病，又是交通事故死了人，这些都是有关联的。

就因为叶住是"不存在的人"？

很有可能。

可是"不存在的人"只不过是（3）班随便指定的啊，而且死的人又不是班级成员的亲戚。

所以说，没准儿还有另外一种可能。

什么可能？

说不定叶住自己就是那名"死者"。

"死者"？就是四月混进班里的那个"增加的人"？

嗯嗯。

这怎么可能……

其实她没准真是那个，她身边才会接二连三地坏事不断。

真的？

真假不知道，反正赤泽他们老说"不是"。

……

不过，不管怎么查也查不出来到底谁才是那个"增加的人"吧？那他们又凭什么断定叶住不是呢？

……

反正还是先躲她远点儿。就算是在校外也当她是"不存在的人"，假装没看见就行了。

第六章　五月　I

1

《夜见山通讯》在《编辑部通知》中提及的"仲川贵之"是夜见山市第一高中的高二学生，还是叶住结香的熟人。我直到五月二号晚上才听说这个消息。泉美特地跑来我家把这件事告诉了我，还说已经在班里传得沸沸扬扬了。

"听说他俩之间唯一的关联之处就是死者是叶住哥哥好朋友的弟弟。所以，不管从哪个角度，这件事应该都与'灾祸'无关，只是一场单纯的事故吧。"泉美郁闷地抱着双臂说。

"可我还是挺担心的，搞不好原来那些流言蜚语又会铺天盖地了。叶住有没有联系过你聊聊这件事？"

"目前为止还没有。"

"这样啊……"

后来我得知仲川贵之是《夜见山通讯》出版人的亲戚，时常协助报社出去采访，偶尔还会独自发表报道。

《高中生死于摩托车车祸》这种标题很容易让人联想到行为不端的学生因鲁莽驾驶而导致交通事故之类的事情，但实际情况恰恰相反。仲川贵之其实是个做事认真、品行端正的好学生。出事时，他乘坐的那辆摩托车是由《夜见山通讯》的某位工作人员（35岁，男性）所驾驶的，车祸的主要责任方是那辆忽然右转冲过来的汽车。

直到长假的最后一天，也就是昨天，我都没发现叶住有什么异常。不过，今天她一副愁眉苦脸的样子，我觉察出她对我有些欲言又止，便打算邀她在放学回家的路上谈谈。哪知道下课铃一响，她就飞快地冲出了教室。后来我才知道，那天她要去参加仲川贵之的守灵夜。

"明天又要开始放假了，"泉美仍抱着胳膊叹了口气，"不过也许放假期间那些人就没机会乱传了，这样也好。"

之后我一直深感迷茫，直至深夜。最后还是忍不住给见崎鸣发了封邮件。

死者仲川就读的正是见崎鸣目前所在的夜见山第一高中。虽然年级不同，见崎鸣不一定认识他，但我总觉得有必要先告诉她一声。

为了应对"灾祸"，我们所采取的"对策"到目前为止还算成功。然而，围绕着叶住结香接连发生了一连串我们未曾预料的状况，班里也开始弥漫起一股不祥的气氛。另外，我想就自己的担忧询问一下见崎鸣的看法。所以……

第二天下午，我收到了她的回信。

仲川是二年级的，我跟他没见过面……

还在担心叶住？

就像我前阵子跟你说的那样，即使她那边有什么变故，只要你能切实履行"不存在之人"的职责，就绝对不会有问题。

2

"阿想,我……"叶住忽然停住了话头,脸上显出几分踌躇。

我没有追问,仍然按照原有的步调走在河边的路上。

"阿想,我……"她再次开了口,顺势停下脚步。我也随着她站住了。在乌云低垂的天空下,她抬手理了理着被风吹乱的头发。"怎么说呢,我……大家现在好像都躲着我。"

果然不出所料,她要说的就是这件事。三十分钟前,她给我打了个电话,说:"正好在附近,想跟你谈谈。"

"躲着你?"我尽量不动声色,"'大家'又是指谁啊?"

"就是咱们班里的同学呗。"叶住垂下眼睑说。

"岛村和日下部她们总不接我的电话。而且,就算在学校外也总是装出一副没看见我的样子,好像根本不认识我似的。我追过去想问问她们到底为什么要这样,她们却都跑开了。"

那些人还真是一点儿都不掩饰啊。

"而且,不光是她们俩,班里的其他同学,不管是女生还是男生,都是这个样子。"

"也就是说,大家在校外也把你当成'不存在的人'了?"

"嗯……差不多。"叶住小声地回答。

"阿想,你说他们到底是怎么回事?"她慢慢地抬眼看着我,"为什么要这样对待我?"

此时此刻是五月六日周日,黄金周假期最后一天的下午。虽然还不到五点,但由于阴天,周围的景色像临近日落时分那样昏暗、阴沉。

从五月三日到五日，我仍像假期的前几天一样，几乎天天在家里闭门不出，用读书来打发时间。其间，矢木泽和幸田俊介曾一度邀请我"出去玩玩"，但我不知为什么，无论如何也提不起兴致，都一一谢绝了。

但我心里一直很在意叶住的情况。

见崎鸣在邮件里说，只要我能履行"不存在的人"的职责，一切就会平安无事。这话她以前也跟我说过，而我对她一贯深信不疑。但即便如此，我还是无法对叶住听之任之，总希望能尽量按照计划好的对策行事，顺顺利利地渡过今年这个"平安年"。

"上周有个姓仲川的高中生因为车祸去世了，"我一横心，索性直接揭到了这件事，"听说你也认识他？"

"哦，你说他呀。"叶住又垂下了眼帘，"对，我们认识。我也是突然收到了消息，当时真是吓死了。"

"听说他是你哥哥好友的弟弟？"

"是啊。他哥哥从前对我很好，我跟仲川也常常聊天，谁能想到他居然会……"

淡粉色的针织衫、质地柔软的米色裙子。从升入初三以来，我还是第一次看到叶住不穿校服的样子。她神情哀伤地咬着嘴唇，长长地叹了口气。这也是没办法的事，我在心里默默地对她说。

"听到出事的消息，大家一时都很难冷静。"到了这个时候，我不能再用无关痛痒的话去胡乱安慰她了，更不能再骗她了。想到这里，我决定开门见山，把事情挑明。

"岛村受伤的事，还有日下部家里的事我也都听说了，那些都是和'灾祸'毫无关联的意外事件。可惜，仲川偏偏遇到了车祸，而他又是你的熟人。这原本跟'灾祸'扯不上关系，可同学们眼下已经很难冷静地思考了，他们觉得这些事怎么说都像是跟'灾祸'有关，所以……"

"所以……"

"他们都很怕你。"

"怕我？"

"嗯，所以他们才会躲着你。他们觉得，既然你是'不存在的人'，那么最好在学校外面也不要跟你接触为好。"

"为什么？"

"我觉得他们这个想法毫无根据，都是胡乱揣测，也不符合'现象'和'灾祸'的规律。应对小组的赤泽同学很担心这种事态的蔓延。"

"为什么？！我明明没做错什么……"叶住嗓音嘶哑，表情也僵住了，嘴唇微微颤抖，"我不是每天都规规矩矩地在学校里扮演着'不存在的人'吗？为什么他们还要这样对待我？！"

我没有回答，一步步朝河边走去。在带着一丝水汽的风中，我深深地吸了一口气，转头对叶住说："没关系，不要怕。无论别人怎么想，到目前为止，我们的应对很成功！'灾祸'并没有降临！所以，我们只要继续努力就行了。"

叶住的表情并没有缓和多少。沉默了几秒钟之后，她抬手擦掉眼角的泪，带着些依赖的神情看着我，轻轻点了点头。

"幸亏还有你，"她十分努力地微笑了一下，对我说，"阿想，有你陪着我，我一定会……"

"啊……嗯……"我也故作轻松地回应，但对这种忽然拉近的距离感到一阵手足无措。按捺着心中的惶恐，我赶忙沿着河边的便道朝叶住追过去。

我们又并肩走了一会儿，终于来到了那座步行天桥旁边。

"那么今天就先再见了哦。"我朝她招招手，准备就此告别，转身往桥上走去。

她却跟了过来。咦，难道她还有话要说？我又该如何应付？

这座桥的桥柱和两侧的栏杆都是木制的，只有扶手是金属制的，上面很多地方的油漆已经斑驳脱落，裸露着斑斑锈迹。我刚走到这座已经残旧不堪的桥中央，身后传来叶住的声音："阿想，等等！"

"诶？"

"三月底，开会推选今年'不存在的人'那会儿……之前我也跟你透露过一些吧，你自告奋勇报名之后，有人说仅仅这样还不行……"

"哦，对啊。"所以后来大家一致同意今年要配置两名"不存在的人"，最后还决定用扑克牌抽签的方式选出第二名"不存在的人"的人选。

——你为什么最后居然同意了？这明明是份苦差事啊。

我记得当天放学回家的路上自己曾这样问过她。

——可是我毕竟抽中了"大王"牌啊。

她当时回答。

——你如果真不想干，可以当场拼命推掉啊。

我说。因为是临时提出的紧急动议，就算推辞，大家也不会说什么。

"当初决定用抽签来决定人选的时候，"她把一只手搭在栏杆上，转身朝河水下游方向望去，"我是故意抽到那张'大王'牌的。"

"什么?!"

她望着一脸震惊的我,反问道:"你还记得当初我们用的那副扑克牌吗?"

我惊讶得说不出话来。

"当时我们是按参加抽签的人数数出来几张牌,然后大家一起洗牌。我发现那张'大王'牌的一个角不知怎么的似乎有点儿折了,所以轮到我抽牌的时候,我发现还没有人抽到那张牌,就故意抽了它。"

"为什么?"我不禁脱口而出,但立即又闭上了嘴,也学着她的样子把胳膊搭在桥栏杆上,弯身俯看桥下深绿色的河水。

"因为,"她说,"全班只有我俩是'不存在的人',这不是很特别吗?"

"⋯⋯"

"我从初一就关注着你呢。可惜你根本没注意到。"

"啊⋯⋯嗯。"

"怎么说呢,虽然你的病现在已经好多了,可你周围总像竖着一堵厚墙,不想让任何人靠近你。除了矢木泽,你好像跟谁都保持着距离。一个人待着的时候,也总是一副心不在焉的样子。"

"是吗⋯⋯我自己倒是一点儿都没注意到。"

"可是我⋯⋯很喜欢这样的你。不知为什么,我总觉得你跟我哥有点儿像。"

接下来该怎么回答?我的大脑里一片混乱。

难道这就是所谓的告白吗?!我猛地想起放长假前那天晚上泉美半开玩笑似的对我说过的话。

什么是恋爱?我耳边蓦然响起若干年前那个还在上小学的自

己的声音。

——恋爱就是喜欢一个人吗?

在我时常跑去玩的"湖畔之家",那时还天真无邪的我曾经这样问最喜欢的晃也舅舅。当时他又是怎么回答的?

"所以……"我盯着连绵的河水出神,叶住走过来轻轻地靠在我的肩头,"我想更接近你。在学校里,我俩都是'不存在的人',那当然没办法,可是在其他地方,我不想跟你那么疏远。毕竟,全班只有我俩是同一类人啊。"

"呃,这……可是……"

"那样的话,无论别人怎么对我,我都不会在乎,只会跟阿想一起努力。"

"可……可是,我们并没疏远啊。你看,今天不就是在单独见面吗?还聊了这么久……"

"我说的不是这个意思!"叶住忽然提高了嗓门喊起来。虽然从外表看,她已经有了几分成年人的模样,但此刻她的神情像是一个孩子,"我不是这个意思,我……"

我不敢正视她的眼睛,慌忙躲开了她的视线。

今天的河面上没有翠鸟捕食的身影。

3

虽然自己正陷入眼前这种还不太习惯或者说根本是经验不足造成的窘境中,我的脑海里却忽然闪现另一件事。

学校里很多人都在议论说叶住就是"死者",也就是四月初混进班里的"增加的人"。正因为这样,她身边才会接二连三地祸事不断。

这些都是昨晚泉美特地来我家告诉我的。而且据她说，这种议论已经在学校里越传越广。

简直可笑至极。这是我听到消息后的第一反应。

在"发生年"混入班里的"增加的人"等于"死者"。据说是这样。但是，"死者"的出现并不会直接引发"灾祸"，更没有人因为与"死者"接触就会大祸临头。不过……

难道叶住真的是今年那名"死者"？目前正站在我面前的这个人会不会就是以前在"灾祸"中已经死掉的某个人？

从初一开始，叶住就一直跟我同班。她很早就显出成年人般的成熟，班里的男生公认她是班上的"女神"。我记得，而且记得很清楚。

三月底开"对策讨论会"时，她确实也参加了。后来决定用抽签的办法选出第二位"不存在的人"，她也确实抽到了"大王"牌。当时的情形，我也记得很清楚。

"增加的人"混进班里应该是四月开学以后的事。三月时，他或她应该还没有出现，所以在讨论会上抽到"大王"牌、成为"不存在的人"的那个叶住应该不是"死者"。应该是这样，没错。

不过，事情或许没这么简单？

记录可能会被篡改。

记忆也可能会被扭曲。

伴随着"现象"开始，事态可能会朝着不可思议的方向发展，各种原本"确信"的事，都有可能变成截然相反的事实。

叶住从初一就跟我同班。她还参加了三月的"对策讨论会"——这些我认为理所当然的记忆假如是被修改过的"伪造的记忆",又会怎样?

传言中是混入初三(3)班的"增加的人",即"死者"的叶住结香,假如她本人和周围的人都没有意识到这居然是真的,又会怎样?

即使曾与"死者"有过交集,也绝不会因此被"灾祸"波及。这一点我很清楚。所以就算她真的是"死者",事情也不会因此有所改变,对我们也不会产生什么影响。按道理说,应该是这样的吧……

一阵强风吹过,河堤上的树木与河滩上的草丛都发出沙沙的枝叶摩擦声,水面上也立即荡起一片波纹。

叶住手忙脚乱地捂住被风吹起的裙子,却不小心绊了一下,脚步踉跄。我赶忙伸出手去扶住了她的肩膀。透过针织衫,我的手感觉到了她的体温。这种温热怎么可能来自"死者"呢?和她相比,没准我更像是那名"死者"。

"哎呀!"她像是吓了一跳,惊叫起来。我赶忙放开手。

"谢谢你。"

"哦,没什么。"

我转过身背对着她,径自朝前走去。风还在吹,周围的景色越发显得阴沉,有如黄昏。

"阿想!"叶住叫着我的名字追了过来,"我想……"

不不……别追过来。我加快了脚步,心里有一种感觉,假如跟她继续谈下去,似乎不会有好结果。无论对我还是对她,都是如此。

只差几米就要走到桥头时,我忽然望见河对岸的马路上有一道人影。

本来只是不经意的匆匆一瞥，我以为自己看错了。然而定睛一看……啊，那是……那个清晰可辨的身影正是她！

见崎鸣。

虽然相隔着一段距离，天色又已临近黄昏，但我还是看得一清二楚。她没穿校服，一身都是与季节颇不相称、平时很少见她穿的黑衣。没错，就是她。

被风吹乱的短发、小巧的脸庞和与之相得益彰的娇小身材。这立刻让我确定，那确实是见崎鸣。

她沿着道路右侧从河流下游方向朝这边慢慢地走过来，在步行桥前面停住了脚步，似乎又扭回头朝这边看着。

"见崎学姐！"我不由自主地喊着，"见崎学姐！"

此时，我全然忘记了身边的叶住，拔脚朝桥头跑过去。

"小想，"见崎鸣淡淡地笑着迎过来。又是一阵猛烈的风吹过，草木间一片簌簌作响。

"真是够巧的，没想到能在这里遇见你。"和上次在玩偶美术馆见面时不同，今天她没戴眼罩。那只幼年时因病变而摘除了眼球的左眼窝镶着一只义眼。虽然是义眼，但绝不像装在玩偶上的假眼那么死气沉沉而毫无生气。

那是一只略带些茶色的黑眼珠，与她之前所戴的截然不同。大概从两年前开始，为了更好地适应日常生活，她换上了新的义眼，之后便几乎再也没戴过眼罩。

"见崎学姐……"

与她面对面地站着，我简直能听见自己的心脏猛烈跳动的声音。是刚才跑得太快了吗？明明只是短短一小段路而已。我想，肯定还有别的原因。

"没事吗？"她问。

"什么？"我一时没反应过来。

她朝桥的方向歪了歪头："你刚刚不是正在跟她讲话？"

"哦，我们已经说完了。"

"是吗？"

"嗯。"

鸣眯起了右眼。"真的没关系？你瞧，她正朝这边张望呢。"

"嗯，没事，真的没什么……"我慌乱地答道，但还是转身朝桥上看了看，见叶住已经转身朝桥的另一头走去，所以我不知道她刚刚是不是真的在"朝这边张望"。

"对了，上次，谢谢你回给我的邮件。"

鸣淡然一笑。"似乎出了些状况啊，你还能坚持下去？"

"嗯，我没事。"

"刚才那个女孩，该不会就是你的'同行'吧？"

"对，就是她。"

"叫叶住结香？"

"嗯。"

"长得挺漂亮。你们俩该不会正在交往吧？"

忽然被她问到这个，我慌不择言地为自己辩解："没有没有，怎么会呢！我俩就是作为'不存在的人'，单纯地在一起商量些事情而已。"

鸣又一次眯起了右眼盯着我。

"只要你能认真履行职责，就不会有问题，我真是这么想的。不过，那个女孩怎么有点儿让人不放心，好像总让人为她捏着一把汗……"

"不放心?"

"嗯。怎么说呢,就像在看着一个人大大咧咧地走在悬崖边的小路上却浑然不知,甚至对周围的危险毫不在意那种感觉。"

她的话不仅让我心中一凛,一时不知该如何作答。又觉得她的话似乎还没说完,便目不转睛地看着她。

在嗖嗖的风声里忽然响起了一阵断断续续的电子铃声。是她的手机响了。对了,那铃声跟上个月我们在玩偶美术馆见面时突然打来的电话铃声是一样的。

鸣从上衣兜里掏出手机,像是要避开我似的,背转过身接通了电话。

"嗯……是,"只听她断断续续地说,"我……可是……好,那……"

对方是谁?我心里浮起与上次相同的疑问。

"什么?……嗯,不要紧……我还没说。放心吧。"说完,她挂断了电话。

她究竟在跟谁通话?老实说,我十分在意,却毫无办法。

结果我仍是一头雾水。

4

次日,五月七日。黄金周假期结束后的周一。

我比平时提早到了学校,然后直接朝0号楼走去。

进了楼,我先去生物小组的活动室转了转。不出所料,幸田俊介早就到了,正在忙着查看养在活动室里的各种动物。

"阿想!好久不见了!"一眼瞥见我进来,他推了推银框眼镜,诚恳地说,"四月总算平安地过去了,太好了!"

"嗯,是啊。"

"放假这段时间,死了一条黑斑泥鳅和一只沼虾,我正准备把它们做成标本呢。"他很快又哭丧着脸说。

我也故意哭丧着脸回答:"鱼类可以让你做成标本。"

"那么甲壳类动物呢?"

"暂时按鱼类处理吧。"

"哦,对了,"俊介换了一副郑重其事的表情,"上次在邮件里跟你说过,我们小组有新成员加入了。"

"嗯。不是说两名男生一名女生吗?"

"对。其中有个男生姓 Takanashi 的。"

"嗯?Takanashi……"我似乎在哪里听到过这个姓。

"汉字该不会是字面意思为'小鸟在游玩'的'小鸟游'吧?"

俊介认真地点点头:"好像是。他还有个年长两岁的姐姐,名叫小鸟游纯,也是你们初三(3)班的。"

的确,班上确实有个名叫小鸟游纯的女生。这么说,生物小组里也出现了"关联之人"。

"我试探着问过他,他好像对你们班的特殊情况毫不知情。看来他姐姐严格遵守了你们的班规,没向任何人透露过那件事。"

"嗯。"我忽然觉得心头有一丝沉重,长长地吐了一口气。环视四周,见水槽里趴着一只白色的墨西哥钝口螈。这该不会就是小呜呜君二代吧?

"我偶尔听敬介咕哝了几句,"俊介接着说道,"你们班最近闹了点儿小风波?"

155　　第六章 五月 Ⅰ

是关于叶住结香那些传言吧？我想。

"那个……"我眼前又浮现出叶住昨天的模样，心头泛起一阵复杂的情绪。

"我不知道你都听说了些什么，都是胡说八道。没错，夜见一是有一名高中生因为交通事故死掉了，但他既不是（3）班的'关联之人'，那个事故也跟'灾祸'无关，所以没什么好担心的。'灾祸'并没有降临。"

"是这样啊！"

"嗯。"

"既然你都这么说了，我也就没什么好担心的了。"

离上课铃响起还有几分钟，我撇下俊介走出了活动室。去教室之前，我还有一件事想核实一下：同在这栋楼里的第二图书馆现在怎么样了？

因为管理员千曳先生请假，整个四月里，第二图书馆的门上都挂着"闭馆"的牌子。听说千曳先生只请了四月的假，可图书馆五月一日、二日仍没有开门。不知过了一个长假，情况会不会有所变化。

这座校舍是红砖盖成的老房子，即使在大白天，楼里的走廊上也是一片昏暗。我沿着走廊一溜小跑地来到第二图书馆门口，听见背后有人在叫我的名字。那声音有力无气，听来却低沉悦耳。

我回头看去，只见身后站着一个从衬衫到外套、裤子一身黑的男人——是千曳先生！

"您早！"我郑重地跟他打招呼，"您从今天开始上班了？"

"嗯，"千曳先生戴着一副有些土气的黑框眼镜，比去年年末最后一次见他时憔悴了许多。他原本就有些花白头发，如今前额上的头发几乎全变成了白色。据说他这次请长假是出于"身体原因"，也许真的是健康出了什么问题。

"班里的情况，我都从神林老师那儿听说了。"一身黑衣的图书管理员对我说。

"据说今年是'发生年'，而且你担任了'不存在的人'？"

"嗯，"我点了点头，"不光是我，今年我们增加了一个'不存在的人'。"

"我也听说了。说是在三月开讨论会的时候决定的？"

"对。"

这时，从老旧的音箱里传出一阵断断续续的预备铃声。离正式上课只有五分钟了。

"要去上第一节课吗？既然是'不存在的人'，是不是多少也可以偷点儿懒呢？"千曳先生问。

"不不……课还是要上的。"我说。第一节课是数学课。如果养成了随便翘课的习惯，我怕自己会一发而不可收拾。

"不过，体育和音乐之类的课可以偶尔偷偷懒。"

"呵呵，那赶紧先去上课吧，"千曳先生摸着尖尖的下巴颏说，"午休的时候再过来。反正第二图书馆从今天开始重新开放了。"

"是，"我痛快地答应，"午休时我一定过来。"

"有事要跟我说？"

"嗯。不过……"

"正好，我也有些事想问问你。"千曳先生抓抓那一头惹眼的白发，"那咱们就中午见！"

5

第一节课是数学。事后想来，就是从那时候起，我开始觉得叶住有些不对劲儿。

她直到开早班会的时候都没有来。本来全班人已经形成了某种默契，作为"不存在的人"，无论是每天上课前的早班会还是每周一次的大班会，我俩都可以不用参加，所以今天她的迟到并没有特别惹眼。之后，数学老师已经开讲了五分钟，叶住才姗姗来迟。数学老师对班上的"特殊情况"早已心知肚明，并没有责备她的迟到。全班人默默无语地看着她走进教室，在靠窗边最后一排的座位上坐下。

上课期间，坐在靠走廊一侧位置的我不停地朝她那边张望。见她虽然拿出了课本，却既没有打开笔记本，也没有准备记笔记，单手托腮，一直垂着头，不知是在打瞌睡还是在闹脾气。只是单纯在发呆？还是心绪不佳？我疑惑着。

第二节语文课，她还是那副老样子。

两节课之间的课间休息，她也一直待在座位上，双手撑着脸，面无表情，静静地坐着，看也不看我一眼。

太奇怪了，我想。但既然我们都身在校园内，而且同在初三（3）班的教室里，我自然不能跑过去直接问"你怎么了"。

第二节下课、第三节课还没开始前，她从座位上站起身，独自走出了教室。我朝她匆匆瞥了一眼，见她脸色异常苍白。虽然仍无法开口询问，但我还是立刻站起身走到她的课桌旁。

替身2001

"这是怎么回事？"有人惊呼。是比我先一步来到叶住座位旁的赤泽泉美，她身边还站着班长继永。

她们正俯身看着叶住的那张课桌，两人对视了几秒后，泉美眉头紧蹙，表情严峻。她飞快地瞥了我一眼，不易觉察地摇了摇头。

出了什么事？

等她们俩走开后，我凑到近前，朝课桌上看去……

在这张专为"不存在的人"而特地从0号楼老教室里搬来的旧课桌上，原本已经伤痕累累的桌面上赫然写着些涂鸦：

——不存在的人赶紧消失！

——不祥之人，咒怨上身，你就是"死者"吧！

字是用油性（我猜的）的黑色马克笔写的，而且反复描了几次（也是我猜的）。一望便知是最近刚刚写上去的。

"太过分了！"我禁不住低声骂道，"是哪个缺德家伙干的？"

看来有人听信了传闻，还采取了最低级的报复手段。

我扫视着教室里的每一个人。自然，没有谁敢和我这个"不存在的人"目光对视。

"要尽快采取行动才行啊！"耳中传来泉美的声音。

"是啊……"继永跟着说道。

"再发生类似的事情……"

"事态就会朝最坏的方向发展。"

"总之，先不要告诉神林老师。放学后，我再跟大家……"

出于身为应对小组成员的责任感，还有最朴素的正义感，泉美的声音里充满了焦躁和对破坏规则的那个家伙深深的愤怒。

6

说起来，那天一早，天空中的景色就颇为诡异。

明明已经是五月上旬，天气却异常寒冷，风也很大。天空一半晴朗，一半阴沉。阴沉的那部分，云层变幻不停，越堆越厚。

第二节课下课后，我又朝外面看了看。只见天空中的景色越发变幻莫测。至少从我们教室窗口这个角度望去，蓝天已经彻底看不见了，整个天空被云层遮蔽得严严实实。远方地平线与天空的交会处，白色、铅灰色的巨大云团似乎在诡异地蠕动着。

十几分钟前，窗外还是一片阳光明媚，此时已完全暗淡下来，教室里也一片昏暗，不得不开灯才能看清书本上的文字。

第三节课是理科。

上课铃响过之后，与早班会时的打扮不同，神林老师一身白衣走进了教室。此时叶住还没有回来。

老师翻开点名册，对照着在座的人开始逐一点名。叶住的缺席当然逃不过她的眼睛，但她似乎毫不在意。自然，点名时她也很小心地避免与我视线相接。对于"不存在的人"，就要严格遵守他们真的不存在来对待。老师们在这一点上绝不敢越雷池半步。

叶住究竟怎样了？

看到课桌上那些涂鸦，大概谁也受不了。

或许正是看到涂鸦后情绪大受刺激，第一、第二节课的时候她才那么沮丧吧？又或许是再也无法继续待在这间教室里，她才不肯回来？

外面的天色更暗了，狂风呼啸，从远处隐隐传来轰轰的雷声。

叶住的缺席并没有影响神林老师的进度，她点完名，便开始上课。

那天课上讲的内容是生物课本第二卷下册的部分——"生物的细胞与生长"。神林老师讲课时一如既往地认真，但多少有些照本宣科，听来实在枯燥无味。我从初一开始就参加了生物兴趣小组，她所讲的内容，我大部分早就掌握了，因此不免更觉得无聊透顶。

课才上了十几分钟，我就已经打了两次呵欠。

忽然，教室的后门开了，叶住走进教室。

几个同学迅速地回头看了看，随即又转回脸朝黑板方向看去。讲台上的神林老师也只是略微停顿了几秒钟，便继续讲课，像什么都没发生，也没朝叶住看一眼。

我忽然感到有一种说不清的……不不……是一种很强烈的预感，便斜眼观察着叶住的动静。

她在位子上坐下，根本没有拿出课本和笔记本，也没打算好好听课，却慢慢地仰起头，随后又转眼望向我，像是想要诉说什么似的，动了动嘴唇——至少，我感觉好像是这样。但我没有回应她，移开了眼神。在别人看来，我像是在慌慌张张地故意躲开她吧。但以我的立场来说，眼下别无选择。

雷声隆隆地响起来，风吹进敞开的窗户，本就胡乱挂着的薄窗帘在风中凌乱地飞舞起来。

"我做不到……"我听见有人在喃喃低语。

"我做不到……"声音比刚才又大了些。

"我做不到！我受不了！"第三声呐喊从叶住口中爆发。

这下麻烦了……

大部分人对叶住的这种举止置若罔闻。神林老师仍在若无其事地继续讲课，还在黑板上写着内容重点："也就是说，多细胞生物会产生这样的细胞分裂，分裂后的细胞不断生长，之后会再次分裂。这个不断持续的过程……"

她正要接着说下去，猛地一个炸雷轰然爆响，震得天花板上排列整齐的日光灯此起彼伏、摇曳不定。

哐！叶住甩开椅子站起来，用整个教室都能听到的声音大喊："我受不了！我做不到！我……我已经……"

讲台上的神林老师惊呆了，大家的神情也都差不多，就连我自己也不敢说完全视若无睹。然而……

"下面请大家翻到课本的第三十六页。"神林老师仍然没看叶住，似乎打算完全无视她的叫喊，继续上课。同学们有的按老师说的开始翻课本，有的站起身来望向叶住，也有人只敢偷偷地向她瞄上几眼……教室里没有人说话，却似乎充满了喊喊喳喳的私语声。

"不要再当我不存在了！"叶住又大喊了一声。她似乎再也抑制不住激动的情绪，言语也如同开了闸的洪水一泻而出："我不干了！什么'不存在的人'，见鬼去吧！"

教室里顿时一片寂静。只有叶住带着哭腔继续嘶吼："我就在这里！我不是'死者'！我明明活着！就在这里，我还活着！"

她话音未落，忽然传来一种陌生的、剧烈的声响。

是从窗户那边传来的。

先是"叭哒"几声，随后噼里啪啦、稀里哗啦……很难用言语形容的声响。

之后，朝向校园那一侧的所有窗户上，不，实际上是整个教学楼，乃至外面的所有地方都传出了类似的声响。

一瞬间，大家不知道究竟发生了什么事。

有人以为是下雨了。但这声响不是雨声，它比雨声更响亮、更猛烈。

是冰雹！

几年前，我在"湖畔之家"时也遇见过下冰雹。那时也是雷声大作，然后整栋房子被笼罩在这样的声响之中。晃也舅舅对瞪大了眼睛不知所措的我说："这东西叫做冰雹。"

在积雨云中形成的冰粒慢慢凝结到一起，然后落到了地面上。直径五毫米以上的叫做冰雹，五毫米以下的叫做霰。听声音，我们这里现在是在下冰雹哦。

"哎呀！"一个女生惊叫着。她好像是坐在靠窗那排前排的，大概是被从窗口吹进来的冰雹吓了一跳，她猛地从椅子上跳了起来。她周围的人也纷纷惊慌失措地离开了座位。

我看到她们那边散落一地的白色冰粒，更准确地说，是白色冰球。这冰雹的个头真不小，大概有玻璃弹球或鹌鹑蛋那么大。

教室里越发喧闹。就在大家一片闹哄哄的当口，外面又响过一个巨大的炸雷，雷声比刚才更近也更响了。天花板上的灯又是一阵闪烁。教室里顿时响起了夹杂着混乱和恐惧的尖叫声。

"我……"在这突如其来的混乱中，叶住兀自大喊，"我不是'死者'，我就在这里！我……"

好了好了，没关系的。我在心中对她说。

没关系的，我明白。你不用再当那个"不存在的人"了。

同时，我也在不停地告诫自己：镇定、镇定、镇定，不会有事的。就算她撑不下去了，只要我还能接着扮演好"不存在的人"，就不会有问题。

只要阿想好好坚持……我在心中反复回想着昨天见面时见崎鸣对我说过的话。

就算叶住打乱了今年的应对计划，还有我呢。所以，我们的应对计划仍然有效，"灾祸"不会降临。我一定要……

"快，先把窗户都关上！"神林老师说着，自己抬脚朝讲台旁的一扇窗户跑去。

有几个同学也纷纷站起身来朝窗边走去。

忽然，一阵疾风横扫过所有面朝校园的窗户，大颗大颗的冰雹像炮弹一样从天而降。有一块窗玻璃被打碎了——正是教室后面，叶住座位旁的那扇窗户。

叶住发出一声惊叫，飞快地在课桌旁蹲下。从窗口吹进来的狂风吹得她那棕色的长发狂乱地飞舞，窗玻璃碎片也随风落了她一身。

然而，似乎没有人关心她的安危，也没有人打算过去查看一下她的情况。

虽然叶住刚刚一直在不断地高喊"我在这里"，但因为事情来得过于突然，大家一时还没反应过来，所以在大家眼中，她仍旧是那个"不存在的人"，谁都不敢也不能过去接触她。

而出于相反的原因，我也不能过去。

即便她已经不再是"不存在的人"，我也必须继续扮演这个角色。那么，作为一个"不存在的人"，我在教室里不能采取任何与规则相悖的行动。

这一番权衡利弊，其实只不过花了一两秒。

外面仍在噼里啪啦地下着冰雹，强风丝毫没有减弱。随着又一声巨大的雷在我们头顶炸响，教室里的灯一下子全灭了。大概是雷击引发了停电。

紧接着，发生了一件让本就乱成一团的教室火上浇油的事。

忽然有个什么东西从叶住座位旁边那扇没了玻璃的窗户里飞了进来……

因为它裹挟在散乱的冰雹中一起飞了进来，我还没来得及看清究竟是什么。感觉是一团又大又黑的东西。

但我很快就明白了。

那是一只黑色大鸟。

漆黑的翅膀、躯干和鸟喙，还伴随着一声声凄厉的叫声，是乌鸦啊！

大概是那些时常在校园上空盘旋的乌鸦被忽然从天而降的冰雹惊扰，慌不择路地飞到屋里来。不，不对。眼前这只乌鸦的样子很奇怪，它似乎是在拼了命地四处乱撞。

蓦地，它展开双翅朝我猛冲过来。我赶忙下意识地抬起双手抱住了头。乌鸦从我头顶掠过，猛地撞在靠走廊那一侧的墙上。紧接着，它立刻调转方向，朝黑板那边直飞过去。

我护住头脸的双手感到了一丝温热，伸手一看，原来是一片血红色的污痕。

血？可我的手并没有受伤啊。那么，应该是乌鸦的血？它受伤了？该不会是刚才在外面直接被大颗的冰雹击中了？它才受了惊吓，拼命乱撞？

光线昏暗的教室里，这团黑色的影子一面连声怪叫一面在屋里四处盘旋。它的翼展大约有一米左右，看样子像是只大嘴鸦。它在教室里一刻不停歇地乱飞，一圈又一圈，每次都让人感觉到它那吓人的体积。

无论男生女生，教室里顿时发出阵阵惨叫声。有人受到了一路乱飞的乌鸦的攻击，有人为了躲避乌鸦而撞翻了桌椅，还有人在试图逃跑时自己不小心摔倒了。有个男生从扫除用品柜里拿出一把扫帚，像练习竹刀①那样挥舞着、驱赶着那只乌鸦。我认出那人正是应对小组的成员之一多治见。

"快！大家快离开教室！"在一片混乱中，神林老师命令道，"都不要慌，先到走廊上去！"

靠近门口的人闻声立即逃出了教室，其他人却反应不一。有人趴在了地板上，有人蹲下了身子，还有几个人仍坐在椅子上动也不动。

有几个人试着帮助别人。多治见就是其中之一，他扔掉了扫把，开始救人。还有矢木泽。然而，我作为"不存在的人"，只能在一旁束手无策地看着他们。

外面还在下着冰雹，只是势头略有减弱。那只乌鸦仍在教室里乱飞，不停地撞到墙壁、窗户、天花板，发出阵阵尖利的惨叫。带血的黑色羽毛四散纷飞。最后，它终于撞到了照明灯，两只长灯管立刻发出了清脆的破裂声。

灯管正下方刚好躺着一名一动不动的女生。灯管的玻璃碎片落了她一身，她却毫无反应。她那散乱的头发下面露出了一截脖颈，脖颈后面似乎沾上了黑红色的液体……

---

① 竹刀，练习剑道时所使用的竹制器材。

我的心脏猛地缩紧了。难道……

她要死了？还是已经死了？只因为在这场突如其来的混乱中碰巧待在了不应该待的位置？

我忘记了自己正在扮演的角色，正要冲过去查看她的情形，却被某个人抢在了前头。

"你怎么样？"那人抱起女生，"日下部同学，你要坚持住！"

是泉美，只见她的额头也带着一道擦伤。

她朝我看了一眼，见我已经停下脚步，便微微点了点头。

"没问题吗？能站起来吗？"

在泉美的帮助下，倒在地上的日下部慢慢站了起来，我听见她对泉美说了声"谢谢"。

"吓死我了！刚才实在太害怕了，身体完全不听使唤……"

"受伤了没有？"

"一点儿小伤而已，稍微有点儿疼。"

我拍拍胸口，终于松了口气，从她们身边走开。这时已经听不见那乌鸦的怪叫了。

我慢慢地退回教室最后面的角落里，扫视着因为停电而越发昏暗的教室。

叶住不见踪影。

那只遍体鳞伤的乌鸦躺在扫除用品柜子前。它那沾满血的黑色翅膀已经断了好几处，一只眼睛撞破了，半张着嘴。看来，它是在精疲力尽之后活活累死的。

"唉，可怜的家伙。"我在心里说。

太可怜了。它原本应该不是为了捣乱才飞进人类的房子里来的啊。

回头跟幸田俊介联系一下,我想。与其把它直接扔进垃圾箱,不如把它埋进生物小组专用的动物墓地。俊介如果想把它做成标本,这次我倒是可以破例同意。

7

那天,冰雹从上午十一点便席卷了整个夜见山市。市内各个地方的强度却差别很大。其中,夜见山中学周围方圆两公里范围内的情况最为严重。相比之下,其他地方反而不足道。因冰雹所造成的房屋和农田的损坏也主要集中在学校附近。

除了初三(3)班,还有几个同样位于C栋教学楼的班级遇到了窗玻璃被冰雹击碎的情况。但是,因窗玻璃破碎而导致巨大混乱的只有(3)班。被窗玻璃碎片划伤、被乌鸦袭击、在逃跑途中跌倒等原因而导致的人员受伤也仅限于(3)班。所幸大家受的都是轻伤,没人死亡。

然而,就在第三节课上,原本担任第二个"不存在的人"角色的叶住不堪重负,宣布退出,还公然在课堂上反复告诉大家"我就在这里"之后,不久就发生了一连串怪异现象,那么……

无论如何,这两者之间似乎存在某种联系吧?

关于这一点,我一会儿觉得合情合理,一会儿又觉得是无稽之谈。

假如是叶住的行为导致应对方案失效,即引发了"灾祸"降临,那么,在当时那种极度的混乱和恐慌中,应该会有人因此而死亡才对。所以,这种猜测毫无道理。况且见崎鸣说过:只要阿想你继续坚持就……

就算叶住退出，只要我还坚守岗位，我们的应对就依然有效。也就是说，"灾祸"不会降临。可是……

就在当天晚上，我得知了一个消息：在初三（3）班因为冰雹和乌鸦而陷入大混乱的同一时间，在夜见山市的某个地方，一位"关联之人"停止了呼吸。此人是一位六十多岁、临近癌症晚期的男性，一直住在远离市区的临终关怀医院里。

他叫神林丈吉，比神林老师大了很多岁，是她的亲哥哥。

第二部

......

I.A.

第七章　五月　Ⅱ

1

"原来如此。你们这次采取的'对策'就是配置两个'不存在的人'啊……"

位于0号楼一层的老图书馆目前还没有正式冠以"第二图书馆"的名头,据说要等到位于新校舍A号楼里的"第一图书馆"建成后才会正式改名。

"我不确定这种'对策'究竟是否有效。"千曳先生用手抓扯着他那乱蓬蓬的花白头发评论道。

与未来的"第一图书馆"不同,这里专门用于收藏地方乡土志及校友们捐赠的珍本图书,室内总显得有些阴沉。房间最靠里的一个角落摆着张桌子,桌后面坐着的正是永远一身黑衣、被视为这里的"主人"的千曳先生。

"如果能事先参加讨论,我很可能不会赞成这个主意。"

"是吗?"我压抑着心中的不安问,"为什么?"

"三年前,事情最后为什么会演变成那个样子,我多少知道点儿内情。"他的眼睛在黑框眼镜后面眯了起来。

"神林老师跟那一年的初三(3)班毫无牵连。我猜你大概不知道当年的详细经过吧?"

"可是……此话又怎讲?"

"三年前,一九九八年那届初三(3)班也推选了两个'不存在的人'，然而从最后的结果来看，很难说这个'对策'是奏效的。据说他们在三月开讨论会的时候也拿不准这个'补充对策'是否真的有效。但参加讨论会的人谁也没有提出反对。那年担任'不存在的人'的是见崎同学……你大概认识她吧？"

"嗯，认识。不过我听说，后来因为发生了意想不到的情况，终于引发了'灾祸'，所以又重新制定了'补充对策'。"

"对。当年五月，从东京来了一个转校的新生……哦，你应该也和他认识吧？"

"您是说榊原学长？对，我们认识，是见崎学姐介绍的。"

"当时班里的人没把班上的特殊情况告诉榊原，结果在毫不知情的情况下，他在学校里跟作为'不存在的人'的见崎有了接触。也就是你刚才说的'意想不到的情况'。因为这个，当年的应对惨遭失败，'灾祸'还是降临了。"千曳先生以手扶额，略显疲惫地说。

到目前为止，我对三年前的事只模糊地知道些皮毛……原来事情竟然是这样的。

"'灾祸'降临以后，大家又开始商量，想要找个什么法子尽快结束它。于是榊原提出增加一个'不存在的人'。但这法子根本没用，'灾祸'一直持续了下去。"

这跟见崎鸣告诉我的一模一样，所以她才会说，设置两个"不存在的人"的"对策"根本没有意义。

"可是，三年前那场'灾祸'不是中途被阻止了吗？"

"被阻止了……嗯。不过阻止它的与其说是'不存在的人'，不如说是后来采取的行动发挥了作用。"

"什么行动？"我忍不住追问，"怎样才能阻止'灾祸'？"

"唉，怎么说呢，"千曳先生露出十分纠结的表情连连摇头，不知是想说"不知道"，还是明知实情却觉得难以说出口。

"那么，"我换了一种问法，"您是不是也觉得今年采取的'对策'毫无意义？"

"不好说啊。刚才我跟你讲过吧。"他又开始抚弄自己的头发，"虽然三年前事情最终变成了那个样子，但今年的情况又不同了。你们从一开始就设置了两个'不存在的人'啊。这种尝试之前没有过先例，所以我很难说它到底有没有意义。"

2

五月八日周二。

我翘掉了第四节的音乐课，独自跑去了第二图书馆。原本应该在昨天午休时就过来的，但在第三节课上闹出了那么大的乱子，根本不可能抽身。

早上的小班会由教体育的宫本老师主持，神林老师没有露面。听说要等操办完哥哥的守灵仪式和葬礼之类的事情之后，她才能来学校。

关于她哥哥神林丈吉先生的死，昨晚我听到了一些消息（主要是泉美告诉我的），班上很多人也都知道。不过，毕竟不是人人都消息灵通，所以当宫本老师向大家说明情况时，教室里还是一片哗然，随后便陷入了令人窒息的沉默……

重新归于寂静的教室里，大家小心翼翼地彼此交换着眼神。不时地有人偷偷朝我瞄上几眼，但作为"不存在的人"，我只能装作视若无睹。

昨天被冰雹打破的窗玻璃都用厚纸板临时堵上了。被乌鸦撞烂的灯管也都换上了新的。

在朝向校园那一侧窗边的最后一个位子上，我仍然没看到叶住结香的身影。

自从昨天那场大混乱之后，她就一直没来学校。我感觉很不安，晚上还给她打了几次电话，却总是没人接……所以，我猜她大概今天也不会来上课，甚至搞不好会持续缺课一阵子。想想她昨天的举动和遭遇，这也实属无奈之举。

3

自从转学来到夜见北，两年多的时间里，我和千曳先生混得很熟了。鸣很早就跟我谈到过他，说他是"现象"的"长期观察者"，还建议我"多跟他交流"。

我从初一起就经常去第二图书馆晃悠。但那里的藏书都十分无趣，我既不想借回去看，也没兴趣在馆内阅读，所以每次去都只顾着跟千曳先生聊天。终于，我从他口中听到了很劲爆的信息：二十九年前，就是那个叫夜见山岬的学生死去的那一年，负责教社会课的千曳先生恰巧是初三（3）班的班主任！后来，我还问了他很多与"现象"和"灾祸"有关的问题，他都一一解答了。但他只能做到有问必答，绝不主动向我吐露更多信息。

因此我一直很盼着能快点儿再见到他。得知自己今年被分到初三（3）班、参加"对策讨论会"决定今年的应对之策时，我都渴望能有机会面对面地问问这位"长期观察者"有何看法。然而……

自从去年年底最后一次见面，千曳先生今年一直没来学校。虽然我能轻而易举地在教师名录上查到他的联系方式，但总觉得突然给他家里打电话还是有点儿唐突……

他究竟是因为什么样的"健康原因"才请了这么长时间的假？今天，我大着胆子直接问了他。他的脸色看来比以前憔悴了许多，说话时也显得有些中气不足。但越是如此，这个问题反而越有问的必要了。

"昨天发生的那一连串事情，您怎么看？"我直奔主题地问。此时此刻，第二图书馆里除了我俩没有其他人。"教室里那场混乱自然不必说了，之后神林老师的哥哥还去世了。您觉得，这是不是代表着'灾祸'已经降临？"

"唔……"柜台后的千曳先生一边摸着脸颊上稀疏的胡须，一边低声地嘟哝了一句。

"该怎么阻止'灾祸'呢？这倒是个大难题，"他语气慎重地说，"两个'不存在的人'的其中一人……就是那个姓叶住的女生，听说她在第三节课上跟全班同学讲话了？还一再强调自己'就在这里'？也就是说，她当场放弃了'不存在的人'的身份？"

"是。"

——我讨厌"不存在的人"这个角色！

我耳边不禁又响起当时她那一声高过一声的嘶吼。

——我就在这里。我才不是什么"死者"呢！我……

那是积蓄已久的情绪大爆发。事情发展到这一步，我能想象她的心路历程。继而我又意识到，那其中或多或少也有些我的原因，不禁心下有些歉然。

然而，相比叶住如何如何，眼下更重要的问题是应该如何把握现状以及今后的事态发展……满心只想着这些,我可真有点儿冷血啊。说不定在矢木泽他们看来,我就是个冷血动物。

"叶住同学放弃了'不存在的人'的角色。然后外面立刻开始下冰雹。紧接着,乌鸦从窗户飞进了教室,闹得全班一片大乱,还有好几个人受了伤。"

"没错。"

"但是并没有人因此而死?"

"对。"

"然后,在另一个地方,神林老师的哥哥神林丈吉先生过世了。这两件事在时间上有关联性吗?"

"听说几乎是同时发生的。"

"准确的时间呢?神林丈吉先生的死是在叶住崩溃之前还是之后?"

"这还不清楚。"

"假如是在叶住崩溃之前,那么神林先生的死就与'现象'无关,对吧?"

"要是在那之后呢?就说明两件事果然有关联?"

千曳先生微微蹙了蹙眉,又歪头想想:"不,那也不一定。"

"为什么?"

"也就是说……"他刚说了一句又停住了,慢慢地站起身来,随即走出柜台,走到一张大阅览桌旁找了个位置坐下,"你也找个地方坐下来说。"

我答应着,坐在他对面的一把椅子上。

"所谓的'发生年',也就是说,教室里混进来一名'死者'。因为太接近'死',所以全体班级成员,即所谓'关联之人',就很容易受到'死'的吸引，并因此丧生。这就是自二十八年前开始出现的夜见北初三（3）班的诡异'现象'。至于为什么会发生这样的事，迄今为止还没有任何科学方面的解释。虽然我们掌握了它的部分规律，但那终究只是'部分'而已。至于在班级成员中推选某人担任'不存在的人'来阻止'灾祸'降临，这个'对策'似乎还算有效。但如果深究起来，这个'不存在的人'的定义其实很模糊。最重要的是，到目前为止，我们对'现象'也好，'灾祸'也好，都还只是停留在摸索阶段。我们眼下能做的，无非是对事态的发展进行观察、推测和想象……却并不清楚是否已经找到了问题的关键。或许，我们已经掌握的一切都与'真实情况'相差甚远，也未可知。"千曳先生的脸上浮起一种奇怪的表情，说罢，他又深深地叹了口气。

"尽管如此，我们还是不能停止摸索。还是要通过观察、推测和想象，一步步地去靠近'现象'。否则，就只能丢下一切落荒而逃了。"

"逃"这个字让我心底泛起了一阵暗流。

十四年前的夏天，晃也舅舅就是选择了这条路。他从自己的学校、自己居住的这座城市，乃至自己的家人、朋友身边逃开了。然后……

"无论如何，"千曳先生接着说，"还是要根据情况的实际变化，冷静地看待事实，再参考过去的经验，采取可行的应对措施。我在这所学校里待了这么久，而且一直在观察每一次'现象'的经过，但目前我能告诉你的也只有这些不痛不痒的废话，很难给出具体的建议。"

"……"

"那么,"他双手撑在桌上,伸展了一下后背,又看着我说,"剩下的问题就是要怎么收拾昨天的残局了?"

"嗯。"

"那个姓叶住的女生不想继续担任'不存在的人',对吧?不过,即便如此,还有你这个'不存在的人'嘛。她原本就是为了'保险起见'才试着增加的第二个人选吧?所以即使没有了她,只要你还在履行职责,'灾祸'就没道理会马上降临。其实只要冷静下来想想,就会明白根本不可能有问题吧。"

即使叶住退却了,只要我还在,今年的应对之策仍会有效。没错,鸣也一直这么说,而我一贯很相信她。不过……

"退一万步讲,我们不妨假设'灾祸'已经降临了,就在昨天第三节课的时候,"千曳先生又说,"像你刚才描述的那样,天上忽然下起了冰雹,乌鸦闯进了教室,还有人受了伤。但是,并没有谁因此而死。我倒觉得,这一点实在是很关键。"

"……"

"'灾祸'一旦降临,那么每个月至少会有一名'关联之人'死亡,而且大多数死亡的原因都会很诡异。比如遭遇平时很罕见的事故而死,或是因健康突然急剧恶化而死,又或是因为自杀或他杀等原因而死……总之,都是在极不寻常的情况下忽然死掉。也就是说,'灾祸'让'关联之人'的死亡概率大大增加。常常是在不经意的时候或根本预想不到的场合下遭遇不测。可昨天你们教室里发生了那么大的一场骚乱,却没有谁因此而死掉,对吧?"

"嗯。如果真是'灾祸'降临,以当时那么可怕的情形,说不定真的会有人死掉。不,应该说,没人送命反而异常。所以……"

"所以昨天的骚乱只是偶然事件,并不是'灾祸'降临?"

"我觉得可以这么解释。"

没错。昨天我也产生过这种念头。或者说,正是因为我抱着这种念头,当时才能拼命保持住镇定,没有动摇。

"问题在于神林丈吉先生的死,"千曳先生语气平稳,继续说道,"应该搞清楚他的死亡时间是在叶住崩溃之前还是之后。他住院的地方是临终关怀医院吧?"

"听说是。"

"临终关怀医院是专门收治无药可救的重症病人的,主要是为了减轻病人临死前肉体和精神上的痛苦。听说神林先生已经到了癌症晚期,随时有可能去世。所以说,这件事也有可能是个巧合吧?"

"嗯……"我不假思索地回答。

"那么他应该也和'灾祸'无关,只是在本来就可能病逝的时间离世。"千曳先生摸了摸脸,"这样也说得通,至少我能够接受。"说着,他还朝我点了点头。但我仍感到在他内心深处怀有某种不安,他似乎也在问自己:"这样的结论是不是过于乐观了?"

4

"这么说,那么……"我刚开口,便听到第四节课的上课铃响了。

"什么?"千曳先生面色凝重,扶了扶黑框眼镜。

我等到上课铃响完才重新开口:"昨天在走廊上遇见您的时候,您说有事想问我,还说有些话要跟我说……"

"哦,是啊是啊。"

"那……究竟是什么事?"

"不是什么要紧事,"说着,他又扶了扶眼镜,"想说的就是刚才说的那些。设立两个'不存在的人'或许没什么意义,只不过是为了求保险罢了。就是这些。"

"哦。"

"至于想问你的事情嘛……"他忽然住了口,从椅子上站起身来,像是要放松肌肉似的轻轻活动着头部和肩膀,"口渴吗?喝点儿东西吧!"

"啊,不用了,您别客气。"

"真的?别跟我客气。"说着,他离开桌旁朝柜台走去,从柜台下面拿了两瓶饮料走回来。原来柜台下面放着冰箱。

那是两瓶矿泉水。他递了一瓶给我,自己随即拧开了另一瓶的瓶盖,一口气喝了半瓶。我说了声"那我就不客气了",伸手接过了瓶子。

"听说你主动申请要担任今年'不存在的人'?"千曳先生放下瓶子问。

我点点头:"很久以前,我就决定了,如果被分到初三(3)班,就一定要争取担任这个角色。"

"嗯。从四月到现在已经有一个月了,我一直想看看你当上'不存在的人'之后状态如何。我指的主要是精神状态。"

"这个嘛……"

我正要回答,他却打断了我,径自说道:"不过,今天跟你见了面,似乎你的状态还不错,没什么好担心的。"

"真的?"

"就算明白一切只不过是规定,可一旦真的被别人当作'不存在的人'对待,很多人都会心态失衡,精神崩溃;或者因为无法忍受孤独而闷闷不乐,甚至有人会产生被害妄想。过去我可是亲眼见过不少这样的例子。"

孤独……我根本不在乎那玩意儿,反正从小就习惯了。

被害妄想?这种东西在我身上几乎就不存在吧。

"我没事,挺好的。"我干脆地说。

千曳先生的表情放松了不少,冲我点点头:"我看也是。不过,假如今后遇到情绪难以自控的时候就来找我吧。虽然我未必能给你多么好的建议,但总比你一个人默默忍着好。千万要记住这一点啊。"

"谢谢您,"我直截了当地说,"不过,我肯定没问题。"

"那就好。你这个年轻人,看来还蛮靠得住。"

千曳先生的神情越发轻松了,接着又问:"最近跟见崎同学见过面吗?"

我没想到他会突然问这个。我盯着桌面,口中回答道:"嗯,偶尔见过几次。"

"她现在已经上高三了吧?"

"嗯。"

"有没有跟她谈起这事?"

"谈过。她似乎挺担心。"

"是吗?"千曳先生说着,抬起头,仰望微暗的图书馆大花板,慢慢地眯起眼,似乎在回想往事。

"见崎鸣……怎么说呢,她可真是个不可思议的学生。你是在她毕业后才转学来这所学校的,居然会跟她有联系。两年前,我听说这个消息的时候就越发觉得她不可思议。"

关于三年前的夏天我在绯波町的"湖畔之家"所经历的那些事,以及后来鸣为我所做的种种事情,我并未向千曳先生透露过多的细节。我想,今后大概永远也不会提起。

"见崎同学她……"千曳先生刚要接着说,图书馆的门"哗啦"一声被推开了。走进门来的两个人都是熟面孔……

"您好!"

"打扰了!"

两人都是初三(3)班的成员:赤泽泉美和矢木泽畅之。

"哟嗬,"千曳先生惊讶地说,"真是稀客啊,你们怎么会到这里来?"

那两人肯定看到了早来一步的我。一瞬间,我有些紧张。这里也是校园的一部分,他们必须遵守有关"不存在的人"的规矩,不能跟我交流或接触。

随即,我又反应过来——他们是他们,来这里肯定是因为有事要跟千曳先生商量。所以我立即一言不发地站起身离开那张桌子,挪到靠窗的另一个座位上去。我只要默默无声地在一旁待着就行,而他们则可以按照对待"不存在的人"的规矩,完全无视我的存在。

所以说,我只要不露痕迹地从他们俩及千曳先生身边溜开就没事了。

"您好!我姓矢木泽,是初三(3)班的班长……"矢木泽对千曳先生说。

千曳先生点点头,接下来把目光转向站在矢木泽旁边的泉美:"你是……"

"我是应对小组的,姓赤泽。"泉美答道,直视着千曳先生,完全不朝我的方向望一眼。

"哦，赤泽同学。"千曳先生盯着泉美看了一会儿。不知是不是我的错觉，他的目光中似乎带着些困惑，还特意向前探了探身子。之后，他又皱着眉头问："你……"

"咔哒——"似乎从某个看不见的地方传来一声轻轻的响动。

这是什么？这种感觉是什么？哦，对了，就像是有人在这个世界之外悄悄地朝我们按下了相机快门。刹那间，我似乎又感觉到了那个"黑暗的闪光灯"。

然而这份感觉立刻不见了。然后，我发现千曳先生脸上的困惑神情完全消失了。

"哦，赤泽泉美同学，你也是负责应对的？"

"是。除了我，负责应对的还有江藤和多治见两位同学。"

"哦，哦。那么，"千曳先生问，"你们来这里有何贵干？我这里总不会有你们想借去看的书吧？还是为了有关'现象'和'灾祸'的事？"

5

他们仨接下来的谈话被我从头到尾听了个够。虽然我躲在离他们围坐的桌子很远的角落里，表面上还摆出一副身为"不存在的人"该有的疏离姿态。

谈话内容和我预料的差不多，泉美和矢木泽两人与千曳先生"商量"的内容正是我刚刚问完的那些，即昨天发生的那一连串怪事是否意味着今年的"灾祸"已经被触发。千曳先生的回答当然和刚才对我说的毫无二致。

"所以，这些事很可能与'灾祸'无关。虽然叶住同学放弃了'不存在的人'的角色，但就此判断你们今年的'对策'已经无效还为时过早。"

对于千曳先生的这个结论，矢木泽追问了一句："神林老师哥哥的死和'灾祸'无关？"

他似乎如释重负地长舒了一口气。

"虽然不能说是百分之百无关，但据我看来，两者之间毫无关联的概率很大。"

"这话听着怎么有点儿微妙啊……"矢木泽说。

"无论如何，我觉得现阶段似乎只能得出这个结论。"

"我觉得这看法没错。所以……"泉美开口说道，同时飞快地朝我所在的方向扫了一眼。而我既不能朝她的方向看，更不能回应她的注视。

继续，就这样。果然还得如此。我在心里对她说。

今天，明天……我必须继续扮演好那个阻止"灾祸"降临的"不存在的人"的角色。原本有叶住和我并肩战斗，如今只剩下我一个人。

如果这么做确有意义，我完全没问题。我丝毫不畏惧孤独，更没有被害者妄想症，所以能坚持很久。

6

第二天，叶住没来学校。第三天，第四天……情况照旧。

神林老师在第三天即五月十日周四就回校了。或许她也跟千曳先生谈过，想重新鼓舞一下大家的士气，在当天的早班会上，她特意对全班同学说:"为了阻止'灾祸'降临,请大家继续按之前的应对计划行动。"说这话的时候,她还故意用一种不带有任何感情色彩、像是戴了面具般的平静神情扫视着全班。"上周一,我哥哥去世了。不过,他身患重病已经有很长一段时间,去世是无可避免的事。可以说,他的死与'灾祸'无关。所以……"

对于叶住的缺席,她也简单地评论为"无奈之举",语气中仍旧没有流露出丝毫的感情或情绪:"她会临时请假一阵子。考虑到她的情绪,这也情有可原。眼下还是让她在家休息一段时间比较好。"

教室里靠庭院那一侧,窗边最后一排的位置上仍然摆着为"不存在的人"特地准备的旧课桌椅。应该很快就会换成与全班一致的新课桌椅吧。

"都谈妥了。虽然叶住退出,但今后还是由你继续担任'不存在的人',按原应对策略继续行动。"周二的晚上,泉美特地来通知我。

据说那天放学后,所有应对小组的成员及相关人等在校外碰了头,最终定下了这个结论,并告诉了全班同学。之后还跟神林老师通了气。

如此一番整理下来,一度曾陷入大混乱的初三(3)班在某种程度上恢复了平静。只不过,虽然大家表面上接受了叶住的半路退出,却仍不能完全消除因此而带来的不安和恐惧,只能在这两者之间暂时维持着微妙的心理平衡。

没问题,没问题——我拼命给自己打气。

只要我继续像往常一样扮演好"不存在的人",一切就会没问题。"灾祸"并没有降临,所以我们仍然可以阻止它。也必须阻止它。

怀着这种犹如祈祷般的念头，我认认真真地继续扮演着"不存在的人"。

又过了两天、三天、一周……叶住仍然没有来。班上也没有发生什么怪事，大家的心情还算稳定。"灾祸"千万不要来啊，我打从心底祈求着。

7

其实，我最近的确跟见崎鸣谈过一次。

有好几次，我在放学回家的路上都顺道去了玩偶美术馆，但她总是不在，自然没能见面。后来我又把周一发生的怪事及与千曳先生一席谈的内容都写成电子邮件发给她，却总没收到回信，不知她是否已经看过。

周六，她终于打来了电话。

"我觉得千曳先生说得没错。虽然那个姓叶住的女生的确有点儿可怜，不过，只要阿想你能坚持下去，一定没问题。所以还请你……"

"明白。"

从她口中听到"没问题"三个字，对我来说，大概是世界上最有力的支持了——此时，我才真真正正地感到了信心。我深深吸了口气，痛快地答应。

"对了，"鸣接着说，"下周，我要去修学旅行了。"

"修学旅行？"

"高中的修学旅行嘛。最近好多学校都是在高二时组织，我们学校却偏偏要安排在高三。"

"那你们准备去什么地方？"

"听说是冲绳。"

"不错嘛！"

"说老实话，我其实有点儿不太想去。"

我试着想象鸣混在一大堆人里游览冲绳的画面，总感觉有些古怪，还有些不安。尽管如此，我总不能说些"不想去就别去了呗"之类的话去制止她吧。

"我爸还若无其事地让我干脆不去呢。他正好要出差，说还不如直接跟他去欧洲。唉，真够烦的。"

鸣的父亲见崎鸿太郎先生是从事国际贸易工作的，经常在世界各地飞来飞去。我见过他几次，这种不由分说的霸道劲儿倒很符合他的一贯做派。

"去修学旅行的话，要到二十号才能回来，"鸣轻轻地叹了口气，"在此期间万一有什么紧急情况，你就打电话给我吧。"

"好。"既然说了"没问题"，就应该不会发生"紧急情况"啊。这个问题在我心头一闪，但我还是随口答应了一句。

沉默片刻，她又说："对了，上次我不是说过想去你那里坐坐吗？"

"诶？哦，对，你说过。"我有点儿摸不着头脑。

"我想看看你一个人住的地方什么样。另外，还想再看看贤木先生的那个玩偶，可以吗？"

"哦，没问题。"我已经把它从盒子里取出来，摆在卧室的柜子上当作装饰。

那是个身穿黑裙的美少女玩偶，也是我所有的家当里数一数二的宝贝……

正如鸣所说，它不仅是三年前离世的晃也舅舅的遗物，也是鸣的妈妈雾果老师的作品。

"那就先聊到这里吧。"

挂断电话之前，我听见她仿佛自言自语地嘟哝了一句："一定会没事的，所以……"

8

"这个是什么？"装饰架上摆着几只恐龙手办。经过主人的同意，我随手拿过一只看上去很眼生的询问。

"小盗龙。"正在餐台后冲咖啡的泉美抬眼朝我手中看了看答道。

"小……"

"小盗龙……你居然不知道？阿想，你可是生物小组的成员！"

"恐龙的话，我只知道暴龙和三角龙。"

"没看过《侏罗纪公园》？"矢木泽从我手中夺过那只手办，一边仔细端详着一边说，"最近电视里还播过呢！"

"没看过。"

"名字总该听说过吧？"

"听说过，但没看过，也不感兴趣。"

我当然知道这片子是斯皮尔伯格导演的大片。记得在"湖畔之家"的书架上也有迈克尔·克莱顿的原作，但我并没有读过。

"男生一般都喜欢恐龙啊、怪兽啊什么的。我也是。虽然倒也没什么可骄傲的。"

"我还挺喜欢怪兽类电影的,比如《加美拉》系列就不错。"

"那么《侏罗纪公园》也应该是你喜欢的啊?"

"呃……"恐龙和怪兽,前者是曾经实际存在于这个世界上的生物,后者则是完全虚构的产物。每当我在屏幕上看到它们大暴走的时候,我总会意识到两者之间这一巨大的差异。然而现在不是讨论这些的时候,我干脆不再接口了。

"赤泽,你也喜欢这些恐龙、怪兽之类的吗?"矢木泽随手把那只恐龙手办放在客厅的桌子上。

"怪兽就算了,"泉美回答说,"我喜欢恐龙,特别是盗龙。"

"哦?为什么?"

"因为我第一次在电影院看的恐龙电影是《侏罗纪公园》。"

"我喜欢暴龙,体格又大又强悍。"

"那片子的主角就是盗龙吧?又冷酷又聪明……我很喜欢!而且很可爱。"

"哪里可爱了?"矢木泽挠挠头,"不过,居然是在电影院看的……那可真有些年头了。"

"当时我哥想看,就带我去看了。"

"就是现在在德国的那个哥哥?"

"嗯,是啊。"

"带着上小学的妹妹去看恐龙电影?哈哈,我肯定干不出这种事儿来。"

"哈哈,那年我上几年级来着?"

"那片子的续集《失落的世界》都上映三四年了……"

泉美用托盘端来了三杯咖啡,又伸手拿起桌上那只恐龙手办。"这个手办就是看完电影后我哥给我买的呢。"说着,她仿佛有些怀念地眯起了眼睛。

"据说第三部今年夏天就要上映了,到时候一起去看?"

"好啊好啊!"矢木泽欢呼起来。

"阿想,你也一起去吧!"说着,泉美看向我。

我对此倒是毫无异议。"行啊。"

此时,是五月十七日周四的晚上。地点在泉美的住所,飞井弗罗伊登E座1号房。

晚上刚过八点,矢木泽就跑来找我,说着"你也挺寂寞吧",然后赖在我房间里不肯走。之后泉美也过来了,于是演变成"我请你们喝咖啡吧"……

"请。请二位品尝,"泉美给我们每个人都倒了杯咖啡,"河边有家名叫猪屋的茶室,你们知道吧?这是他们家出的组合咖啡豆,有一种独特的柔和口感,味道相当不错呢。"

"那我就不客气啦。"矢木泽说着端起了杯子。

"哦,对了,等等。"泉美说着又去厨房拿出个纸袋,"这里还有好多甜甜圈呢,是我妈妈给的。"

"哇,那就顺便谢谢阿姨了!"

在这场不期而遇的晚间茶会上,我们端起泉美冲的猪屋咖啡,轻轻地碰杯。

"不管怎么样,已经挺过了一个半月,'灾祸'没有降临。所以,咱们先干杯庆祝一下吧!"矢木泽说。

"上周一我还在想,事情会朝什么方向发展呢?结果,那之后什么事也没有。所以说,'灾祸'没有被触发,总算放下了心哪!"

"真的，"泉美的语气很轻松，"多亏了阿想一直在努力。"

"什么啊，我可没觉得自己有多努力。"我接口说，装出一副若无其事的样子，心里却偷偷地叹了口气。

"以后的日子还长着呢……"

9

"不过，叶住她……"泉美开口道，"这周从头到尾都没露面。阿想，你跟她联系过吗？"

"没有。"我干脆地回答。

"从那天之后一直没联系？"

"嗯。"

"你不担心她？"

"呃，还好吧。"

"你这家伙可真够冷漠的。"

"哦，不不，担心还是有点儿担心的。不过担心没用啊。"

"喂，我说你这家伙……"

"其实我也有点儿责任，没能阻止那些流言蜚语的扩散，"泉美有些懊恼地咬了咬嘴唇，"有人在她的课桌上涂鸦，无论谁看了都会受刺激吧？她说'受不了'，也真是难怪。"

"赤泽，你就不必瞎内疚了。真正的坏蛋是那个留下涂鸦的家伙！"矢木泽皱着眉，狠狠地把吃了一半的甜甜圈完全塞进嘴里，又转头看了看我，"不过，我倒觉得阿想多少是该负点儿责任的。"

"啊，嗯。"

"你当初要是对叶住体贴点儿……唉，说这些没用了。"

矢木泽的话或许有些道理。回想起从四月开学以来与叶住的几次交谈，我不能说自己完全问心无愧。可是，就算我在她想接近的时候处理得更自然、更周到，事情就会因此而改变吗？我很难相信这一点。再说，我也不可能违背自己的心意去迎合她啊。就算我能，到头来没准反而会伤害她更深。

"听说岛村和日下部两人都很担心她，上周日还特地去她家探望过。"泉美又说。

"是吗？"矢木泽立刻作出了反应，"真的？叶住她怎么样？"

"说是敲了好多次门都没人答应，不知道是真不在家还是假装不在家。她们还拨打了她的手机，但一直没人接。"

"唔……她父母或是家里人呢？"

"据说她父母工作很忙，经常不回家。很早以前就是这样。"

基本上是放任自流，说难听点儿就是抛弃。我想起了之前叶住对自己的形容。

这么说来，从初三（3）班的特殊情况到女儿自上周起就一直没去学校这些事，她的父母大概都一无所知。而且，就算他们知道，说不定也不会觉得是什么大事，根本不放在心上吧。我思忖着。

"说到底，不知道她是一直躲在家里还是在外面到处晃悠啊。"矢木泽摸着下巴上还没长齐全的几根胡须说道。

"不过在那之后，"泉美接着说，"就在前天或大前天，有人在外面碰见她了。"

"哦？谁碰见她了？"

"是继永同学。"

"是她啊。那么叶住的情况怎么样？"

"怎么说呢……"泉美端起了咖啡杯轻叹一声,"说是不经意看见她坐在一辆车的副驾驶座位上。"

"车?"

"开车的像是个大学生模样的人。据继永说,叶住看着好像挺开心的。"

"哎?"

"没准是她哥哥呢,"我插了一句,忽然想起她哥哥已经去东京上大学了,又连忙改口道,"又或者是她哥哥的朋友。"

"哎呀,好了好了,"矢木泽嬉皮笑脸地说,"人家一个女孩子被阿想甩了,正在伤心呢,遇到比自己年长的大学生,不正好就……"

"矢木泽同学!"泉美一声断喝,矢木泽赶忙闭上嘴,挠了挠头。

后来我们才知道,继永同学看见的那个"大学生模样的人"就是四月底因摩托车事故而去世的那个仲川贵之的哥哥。他跟叶住的哥哥是好朋友,叶住一直叫他"仲川哥"。至于其他的,虽然我从未和他见过面,但叶住曾经提到过"仲川哥从小就一直对我很好"。

假如是这样,我想,总算有人能帮叶住排解一下自四月以来就积累的压力了。她受伤的心情会慢慢地平复吧?那么,眼下我们就没必要为了她的缺席而担忧了。

10

"下周就是期中考试了啊,"矢木泽把我的那份甜甜圈也吃掉了,又打了个哈欠说,"我们班有了这种特殊情况,学校就应该把考试都统统免掉嘛。"

"考试完了还有升学辅导呢!"

"说是要请家长来逐一进行三方谈话……赤泽,你有什么打算?要去普通的公立高中吗?"

"还不知道,"泉美若无其事地歪歪头,飞快地朝琴房的门那边瞥了一眼,"不过,我肯定不会去音乐类的学校。我爸妈他们想让我去上某家私立女子名校,不知道会怎样……"

"那家女子名校在我们夜见山市吗?"

"在别的县,是全寄宿制的。"

"哇,"矢木泽夸张地仰头叫起来,"我都忘了,赤泽原来是富家大小姐啊!"

"你少来了,什么大小姐不大小姐的!"

"嘿嘿……阿想呢?"

"我嘛……嗯……"我含糊其辞地敷衍着。

说到底,我现在是被自己的家庭抛弃,临时寄居在赤泽家。虽然春彦伯父和小百合伯母早就有言在先,说无论是高中还是大学,他们都会资助我到底,但我心里一直在犹豫着是否要麻烦他们到这种程度。

"一面要继续当'不存在的人',一面要准备考高中,阿想,够你受的啦。"

"学习本来就是自己的事,有什么辛苦不辛苦的。"这倒的确是我的心里话。

"不过,我对这些事还是缺乏真实感啊。考试,怎么说也是明年的事,离现在还有七个多月哪。眼下更重要的是怎么应对

'灾祸'……"

"就是啊。不过学校方面也真是的，我们（3）班发生了这么诡异的事，他们居然一直装作看不见。"

"大概是因为从科学上无法解释，"泉美说，"这种莫名其妙的'现象'跟'诅咒'差不多，学校这种公立的教育机构怎么可能会承认？对吧，阿想？"

"应该也有这方面的原因。另外，怎么说呢，我觉得整个夜见山市以及所有住在这里的人，在思想意识上可能也受到了某种影响。"

"什么意思？"泉美问。

我用大拇指按了按右边的太阳穴："说不清楚……以前不是曾经有一种说法嘛，就是随着'现象'的发生，文件记录和人的记忆都会被篡改？还有人说，混进班里的那名'死者'会在毕业典礼后才显露原形。但即便如此，随着时间的流逝，所有人的记忆都会逐渐模糊，最终还是会忘掉那个人究竟是谁。所以我在想，会不会全城的人都是这样？"

"唔……"矢木泽表情紧张地抚弄着胡子。

"全城的人……我怎么好像有点儿明白又好像不明白……"

"其实我自己也没怎么想清楚。"

"嗯。"

"说起来，"泉美也开了口，"你们知道吗，三年前也是'发生年'，那年第一学期期中考试的最后一天发生了死人事件。"

哦，那件事啊……我隐约有印象。

那是三年前的五月发生在夜见山北中学的不幸事故。我当时还住在绯波町的家里，从报纸上读到了相关报道。

"死的好像是当时担任班长的女生,"泉美继续说着,"所以继永同学多少有些害怕。"

"因为她自己也是女生,还是班长?"

听矢木泽这么问,泉美认真地点点头:"对,就是这样。"

"虽然在科学上很不合逻辑,但她一直在害怕这次的期中考试期间会不会发生同样的事……"

"可问题是现在并没有发生'灾祸'啊,她纯属杞人忧天。"

"大概是吧……可是万一——……"泉美忧心忡忡地托着腮,叹了口气。

"一想到今后要怎样怎样,就连我都会不知不觉地总往那些最坏的情况方向去想。"

"想什么?"

"比如千曳先生对上周那件事的看法。虽然道理上都说得通,可如果从悲观点儿的角度看,他的原话其实是'总之,"灾祸"降临的可能性很小',对吧?万一那个很小的可能性真的发生了怎么办?"

"喂,你这话也太不吉利了吧!"

"确实有点儿不吉利,可也不完全是胡说八道。"

也就是说,还存在着另一种可能性。即从上周一叶住宣布退出的那个瞬间开始,我们的应对策略就已经失败,"灾祸"也随之被触发。当天,神林丈吉先生的死亡虽然有身患癌症到了晚期的原因,但同时也是"灾祸"所导致的。

我觉得不能排除这种可能。

千曳先生当时的措辞非常慎重,而且他的表情多多少少带着些迟疑和不安,因此不能百分之百地排除"灾祸"已经降临的可能性。

"我当然希望是自己杞人忧天。阿想努力坚持了这么久，况且，按道理说，一个'不存在的人'足够了，可是……"

见泉美欲言又止，矢木泽追问了一句："可是什么？"

泉美踌躇片刻，看向窗外，喃喃地说："真遇上万一的情况，作为应对组的成员，我倒有个提议。"

11

"下过月我就过去，具体日期定好了。"母亲月穗在电话里告诉我。那是二十四日周四的晚上，正是期中考试第一天。

她果然对我的生活一无所知啊。

手机铃声响起的一刹那，我在屏幕上看到她的名字时，还曾为接不接电话纠结了好一阵子。正像"诊所"的碓冰医生说的那样，我至今对她怀着一种十分撕裂的感情。

她是三年前抛弃了我的人，但也是赋予了我生命的人。理性上，我试图明确区分这两种让人无奈的事实，但感情上始终剪不断，理还乱。

"今天开始期中考试了……"我嗫嚅道，"正忙着学习呢。"

我希望这番话能让她赶紧挂断电话，心里还在懊悔地想：刚才不如不接电话。

"哦，哦……"她在电话那头不知所措，"打扰你学习了呢。"

"算了，没什么。"

"明年你就毕业了吧？"

"嗯。"

"关于高中呢？"

"小百合伯母说，想上高中的话，他们会支持我。"

"哦……那可要好好跟他们商量商量才行啊，"她若有所思，用很低很低的声音说，"对不起啊，小想……"

无论如何，我都不打算回应她的歉意，于是又转回了早先的话题，"你下个月要过来？已经定好日期了？"

"啊……嗯。"她小心翼翼地回答。

"哦……"

"这次我带美礼一起来。"

"嗯。那么比良冢先生呢？"

对于母亲的再婚对象，美礼的父亲比良冢修司，我已经很多年不再用"继父"来称呼他了。

"他挺忙的……就我和美礼两个人过去。到时候我们一起吃个饭吧，美礼她很想你呢。"

自从我离开绯波町的家，就再也没见过妹妹美礼。与母亲的最近一次见面已经是我刚上初中时她带我去"诊所"那次了。

"我……"很想拒绝，但话到嘴边又改了口，"好吧。你们动身前记得通知我一声。"

12

二十五日周五。

今天是期中考试的第二天，一早就开始下雨。

还好只是零星小雨，根本不需要打伞。再说，风很大，即便打了伞，也免不了会被淋湿。

虽然天气不好，我却比平时起得更早些，久违地在沿着河边的那条路上漫步。河里没有涨水，河水却变得很浑浊。平时在水面上、天空中随处可见的野生鸟类都没了踪影。唉，我本以为无论天气如何，该出现的总会出现……

走了一会儿，我自然而然地想起了叶住结香。

第一次在这里和她攀谈还是四月初。自那以后，才过了一个半月，如今想起来却仿佛是很久以前了。

自那次大骚乱以来，叶住再也没来过学校，甚至没参加昨天开始的期中考试。

她不会有事吧？其实我还是有些担心她。不过我也知道，自己的这种担心毫无意义。

时至今日，不管在全国哪个地方，拒绝去上学的中学生已经不再是新鲜话题了。而且，回顾自己小学时代的表现，我似乎如今没法理直气壮地教训别人，说什么"学生就该好好去上学"之类的话。

我和平时一样在赤泽家老宅吃过早饭，便朝学校走去。

13

第一节考英语，第二节考理科。

虽然我不觉得自己属于"学习好"的那类学生，但自从来到夜见山，无论是平时的学习还是考试，从没感到过吃力。上课时，老师讲的内容基本都能领会。考试前，只要熬个夜，临时抱佛脚地复习复习，基本上能应付过关。所以，上初三以后，虽然当了"不存在的人",但这对我的功课毫无影响。这一点连我自己都觉得惊讶。

期中考试的这两天里,我的注意力都被一件与考试无关的事情吸引住了。

　　夜见山北中学发生事故　女学生不幸身亡

三年前的这个时候,我在绯波町的家里偶然读到的那则新闻又浮现在眼前。报纸的日期已经记不太清了,大概是五月二十七日吧。报道中提到的事故发生在那前一天的二十六日,正好也是期中考试的第二天……

我努力地想着报道的内容。遇害的初三女生名叫樱木由香里,听说母亲遭遇交通事故后,她意外地摔死了。而她的母亲也在同一天被送到医院后不治身亡。母女俩据说是三年前,即一九九八年那场"灾祸"的最初受害者。

根据上周泉美告诉我的,樱木由香里是当时初三(3)班的女生班长。也正是因为这一点,现在我们的女生班长继永"总有些害怕"。

这周一,我去找千曳先生的时候,他也说过,"事故发生前一天,一直在下雨,某种程度上成了那场事故的诱因之一"。

说这话的时候,他正在翻一本名为"千曳笔记"的漆黑封面的文件夹。这个文件夹里贴着从二十九年前发生怪事到现在的三十年间每一届初三(3)班的学生名录副本,还详细记录了每个"发生年"因"灾祸"而死亡的"关联之人"的姓名、死因及混入班级的"死者"的名字,还有许多事后才弄清楚的细节。

"樱木确实是当年的女生班长。我还记得她的模样呢，是个戴眼镜很好看、凡事很认真的女生。"

事情好像发生在最后一科考试的时候。忽然听到母亲遭事故被送往医院的消息，樱木立即飞奔着冲出了教室。但她在下楼梯时脚下一滑，整个人从楼梯上摔下去。不巧，又被跌倒时因惯性而甩开的雨伞的伞尖刺进喉咙……

"我当时亲眼目睹了她的惨状。虽然我们立即把她送往医院，但还是因失血过多和惊吓过度，好像没到医院人就死了。"

"哦……"我想象着千曳先生所描述的那血淋淋的死亡现场，不禁暗自叹息。假如这番话被继永听到，就算别人再怎么告诉她所谓的"灾祸"不过是反科学的臆想，也不可能让她放心吧。

事情绝不会这么巧……今天是期中考试的第二天。第一节的英语考试平安结束。第二节的理科考试已经开始。

离考试结束还有十分钟。我交上了考卷，走出教室。考试题目都是我比较擅长的，毫不费力就做完了。担任监考的神林老师对我的提前交卷未置一词，大概因为我仍是那个"不存在的人"。

离开教室前，我迅速扫了一眼全班。没有一个人注意我……哦，不，泉美和继永似乎匆匆瞥了我一眼，随后低下了头。

教室里有两张桌子空着。一张是叶住的，另一张是那个自四月起一直请病假的女生的，她叫什么名字来着？哦，对了，是姓牧濑。不，好像是牧野……

我独自站在走廊里，把一扇窗打开一条缝，朝外面望去。雨仍在下，风还是很大。

我又回头望了望走廊。见地面上到处是湿嗒嗒的泥水印。夜见北平时不要求大家在室内换鞋①,所以大家鞋子上的泥和雨伞上的水都带进了屋里……三年前的情形大概也是如此。走廊、楼梯上到处是水渍,樱木才会在下楼梯的时候不慎滑倒……

"不会的。"我摇摇头,郑重其事地告诉自己,"今年不会有事的。"

下课铃响了,宣告考试时间结束。就在这一瞬间,我听见楼梯上传来一阵急匆匆的脚步声。紧接着,一位十分面熟却一时想不起姓名的男老师跑了过来,从站在窗边的我身旁擦肩而过,冲进了初三(3)班教室。刚刚结束考试的教室里随即传出了嘈杂之声。

发生什么事了?

我正在好奇,却见一名女生从教室的前门飞奔而出。那是……哦,应该是小鸟游纯。就是刚加入我们生物小组的那个初一男生的姐姐。她右手抱着书包,左手从伞架上抽出自己的雨伞,脸色苍白,举止慌乱……跟那个时刻一模一样。

"请不要在走廊里奔跑!"一个声音高喊着,"下楼梯的时候也不要跑!小鸟游同学,请你冷静点儿,要注意安全!"

原来是继永,她也冲出了教室,像是要追上小鸟游似的。见对方已经快要跑到走廊的尽头,便只好大声朝她喊了起来。

"小鸟游同学,一定要注意安全,明白吗?"

脸色苍白的小鸟游听见了她的喊声,特地转过头来朝继永勉强地笑笑:"谢谢你的提醒!"说罢,重新拿好书包和雨伞,做了

---

① 日本学校里通常会要求学生在进入室内的时候换上专用的室内鞋。

个大大的深呼吸，迈步走下楼梯。

我一言不发地看着眼前的这一幕。

目送小鸟游稳稳当当地走下楼梯，继永才长长地舒了口气。刚才，她的脸色甚至比小鸟游的更苍白。

14

那位冲进教室的老师带来了不好的消息。据说小鸟游的母亲在什么地方遭遇了事故，身受重伤。简直是三年前樱木由香里那件事的重演。

不过幸运的是，这次小鸟游纯最终与同样收到通知的弟弟一起平安无事地去了母亲所在的医院。神林老师在考试结束后的班会上特地对全班同学做了这番交代。

放学后，我没有直接回家，而是去了生物小组的活动室。不出所料，幸田俊介也在，我便把刚才发生的事统统告诉了他。

"不知小鸟游同学的母亲情况怎么样，"他一边擦着眼镜片一边说，"就算小鸟游同学本人平安无事，但她母亲万一……的话，也可以看作'灾祸'的开端吧。"

我没回答。虽然不知那位阿姨究竟遇上了什么样的事故，但眼下我们能做的只有默默祈祷她转危为安。

"你这家伙，好久没来小组了啊！"

"嗯。"

"看，过了一个黄金周，这些小家伙还都好好的。"说着，俊介扫视了一眼满屋的水箱和笼子。

"小呜呜君二代看着也挺精神的。"

"那当然，它们可不想变成标本哪！"

"对了，沼虾的透明标本已经做完，而且做得相当成功。你要不要看一眼？"

"下次再说吧。"

"理科考试怎么样？对你来说应该很轻松吧？"

"还好。"

"黑斑泥鳅的透明标本呢？要不要看看？"

"也下次吧……"

我俩有一搭没一搭地闲扯了一阵，便结伴准备离开。

"那个姓叶住的女生退出后，你还继续担任'不存在的人'？"

"嗯。"

"这样班里就能平安无事？"

"到目前为止还行吧，看小鸟游妈妈那边的情况了。"

"希望她能没事。"

"那当然。"

我俩似乎都没办法彻底放轻松，谈话总觉得有些压抑。说话间，我们走过了 0 号楼的走廊。途中路过第二图书馆时，见门上挂着"闭馆"的牌子。怎么回事？是因为正在考试期间还是千曳先生又休假了？

外面的雨还没停，风仍然很大。老旧的教学楼里时不时从某个地方传来"嘎吱嘎吱"的摩擦声。

我们从 0 号楼的连接通道走到有正门的 A 号楼，随即从正门走到楼外。

各自撑开雨伞，我俩正要朝学校的大门走去，忽然望见前面有几个人在雨里走着，距离我们大约十米的样子。

"那些不是（3）班的女生吗？"俊介指着她们说，"你看，赤泽同学也跟她们一起。"

那是三个女生。其中一个，经俊介提醒，我才发现，好像真的是泉美。她手里打着一把淡红色的雨伞，我以前似乎曾经见过。

另一个女生手里撑着透明塑料伞，个子比泉美略微高些，一头短发。应该是江藤吧。

第三个人没有打伞，个子不高，身上穿着奶油色雨衣。哦，不对，应该说是宽大的雨披，连脑袋都盖得严严实实，可见并不是忘了带伞。那是继永？

我忽然有一个猜想。

因为对三年前樱木由香里的遭遇耿耿于怀，又熟知当时事情的详细经过，知道杀死樱木的凶器正是当时她自己所带的雨伞，所以继永今天故意不带雨伞？

考试后，小鸟游冲出教室时，特地跟出去提醒她的也是继永。如果小鸟游像三年前的樱木由香里那样慌慌张张地跑下楼梯，说不定会重蹈当年的覆辙。正是出于这种担忧，继永才……

忽然，传来一阵刺耳的响声，吓了我们一跳。

咣咣咣……咚！是风的声音吗？而且是今天最猛烈的风。

声音是来自天空还是操场那边？

我茫然四顾，只见周围的树木都在"嘎吱吱"东摇西晃。我和俊介所站的地方也被强风刮到，手里的雨伞几乎要被刮飞。

"太可怕了！怎么会突然刮这么大的风？该不会是台风来了吧？"俊介喊着。此时，雨量似乎也比先前增大了一倍。

我们挣扎着朝前走了两三步，不知是从天空还是操场那边又传来"咚"的一声巨响。

走在我们前面的那几个女生也在苦苦挣扎。打着伞的两个人拼命握着手中的雨伞,不让它们被狂风吹走。穿着雨披的继永则手忙脚乱地想扯住几乎被风吹走的雨披。

忽然,继永朝地上跪下,脑袋从雨披的帽子里冒出来。

怎么回事?!

我看见继永挣扎着要站起身来,身体却怎么也不听使唤。是被风吹的?不对,好像是雨披的下摆被路边的栏杆之类的东西钩住了。

狂风呼啸,暴雨倾盆。风雨声中,我似乎听见一个声音。

刹那间,像是要切断那些闪着白光的雨线,有个东西从斜上方猛地劈落。一团灰色的、不知是何物的影子一闪而过……

一声短促的惨叫。大概是从继永口中发出的。声音很响,连距离她还有一段路的我和俊介都听见了。

"哎呀!"泉美和江藤也惊叫起来,"这是什么啊?"

"继永同学?!"

"糟了!出事了!"俊介一声惊呼,扔下雨伞朝前奔去。

我也慌忙跟着他朝继永跑去,随即看到了惊人的一幕。

继永跪坐在地上,一动不动。她的头朝上仰着,像是在看向天空。脖子的右侧斜插着一个灰色的东西。

奶油色的雨披上是刺目的鲜红色。不停地被雨水冲淡,又不停地再次变得鲜红,染红了雨披……是血!大量的、鲜红色的血正汩汩地从她的脖颈中冒出来……

挨近了我们才看清,那个深深地插进继永脖子里的东西是涂着灰漆的镀锌板之类的金属板,形状细长,体积很大。

它应该是被大风忽然吹来的,然后碰巧像一把锋利的匕首刺进了继永的身体。

"继永!继永同学!"泉美也扔掉手中的雨伞跑上前,嘴唇哆嗦着喊道。江藤早已吓呆了,腿一软,坐在了几米外的地上,动弹不得。

忽然,从朝天仰坐着的继永口中冒出了血沫和"呃呃……"的痛苦呻吟。她还活着。

"叫救护车!快叫救护车!"俊介边喊边掏出了手机。

"啊呀!"泉美忽然尖叫起来。我抬眼望去,见继永正要抬手去拉扯那块嵌在她脖子里的金属板。

不!千万不要!我顿时如五雷轰顶——千万个要拔出来!

然而我的焦急最没意义。

最后到底是怎么回事?似乎还没从震惊中回过神来的继永难以忍受突然而至的剧痛,终于攒够了最后一点儿力气,把那块刺入她身体的异物拔了出来!无数鲜血立刻从那道被撕裂的伤口中喷溅而出……

血染红了雨水。继永软绵绵地倒下去,终于一动不动了。

15

救护车赶到时,继永智子已经因失血过多停止了呼吸。死亡时间是五月二十五日上午十一点三十分。

那块金属板来自距离现场数十米外的体育馆。忽然而至的强风撕裂了体育馆的部分屋顶,碎片被强风裹挟着四处飞,偏偏刺中了继永。那座体育馆本身已有几十年的历史,早已老化不堪,七号那天的冰雹加速了它的破损。这些因素叠加，终于导致了悲剧。

尽管如此，那块被风刮飞的金属片怎么偏偏找上了在风雨中行动困难的继永？还以那么精确的角度坠落下来，刺中了继永的喉咙？这一切未免太过巧合了。

同一天的深夜，小鸟游纯的母亲小鸟游志津女士在医院里停止了呼吸。

昕说她是在当天上午被一辆小型汽车撞了。虽然腰部骨折，但被送进医院后，医生诊断说，伤势还不至于危及生命。所以当小鸟游姐弟俩飞奔到医院的时候，她的意识还很清醒。

谁知到了晚上，她的伤势忽然加重了。据说医院在进行检查时不知怎么疏忽了她头部曾受到的撞击。她最终因脑出血而死亡。

就这样，在一天内，接连两名初三（3）班的"关联之人"死于令人难以置信的原因。

我们只能不情愿地承认一直担心的"灾祸"终于降临……不，或许从神林丈吉先生死去的那天起，"灾祸"已经被触发。

插曲 II

这里昨天出事故了。

事故?

你还没听说?闹得可大了……哦,你昨天请假了。

感冒了,前天和昨天在家里连着躺了两天。下周还得一个人参加期中考试哪。

真可怜。已经好了?

嗯,算是吧。

第二周和第四周的小组活动,我也想请假,太累了,身体吃不消。

其实还想再多睡一天的。对了,事故是怎么回事?

有个初三女生死了,好像是(3)班的班长。

死了?在学校里?

昨天上午不是刮大风了嘛,风把体育馆的屋顶掀掉了,碎片被刮飞了……

然后砸到她了?

听说是这样。对了,你看,那边路面上的那一片搞不好就是她当时流的血。

唉,看血迹还很清楚啊。

听说有片金属板正好扎进了脖子。有人还说,因为力道太大,一下子把脑袋切掉了。

听着就吓死人!她该有多疼啊。

也就是眨眼之间的事,她大概来不及感觉到疼。

那也真是太倒霉了,怎么会那么巧……

还不是因为**她是初三(3)班的**嘛。

初三(3)班又怎么了?

哎,你还不知道?

知道什么?

居然还有人不知道那事?可真够新鲜的!传说我们学校的初三(3)班从很久以前就被诅咒了……

*

开始了吧?

是啊。

"灾祸"已经降临了。

嗯。

我们的"应对"到底还是失败了。

是的。很遗憾,虽然也很不不甘心啊。

果然还是因为叶住的退出?

也许吧。

也许不是呢?

不知道。不过,事到如今再去责怪她没什么意义了……

……

……

然后呢?

嗯?

接下来该怎么办？我也没必要继续当"不存在的人"了吧？

这件事……唉，我想请你再等等。

再等等？

之前不是说过嘛，**如果有万一的情况，我还有一个主意。**

哦……嗯。

这个主意究竟对不对、管不管用，我还不好说，可总比什么都不干强。所以，请千万别灰心……阿想，你暂时还是像从前那样继续当"不存在的人"就好。我也会跟老师和同学们说明。

怎么……你有什么主意？

这个嘛……

*

"灾祸"终于还是来了啊。

真是这样吗——期中考试那天，女生班长的死跟三年前那次一模一样？可我还是觉得那只是单纯的偶然事件啊。

加上神林老师的哥哥，已经死了三个人。

你觉得有没有可能从五月七号那天就已经开始了？

果然还是因为叶住的退出……

我觉得不是。

不是说只要我继续坚持就会没事吗？

嗯，按道理应该是那样。

但实际情况截然相反哪。

没道理，真的没道理啊。事情为什么会变成这样呢？

……

我总觉得哪里不对劲……啊,不过,小想,对不住你了。

哦,不……

你相信了我的话。可我让你失望了。

不,不用,见崎学姐,你千万别再道歉了……

……

如果真是"灾祸"降临,今后还会不断有人死掉。

……

每个月至少会有一个"关联之人"死掉。

真的?

无论如何都没办法了。只要"灾祸"一来,就真的束手无策了。

嗯,基本上就是如此。

可有人还想试试"新的对策"呢。

诶?真的?

总之,就是先把眼前对付过去再说。那法子到底有没有用,不试试怎么能知道?

唔。那到底是什么法子?

这个嘛……

第八章　六月　Ⅰ

1

五月的最后几天在混乱、失意、悲伤和恐惧中过去了。然后，六月来了。

按泉美的要求，在继永以及小鸟游同学的母亲死后，我仍像从前那样继续在班里扮演着"不存在的人"的角色。

在这段日子里，泉美和应对小组一直在忙着商量对策，并把讨论结果告诉了全班，获得了大家的一致赞同。班主任神林老师也没有反对。泉美还被选为新一任的女生班长，同时继续兼任在应对小组的工作。

叶住还是没来上学。或许她也听说了"灾祸"已经降临的传言，更不愿意来学校了。这一点，大家心里都明白。

2

"听说上周学校里出了大事？你的同班同学不幸去世了？"

听碓冰医生问起这事，我不自觉地垂下了头，躲避着他询问的目光。他似乎还在轻轻地咬着嘴唇。

"出事的那位同学，该不会是你的好朋友吧？"

"不是，"我摇摇头，"只是个平时偶尔会讲几句话的同学。"

"你精神上有没有受刺激？"

"嗯，还好。"

"真的没问题？目睹死亡发生在自己身边，不由得又回想起三年前那件事，因而感到万分痛苦。有没有类似这样的感受？"

"没事。"我低着头说，"没有。"

其实，最近一周来，我经常睡不安稳，还一个劲儿地做噩梦。不过并不是因为回忆起三年前的那件事。

我在梦里看到的都与"三年前的那件事"无关，全是最近这一个月里发生的种种事情。叶住那些"我还在""我就在这里"的嘶吼，在教室里横冲直撞的黑色乌鸦，呜呜的风声和被风吹乱的奶油色雨披，喷溅而出的大量鲜血以及她那淌满了鲜血的……

这并不是我头一回亲眼目睹一个人的"死"。三年前在"湖畔之家"，我就眼睁睁地看着晃也舅舅死在我的面前。

然而我总觉得，同为死亡，三年前发生的和上周发生的是完全不一样的。原因之一大概源自我内心的自责。

因为没有阻止"灾祸"降临而产生了懊悔和无力感。不仅如此，假如叶住的中途退出是招致"灾祸"的原因之一，那么，没能及时拉住她，则更让我内疚。对，就是那种"早知今日，何必当初"的内疚。

碓冰医生的语气一如既往地安稳平和。但这次我对他隐藏了自己的真实想法，不知医生觉察到了没有。

这天是六月二日周六的上午。我照例请假去了市立医院的"诊所"。

"最近流传着一个奇怪的传说。"离上次来"咨询"已经过了一个多月，医生一成不变地做完例行检查，缓缓地切入了主题。

"听说你们学校受到了'死亡'诅咒？"

奇怪的传说。怪不得那些流言蜚语会越传越广。

虽然我一点儿不讨厌医生，甚至对他充满信任，但有关发生在初三（3）班的这桩怪事，我始终对他守口如瓶。我想，无论是"现象"或"灾祸"、混进班里的"死者"或记录和记忆被篡改……这些诡异曲折的事，除非是身在其中的当事人，否则无论怎么解释，眼前这位精神科医生恐怕都绝对不会相信。

"什么传说？我没听说过啊。"我搪塞着医生，"肯定都是些没凭没据的传言，我根本不感兴趣。"

3

虽然今天没下雨，但诊疗结束离开医院时，我还是选择了上次那条路线，沿着游廊从辅楼走到主楼。在曲折拐弯的游廊上慢慢走着，我的思绪忽然回到了前几天。上周日晚上，也就是发生在继永身上那桩惨事之后的第三天，泉美来我家对我说的一番话忽然萦绕在耳边。

"如果真有万一，我倒还有个主意。"她之前似乎曾经这么说过。

究竟是什么主意？我问她。

"就是……"她顿了顿，盯着我看了一会儿，"还记得三月底讨论'对策'时的情形吗？当时大家说，如果今年是'发生年'，就需要有人扮演'不存在的人'的角色？"

"嗯，当然记得。"

说到有谁愿意担任"不存在的人"时，我第一个举了手。然后江藤提出："仅仅这样就够了吗？"才决定今年要增加第二个

"不存在的人"。然后就开始抽签……

"当时决定用扑克牌抽签决定,对吧?叶住抽到了'大王'牌,于是成了第二个'不存在的人'。不过你再想想,在决定抽签之前……"

"之前?"我竭力搜索着记忆。

"抽签之前,是不是有人说了句'那就让我来吧'?可惜,不知是因为谦让还是别的什么,这个人后来再没出声。当时大家不是还觉得挺惊讶吗?为什么忽然……"

"哦……"

两个多月前的情形慢慢从记忆的幽暗处浮现在脑海里。没错,的确有这么一个人。当时我也很吃惊——原本我以为除了自己,不会有人再主动要求担任"不存在的人"。

"可惜当时我们没选这个人,还是采用抽签制了。"

"那时候已经在洗牌了,好像是……不,就是因为叶住故意说了句'已经来不及了',所以大家才急急忙忙地开始抽签。"

"嗯,好像是这样……"

也就是说,那时候的叶住已经下决心要当第二个"不存在的人",甚至已经偷偷把"大王"牌留在了手里。所以才……

"当时那个说'让我来吧'的人,应该是牧濑同学。"

"牧濑?"

对了,她姓牧濑。虽然我记不太清楚她的长相,但印象里好像是个形单影只、总是小心翼翼、没什么存在感的女生。

"你听说了吗?因为身体不好,她从四月起一直在医院住院。"说着,泉美眨了眨眼。看着她的眼睑跳动,我的视线在一瞬间好像也在忽明忽暗地闪现。

"虽然当时她没有明说,但我想她肯定是觉得,反正自己要请假休学一阵子,所以不如干脆顺便担任那个'不存在的人'。"

这就说得通了。因为在住院期间,她肯定不会再来学校,而同时,在名义上,她又仍然是初三(3)班的一员。所以,无论是在物理层面还是心理层面,都没人比她更合适了。

可惜,当时大家都没有理会她的要求,而抽中了"大王"牌的叶住成了最终人选。

"所以,这下你明白了吧?"泉美说,"我的主意就是再去拜托牧濑同学,请她代替叶住担任第二个'不存在的人'。"

"哦。"原来是这样。不过,结果会怎样? 这个法子能阻止已经被触发的"灾祸"吗?

"我觉得啊,这事的关键就是'力量平衡'的问题。"

"'力量平衡'?"

"原本不该在班里的'增加的人',也就是'死者',混在了全班同学里,才会招致'灾祸'降临。而我们呢,就设定了一个'不存在的人'来防止触发'灾祸'。也就是说,那个会招引来死亡的'增加的人'的'力量'与'不存在的人'的'力量'相互冲抵,保持平衡。"

"唔。"

"今年制定'对策'时,出于保险考虑,我们配置了两个'不存在的人'。然后,整个四月都平安无事,说明两方面的'力量'是平衡的。到了五月,叶住退出,随后就出了一连串状况,'灾祸'似乎还是被触发了。也就是说,今年的'力量'对比关系跟从前不一样了。"

"你的意思是,一个'不存在的人'已经不够了?"

"不够，没法保证'力量'平衡……没错，我就是有这种感觉。所以必须增加'不存在的人'的'力量'，否则就不可能冲抵'死者'的'力量'。"

补上第二名"不存在的人"，以此来恢复因叶住退出而导致的'力量'失衡。"灾祸"将会因此而停止。这就是泉美的主意。

至于它是否正确、会不会有效，不试试看，谁也说不准。但至少总比什么都不做好。听泉美反复解释，我心里已经开始接受这个想法了。真的，没准能行。与其像现在这样束手待毙，倒不如……

所以，五月三十日周三那天，泉美和江藤代表全班同学来这家医院探望了正在住院的牧濑。据说牧濑听完事情的经过，接受了她们的请求，"如果能帮上忙的话"，她愿意担任第二个"不存在的人"。鉴于她似乎还要在医院里住上一阵子，这个任务对她来说真是再合适不过了。就算出院后还要去上学，只要两名"不存在的人"这个法子真能抵挡"灾祸"，她愿意继续坚持到毕业。

所以，这个带着点儿苦肉计味道的"新对策"开始实施了。

到今天，已经是第四天了。

4

走到医院主楼的时候，我忽然产生了一股冲动，想去不远处的病房里探望一下牧濑。

虽然在学校跟她没见过几次面，但从这个月开始，我们就同为班级里唯二的"不存在的人"了。想到这里，我立刻又打消了念头。一个男生不打招呼就随便跑去病房探望女同学，这种举动未免过于唐突了吧？而且，就算去跟她接触一下，我又能做什么呢？

虽然只在讨论对策时见过她一面，我甚至连她的长相都记不太清了，不过，在这漫长的住院生活期间，她都在想些什么，又是怎么打发时间的呢？她会不会偶尔也觉得不安或孤独？虽然这似乎与"灾祸"并不一定有关，但仍叫我有些放心不下。无论如何，哪怕拉上泉美作伴，我也一定要再找时间去探望她。

付完医药费，我走出了医院。时间是中午十二点三十分前后。因为今天没有骑车来，我便朝医院门前的公交车站走去。车站上有几个人也在等车，看起来比较年长。

在预示着梅雨季节即将到来的闷热阴天里等了一会儿，公交车总算来了。我掏出零钱，正准备往票台里投币的时候，有几名乘客从前门下了车。我不经意地朝那边瞥了一眼，却意外地看见一张熟悉的面孔。

雾果老师？！

起初，我以为是自己看错了，但很快又记起上次来的时候也曾在医院大门口遇见过一个很像是她的人。应该不会有错，就是她吧？

她是因为身体不好才常来医院吗？我揣着跟上次相同的疑问上了公交车。

5

在吕芽吕町的拂晓森林前下了车，我在图书馆里晃悠了一会儿，又在附近的快餐店吃过午饭，心里一直记挂着下午三点半的约定。之后，我便步行朝御先町方向而去，目的地是玩偶美术馆。

跟见崎鸣约好了三点半在那里碰面。

自继永和小鸟游的母亲相继出事,确定"灾祸"已经降临之后,我和鸣还没有当面谈过,只在电话里聊了几句。眼下情况复杂,无论如何我都希望能和她面对面地聊聊。

上次来玩偶美术馆还是四月中旬,已经是一个半月以前了。

虽然外面闹得天翻地覆,但美术馆里仍然是一片与世隔绝的寂静。空气里仍然流淌着有些阴郁的弦乐曲,天根婆婆也一如既往地迎了出来。

"既然是鸣的朋友,就不用买门票啦。她在地下室呢。"

"谢谢您!"

鸣正双手托腮,坐在四月我们见面时那张圆桌后的椅子上。她身上穿着件藏青色的上衣,似乎已经融入了室内暗淡的阴影里。也许是我的错觉,她看上去表情很忧郁。

"你好啊,小想。"鸣放下手,对走进屋的我说,"好久没在这见到你了。"

"嗯……你好。"

"快请坐吧。"

"嗯。"

今天她没有戴眼罩,左眼眶里装的也不是平时那只"玩偶之瞳",而是一副略带些茶色的黑色义眼。"最近怎么样?"我在她对面坐下后,她盯着我看了几秒钟,开口问道,"还好吧?"

"还好吧……你是指我们班里的情况?"我反问。

她轻轻摇了摇头:"我是说,你还好吧?"

"我?"

"你的心情或是心理状态什么的,都还好吧?事情变成这个样子,对你有没有什么影响?"

"哦。那个嘛……"

"辛辛苦苦地坚持到现在,可'灾祸'终归还是来了。你该不会因此又胡乱自责或是灰心丧气吧?"

"也不能说一点儿都没受打击,"鸣的关心让我内心涌出一股连自己都觉得难为情的狂喜,但我仍尽量保持着表面的平静,"但也没什么大问题。"

"上周那个姓继永的女生出事的时候你也在现场?"

"嗯。当时的确很震惊,不过,现在已经没事了。"

"真的?"

"至少不会再想从这里逃走了。"

"是吗?"

美术馆里播放的音乐又是一段似曾相识的旋律。那是佛雷的《西西里舞曲》吧,四月来的时候,我听到过这支曲子。

我凝神静听了几秒钟音乐,换了个口气说:"不过……"

几乎就在同时,鸣的口中也冒出了一句"不过……"我赶忙住口,好让她先说下去。

"上次在电话里听你说又采取了'新对策'……已经开始执行了?"

"嗯,"我坐直身子点点头,"除了我,又增加了一个人代替叶住担任第二个'不存在的人'。这样就可以保持各种'力量'的平衡……"虽然之前在电话里我已经大致向她介绍过新"对策"的内容,但我还是趁着面对面的机会再次解释道,"上次我们准备邀请的那位候选人也已经同意了。所以,'新对策'到今天已经实行了三天。"

"哦,是这样,"鸣答道,挪开原本看向我的右眼视线,微弱地叹了口气。之后,又像我刚刚走进来时看到的那样,双手托腮,陷入了沉思。或许是我的错觉,她看上去仍然非常忧郁。

"叮咚——"楼上隐约传来按门铃的声音。

是参观者吗?还是雾果老师回来了?

"可是,小想,"鸣喃喃地说道,"'新对策'究竟是否有效,还是不要太乐观为好。当然,我这话也许根本没有说服力。"

"为什么?你为什么会觉得不乐观?"

"因为……"鸣顿了顿,"三年前我们就曾这么试过啊……"

我一时无语。

"我跟你说过吧,三年前担任初三(3)班'不存在的人'的就是我啊。那年我们失败了,没能阻止'灾祸'的发生。后来我们也临时增加了第二个'不存在的人',就是榊原同学,但这法子最后也没能管用。"

"三年前的情况跟这次不一样吧,今年我们可是打从一开始就设置了两个'不存在的人'啊。只不过其中一人中途退出,才让'灾祸'有机可乘。只要我们恢复成两个人,就可以重新让两边的'力量'恢复平衡了……"

"你们的逻辑我明白。和三年前比起来,确实在最初设置的'对策'方面是不一样的,"鸣不放心地想了想,"可是,不管一开始设置了什么样的对策,既然它没能生效,甚至触发了'灾祸',就算亡羊补牢地再追加新对策,我觉得也已经晚了。"

我又一次哑口无言。鸣又缓缓地摇摇头说:"不过,我的结论也许完全不对。甚至作出这个结论的我,说不定也毫无意义。"

"什么意思？"

"这可能就是一种自然现象，由不得我们妄加揣测。"

她的话又让我想起千曳先生总挂在嘴边上的那个词，"超自然的自然现象"。

"多亏千曳先生的长期观察，我们总算掌握了一点儿'现象'的规律，也找到了一些有效的'对策'。可是你有没有想过，所有这些都只不过是某个更宏大的'现象'的一小部分？"

"……"

"现在科学已经这么发达了，可人类还是对很多自然现象的发生和变化束手无策，既无法预测也无法阻止。比如台风、地震之类的。即使提前知道了今天要下雨，以为带上雨伞就不会被淋湿——可事情一定会是如此吗？假如遇上大风，刮得雨水四处乱飞，就算打了伞也照样会被淋湿。而假如雨再变成了冰雹，那么雨伞就会被冰雹砸烂，根本派不上用场。所以说，世间万物并不总会按照我们预期的那样发展。更何况，'现象'很可能是科学无法解释的'超自然的自然现象'。那么，我们这些琐碎的小经验也好，推测也好，或许根本毫无意义——我是这么看的。"

假如是这样，也不能说新"对策"就一定会失败呀。我从她的话中反而想到了另一种可能。

"那就是说，不见得就行不通，不是吗？"我追问道。

"当然。如果一切顺利，那是再好不过了。"她眨了眨右眼，又朝我点点头。

"见崎学姐，"我不由得有些急躁起来，"三年前那场'灾祸'，不管是最初设计的'对策'还是后来追加的新措施都没奏效，死了好多人……可是，在那之后，'灾祸'却终于停止了。

这又是为什么？为什么会莫名其妙地突然停止了？"

我不止一次地问过她这个问题，但每次她都避而不答。看来这个问题中一定隐藏着某些她不愿触及的事。虽然我早有察觉，却一直没有深究过。

"那个，是因为……"沉默片刻，她终于开了口。我下意识地握紧了自己放在桌面上的双手，紧张地把手指都捏疼了。

"那是因为，"她几乎就要脱口而出，却忽然又懊恼地摇了摇头，"关于这件事，我还是……"

背后传来一阵脚步声，有人正沿着楼梯走下来。

"哦，你在这儿啊！"一个我几乎每天都会听到、早已熟悉了的女声说。

"阿想，你也在？难不成你经常来这里？"

我吃惊地回过头，见面前站着的是身穿校服的赤泽泉美。

6

细想想……不，应该是毫无疑问地说，我几乎从未跟朋友们提起过见崎鸣，只对从初一就一直同班的"死党"矢木泽偶尔说起过她，但也并没介绍他们互相认识。

所以泉美应该不认识鸣，这应该是她们头一回见面。

"赤泽！"我从椅子上站起身，迎向正走下台阶的泉美。

"你怎么会在这儿？"

"啊，偶然过来的，真巧。"我一本正经地回答。

泉美脸上浮现出一丝调皮的笑容。"你少胡说了！"

"真的，我……"

"放学后，我心血来潮地跑去拂晓森林的图书馆，然后看见你在那附近的一家店里。"

"诶？"

"明明离你不太远，可你完全没注意到我，所以我就……"

"一直跟着我到这里来了？"

"只是忽然好奇你到底要去哪儿呗！"泉美的笑意在脸上舒展开来，还轻轻吐了吐舌头。

"不过，阿想你也真够迟钝的。我一路上都没躲没藏，你居然一点儿没发现。"

"唔……"

我跟泉美的谈话自然逃不过鸣的眼睛。忽然冒出来一个熟人打断了我们原先的谈话，她该不会觉得扫兴吧？

"这……是小想的朋友？"

听她开口问，我赶忙回过头去。"怎么说呢？这是我堂姐，跟我一样大，现在还在同一个班里。"

"你好！我叫赤泽泉美、初次见面，还请您多多指教！"泉美的目光越过我的头顶，直接跟鸣打了个招呼。

"赤泽同学该不会是在这边照顾小想的伯父伯母家……"

"嗯，是，"我赶忙接口道，"她是我们班应对小组的成员，现在还是女生班长……"

我正要替泉美介绍，她却打断了我："等等，阿想。"说着又把目光看向我，显然是在问："她是谁？"

"哦，对了，"我慌忙看了看鸣，又扭头对泉美说，"这位是我们学校的学姐，见崎鸣。"

"见崎学姐，嗯……也是个 Misaki 呢。"泉美的第一反应居然是二十九年前不幸身亡的那个学生,他的名字也叫 Misaki。她似乎有些警觉地蹙了蹙眉。

"比良冢家,哦,也就是我父母他们,本来就跟见崎家很熟,所以我们早就认识了。搬到这边来以后,学姐一直很关照我。另外,她还是我们夜见北一九九八年那届初三(3)班的学生呢。那年也是'发生年',当年发生的'现象'和'灾祸',她都亲身经历过……"我接着介绍道。

听了这番话,泉美显出一副恍然大悟的神情,摘下原本背在肩上的书包抱在胸前,点点头说:"所以,你是来请教学姐?"

"嗯,大体上是。"至于三年前鸣曾担任过"不存在的人"一事,就先不要在这里跟泉美介绍了,我暗想。还有她刚刚说过的那些关于怎么应对三天前发生的新事态那些事,也都先不必提起为好。

"赤泽同学,初次见面,也请你多指教。"鸣对泉美回应道,"我叫见崎鸣。"

此时,我站在她俩之间反而显得有些碍事。见鸣从椅子上站起身来,泉美也朝前走了一步,我便赶忙离开圆桌,退到展厅中间。鸣和泉美彼此走近了一些,在相隔数米处面对面站住了。我猜,她们此刻都在仔细打量着对方吧。美术馆的音乐刚好一曲终了,短暂地沉寂了数秒,之后重新响起的又是那首《西西里舞曲》……

"见崎鸣,Misaki Mei……"泉美的目光中似乎流露出几分又是惊讶又是迷惑的神情,"你……"她忽然又收了声,轻轻摇摇头,放开一只抱着书包的手,捂在额头上长舒了口气。

这又是怎么回事?我正在奇怪,见她又朝前迈了一步,神奇地转换了口气说:"阿想这小子,承蒙学姐照顾了!作为他的堂姐,我应该表示感谢……"

"喂!"我不禁脱口而出,"赤泽,你干吗替我道谢啊?"

泉美回瞪了我一眼,又说:"虽然只是亲戚,可不知怎么的,我觉得阿想就像我亲弟弟一样……"

"你别胡说……"我正要反驳,又忽然住了口。确实,泉美从一开始就给我一种大姐姐的感觉,可也没必要对刚刚认识的鸣特地说这些话吧?

我偷眼朝鸣看去,她却是一脸"无所谓"的淡然,表情毫无变化地看着泉美。

"赤泽泉美……"我听见她口中喃喃地念叨着。

"赤泽……"

怎么回事?不知是不是我的错觉,她的语气不像是随口重复一个刚认识的人的名字,反倒像是在努力回想着什么。

"咔哒——"

在听觉范围之外传来了低沉的声响。在那之前,抑或是几乎同时,世界忽然陷入一片黑暗。我不禁屏住了呼吸。

那是什么?

像是有个人,在这世界之外的某个人,刚刚对着我们按下了照相机的快门,又像是"黑暗的闪光灯"稍纵即逝地闪了一下。我的脑海里霎时间充满了各种杂乱的影像,随即又倏地消失不见了。

这到底是怎么回事?我不禁满腹狐疑。但这份狐疑随即随着那些杂乱的想象一同消失了。

"赤泽同学,"鸣又开口了,不再像刚才那般犹豫迷离,反而目光坚定，正视着泉美，"今年你们班的情况，小想都告诉我了，包括你们采取了哪些'对策'、上个月'灾祸'终于降临以及你们准备采取新的应对措施等，我都知道了。"

"是哦。"泉美坦然地迎着鸣的注视回答。

"虽然我在三年前亲身经历过那些，但毕竟现在已经是局外人了，不该随便指指点点。只是，既然小想来问我，我就尽我所能地给你们一点儿建议吧。"

"我们会继续坚持下去的，"泉美说，"尽全力不让事态变得更糟。"

"不管是担任'不存在的人'的小想，还是应对小组的赤泽同学，我知道，你们都很辛苦。不过……"鸣说着转头望着我，"如果觉得实在坚持不下去了，小想，其实你也可以逃走。"

"逃走？"我仿佛被看透了心事，避开了鸣的目光。

"像晃也舅舅那样？"我不禁脱口而出，心头泛起一阵苦涩。在绯波町的"湖畔之家"与晃也舅舅说过的那些话涌到了嘴边，像是要撑破单薄的胸膛，"我绝对不会那么做……"

"哇，这里可真不错！"泉美忽然夸张地赞叹起来。

不知是不是不想看到我痛苦的样子，她离开圆桌，朝屋子里面走去，故作悠闲地东张西望。"这里居然有这么多奇奇怪怪的玩偶，太厉害了！学姐也喜欢玩偶？"

"喜不喜欢都无所谓，因为我家就住在这里。"鸣答道。

"咦，真的？"泉美一脸震惊。

"二楼就是工作室，"我补充道，"见崎学姐的母亲雾果老师在那里制作玩偶。"

"我记得阿想的房间里也摆着个玩偶吧？"

"嗯,那也是雾果老师的作品。"

"赤泽同学喜欢玩偶吗?"鸣苍白的脸上浮出一丝微笑。

泉美想了想:"嗯,怎么说呢,有点儿……"

"讨厌?"

"与其说是讨厌,"泉美嘟了嘟嘴,又笑着说,"虽然觉得做得很棒,可就是喜欢不起来。因为做得太栩栩如生了,反而有点儿害怕,不敢一直盯着它们看。大概就是这种感觉吧。我想我还是更喜欢恐龙手办。"

7

周日下午,天开始下雨。次日的周一,又是雨天。周二依旧。然后,周四的天气预报说,现在已经正式进入梅雨季,这周会一直阴天或下雨。

初三(3)班的教室里也弥漫着一种冷冰冰、湿嗒嗒的气氛。增加第二个"不存在的人"的新对策仍在继续实行,但谁也不知道是否能奏效。奏效的话当然最好,但假如这也是徒劳的挣扎呢……

那么,"灾祸"将不可阻止。这个月还会继续有"关联之人"面临死亡。

当初召开"通气会"和"对策讨论会"时,似乎就有人质疑过所谓的"现象"和"灾祸"是否真的存在。即使到了开学典礼那天,今年是"发生年"已经成为事实,全班人开始讨论具体对策时,仍有人对此半信半疑。然而,上个月继永的不幸身亡终于让怀疑派彻底抛弃了之前的想法。

不安、怯懦、恐惧……此时此刻,这些情绪让教室里充满了紧张感。

假如新对策也失败了，"灾祸"下次将会降临在什么人的头上呢？换言之，下一个死的会是谁呢？

在十几岁的年纪，我们很少觉得死亡会跟自己扯上关系，现在却不得不天天面对它。眼前这种无论怎么看都很扭曲、诡异的现状，让所有人都不得不承认，"灾祸"的确已经成了现实。

不过，幸运的是，这周什么也没发生。

我，加上正在住院的牧濑——两个"不存在的人"或许重新实现了所谓的"力量平衡"。对此我深信不疑。或许并不止我，负责应对的泉美、矢木泽和神林老师，还有班里的同学……他们肯定也都是这么想的吧。

8

六月九日周六。

因为是本月的第二个周六，学校照例放假。

我还是跟平时一样早就醒了，外面依然淅淅沥沥地下着雨。一想到今天又是个阴雨连绵的日子，我的心情有些忧郁，更不想起床了。勉强爬起来之后，我懒得去赤泽老宅那边吃早饭……小百合伯母打来电话问我"怎么了"，我便索性对她说："早饭和午饭不过去了，我自己随便吃点儿就好。"于是，直到下午，我都一个人闷在房间里无所事事。

脸洗完了，衣服也换好了，然而一转眼我又重新躺回床上，整个人萎靡不振，满腹心事。对自己这种糟糕的状态，我一时竟不知该彻底认输还是火冒三丈。

说起来，一切都是因为……

月穗今天来过电话，就在上午我刚接完小百合伯母的电话之后。

"真抱歉，小想……"她用惯常的那种语气说，"本来约好了明天要去看你的，可是美礼她忽然发起高烧来了，没办法带她一起去啊，我又不能扔下她一个人过去……"

六月十日，我们要去夜见山。好久没见你了，一起吃个饭吧。上次她在电话里说的话，我还一字不差地记得。或许在内心深处，我有那么一点点——虽然只是极其微弱的一点点——对这一天心怀期待。

"哦，是这样啊。"我冷冷地回答，心里的某个地方却像是被人缓缓地碾压着，疼痛慢慢地朝着某一点不断聚集，结成了一个疙瘩。

"真是太对不起了，小想，"月穗翻来覆去地说，"所以现在实在是走不开呢。见面的事，只能再往后拖了……这个月下旬我再来安排吧。真是太对不起你了……"

"有什么对不起的?"我的语气更冷淡了，"你也没办法嘛。"

"真的，对不起了。我会再打给你的。"

"嗯。"我简短地应了一声，随即挂断了电话，把手机丢到床上，长长地叹了口气。

约好明天见面的月穗不来了。这么一件区区小事，为什么会让我如此心烦意乱?

还来不及思考原因，就自顾自地先闹起情绪来了。我对自己的这种反应深感困惑，也为这样的自己感到可耻，甚至愤怒。

本来不是应该无所谓嘛。

本来就不是多想见她，也根本没想让她过来吧。

可是……

唉，求求你放过我吧。不要心血来潮就给我打电话，也不要理我，让我自己待着就好。

让这件事把自己搞得心烦意乱，简直像个傻瓜。我竭力调整着自己的心情，直到下午两点才感觉好了些。然而明明没有睡着，却总觉得困得睁不开眼，脑袋也昏沉沉的，全身还莫名其妙地疲惫不堪。我准备重新洗把脸振作一下，刚要起身去卫生间，见崎鸣却来了。

"你现在在家吗？"她的声音从突然而至的电话里传出来，"我就在你公寓楼下，你家的门牌号是多少？"

9

"刚巧走到这附近，所以干脆顺路来你家看看。"我打开房门，门外站着的正是见崎鸣。她穿一身夜见一的校服：米色格子短裙、白色上衣加胭脂色的细领带。今天她也没戴眼罩，所以左眼戴的不是那只"玩偶之瞳"。

"突然跑过来，给你添麻烦了吧？"她问。

"哦，没事没事。"

"在睡午觉？"

"没有。"

"可以进去吗？"

"哦，当然了，请进。"

既然穿着校服，那么她应该是从学校放学回家。可是夜见山市的高中，至少所有的公立高中都跟我们学校一样，每月的第二个周六放假……我觉得有点儿奇怪，但并没有多想。或许她另有安排，反正这不是什么值得打听的要紧事。

相比之下，眼下更要紧的是……我不禁朝房间里扫了一眼，房间里乱七八糟的。事先根本没想到她会来，不然我会好好收拾打扫一番的。

但鸣丝毫不以为意，径自走进屋来。还不等我开口招呼，她就自自然然地在桌旁的椅子上坐下。

"嗯……"她四下看了看，"比我想象中的有生活气息呢。"

"是嘛，不过就是……"

"不错嘛，'湖畔之家'那儿就完全没有这种感觉。"

"那是因为……"

"不过，以当时的情况来说，那个样子也可以理解，"说着她看向我，微微眯了眯右眼说，"看来，你一个人在这里生活得挺不错，我放心了。"

"放心？"

"嗯，"她点点头，"三年前你那副样子，不管是谁看见了都会有点儿担心吧。"

她这么说，我的确无法反驳。在冰箱里找了找，总算翻出两罐苹果汁。我拿出来放在桌上："不嫌弃的话，喝这个吧。"

"谢谢。"她伸手拿过一罐果汁打开，"咕咚咕咚"喝了几口。我本想像她那样痛痛快快地大口畅饮，却因为心情过于紧张，只是食不知味地抿了一小口。

"附近不是有一家名叫猪屋的茶室嘛。"鸣隔着桌子对我说。

"嗯。"

"我刚在那边喝过茶。"

"哦。你常去那家店?"

"是熟人开的店,不过有好一阵子没去了。"

"哦……"

"对了,赤泽同学……就是上周刚认识的你堂姐,她也经常光顾那家店呢,好像是去买咖啡豆。"她俩竟然会在那家店里偶遇?与此同时,我却整天闷在家里,为一些无聊事郁郁寡欢。

"她告诉了我你家的地址,所以我……"

我忽然满心惭愧,很希望这一天的时光能从清早重新来过。

"哦。"我简短地应付了一句,又抿了一小口果汁。

"不管怎么说,这周看来平安无事。"

"这是她说的?"

"嗯。不过还是不能大意啊。"

"这也是她跟你说的?"

"虽然嘴上没有明说,但看她的神情还是很警惕的。我觉得那样是对的。"

"确实,时间还长着呢。"

算上今天,本月还剩二十二天。如果在此期间没有发生"灾祸",才能证明我们现在采取的"对策"是有效的。

我把一只手撑在桌子上,抬起手背揉擦着感觉还没完全睡醒的眼睛。鸣的到访过于突然了,我甚至连脸都没来得及洗。

"你刚才果然是在睡懒觉吧!"见我这副模样,鸣不禁开口说道。

"不不,不是……"

"头发还支棱着呢!"

"啊？哎呀。"我慌忙抚弄着头发。

鸣微笑地看看我，随即又很认真地说："不过，你今天确实有点儿没精打采，出什么状况了吗？"

我下意识地想回答一句"没什么"，却没能开口。鸣又追问道："该不会是想家了吧？想念绯波町那边的家？"

"怎么可能！"我条件反射似的脱口而出，"那边有什么好想念的！"

"嗯……"鸣两手托腮，微微仰脸注视我。两秒、三秒……沉默了片刻，才叹息似的说了声："真的？"

我觉得自己的内心被她看透了。

"虽然发生了很多事，但她终归还是你妈妈呀。"

"算了吧，我无所谓……"我撇撇嘴，又摇了摇头。但鸣似乎不打算再继续谈论这件事，慢慢地站起身来，在房间里四处边走边看着。

"贤木先生的玩偶呢？"她问，似乎刻意放低了些声音。

"哦，放在卧室里，"我也站起身来，"稍等，我去拿。"

10

这个少女玩偶也是雾果老师的作品。据说晃也舅舅当年在祖阿比町举办的展览会上看到后十分喜欢，当场买了下来。我从比良冢家被赶出来时，特地把它从"湖畔之家"的书房里带过来。

我从卧室的架子上把玩偶拿出来放在桌上，让它靠着电脑，脸朝着鸣的方向摆了个坐姿。

鸣仿佛很怀念地凝视着玩偶，轻叹道："这个玩偶……我倒是不怎么讨厌呢。"说着，她脸上似乎滑过一丝淡淡的阴霾。

"有你很讨厌的玩偶吗？"我问，"包括雾果老师的作品？"

鸣沉默了片刻。"玩偶本是些'虚空之物'。就算创作者和观赏者在它身上投射了自己的想法或想象，但玩偶本身仍是毫无意义的。所以……"

所以？

"雾果老师的作品对我来说有点儿微妙……哦，不，应该说是有点儿特别。非要说喜不喜欢的话，恐怕还是不喜欢居多。"

我是第一次听她谈论雾果老师制作的玩偶，觉得有些心烦意乱，正不知该如何开口时，又听到她问："你呢？你怎么看？我和那个人，也就是我母亲的关系？"

"那个……"

她们俩怎么看也不像是关系亲密的母女，但也不像是彼此厌恶。只是，鸣跟雾果老师讲话的时候总是很客气地使用敬语，态度也总带着些对外人才有的距离感。不仅如此，她跟父亲见崎先生的关系也是这样……

我还没想好该如何回答，鸣却点了点头，径自说道："一直以来，我都没怎么跟你讲起这些吧。"

她朝放在桌上的玩偶伸出手，用中指的指尖抚摸着玩偶的脸颊，忽然又抬眼望向我说："今天就跟你说说我的身世吧。怎么样，愿意听吗？"

11

"其实我有个同年同月同日生的双胞胎妹妹。虽说是异卵双胞胎，可我俩长得很像……"见崎鸣平静地开始了她的讲述。

迄今为止，我的确很少问过有关她的出生、成长、家人亲戚之类的事。自然，并不是因为我不感兴趣，而是因为她似乎一直不愿意提起，我也就不好特地去打听。所以，此刻见她忽然主动说起还有个"双胞胎妹妹"，我不禁大感意外。而且，她今天想告诉我的还不仅限于此。

"不过，她在大前年的四月病故了。"

"啊？……我一点儿都不知道。"

"这不奇怪。除了我们家里的人，知道这件事的外人只有榊原。"

"榊原……就是那个……诶？等等！"我忽然意识到"大前年的四月"颇不寻常，赶忙追问道，"病故……该不会是……一九九八年发生'灾祸'的缘故吧？！"

鸣犹豫了一下，随即点点头说："应该是吧。"

"不过，一九九八年实际上……"

"大家都说，'灾祸'是从五月才发生，对吧？而且，千曳先生的笔记里完全找不到有关四月去世的我妹妹的记录。"

"怎么会呢？"

"我也很奇怪，但终究还是没太问千曳先生。而且，我叮嘱榊原同学千万不要把这件事告诉任何人。"

"这又是为什么？"

"嗯，这里面有些事比较复杂。或者说，比较微妙。"她的口气听上去非常含糊。

见我歪着头，仍是一副搞不懂的模样，她先是不解，继而也歪头想了想说："啊，抱歉，是我没说清楚。本想从头到尾讲给你听的,不知怎么,说着说着就乱了。"

"嗯。"我慢慢地点点头,以示镇静,听她接着说了句"所以……"又顿住了。

"所以就……"她艰难地再次开口,又再次卡住。

"Fujioka Mituko."

这是一个我之前从未听说过的名字。见我一脸困惑,鸣又停下来对我说,这个名字按汉字写做"藤冈美都代",接着讲下去。

"藤冈美都代,是我们姐妹俩的亲生母亲。"

我再次大吃一惊,不假思索地脱口而出:"那么雾果老师不是你的亲妈吗?!"

雾果老师的真名是由贵代而不是美都代。况且,她不姓藤冈,而姓见崎。

"雾果老师……由贵代和美都代也是异卵双胞胎姐妹。美都代先结婚,嫁给一位姓藤冈的年轻的公司职员。由贵代稍后才嫁人,对象当然就是我现在的父亲见崎鸿太。"

"那就是说……"

"我,哦,我们,本来是嫁到藤冈家的美都代所生的一对双胞胎姐妹。之后……"

"之后就成了见崎家的养女?"事情是这样的吗?

"对。双胞胎中的一个小孩,也就是我,被送给了见崎家收养。那时我还很小,不大记事,家里人也一直瞒着我。所以,从小到大我都以为美都代是嫁到藤冈家的姨妈,以为我妹妹是跟我同岁的表妹……直到小学五年级时才发现事情的真相。"

鸣以非常平静、淡然的口吻讲述着自己"身世"。

"直到后来天根婆婆不小心说漏了嘴。得知这一切之后,我大吃一惊。继而又想到,他们为什么会一直瞒着我?虽说见崎家的父母始终把我当作亲生女儿一般疼爱,但不管怎么说,这件事也……你懂的吧,那种非常复杂的心情……"

她还跟我说起了见崎家的更多隐情。

雾果老师,也就是由贵代女士,在她妹妹美都代女士生育一年后也怀孕了,但孩子最后不幸胎死腹中。而更悲惨的是,她还因此失去了生育能力。由贵代女士因此陷入了极大的痛苦,终日以泪洗面。于是……

为了帮她摆脱痛苦,妹妹美都代女士提议把自己在前一年产下的双胞胎中的一个过继给见崎家当养女。这个提议最后变成了现实。

"所以,在我还没开始懂事之前,就从藤冈鸣变成了见崎鸣。我到现在还记得清清楚楚,得知我发现真相的时候,雾果那副惊慌失措的模样。"见崎鸣轻轻叹了口气,观察着我的反应。我并没有回应,只含糊地晃了晃头。

"她说,原本打算找机会把一切都告诉我。实际上却一直禁止我和生母、妹妹见面或通电话。正巧那时候藤冈一家人搬到了离市中心很远的郊区,原本在附近上小学的妹妹也因为搬家越来越疏远了……我曾经偷偷跟她们联系过,但都是背着雾果私下联系的。"

"雾果老师为什么要这样?"我脱口而出地问。

鸣又轻叹一声:"或许是因为不安。"

"不安?"

"我猜大概是吧,担心我以后不再是属于她的玩偶了。"

虽然她语气淡然,她的话却让我震惊:"诶?玩偶?"

她为什么会这样说？既然本来就是一家人，那么，对于雾果老师来说，鸣虽然名义上是养女，事实上却跟自己的亲生女儿毫无分别。鸣为什么会说自己是她的"玩偶"？

鸣不理会我的惊诧，接着说道："其实，我时常会想到自己的亲生母亲。虽然我明白她当时的苦心，可时常还是会想到很多事。比如，我和妹妹是双胞胎，为什么偏偏把我送人？事到如今，我妈妈，也就是美都代女士，她又是怎么看待我……类似这些事。"

"哦，嗯……"我能体会她的心情。我都明白。想着，我情不自禁地点了点头，脑海里忽然浮现出母亲月穗的脸庞。

"不过，如果我怀着这种心情去跟美都代接触，雾果一定会觉得很不安吧，说不定还会很害怕。"

"害怕？"

"害怕我想重回藤冈家，害怕美都代想要回自己的孩子。"

"……"

"其实都是她一个人在杞人忧天，我根本没那种打算。美都代女士也好，藤冈家我的亲生父亲那边也好，实际上都没有让我回去的意思。"鸣继续淡淡地说着，神情冷漠，似乎在竭力克制着感情。但我仍在她脸上似乎看到了一缕哀伤，心下不由得也有些伤感起来。

"事情就是这样。可雾果老师还是无论如何放心不下……一直对我管得很严。别说去藤冈家登门拜访了，就算我跟美都代女士见个面、通个电话也绝对不行。"

12

"那……她的'玩偶'又是什么意思？"我对此十分好奇，禁不住追问道,"作为把你从小养大的母亲,提心吊胆、生怕你离开她——这种心情可以理解。可为什么说你是她的'玩偶'?无论是雾果老师还是你养父,一直都把你当作亲生女儿一样疼爱吧……难不成她只当你是个玩具?"

鸣抿了抿嘴,垂下眼帘,又一次把手伸向放在桌上的那个身穿黑衣的玩偶,像之前一样用指尖轻抚着玩偶的脸颊,喃喃地说:"这个娃娃,我倒是不怎么讨厌,因为一点儿也不像。"

"不像?"

"你看,它的样子跟我一点儿也不像吧?所以……"

听她这么一说,我忽然想到了在"玩偶美术馆"里曾经见过的雾果老师制作的那些玩偶。来到夜见山市之前,我也曾在绯波町见崎家的别墅里看到过一些,其中确实有不少娃娃的面孔或多或少与鸣有些相似。

"你讨厌长得像自己的玩偶?"

"说不上是讨厌……就是不大喜欢罢了。"

"为什么?"

"怎么说呢……那些玩偶并不完全像我。"

"不完全像你……"我不明就里地问,"这又是什么意思?"

"那些玩偶长得并不像我,而是像那个她没能生出来的孩子。雾果老师……她一边创作着长相像我的玩偶,一边在玩偶的'虚空'里不断追寻的东西是那个。对她来说,我并不是她心中的那个真品……只不过是个替代那孩子的玩偶罢了。"

"可是……"我脱口而出,却又说不下去了。我不确定我对鸣的这番话理解了多少,但……她与见崎夫妇之间时常若隐若现的紧张感至少与这事有关。

"刚才对你说的这些，上初三的时候我也都告诉榊原了，"鸣继续说道，"就在那年暑假，全班一起去夏令营的时候。在那之前，我没和任何人谈起过，也从来没打算说。当时……"

她上初三的时候，一九九八年的暑假，全班参加的夏令营。也就是说，是我在"湖畔之家"见到她的那年夏天之后……

"不过，小想，"鸣又看向我，"自那以后已经过了三年。当时的情况跟现在不同。我的心情，还有跟雾果老师的关系，都比那时候好多了。"

"是吗？"

"嗯。与那时相比，不再总觉得自己只是个替代品了。"

"真的？"

"真的。不过我可不想用成长什么的来形容这种变化，总觉得不是那么回事。"

"已经三年了吗……"我觉得她似乎在暗示我：小想，你也一样吧？

三年。对。不止鸣，时光同样在我身上流逝。这三年里，或许我跟鸣一样，与自己的母亲，也就是月穗，关系已经……唉，算了。

不是那样的，我想，我和鸣的情况不一样。

"然后，关于这只眼睛，"鸣伸出食指指着自己的左眼说，"之前我也跟你说过吧，这只眼睛是我四岁的时候失去的。后来因为普通的义眼看起来不可爱，雾果就给我做了那只'玩偶之眼'。"

那只苍翠的美丽义眼，像拥有某种不可思议的力量……

"不过，我现在不怎么戴它了。"

"哦……"

"不想知道为什么吗？"

"嗯，没关系，"我慌忙摇头，"不知怎么的，我总觉得好像不该问。"

"其实没什么，是你多虑了。"鸣淡淡一笑，"我的左眼没了眼珠，眼窝是空的，本来什么也看不见，可只要戴上那只'玩偶之眼'就能看见普通人看不见也没必要看到的'颜色'。小想，这件事你也还记得吧？"

三年前那个夏天，她曾告诉过我，而我当然还记得，并且永远不可能忘记。我使劲点了点头。

鸣脸上的笑容渐渐消失了。"所以，在外面的时候，我会一直戴着眼罩，就是为了不让它看到那些。说实话，我自己也不想看到那些东西啊。"

"……"

"其实只要使用普通的义眼，不戴那只'玩偶之瞳'就行了。我也想到过这一层，可最后还是放弃了。我猜，我大概中了雾果的魔咒。"

"魔咒？"

"可能我说得有点儿夸张，但我总觉得那是雾果特地为我做的。如果换用别的，说不定她会生气或伤心。反正，潜意识里，我总是在担心这个。"

"可你现在还是换戴了别的吧。"我边说边朝她的左眼窝看去。她现在戴的就不是那只"玩偶之眼"，而是一只略带茶色的黑色义眼。

"这是我上高中以后自己攒钱买的。戴上这个，就不会再看到那些'不想看到的东西'了。"

"雾果老师呢？她有什么反应？"我小心翼翼地问，"生气还是伤心？"

"都没有，"鸣微微嘟起了嘴，"只说了一句'还挺合适'。"

"哦……"我也不自觉地松了口气。或许事情从一开始就不像鸣所担心的那样。随着时间流逝，雾果老师的执念肯定会逐渐消解。所以……

"忽然就自顾自地说起我自己的事了，抱歉。你肯定吓了一大跳吧？"鸣说。

"怎么会呢？"我提高了嗓门，"根本没有。我反而还有点儿开心呢。"

"真的？"鸣像是故意装出一副满不在乎的样子，耸了耸肩，"说了这么多，我究竟想说些什么呢……唉，算了，随便你怎么理解吧！"

"嗯！"

她到来之前我那种阴郁的心情已在不知不觉中烟消云散。但是，我还不至于因此想要接待月穗的来访。鸣是鸣，我是我。再说见崎家的事和比良冢家的情况完全不是一码事。

其实我真的是很开心。自三年前那个夏天以来，对我而言一直是个"特殊存在"的鸣居然把这么多未曾对别人说起的心事对我和盘托出，这才是最让我开心的。

"顺便再多说几句吧，我藤冈家那边的妈妈，也就是美都代，这三年里也发生了不少变化。"鸣继续说着，语调却比刚才细弱了些，"不知是不是因为妹妹夭折，真实情况我也不是很了解，她在那年之后就跟丈夫离了婚。这边的见崎先生很担心她，一直在帮忙张罗她再婚的事呢。"

"……"

"哎,忽然和你说这些有的没的,对不住啦!"

"哪有,我又没……"

"啊——"鸣难得地伸了个懒腰,但依旧坐着,只是双手交握着向上伸展着胳膊,"什么家人啊、血缘啊,统统给我从世界上消失了才好呢。"

我第一次从她口中听到这类话。

"可惜,小孩子是永远无法逃跑的。一面想逃走,一面又逃不掉,然后就在这个过程里,心不甘情不愿地长大成人。"

我不想长大成人。当我还是个小学生的时候——至少在三年前的那个夏天——我就由衷地盼望自己千万不要长大。可如今又如何呢?

"哦,对了。"鸣又说,语调也随之再次一变。

我正在发怔,却见她伸手拿起放在椅子旁的书包,在里面找了找。"这个是给你的。"说着,把一样东西递了过来。

是个学生手册大小的白色纸袋。

"差点儿忘了,这是给你带的礼物。"

"礼物?"

"对啊。前阵子我们班不是去冲绳修学旅行了嘛。"

这大概是今天最让我出乎意料的事。

"哦,谢谢!"我道过谢,接过纸袋,又朝纸袋里望了望,"现在就打开看看没关系吧?"

"当然。"

那是一条缀着银色吉祥物的手机挂绳。吉祥物好像是根据冲绳很有名的神兽设计的,肚皮上嵌着块绿色的小石头。

"这是冲绳的小狮子吧?"

"嗯。不过大部分都做得有点儿谄媚相,我特地挑了个不那么俗气的。"

"确实,这个看着挺有个性的。"

"据说戴着它能辟邪,也不知真假。反正,就算是我的心意吧。"

我把挂绳捧在掌心,仔细端详着。其实这个小狮子做得有点儿刻意卖萌。我再次道了谢,把挂绳握在手心里,不知为什么又想起了另外一件事。

"见崎学姐,有件事想问问你,可以吗?"

那件事不是此时此刻非问不可的,但见她默默地点了点头,我便索性继续说下去。

"刚刚你说你有个双胞胎妹妹,她叫什么名字?"

一瞬间,我俩置身其中的空间和时间仿佛被冻结了。

鸣的双眼,无论是健康的右眼还是戴着义眼的左眼都睁得大大的,一眨不眨。不仅如此,她的嘴唇也一动不动,让我怀疑她几乎连呼吸都停止了,整个上半身好似泥塑般僵住了。

像电影里某个奇妙的定格,她沉默着。三秒、四秒。与她相对而坐的我似乎也被感染了,像她一样陷入静止状态。

五秒、六秒、七秒、八秒……

终于,她的嘴唇开始翕动:"她……"

周遭的气氛忽然变得很奇怪。我们明明相对而坐,她的声音却像是从很远的地方传来。我们明明身处于白昼的明亮之中,她却仿佛来自无边的黑暗。我们周遭明明空无一人,空气中却仿佛有个人在不停地威逼她"不要说,不要说"……但她最终还是很费劲地用几乎听不见的声音说道:"她……她叫……"

经历了一番挣扎之后,鸣终于说出了那个名字。

"她叫……MI……SA……KI,Misaki。"

接着,她告诉我,那个读音,汉字写作"未咲"。

世界在一瞬间昏天黑地。

刹那间,不知从哪里又传来一声"咔哒——"的闷响。

第九章　六月　Ⅱ

1

六月的第三和第四周里,"关联之人"没有再受到"灾祸"的袭扰。

"五月的死者"继永同学、仍在旷课的叶住和仍在住院的牧濑三个人的座位依旧空着,教室里每天弥漫着冷冰冰的恐惧氛围。不过,随着日子一天天过去,其中的某些东西似乎在逐渐消散,与之相对的另一些东西却益发膨胀起来。大家对于自上个月底开始实施的"新对策"看法不一。有人一心想相信它能奏效,有人却觉得为时过早,还不能下结论。

这两种看法也时常在我心头交战不休。

母亲因遭遇事故去世的小鸟游同学在那之后不久又来上学了,但仍是一副垂头丧气的模样。这也难怪,站在她的角度考虑,假如有可能,就不想再继续待在这个班了吧。虽然不知道她以前是什么样的性格,但肯定不会是现在这个样子。我时常看见泉美和江藤她们试图不露痕迹地帮她打起精神。

从第三周开始,学校方面启动了关于毕业后升学的三方面谈。每天放学后,都会由班主任、学生本人和学生家长进行面对面的商议讨论。

进入第四周,面谈终于轮到我了。小百合伯母以家长身份来学校参加了讨论,学校方面则由教语文的和田老师代替班主任神林老师参加。校方很忌惮我作为"不存在的人"的身份，特地避开了让我与神林老师直接接触。小百合伯母起初对这种班主任不参加面谈的安排略感诧异，但校方解释说，神田老师因为健康原因无法出席，她于是作罢。

我还是希望能上高中，最好能去县立夜见山第一高中（就是鸣的学校）。一番纠结之后，我把这个想法告诉了赤泽家的伯父伯母。他们仍像往常一样痛快地答应了："只要小想你愿意，我们会一直支持你！"还说"月穗应该也不会反对"。至于我的学习成绩，老师给出了"大可放心"的官方定论，所以我的三方面谈大体上进行得很顺利。

不过……我拼命忍住没有说出口的是，这一切计划都要等我脱离了眼下这种状态才能实现。直接说吧，我必须在"灾祸"降临的时候保住自己的小命。

2

赤泽家老宅的改造工程比原计划拖后了很多，据说要到学校放暑假才能完工。几乎终日躺在屋子里的祖父一肚子火气，对施工拖延大为不满。不过我每次去探望他的时候，他的脾气倒是和蔼了不少。那只名叫黑助的小猫照旧反复无常，前一秒喜欢黏着人嬉戏，后一秒又变得高冷无比，叫它的名字也毫无反应。

老宅改造完，我就该搬出飞井公寓，重回老宅那边住了。不过茧子伯母夫妇俩对我说："在这边多住些日子无妨。"

"当然了，小想你可以自己决定，住哪边都行。你要是继续在公寓住，泉美会很开心。那孩子外表倔强，其实有时挺寂寞。"

伯母们为什么会对我这么好？无论是小百合伯母还是茧子伯母。直到三年前，我们几乎没怎么见过面，恐怕她们连我这个侄子长什么模样都记不清吧。

一想到这里，我忽然想起了那个偶尔打来电话却总无法好好交谈的母亲月穗，胸中顿时憋闷不已。我讨厌这样的自己。

来这里之前，我曾去过赤泽家两次，都是应邀去吃晚饭。其中有一次，小百合伯母和春彦伯父也在。那时大人们偶然说起了我去世很久的父亲冬彦。当时我也在场，对他们的谈论始终保持着冷静的态度，冷静得连我自己都大感意外。

"要不是那样……"茧子伯母喃喃地说。

所谓"那样"，是指十四年前冬彦的死。他患上精神病，最后自杀身亡。

我不知该如何回应茧子伯母的话。对于那个已经连长相都忘记了的亲生父亲，我现在又怀着什么样的感情？——老实说，连我自己都不知道。

不能说毫无悲伤、寂寥之情。然而实际上我对他的逝去一直缺乏真实感，这或许是由于我从很小的时候就一直把晃也舅舅当作"父亲"。而这位晃也舅舅，也在三年前的夏天与我永别了，所以……

我还去参观了泉美那位出远门的哥哥（名叫赤泽奏太，大约二十五岁左右）原先居住的阁楼房间。

屋里收拾得干干净净，甚至显得过分整洁，一望便知主人已经离开了很久。靠墙的书架上，正如泉美所说，有一层专门摆放推理小说。

我决定按泉美先前的建议先挑几本带回去看。

我选了翁贝托·艾柯的《玫瑰之名》上下册。这部作品的内容，据说有些艰涩，但我一直想读读看，偏偏去图书馆几次都没借到。还有一本书名看上去不大像探案小说的作品一下子吸引了我的注意，是《恶童日记》。

3

晃来晃去，终于迎来了六月的最后一周。

所有人都在暗暗期盼着这一周能够平安无事地度过。我自然也不例外，因为这关系到眼下我们正在实施的所谓"新对策"究竟是否有效。

六月二十五日周一。

梅雨季难得偶尔放晴，今天是个万里无云的好天气。

我比平时早起了一会儿，去学校之前又在夜见山河的河滩上散步。忽然，我又看到了悬停在河面的翠鸟，于是条件反射地伸出双手扣了个取景框，在脑海里按下想象中的快门。自然而然地，我又想起了上一次这么做时的情景。那次是跟叶住结香在谈话，就在快要谈不下去的时候看见了翠鸟……对了，应该是四月中旬左右。时间已经过了两个月……哦，不，时间才过了两个月呀。

自那以来已经两个月了。自那以来才过了两个月。我纠结着这其中的不同含义，忽地又闪出了一个念头：不知叶住怎样了？

怀着复杂的心情，我继续用假想中的快门拍摄着悬停的翠鸟。书包里的手机忽然震动起来。

"喂，早啊！"我还来不及应答，手机里便传出了幸田俊介的声音。

"出什么事了？这么早打电话过来？"我急忙问。此时刚过早上七点，离八点半的早班会还有一个多小时。

"你在哪儿？家里？"

"不是，我在生物小组的活动室。"

"诶？"学校每天早上七点钟才开门。就算一开门就进去，他居然这个时间就已经在活动室了？幸田的动作未免太快了。虽说他常常会在上课前顺便到活动室溜一圈，但今天到得也太早了点吧。又不是体育部，早上要晨练，到底出了什么事？

"我猜，你现在大概已经出了家门，正在河滩上溜达吧？"果然是老相识，俊介对我"每日一游"的习惯了如指掌。那他干吗还要打电话过来？

像是立刻看穿我的心思，俊介接着说道："你到学校后，顺路来一趟活动室吧。生物小组不是要在文化节上做展板吗？差不多该商量商量了……"

"文化节不是在秋天吗？"

"那也该早点儿开始着手准备了啊。"

"用得着一大清早就商量这个事？"

"哎，哎，你别这么说嘛。不是有句话说'择日不如撞日'嘛。"

"俊介，你今天干吗去得那么早？"

"这个嘛，"听筒里传来俊介"窸窸窣窣"走动的声音，"我昨天偶然发现，这几天小呜呜君的样子有点儿不大对头，好像没精打采的。喂它也不怎么吃，反应也有点儿迟钝。"

小呜呜君？就是那只墨西哥钝口螈二代？

"小呜呜君一代不是一开学就死掉了嘛，所以我很担心这一只,一大早就赶来看看。"

"它生病了?"

"不像。刚刚我给它喂食的时候,它吃了不少呢,应该问题不大。"

"那就好。"

"不过,话说回来,要是它不幸有个万一,这次我可要好好拿它来做个透明标本了。"

这家伙,又来了。

我正要开口反对,忽然听见他像是撞到了什么东西,发出一声短促的惊叫。

"啊呀,怎么会这样!"手机听筒里又传出一阵"吱吱嘎嘎"的杂音。

我吃了一惊,忙追问道:"怎么了?"

"啊,没什么……"

俊介刚含混地应了一声,随即又惊叫起来:"啊啊啊!"

"到底怎么了?出什么事了?"

他没有回答。我听见了手机被扔在桌上的声音,不知电话那头究竟发生了什么,不由得拼命竖起耳朵。

"哎呀,这下子叫要命了!"过了好一阵,手机里重新传来俊介的声音。

"什么情况?"

"不知为什么,塑料箱的上盖没盖好,托比从箱子缝里钻出来了。"

"诶?"

"我刚刚想把它抓回去,结果一不小心被它咬到了。哎呀,疼死我了！"

托比是生物小组去年秋天捕到的一条金头蜈蚣（实际上头部更偏向红色），约十五厘米长。托比这个名字是俊介给起的。

虽说是生物小组的成员，但我对诸如蟑螂啊、米虫啊、蛆啊这类惹人讨厌的虫子一贯敬而远之。蜈蚣之类的就更不必说了。所以，当初我坚决反对把托比养在活动室里。而且，确切地说，蜈蚣并不属于昆虫啊。

"你没事吧？"

"唔唔，"俊介边吸着冷气边说，"没事没事，就是太疼了！"

"还是去趟保健室吧。"

"保健室现在还没开门呢。我自己知道该怎么处理。上次捉它的时候就被咬过一次，有经验了。再说，我身上还带着类固醇软膏呢。"

"真没问题？"

"嗯，没问题。"

"我现在就赶去学校，大概要二十分钟，一会儿见。"

"好，一会儿见……啊呀，疼死我了！"

我挂了电话，把手机放回书包。见崎鸣送给我的手机挂绳上的银色小狮子在朝阳中反射出一小片光晕。

4

十几分钟后，我终于走到了操场南边的学校后门。刚开始往校园里跑的时候，我没有多想，但越接近学校，我心中越觉得不安……于是，我又试着给俊介的手机打电话。然而手机没有接通。

不是对方不接电话，好像是根本没有拨号音。我的手机里还不断传来"对方没有开机，对方不在服务区内……"之类的提示短信。

怎么回事？

进了校园，操场上隐约可以望见体育部的人正在晨练。我横穿过操场，朝0号楼方向走去。只觉得自己的脚步越来越快，等到能望见那栋旧楼时，我发现自己已经在一溜小跑了。

如果只是为了商量文化节的事，我大可不必如此匆忙。令我如此焦急的是内心里那股难以压抑、不断翻腾的不祥之感。

刚才在电话里说到被蜈蚣咬了时俊介的那声惊呼一直在我耳边萦绕。

虽然我没被蜈蚣咬过，但听说被咬了之后会很疼，毒液还会让伤口附近肿得厉害。虽然俊介说了不打紧，可是毒液如果扩散到全身……不，不，蜈蚣的毒力应该没有那么强，还不至于致命。而且俊介也说了，他知道该怎么处理，所以应该不会有问题。但是，假如真遇上了"万一情况"又该怎么办……我的大脑在飞快地旋转着。

不会，不会……都是我在胡思乱想。

真的吗？只是胡思乱想吗……拜托了，老天爷，千万不要出事啊！

跑到0号楼的时候，我已经默默祈求神明保佑了。

"比良冢同学。"刚到教学楼门口，忽然听见有人在喊我。我那时正要冲进楼里，闻声不禁吃了一惊。

叫住我的是第二图书馆的管理员千曳先生。在这个初夏的季节，他仍穿着一身黑衣。

第九章 六月 Ⅱ

"出什么事了？一大清早就慌慌张张的。"

在这个钟点，他应该是刚到学校吧？手里还提着个古旧的方形提包。

"我要去一趟生物小组的活动室，"我按捺着急切的心情，停住脚步，几缕汗水顺着脖子淌下来，"俊介，哦，幸田同学在那儿。我有点儿担心他。"

"担心？"千曳先生快步朝我走来，"发生了让人担心的事？"

"他刚刚给我的手机打过电话……"

"你说的幸田同学是生物小组的组长吧？"

"对。他是在初三（1）班，他的双胞胎弟弟敬介是在我们初三（3）班。"

"什么?!"千曳先生忽地脸色阴沉，皱起了眉头，"也就是说，他是'关联之人'？"

"刚才他在电话里说被蜈蚣咬了一口。虽然他说不碍事，可我……"我焦急万分，语无伦次。

"走，赶快去看看!"千曳先生果断地喝道。

我们俩冲进楼里，一口气跑到活动室门口。还没进门，就听见木制推拉门里传出了一阵"吱吱吱"的尖叫声，是生物小组喂养的那些仓鼠在叫吗？那声音虽然很弱，却很诡异。仓鼠们平时是很安静的，从来不会像这样齐声叫。所以，光是这叫声就让我心中那股不祥之感顿时增加了几分。

不会吧？不会吧……该不会又发生什么事了吧？

我屏住呼吸，一把拉开了木门。目光在室内扫过的瞬间，我顿时全身僵硬，动弹不得，只能从喉咙里发出"啊——啊——"的狂吼。

"出事了！"千曳先生大喊着扔下手中的提包冲进屋内。

我也惊醒过来，跟着他冲进这间一望便知发生了不寻常情况的活动室。

屋子正面朝南的窗户上挂着浅米色窗帘。屋顶的荧光灯发出明晃晃的光。然而屋子里一片狼藉。右手边原本倚墙而立摆着一排高大的钢制架子，其中的一座此时已经倒下，砸在旁边的一张大桌子上，以与地板大约呈三十度的角度搭靠在桌上。原本放在架子上的东西——各种试验器具、容器、瓶瓶罐罐、纸箱、书本、书箱等一股脑地被甩了下来，散落得到处都是。

支撑着架子的那张大桌子上原本摆满了各种饲养箱、水箱和笼子，此时都被架子上散落的东西或是砸碎或是打翻，从桌子上掉落到地上。几个水箱里原本都灌满了水，水箱破裂后，水在桌面和地板上淌得到处都是。养在水箱里的鱼、青蛙和爬行动物也都随着水流跑了出来。无法呼吸的鱼儿湿淋淋地兀自在地板上挣扎，青蛙和爬行动物们却趁机获得了自由，纷纷逃走了。

从桌面上跌落的饲养箱摔坏了盖子，养在里面的昆虫、蜘蛛等跑了不少。养蜥蜴的水箱也被打破了，里面的蜥蜴、蝾螈早已不见了踪影。仓鼠的笼子因为放在别的桌子上而逃过了劫难，不知是因为兴奋还是恐惧，两只仓鼠一直在拼命地叫着……

幸田俊介躺在这一片狼藉的最中央。"幸田，你没事吧！"千曳先生大喊着朝他跑了过去。

我们还不知晓面前的一切究竟是如何发生的。总之，幸田俊介眼下就倒在那里，脸朝下趴在一个已经破裂的水箱里。

"喂，幸田！"千曳先生抓住他的肩膀吼道。

"俊介……"我好不容易才叫出了声，小心翼翼地踮着脚，躲开地板上还在活蹦乱跳的鱼和其他动物走上前。

"啊！俊介！"撑在他脸下方的正是饲养着小呜呜君的那个水箱。虽然已经破裂，里面却还剩了些水。但那些水已经被染成了刺目的鲜红色。鲜红的……血的颜色。

他倒下来的时候被碎玻璃片割到了喉咙？

"俊介！"无论我们怎么呼唤，他都毫无反应。

我惊慌失措地朝四下胡乱张望着，见地上躺着不少动物的尸体。其中有一个小小的、粉红色的肉块……大概是小呜呜君。或许它随着水流落到了地上，然后被俊介不小心踩了一脚。

"幸田！"千曳先生又叫了一声，但俊介仍然毫无反应。没有声音，身体也一动不动……哦，不，他那软塌塌垂下来的左胳膊似乎微微动了动。

千曳先生从背后抱住他的上半身，打算把他扶起来。

"快！过来帮我一下！"他命令道。

我俩合力，总算把俊介从桌旁拉了起来，又让他平躺在地板上。他喉咙处的伤口看上去很深。脸、脖颈、衣领、衬衫的胸口处都被血染红了。眼镜片上也沾着血，镜片下的双眼半睁半闭。

"把那条毛巾拿来！"

"哦，是。"我赶忙把毛巾递了过去。千曳先生把毛巾按在俊介的伤口处，但毛巾很快被不断涌出的鲜血染红了。这时，无力地躺在地板上的俊介的腿忽然猛地抽搐起来。

"喂，幸田，你要挺住，挺住啊！"千曳先生一边高声喊着，一边把耳朵凑近了俊介的嘴边。

"俊介！"我握住了他的手，但他并没有回应。那只手异常冰冷，不知是因为躺在满地是水的冰凉地板上还是因为……

"你千万别死啊！俊介！"

"他还有呼吸，赶紧叫救护车！"千曳先生冲我大吼，"快打119！"

"哦，是。"我仍然握着俊介的手，抬头用目光搜寻装有手机的书包。刚才一进屋，我就把书包随手丢到了一旁。

"你可千万别死啊，俊介……"我不停地喃喃自语，放开了他的手。此时，俊介的腿又开始抽搐起来。

俊介……

我跌跌撞撞地朝书包跑去，掏出了手机。

俊介他……该不会死吧？他不会就这样死了吧？

他脸上的血污似乎与一个月前那个雨天从继永的脖颈中喷溅而出的鲜血重叠在一起。那时，他和我意外地一起目睹了一场事故的发生，还打电话叫了救护车。然而今天却……

你已经死了吗，俊介？这次轮到你了吗？

就在三十分钟前，我俩还若无其事地在电话里聊个不停。我战战兢兢地晃了晃脑袋，想要拿稳手机，手却抖个不停，根本按不下号码……就在此时，我的目光不经意地停在了某处。

躺在地板上的俊介身上似乎有些黑色的小东西从脚部朝腹部爬……是虫子吗？还是喂给爬虫们吃的蟋蟀？仔细看去，那小东西似乎不止一只，如今它们正在俊介的身体上……

眼前的光景仿佛扣动了某个扳机，解除了深藏在我脑海里或心底某个箱子上的封印，曾经密封在那个箱子里的一切，此刻喷涌而出……

倒在肮脏不堪的沙发上的某个人的尸体……

虽然这可怕的想象终于消失了，但我的手变得绵软无力，手机从手中滑落，全身开始剧烈地颤抖。我站立不稳，一下子跌倒在地板上，全凭膝盖和手支撑着身体，呼吸也开始变得困难，随后感到一阵猛烈的眩晕……

"比良冢同学，"千曳先生发现了我的异样，"你怎么了？"

我的记忆到此戛然而止。

对不起了，俊介……

绝望感沉重地压过来。我彻底倒下去，意识也逐渐离"眼前的世界"越来越远。

5

上午九点，消息传来，被紧急送往医院救治的幸田俊介已确认不幸身亡。据说，当急救人员风驰电掣地赶到时，他还有一息尚存，但在前往医院的途中，心肺功能全部停止了。医护人员虽然竭力抢救，仍未能挽回他的生命……

午后，我在A号楼一层保健室的病床上得知了这个消息。通知我的是千曳先生。我在活动室昏倒后被抬进了保健室，据说其间曾醒来一次，却无法起身，又昏昏沉沉地睡了过去。我依稀记得自己刚才在不停地做噩梦，梦境的内容却怎么也想不起来了。

"刚才实在太抱歉了，"我认出了坐在病床旁凳子上的千曳先生，"发生了那么大的事，我却……"

"哦，不要紧，"千曳先生轻轻摇了摇头，"虽说当时的情况的确很要命，你忽然晕倒也把我吓了一大跳，但看到那种情况，无论谁都会大受刺激吧？所以，你不要再自责了。"

"……"

"幸亏你刚倒下就有个老师发现情况不对劲,跑过来帮忙。我把你托付给他照顾,然后跟着幸田的救护车一路去了医院,还跟负责救治他的医生谈了谈……"

接着他告诉我,俊介的直接死因是失血过多。他喉咙处的伤口果然刺得很深。

"不过,医生也发现,在他被玻璃扎到之前,身体状况就很危险了,所以推测另有原因。"

另有原因?状况危险?

我仰面朝天躺着,侧了侧头。仍有些混沌的头脑中忽然闪出一个念头。

所谓"另有原因",该不会是……

"该不会是因为被蜈蚣咬了吧?"

"对,"千曳先生皱着眉,"我把这件事也告诉了医生,他们在幸田的右手上发现了咬痕。据医生说,幸田同学没准在倒下前就已经出现了过敏性休克。"

"过敏性休克?"

"就是全身性的、猛烈的过敏反应。为了应对进入体内的异物,人体免疫力在短时间内大爆发,引发了各种病理症状。"

"哦,嗯。"我想,我已经大致明白了事情的原委。

一听到"过敏性休克"这个词,我脑海中立刻浮现出那句话:第二次被蜜蜂蜇到才是最危险的。据说人第一次被蜇时只会产生局部炎症,但身体同时也会对蜜蜂的毒素产生过敏反应。因此第二次被蜇的后果就是:很可能出现足以致命的烈性过敏。我去年或前年读过的一部短篇小说里就有这类杀人手段。

"可是,蜈蚣的毒性真有那么厉害?"

"据说是很罕见的情况，大概只有百分之一的概率。"

"俊介去年被咬过一次。自那时起，他就变成过敏体质了？"

"有这种可能，"千曳先生叹了口气，"虽说最容易引发过敏性休克的是蜜蜂的毒素，但就算被蜜蜂蜇过两次也不一定会引发症状。以前有些病例是被蜇过好几次，毒性在体内不断累积，才会发病。至于蜈蚣，因为被它咬过之后致死的病例很少，所以还不大清楚它的毒素究竟如何。"

"医生怀疑是过敏性休克，到底是不是？"

"据说要再仔细研究研究才能下结论。不过……"说着，千曳先生站起身，"幸田同学出事前刚刚被蜈蚣咬过，这是事实。而且医生发现他全身都出现了浮肿现象，像起了荨麻疹似的。后来我还向医生描述了当时房间里的具体情况以及我对事情经过的推测，综合这些信息……"

"事情经过？"

"就是他跟你通电话后的三十分钟里究竟发生了什么。如果说他只是不小心撞倒了架子，然后被水槽的玻璃刺中……听起来是不是过于简单了？"

"嗯。"我低声地回答。

千曳先生推了推眼镜，接着说道："我们先假设他挂掉电话不久就出现了过敏性休克。那么，在极端情况下，他会在很短的时间内迅速出现血压降低、呼吸困难等症状。如果抢救不及时，还会进一步出现全身性痉挛，并逐渐失去意识。虽然我们不清楚他当时的症状是否严重以及他本人是否明白事情的严重性，但身体忽然感到不适，任何人都不可能待在原地不动，应该会马上想通过手机向别人求助吧？然而，因为全身痉挛，手抖得厉害，他已经无法拨打电话……"

"俊介的手机在哪里?"

"在他趴着的那个水箱里。大概还没来得及拨号就掉到水里了,也因为进水不能用了。"

千曳先生的语调平淡而沉郁。我听着他的讲述,脑海里仿佛一幕幕地闪现出我并不愿意想象的、当时的情形。

"好,一会儿见……啊呀,疼死我了!"这是挂电话前俊介说的最后一句话。挂断电话后,他应该是一边按住被咬的伤口,一边打算从书包里掏出药膏……但过敏性休克发作了。

先是忽然起了一身荨麻疹,奇痒无比。他正在惊慌,又因为血压极速下降而无法站立。他顺手抓住架子想支撑身体,结果却拉倒了架子。架子上摆着的东西纷纷落下来,砸破了桌子上的水箱。他想躲避倒下来的架子,却来不及了,于是被夹在了架子与桌子之间。他从水箱里捞出手机打算求救,却发现手机已经进水,不能使用了。最后……

心慌意乱之下,俊介不小心踩到了从破裂的水箱里随水流到地上的小呜呜君。这对他俩来说,都是一场不折不扣的灾难。俊介脚下一滑,整个人向前栽出去,脸正好摔在桌面的水箱上……

被玻璃扎破的脖颈立刻流出了大量鲜血。与此同时,过敏性休克的症状越发严重起来:呼吸困难、血压不断下降、意识慢慢消失……

"啊……"我难以忍受地低吼,几乎要喘不过气来,仿佛肺里的空气正在被抽空。

"怎么会这样?太令人难以置信了……"

"的确,像这样一连串悲剧性的连锁反应实在太罕见了。"千曳先生把眼镜推到额头，抬手用大拇指和食指揉着鼻梁。

"不过，"他像是终于下定决心似的艰难地重新开口道，"即便是一般情况下不大可能发生的事，但一旦发生，就会不可避免地走向'死亡'。所以，这件事应该是典型的由'现象'引发的'灾祸'事件。"

6

他最后那句话——"由'现象'引发的'灾祸'事件"——令我不寒而栗。也就是说，"灾祸"在今天早上降临到被视为"关联之人"的俊介身上。

"千曳先生，"我从床上坐起来，胸口仍憋闷得喘不上气来，"俊介真的已经死了？再也回不来了？"

千曳先生无言地点了点头。

"敬介呢？还在医院吗？"

"你是说他的双胞胎弟弟？他一收到消息就马上去了医院。不久之后，他们的父母也赶去了。"

"……"

"幸田同学的父母自然是悲痛欲绝，可他弟弟的情绪更是激动到了极点。"

据说，敬介一直抱着哥哥的遗体不肯放手，嘴里还念叨着"为什么会是你啊"，放声大哭。明明自己才是那个"被诅咒的初三（3）班"的一员，为什么灾祸偏偏降临到身在外班的哥哥身上？想必那时他痛彻地感到了命运的不公平。

"喂，我说你们啊……"千曳先生忽然叫了一声，不是冲我，而是冲着他对面,也就是我病床左侧挂着白色落地布帘的方向。

我抬眼看去,才发现布帘后面似乎有人。

"你们",那就是说,千曳先生喊的肯定不是保健室的老师。大概是学生,而且不止一人。

"够了,赶紧出来吧!"

话音未落,便见布帘轻轻晃了晃,似乎有几个人影闪动。随后,布帘慢慢地拉开了。

现身的正是我最熟悉的那两个人:赤泽泉美和矢木泽畅之。

他俩一步一步地蹭到我的病床前,却刻意回避了我的目光,也不招呼我,只是带着困惑又狼狈的表情看向千曳先生。

"你俩也听够了吧,"千曳先生叹了口气,"事情就是你们刚刚听到的那样。今天早上,幸田同学的突然死亡,基本上可以断定是'灾祸'所导致的。所以……"

他没再说下去,目光依次从泉美、矢木泽和我的身上扫过。

"自上个月被触发的'灾祸'还在继续,没有停下来。"

泉美直视着千曳先生说:"那就是说,我们一直坚持的'对策'到头来还是没用?"

"是的,尽管很遗憾,"千曳先生表情严峻地说,"但我们只能得出这个结论。"

"唉……"泉美懊恼地咬着嘴唇。站在她身旁的矢木泽也一脸失望。

又过了一会儿,他俩终于看向了我。我也看着他们。"看来都是没用的呢。"

我像他们一样,感到了巨大的绝望。自四月采取"对策"以来,这是我第一次在学校里跟他们面对面地讲话。

"不管我怎么努力地扮演'不存在的人'的角色,看来都是毫无意义的。"

"是啊,"矢木泽垂头丧气地说,"已经没必要了。我看,今年的应对只能到这里了。唉,反正我们尽了全力……"

"看来就是这样,"我推开头顶的毛巾架,想起身下床,身体却仍摇摇晃晃地站不起来,"新采取的'对策'看来不管用。这样一来,我们就彻底没法子了。"说着,我又看向千曳先生。

千曳先生没有回答,表情严肃地叹了口气,又摇了摇头。

保健室的门开了,有个人走进来,站到我的床边。

是班主任神林老师。

她看了看我们四个人的表情,便立刻明白了所谓"应对"已经无济于事的事实。

"自四月以来,你也过得很辛苦。"她勉强挤出一丝微笑对我说,"比良冢同学,你一直很努力。不过从今天开始,你不需要再扮演'不存在的人'的角色了,在教室里可以正常地跟同学……"

神林老师的话明明很亲切,但在我听来,不知为什么总觉得像是带着点儿指责的意味。

为什么?为什么?事情为什么会变成这样?这个无解的谜在我脑海中不停地盘旋,而我只能保持沉默。

7

两天后。六月二十七日周三。

俊介的葬礼在古池町的道场举办。我向神林老师申请了半天假，前去参加葬礼。虽然我跟他并不在同一个班，但还是想作为生物小组的代表去祭奠一下我们的前任组长。不仅如此，虽然我跟俊介彼此熟识不到两年，他却已经是我非常要好的朋友了。

两天前那种晴朗的天气早已不见了踪影，葬礼当天，从清早就开始下雨。

除了我，葬礼上还有另外一个身穿夜见北校服的学生。我猜大概是他的同班同学。他所在的初三（1）班的班主任和担任生物小组顾问的仓持老师也都来了。千曳先生也在。但我没跟他们搭话，只是独自坐在最后方的角落里，仿佛仍在自动扮演着"不存在的人"的角色。

僧人们开始诵经，我紧紧地闭上了双眼。自然而然地，我又回想起那天跟俊介最后通话时的情景，以及之后目睹的种种惨状……

那天，跟千曳先生的一番谈话，以及那之后的种种事情我都记不太清了。不，与其说记不清了，倒不如说自己与周围的一切，与"现实世界"的一切，有一种被隔离的感觉。我所看到的就像是从磨损了的旧录像带里播放出的、模糊不清的画面。

那天，那天之后……

发生了如此重大的死亡事件，警方自然不可能放任不管。于是，我作为现场目击者去警察局接受了询问，千曳先生也一道去了。我如实向警方描述了当时发生的情况，但无论是我还是千曳先生都只字未提有关"灾祸"或"现象"。告诉他们又有什么用呢？他们想必也束手无策，说不定根本不相信会有这类事存在。

结果，在事件发生的当天，我还没走进教室就早退了。听说了情况之后，小百合伯母震惊不已。她已经知道了上个月继永身亡、小鸟游同学母亲去世的事情，这次又发生了俊介的事……她自然倍感疑惑，大为不安，甚至惊恐万状。

晚上，泉美来找我。虽然我此刻根本无心与人交谈，她却仍兀自说个不停，而且都是与"现象"或"灾祸"毫不相干的闲话。大概她是想帮我振作起来，然而并没什么用，我还是什么也不想说，整个人宛如一具空壳。

事故发生后的第二天，也就是昨天，我无论如何不想去上学，自己在房间里闷了一整天，脑海里转着一个念头：为什么？尽管明知没有答案，我却仍在心里一遍又一遍地这样问自己。

为什么会变成这样？

为什么？为什么？为什么……

要是从四月以来，自己能做得再完美一些……我越来越陷入事到如今已追悔莫及的懊恼和随之而来的自责中。

假如我能做得更好……假如我能帮助担任"第二个不存在的人"的叶住也做得更好，而不是让她陷入那种境地，事情会不会有所转机？就算不是出于本意，就算不善于应付她的感情，假如当时我能强迫自己接受她、支持她，别让她那么孤独……

如今，这些假设都已毫无意义。我明知无用却仍然……

昨天，整整一天，我一动不动，独自默默地闷坐屋中，对所有的事情充耳不闻。泉美在担心之余，还特地来看过我一次，但我没给她开门，也没接矢木泽打来的电话。

直至深夜，我才打开了电脑，只给见崎鸣发了封邮件，告知她俊介不幸身亡的消息。其实我很想跟她通个电话或者面对面谈谈，但事实是，以我眼下的心情，这两点都很不现实，于是只能作罢……

僧人们诵经完毕。

道场里光线昏暗，气氛凝重，不时还能听见几声呜咽和啜泣声。我睁开双眼，平放在膝头的双手攥得紧紧的。

负责指导生物小组的仓持老师告诉了我举办葬礼的时间和地点。那会儿已经是夜里很晚了。

"我想还是告诉你一下比较好。如果能去，还是去吧。到时候我也会去的。"

仓持老师的话让我稍微振作了一下，仿佛重新回到了"眼前的世界"。

幸田俊介已经死了。这是无法改变的事实。是的，对逝者，有必要好好地祭奠。我应该去参加葬礼，跟俊介好好地道别。所以……

在心底的某处，三年前在"湖畔之家"的种种经历这样提醒着我。

上完香，我对着俊介的父母和弟弟深深鞠了一躬。俊介的父母满面哀伤，疲惫不堪。坐在他们身旁的敬介一反平时只戴隐形眼镜的习惯，戴了一副跟俊介一模一样的银框眼镜。我这才发现，他们兄弟俩长得简直一模一样。

面对俊介的遗像，我双手合十，强忍住眼泪。朋友的死固然令人悲痛，但我不想在这种场合流泪。三年前，晃也舅舅去世的时候，我也……

"你要是万一有个好歹，我就把你的骨头拿来做成标本。"

耳边忽然浮现出俊介从前开过的玩笑，似乎言犹在耳。我不由得下意识地望向他的遗像。镶着黑框的照片上，只看见俊介略带腼腆地微笑着。

一贯由俊介负责主要工作的生物小组大概不得不暂时停止活动了，可活动室里喂养的那些动物又该如何处理？虽然两天前发生事故时死掉、跑掉了不少动物，但剩下那些又该怎么办？这也是个让人头痛的问题啊。

该怎么办，俊介？我在心中默默地问着。自然没有人回答。

永别了，俊介！

我轻轻闭上双眼，与逝去的生物小组组长道别。

8

参加葬礼的所有人排成一列，在道场前送走了开往火葬场的几台黑色灵车。

之后，我重新打开已经关机的手机，发现有两条留言。

一条我母亲月穗打来的。唉，偏偏是在这种时候。

——喂，小想啊，是我。上次因为突然有急事没能过去，实在对不起了。

她大概也听说了继永和俊介的死讯，没准是小百合伯母告诉她的。然而，她对此似乎并不在意。

——美礼的感冒已经彻底好了，所以我打算过去看你，跟你一起吃个饭。就在下周日……虽然已经是七月了，我还是打算带着美礼一起去。具体安排我会再联系你。

我不自觉地叹了口气。

她还在惦记着我吗？到底是怎么想的？到底要干吗啊？完全

搞不懂。哦，不对，不是"搞不懂"，或许是"根本不想搞懂"。

第二条留言来自见崎鸣，看时间是上午十一点之前，大概是趁着课间休息从学校发来的。

——那个叫幸田的生物小组组长是你的好朋友吧？

听到与平时毫无二致的鸣的声音，我顿时略觉安心。

——这对你肯定是个很大的打击吧？不过，虽然我知道你很难过，但还是希望你能振作起来。

谢谢你，见崎学姐……谢谢你，鸣。

"谢谢。"我不知不觉地说出了声。孑然独立，不知所措。

——听说应对好像没成功？不过，小想，你可不准责备自己哦。无论你怎么自责，事情都不会因此而改变。

与三年前那个夏天一样，鸣像是马上就看透了我的心事。

——需要的话，就给我打电话或者发邮件。见面谈也行。或者，我去家找你？喂，小想，就算应对失败了，也还……

听到这里，忽然传来一阵尖锐的杂音，留言中断了。

9

下午，我打算回学校上课，离开道场后便朝学校走去。当我下了公交车，刚看见学校大门的时候，手机铃响了。

来电显示，打电话的是刚刚在道场前碰过面、默默打过招呼就分手的千曳先生。

"你现在在哪儿？"我刚接起电话便听他着急地问。

"刚到学校。"

"哦。"他的声音似乎有些不同寻常。有些紧张，似乎还在颤抖……

不对劲。

"怎么,出什么事了?"

"没……"他先是含含糊糊地应付着,但立刻又改口,"我刚刚从初三(1)班的大畑老师那儿听说了消息,简直令人难以置信。就在刚才,从道场开往火葬场的灵车中,有一台在山路上发生了事故……"

更多的情况,眼下还不明了。是单纯因为司机驾驶失误?是不是因为跟其他车辆相撞而出的事?或者,是因为其他不可知的"力量"而导致的?……唉,事到如今,原因还重要吗?

据说车子冲出了路边的围栏,跌入十几米高的山崖,然后又起了火。除了司机,车里还有三名乘客:俊介的父母和弟弟敬介……天啊,为什么偏偏是他们?!

几个小时后。

火终于被扑灭了。车内的四人均已确认死亡。警方查明的死亡原因是:司机和坐在副驾驶座上的幸田敬介在车子坠落后头部受到猛烈撞击,当场死亡;坐在后座的幸田德夫、幸田聪子夫妇在起火后被烧死。

插曲 Ⅲ

初三（3）班的那件事看起来不妙啊。

听说生物小组的组长死了？你不也是生物小组的吗？

嗯。死的是小组长幸田……周一一大早死在活动室里了，浑身都是血。他是（1）班的，可他有个双胞胎弟弟在（3）班。

那就是因为他弟弟的缘故？

听说就算不是那个班里的学生，也会因为关系近而遭殃。

啊呀，这也太吓人了！

而且听说他弟弟在葬礼之后也死了，还有坐在同一辆车上的父母。

那就是说，全家人都死了？太可怕了！

以前我还纳闷世上怎么会有诅咒之类的东西……结果怎么样？五月不是也有个（3）班的学生死了吗？

嗯嗯。

该不会是真的吧，那些诅咒什么的？

说起来，到底是什么样的诅咒？

不清楚。到现在还不明不白的，光是这一点就够吓人的了。

嗯嗯，确实。

你还是退出生物小组比较好。成员当中有两个（3）班的呢。虽然其中一个平时不大露面，可另一个跟幸田非常要好呢！而且，听说幸田出事的时候他偏巧也在……

没错，应该离他们远点儿。

就是。

*

很遗憾，到目前为止，我们所采取的应对措施不得不以失败而告终。尽管大家很难接受，但"灾祸"确实已经降临了，而我们所能做的只有为不幸离去的继永同学、幸田同学全家以及小鸟游同学的母亲祈祷了。

自四月初以来一直努力"应对"的各位同学，尤其是"应对小组"的成员以及率先承担"不存在的人"任务的比良冢同学，你们辛苦了。从今往后，比良冢同学可以恢复正常的校园生活……

……

……

老师？

嗯？

你是不是说，我们今后只能彻底放弃了？

彻底放弃？

没其他的对策了吗？

没有了。至少据我所知，没有了。

……

……

"灾祸"已经确确实实地降临了。之前所采用的"不存在的人"的对策完全没有奏效，所以我们能做的事情都已经……

怎么会这样？

怎么会……

……

……

很抱歉。

同学们，很抱歉，我也不明白。

其实，"灾祸"降临后，**中途停止的例子也是有的**，比如三年前那次。

但它**为什么会停止**？一直没弄明白，所以……

……

可是……

可是，同学们，还是不要灰心啊……难道我们只能坐在这里垂头丧气、无所事事吗？大家还是先做好自我保护吧。上下学的路上、外出的时候一定要小心注意，避免遭遇事故。另外，保持健康也是很重要的。平时要时刻注意提醒自己避开被"灾祸"波及的一切风险因素……

总之，**要千万小心**。

第十章　六月　Ⅲ

1

"喂？"是久违了的她的声音。

"嗯……好久不见。"我按捺住自己的情绪，紧紧地攥着手机。

"阿想？"对方只说了这一句。

"我给你打了好几次电话，今天你总算肯接了。"

"啊，嗯，我……"对方又沉默了片刻，"我很抱歉。"

电话那头是她——叶住结香。

"哦，没什么，毕竟发生了那么多的事，换了谁都受不了吧！不想再来学校，也可以理解。"

"嗯……啊，对了，我现在已经没事了，挺好的。"出乎我的意料，叶住的声音听上去似乎很开朗，"我知道你打过电话。不过，那时候我还不想和班里的人说话，包括你。但现在已经没事了。"

"真的？"

"虽然暂时还不想去学校，但我跟神林老师说过了。她让我不必太勉强。"

"是嘛。那样的话……"关于她的出勤天数、毕业后的升学之类的，都轮不到我来操心。相比那些，我更在意的是……

"上个月发生的继永和小鸟游同学妈妈的事，你都听说了吧？"虽然明知她不可能不知道，但我还是这样问，"这周，俊介……就是我们班幸田敬介的双胞胎哥哥,也出事了。再后来,连敬介本人和他父母也……"

叶住回答说,上个月发生的两件事,她已经听说了,但还不知道俊介和敬介的事。她的口气里透着一股疏离,仿佛这些人和事都跟她毫无关系。

"所以呢?"我对她的反应多少有些不满,略微提高了声音,"'灾祸'确实已经发生了。我们从四月以来所采取的'对策'没能奏效。"

"你是说都怪我?"叶住也提高了嗓门,"因为我没继续当那个'不存在的人',所以事情才会变成这样?! 都是我的错?"

"不、不,我没有这个意思。"我顿时语塞。之所以给她打电话,绝不是出于谴责或追究的目的。

"那天,我是因为实在难以忍受才逃出去的……可自那以后我再也没去过学校,彻彻底底地变成一个'不存在的人'?你还要怎样……"

叶住的声音里充满了不甘和委屈,但也带着些推脱的意味。我本打算把她离开学校后发生的事情都讲给她听,但看样子,她现在肯定听不进去。

"那个……我不是这个意思,"我深吸了口气,接着说,"我只是想提醒你,今后一定要多加小心。"

"……"

"就算你不来学校,你也仍是初三(3)班的成员,与你有关的'关联之人'也仍有可能被'灾祸'波及,所以……"

原本打电话的目的就是想提醒她这件事罢了。说到她退出"不存在的人"继而逃离学校的原因,我的的确确多少有些责任。

然而……

"什么'多加小心',嘁!"她的反应与我预计的刚好相反,"我根本就不相信那些玩意儿!"

"诶?你在讲什么?"

"什么诅咒不诅咒的,跟报应什么的一样,根本就不科学!"

"可是……真的有人因此而送了命啊……"

"那些都是偶然的巧合!"她异常尖锐地说,"人本来就会死,生活中本来就存在着各种各样的风险,不是吗?因为一系列不幸的巧合而死了人,这种事情一点儿也不新鲜!都是偶然事件,绝不是因为什么诅咒啊、报应啊!仲川和他哥哥就……"

仲川?

就是那个四月底因为摩托车事故而死去的夜见一的高中生仲川贵之?叶住说的是他哥哥吗?听说叶住跟仲川的哥哥很亲近。

"哦,听说你跟仲川的哥哥很要好?"我想起了从前有人看见过他们俩在一起。

"是啊,怎样?"叶住非但不避讳,还带着些自得的口气说,"仲川哥哥可聪明了,在大学里学物理呢。我哥也说过,'他可有本事了,人也挺好的'。"

原来是个有志于科学研究的才子,所以断然否定发生在夜见北的"现象"和"灾祸"。叶住大概是受了他的熏陶。

明明对事情的来由一无所知,却……

我在脑海中想象着那位素未谋面的仲川哥哥的模样,忍不住想对着那张脸痛斥一番。

他从未认真了解过迄今为止发生过的"现象"。

"叶住,"我压抑着心里的愤怒,"我承认那位仲川哥哥的言论也许有一定的道理，可是夜见北初三（3）班遭遇的'现象'和'灾祸'是另一回事，单纯按科学或一般常识去解释毫无意义……"

"反正仲川哥哥说的都是对的！"叶住再次提高了嗓门，"好好想想就会明白那件事实在太可笑了！还有什么'死者'混进了班里那些鬼话……"

"就是这样才……"

"还有那个所谓'不存在的人'的'对策'，仲川哥哥说了，根本就是校园欺凌嘛！他还说，要是真有什么诅咒，学校和教育委员会肯定不会置之不理的。"

"那……"我已经不知该说什么了。

我终于意识到，说什么都没用了。我稍稍把手机拿远了些，仿佛是怕对方听见似的叹了口气。

从学校逃离后，她躲到了仲川哥哥的羽翼之下，现在更是被他彻底驯服了。她对他的仰慕之情究竟到了什么程度？又在多大程度上影响了她的判断？我对此一无所知。

"总之你还是要多小心点儿，"最后，我只能说，"如果可能，还是赶紧离开夜见山市比较好。"

她没理睬我，甚至抢在前头挂了电话。

这就是六月二十八日周四晚上所发生的事。

2

这一天，教室里不出意外地弥漫着沉重的气氛。

前一天在车祸中罹难的幸田敬介的座位上摆着一束白色百

合。更早故去的继永座位的花已经撤走了。除了他们俩的座位，缺席的叶住和正在住院的牧濑的位子也空着，教室里总共有了四个空座位。

既然"不存在的人"的"对策"已经宣告破产，那些特地从0号楼老教室搬来的旧桌椅自然就不再需要了。我从四月就一直使用的那套桌椅已被收走，换上了新的课桌和椅子。

各科目的老师们也得知"对策"已经结束。这天，我在语文课上第一次被老师点名朗读课文。这是升入初三以来的第一次。而且，每堂课除了"起立""敬礼""坐下"之外，还开始点名了，像初二时那样。班里不再有"不存在的人"，彻底恢复了正常的课堂秩序。

表面上的"正常化"反而让教室里的气氛似乎越发紧张了。

"灾祸"已经降临。

假如把神林丈吉先生的病故也算在内，从五月到六月共有七名"关联之人"不幸死去。我们对此无计可施，更无事可做。这让大家充满了挫败感、无力感、不安、焦灼及难以祛除的恐惧。

每节课课间休息时，从四月以来一直避免与我交谈的一些同学（比如多治见的发小青沼、足球队的中邑，还有自称继永好友的福治）开始小心翼翼地试着跟我搭话。虽然谈话内容不过是些无关痛痒的事，但应付完他们，我觉得心情忧郁，甚至开始怀念担任"不存在的人"时的清静日子。

早班会上，神林老师告诉大家，幸田一家的葬礼将在明天举行，但除了亲属之外，不打算邀请任何人出席。

"所以，大家就在自己的心里跟幸田同学道别吧……"说着，她的眼角涌出了泪水，之后索性靠在讲台上放声痛哭。我坐在教室的最后一排远远地望见,她的肩膀、膝盖都在剧烈地颤抖。

3

"到我这儿来喝杯咖啡吧!"我刚挂断打给叶住的电话,泉美的电话就打来了。

我正犹豫着是否接受这突如其来的邀请,又听泉美说:"我妈妈烤了苹果派,让我叫你也来尝尝。十五分钟后赶紧来!"

泉美爽快的邀请令人无法拒绝。十五分钟后,我站在了泉美独自居住的 E1 号房间门口。

"自从幸田出事,你一直垂头丧气的,简直都有点儿拒人于千里之外了。你俩从初一就一起参加了生物小组,还是好朋友,伤心是难免的,所以我没去打扰你……可谁又能想到呢? 葬礼当天他们全家又出了事……"

从前曾经品尝过的猪屋茶室精品咖啡的香气在空气中扩散开来。泉美边朝托盘里摆着咖啡杯边说:"这也太残忍了,一下子一家人都没了!"她的语气中不光有悲伤,还带着愤怒,"就算是他们说的'超自然的自然现象',不是出于什么人的恶意,我总觉得实在太残酷了,让人难以置信!"

"你觉得其中有恶意的成分?"

"究竟是来自哪里、什么样的恶意,反正我也说不清。阿想,你呢?"

我沉默地摇了摇头。这不是觉不觉得的问题,我主观上就不想承认那是出于什么人的恶意,甚至坚决否认这种猜想。

泉美把咖啡端到了客厅的桌子上。不一会儿,门铃响了。泉美答应着"来了来了"跑去玄关开门。是茧子伯母来给我们送刚出炉的苹果派。

"电梯好像出问题了!"我在客厅里偶尔听到了她们母女俩的谈话,"按了按钮,电梯却没来,我只好走楼梯下来。下台阶的时候光顾着端平托盘,差点儿一脚踩空……唉,吓死我了!"

"妈,您千万得小心啊!"泉美嚷着,紧张和警惕溢于言表,连声音都有些发颤,"走楼梯的时候一定不能着急!感觉电梯不对劲儿就赶紧找工人来修理!"

"哎呀,知道了!"茧子伯母答应着,又朝在客厅里已经站起身的我说了句:"小想也在呢,欢迎哦。"

"打扰您了。谢谢您的苹果派,我不客气了。"

"烤得可好吃了,你多吃点儿!"

"嗯,谢谢您!"

"听说学校里最近发生了不少事,你不要太消沉哦。"

"嗯……好的。"

"那我先上去了。"说着,茧子伯母又扭头对泉美说,"待会儿还有个同学要来? 不准玩儿到太晚哦。"

"知道啦。妈,谢谢您的点心!"

茧子伯母走后,我问泉美:"还有谁要过来?"

"诶,我没告诉你吗?"

"没有……该不会是矢木泽吧?"

"答对了!"泉美立刻回答,随即爽朗地一笑,"你昨天在家里闷了一整天,我和矢木泽都担心得要命。他打电话给我说想聊聊,所以,今天正好把他也叫过来。"

"那他干吗不直接给我打电话?"

"你还好意思说呢,"泉美轻轻瞪了我一眼,"从昨天到今天,你都是一副让人不敢靠近的样子,简直比当'不存在的人'的时候更像个'不存在的人'。人家跟你搭话,你的反应好像在说'我现在不想讲话''让我一个人待会儿'……简直浑身都带刺儿似的。"

"……"

"我能理解你的心情。不光是你,我作为应对小组的成员,面对这种结果也觉得是自己失职……可是一味消沉下去,肯定不会有好结果。先尝尝咖啡吧,苹果派等矢木泽到了再吃。"

我接过咖啡,双手捧着喝了一口。这咖啡的味道很好,从舌尖流淌而下的淡淡苦味似乎沁入了我的心里。

"听伯母刚才说,"我一边观察着泉美的表情一边说,"下楼梯的时候差点儿踩空了……这该不会是'灾祸'的征兆吧?"

所以泉美才会那么郑重其事地提醒母亲小心。

"还有,听说以前也发生过电梯紧急坠落的事件?"

泉美表情复杂地点了点头:"是三年前的事,就是你的朋友见崎鸣上初三那年。"

我听千曳先生说过,一九九八年发生过"关联之人"因为电梯事故而丧生的事,地点好像是在夕见丘市立医院。

"所以一定要小心。'灾祸'不光会波及我们(3)班的同学,也可能会降临到我们的家人、朋友身上。"泉美抿了抿嘴,承认了眼前的现实。

我看着她,无言地点了点头。

自从四月以来的种种"对策"相继宣告失败,我们都感到深深的绝望,只能每天战战兢兢、提心吊胆地警惕着那不知什么时候就会降临到某个人身上的灾祸，简直快要……

"去那个房间看看吧。"泉美忽然提议道。她口中的"那个房间"是指旁边那间装了隔音层的琴房，我还一次都没进去过。

"请进，"她起身走过去，推开房门，朝我招呼着，"不知怎么的，今天忽然有点儿想弹钢琴。你也一起来吧！"

4

琴房的面积大约有十张榻榻米大小，按西式风格装修。房间中央摆着一架漂亮的三角钢琴，琴箱盖却是盖上的，上面杂乱无章地堆满了杂志、笔记本、便笺纸、笔盒之类的东西，看来已经很久没有使用过了。

"好长时间没碰过了，都不大会弹了。"泉美说着在琴凳上坐下，轻轻掀开琴键盖板，摊开双手，指尖敲击琴键，流淌出一段优美而忧伤的旋律。

"知道这首曲子吗？"她边弹边问。

"好像以前听过，嗯，是……"

"贝多芬的钢琴奏鸣曲《月光》第一乐章，很有名的曲子。"

"《月光》……"

"这里大概没有肖邦的《葬礼进行曲》的曲谱……"

《葬礼进行曲》？她是想悼念那些死去的人吗？

"上初二的时候，我读过一本小说，里面有个弹这支曲子送别死者的场面，给我留下了很深的印象，所以……"

她继续弹奏着。

我半闭着双眼，时而望望正在弹琴的泉美，时而聆听着钢琴的旋律，不知不觉站到了背对窗帘的方向。忽然，我闻到一股恶臭，鼻子不由得一阵发痒。

是尘土的气味吗？

一瞬间，我生出了一种错觉，感觉自己像是走进了一间长年无人居住的房子。我紧紧闭上双眼，眼前似乎出现了一栋荒废的老旧建筑物……

"咔哒——"又是一声低响，像来自听觉范围之外。

那是什么？刹那间，我的疑惑忽然又都消失不见了，身旁传来琴盖合拢的声音。睁开眼，我看到了已经停止弹奏的泉美那略带忧伤的侧脸。

"怎么了？"我问，"为什么不弹了？"

"你没听出来吗？"泉美反问道，"有个键坏了。"

"哦，是吗？"

"音准也不对，全都乱套了。看来，即使好久不弹了，也不能一直放着不管啊，可怜的钢琴。要拜托妈妈找人来调音了。"说着，她吐了一口气，站起身来朝客厅走去。

我正要随着她出去，却被钢琴上的一样东西吸引住了。

"等一下，"我叫住她，"这个是……"说着，我拿起了那样东西，"这是什么时候拍的？"

泉美转回身，接过我手中的照片看了看，不以为然地"啊"了一声，"这是开学典礼那天在教室里拍的。"

开学典礼……也就是说，是四月十四日那天。之后的第二天，我们的应对措施开始实施，担任"不存在的人"的我和叶住都没有去学校……

"神林老师在开班会的时候提议拍一张全班集体照。这好像是她的习惯,每次开学的时候都要给自己负责的班级拍一张合影。"泉美解释道,一本正经地抱着胳膊,"平时都是在开学典礼那天拍,可那时候大家已经知道了今年是'发生年',不能把'不存在的人'也拍进去,所以特地选了第二天你和叶住都没来的日子拍的。"

在教室里拍下的全班合影。的确,那天没去学校的我和叶住以及当时还在住院的牧濑都没出现在照片里。也没看到神林老师的身影,想必她就是照片的拍摄者。

"反正以后还要制作毕业纪念册,到时候大家会一起拍合影,那时你就可以跟大家一起拍了。"泉美随口说。然而她忽然表情大变,再也不说什么,发出一声长叹,垂下了头,咬紧了嘴唇,一只手抓着刘海,一只手按在额头上。

一瞬间,我痛切地体会到她那份恐怕连自己都难以控制的复杂情感。看来,被眼下所处的环境惊吓得手足无措的,并不是只有我一个人。

5

我们回到客厅时,恰好矢木泽也到了。

他似乎是冒着傍晚的蒙蒙细雨骑自行车赶来的。他先是在门外脱掉那身亮眼的橘红色雨披,又接过泉美递给他的毛巾,一边揉擦着被雨水打湿的头发一边走进了屋。一看见我,他便"哇"的一声举起了一只手臂,欢呼似的嚷嚷着:"看脸色已经好多了啊!"还狠狠地对我做了个鬼脸。

"俊介他们家的事,我也很震惊啊。我跟他们兄弟俩从小学开始就一直同校,所以我完完全全能理解你的心情。不过,你也不能就这么消沉下去,那不会有什么好结果的,对吧?"

"啊……嗯。"

事到如今,矢木泽的态度和口吻还是一如既往,尽管此时此刻他的真实心情绝不可能有这么乐观。

"这种毛毛雨可真烦人,还不如直接下大点儿呢,那我就能彻底放弃了。"

"放弃?"

"对啊,眼泪哗哗地跟咖啡和苹果派说再见了呗!"矢木泽滑稽地耸了耸肩,"都这个时间了,回去时肯定不会有公交车,所以我只能骑车过来。"

"回去的时候千万小心,别出事,那个……"

我无意中刺痛了他,矢木泽脸上的笑容顿时消失了。"这还用说?所以我特地穿了件颜色鲜艳的雨衣,还给自行车上加装了车灯……"

泉美给他沏来一杯咖啡,我们仨便开始品尝茧子伯母亲手烤的苹果派。

其间,矢木泽的目光停在了我从琴房里拿出来后来又放在桌子一角的那张照片上,他喃喃地说:"啊,是这张照片啊,是四月拍的那张吧?"

"再来一杯咖啡吗?"

"嗯,好。"

"阿想呢?"

"不,我不用了。"

"阿想也想拍这样的照片吧?"矢木泽忽然换了语气。

"啊？"我扭头看着他。

"就是纪念照嘛。你不是很会摄影吗？"

"啊，嗯。"

因为胶卷和冲印费都不便宜，我平时其实很少有机会拍摄真正的照片，只能在自己用手指扣成的模拟取景框里凭想象"咔嚓"一下。

"那么过几天就去拍好了！"

"你是说，让我来拍这种集体照？"

"嗯……不是。"

矢木泽仿佛对自己亲口说出来的话颇不耐烦，先是摇了摇头，随后又点了点头说："用不着全班人一起，咱们仨拍就行了。怎么样？就当作'灾祸之年'的回忆吧。"

一瞬间，他又恢复了嬉皮笑脸的模样："反正咱们肯定都会平安无事。日后也可以拿出来回忆回忆……你们觉得怎么样？"

"你还真是个乐观主义者呢。"

"不然怎么办？现在这种情况下，不乐观也不行啊。"

"这个嘛……"

"喂，你们看，这是什么？"泉美从厨房里走出来，把一样东西递给我们。

"什么？"矢木泽探头看了看，顺手接过那样东西，立刻"哇！"地欢呼一声。我接过来看了一眼，也不禁惊喜地叫出来。

"我请客，怎么样？"泉美笑意盈盈地说，"放暑假的时候咱们一起去看吧！"

那是八月初上映的《侏罗纪公园3》的预售票。说起来，这个话题还是上次我们聚在泉美家时提到的。

兜里的手机在震动。我掏出手机看了一眼屏幕，没有接，又把手机放回了兜里。

"不接电话？"矢木泽问我。

"嗯，没事。"

"难不成是你那个见崎学姐打来的？"泉美又问。

"哦，不是。"我摇摇头。

打电话来的是月穗。不用接我也知道她会说些什么，肯定是有关周日要带着美礼来看我的事。

就算接了，此时此刻的我也不知道该如何应对或者希望如何应对她……所以还是干脆不接。不接电话，也就是说，我选择逃避。

"喂，阿想，"泉美收敛了笑容，表情认真地看着我，"今天神林老师说的那番话……也就是说，有的年份，'灾祸'会在中途戛然而止那段话，"

"嗯？"

"三年前就是那样的吧？"

"嗯，据说三年前也是那样。"

"虽然'灾祸'确实停止了，但原因不清楚。我还特地和江藤同学核实过，她表姐就是三年前那个初三（3）班的。她也说，不知道为什么。不过……"

泉美停了口，盯着我又问："那个见崎学姐会不会知道些什么呢？"说着，她眯起了眼，"虽说都是初三（3）班的，在这一点上，她跟江藤的表姐没什么区别，可我总觉得她好像知道些别人不知道的事……"

"见崎？就是你认识的那位前辈？之前你好像跟我提到

过她?"

"嗯。"我朝矢木泽点点头,又对泉美说:"我也这么想,总觉得她肯定知道些什么,所以问了她好几次。可她每次都含含糊糊的,不知道是因为说不清楚,还是不愿意说。"

"哦。"泉美点点头。

我一边想象着鸣的样子,一边又说:"我觉得那背后肯定有着很复杂的原因,不是一两句话能说清楚的。"

"那你干脆再去问问她。就算是复杂的原因,也让她都告诉告诉咱们。"泉美忽然提高了嗓音,"假如有什么办法,哪怕透露一点点也好啊……总比现在什么都不干,天天担惊受怕的好。"

这道理,泉美不说我也明白。其实我正打算如此。

只是,自从周一目睹了俊介的遭遇之后,不知怎么,我内心似乎退缩了,再也没有了当初那股勇往直前的力气……所以,到现在没敢联系鸣。

记得俊介的葬礼那天她还给我打过电话。当时没能接通,她又特地给我留了言。在那通留言的最后,她的确说过一句:就算"应对"失败了,也还……

也还……也还有别的办法?或许这才是她真正想对我说的?

"好,"我接受了泉美的建议,"明天我就给她打电话。"

6

"听说你们学校又发生了不幸的事件?"在夕见丘市立医院辅楼的"诊所"里,碓冰医生问道,"说是这周又有两名初三的同学过世了?"

我轻轻点了点头,还告诉他其中一名死者是我所在的生物小组的组长,另一名则是我的同班同学。

"遇难的都是跟你要好的朋友啊!"

"嗯……"

我犹豫再三,最后还是把自己作为现场目击者第一个走进俊介遇难现场的事告诉了医生。不仅如此,连当时自己所有的恐惧、混乱、悲伤等感受也对他和盘托出。

"啊呀呀,"医生显然没想到我会如此坦白,惊得目瞪口呆。但他随后又恢复了以往那种亲切稳重的口吻,"经历了这么多,你一定很痛苦吧,痛苦到难以用言语来形容吧?在这么强烈的刺激下,有没有回想起三年前的事?"

"嗯,有。当时无论如何都……"我告诉医生,过度的刺激让我忽然眩晕不已,以至于当场昏了过去。

"嗯,那也难怪。"医生仍语气平和地朝我点点头,"只昏过去那一次?"

"嗯。"

"晚上呢?能入睡吗?"

"不行,几乎……"

"醒着的时候,眼前有没有影像闪现什么的?"

"……"

见我没回答,医生提笔在病历上写了些什么,又说:"我先给你开点儿安眠药吧。如果服了药还是睡不着,或者频繁地噩梦……哦,对了,还有平时如果会经常陷入不安、恐惧等症状,千万记得赶紧来找我。事先没有预约也不要紧,给这里的诊疗科直接打电话,他们会给你安排。"

"好的,谢谢您。"

"唔……"

碓冰医生合上病历,抚弄着嘴边的胡须,又压低了声音说:"不管怎么样,今后还会继续发生一些令人不安,不,令人悲伤的事。意外事故随时随地会发生的,但不管怎样……"他皱着眉头,长吁短叹地咕哝着。

"是传说的那件事吗?"这次我抢先发问,"您听说过吗,就是那个有关死亡的奇怪传说?大家都是怎么说的?"

"哦,我只零零星星地听到过一些毫无根据的传言,据说是诅咒什么的,都是些反科学的东西。"

反科学?

我又感到了前天跟叶住通话时的那种痛苦,赶忙垂下目光。

"哦,不,不,我不是说你,"碓冰先生再次压低了嗓门,"其实,我是有点儿担心我女儿。"

"您女儿?"就是四月来看病的时候遇见的那个小姑娘吧,好像是叫希羽。

"您在担心希羽?"

"哟嗬,你怎么知道她的名字?我告诉过你?"

"哦,没有。上次我在门外遇到过她,她还很有礼貌地跟我打招呼呢。"

"原来如此,没想到那孩子还挺不怕生哪。"医生笑着点点头,停下了抚弄胡须的手。

"我也不知她是从哪儿听到了这些。前一阵子,她忽然对我说,'那个中学还会有更多人死掉'之类的。"

"她还在上小学吧？"

"刚上二年级。"碓冰医生抿了抿嘴，眯起了双眼，"那孩子，小时候有段时期也奇奇怪怪的……哎呀，我怎么跟你说起这些有的没的来了。"

医生摇摇头，随即直视着我说："不管怎么样，那些类似都市流言之类的东西，诅咒也好，什么也好，就算听到了也不要在意。你现在最重要的是保持情绪的稳定。如果身边发生了死亡事件，一定要与它保持距离……"

六月三十日周六上午。直到这一刻，我还是没能把夜见北初三（3）班正在面对的"现实"告诉医生。

7

今天，我在医院又看到了一个很像雾果老师的女人。

诊疗结束后，我照例沿着游廊从辅楼去往主楼，再去位于门诊大楼一层的收费处缴费。途中，遇见了那名女性。她似乎没认出我来，我也省去了打招呼的麻烦，但我敢肯定，就是雾果老师本人。上一次跟她交谈还是二月初在玩偶美术馆。相比那时，她憔悴了许多，看来身体确实出了问题，这才不得不经常来医院。

虽然我心里颇为诧异，但因为自己还有事情要忙，便先去付了诊疗费，又去药房领了药。就在我要走出主楼大门的时候……

"小想？"

背后有人喊我的名字。我不禁大吃一惊。那声音完全出乎我的意料，竟然来自见崎鸣。我回头望去，果然见她身穿夜见一的校服站在那里。

"诶?"冷不防地遇见她,我一时竟不知该说什么才好。

她为什么会在这里?难道是陪雾果老师来的?或者是她自己身体不好来医院看医生?

鸣的脸上似乎带着些倦意,静静地注视着脑子里一片空白、语无伦次的我。

"虽然约好了傍晚在美术馆见……"与往常不同,那天她没有戴眼罩,左眼窝里戴了一只普通的义眼,而不是那只"玩偶之眼",说话的时候,她的左眼微微眯起,像是要"嗖"地拉近我们之间的距离,"没想到提前碰头了。怎么办呢?"不知是不是我的错觉,她的神情似乎带着些落寞。

"嗯,那……"我正期期艾艾地不知该如何作答,裤兜里的手机却不合时宜地振动起来。

"哦,稍等……有个电话……"我赶忙掏出手机,屏幕上显示的来电人果然是我早已猜到的月穗。我下意识地叹了口气。这几天,她打过多少次电话了啊。我用眼角余光瞥见鸣正疑惑地朝我歪歪头。犹豫片刻,我还是没接电话,甚至来不及查看有没有电话留言,飞快地把手机又放回兜里。

"不接合适吗?"鸣问,似乎已经猜到了来电人是谁。

"嗯,不碍事。"我强压着心头的烦乱,做了个深呼吸,又对鸣说:"见崎学姐现在有空吗?"

"嗯?"

"你在医院这边的事情都处理完了吗?"我到底没能说出刚才看到雾果老师,也没问她是不是因为身体不适才来医院。

"办完了。咱们走吧。"她忽然说。

"嗯……诶?"

"这里人多，又太吵，还是找个没人的地方吧。住院楼的屋顶应该……"

8

正如前天晚上我当着泉美和矢木泽的面所宣布的那样，昨晚我终于给见崎鸣打了电话，把因俊介的死而变明朗的所有情况都告诉她，包括"灾祸"确已触发、"不存在的人"对策失灵以及我们目前毫无对策，等等。然后，我再次问起有关三年前那场"灾祸"中途停止的事，但她的反应依旧模棱两可。

"三年前，也就是一九九八年那场'灾祸'为什么会戛然而止？"我不肯放弃，反复追问。

"那个……"她似乎被我问得一时无语。我静静地等待着。几秒，不，几十秒的沉默之后，她终于又开口："电话里说不清，不如见面谈吧。明天傍晚，嗯，大概四点前后，你过来吧，我仍在美术馆的地下展厅等你。到时候，我会把能告诉你的都告诉你，虽然我现在还不确定能告诉你多少……"

为了按时赴约，我今天一大早就出了门，打算去过医院之后，先在图书馆打发一段时间，等到下午晚一些就去御先町的美术馆找她。没想到我们在医院不期而遇。对此，她似乎也颇为惊讶。

我们乘电梯来到住院楼的屋顶。此时，一直下个不停的雨刚好停了，天空中依然布满了厚厚的乌云。天色阴沉，让人不禁怀疑这梅雨季究竟有没有尽头。

屋顶的风挺大，却很潮湿，感觉黏乎乎的，无论如何也吹不干肌肤沁出的汗。

鸣沿着包裹住电梯厅的塔楼外墙朝前走,我跟在后面。

风吹乱了她的齐颈短发。走到某个地方,风忽然消失了。鸣于是在那里停下脚步,微微斜倚在墙上。在这个位置,塔楼恰好挡住了风。

"你以前没来过这里?"她问。

"没有,我没住过院。"

"三年前,榊原在这里住过两次院。"

她突然提到榊原的名字,我不禁显出几分紧张,我猜。

"听说榊原学长好像是因为肺部破裂——大概是一种叫自然性气胸的疾病——才住院的吧?"

"对。他第二次住院的时候,我曾来探视他,那时候我们一起来过屋顶。天晴的时候,从这里能俯瞰夜见山市的全貌。"

"哦……"

榊原恒一。

自从我搬来夜见山市,到他和鸣从夜见北毕业,在那几个月的时间里,我见过他很多次。大部分的时候,鸣都在场,只有偶尔几次是我和他单独相处。

他从鸣那里听说了发生在我身上和我家的事,颇为同情。在后来的交往中,他对我一直很照顾。但这种照顾绝非廉价的同情,而是自然而然的关怀。对于那时承受着巨大的心理创伤、羸弱不堪的我来说,他和鸣是救赎般的存在,令我至今心怀感激。

恒一从夜见北毕业后,回到原来的居住地东京读高中。恰巧那时我也升入了初中,渐渐不再像以前那样动辄惊惶不安地打电话向他诉说近况,于是关系慢慢地疏远了。

鸣跟恒一虽然分隔两地，却似乎仍然保持着很亲近的关系。每次鸣偶尔提到他，我都在心里这样提醒和说服自己：对鸣来说，恒一是跟她共同经历过"灾祸之年"并最终得以幸存的特殊"伙伴"。然而……

有时我从鸣口中听到恒一的名字，胸中总会感到一种无形的苦痛。这是为什么呢？奇怪。这样可不行，得好好想想。

"你想知道，为什么三年前那场'灾祸'会中途停止，是吗？"鸣背倚着灰色墙壁自言自语。一阵"嗖嗖"的风声从她身边掠过。

"暑假应该是分水岭吧，"我打算再次核实一下自己已经获得的线索，"八月，全班一起去夏令营，结果有很多人遭到了不幸……但从九月开始，'灾祸'忽然消失不见了。该不会是在夏令营期间发生了什么特别的状况吧？"

"啊，那个……"鸣又不吱声了，跟昨晚一模一样。

过了半天，她才又讷讷地说："'灾祸'忽然停止了，这的确是事实……不过，不光是三年前，更早些的时候，比如一九八三年也是这样，那年暑假，初三（3）班在同一个地点举行过班级夏令营。"

"肯定是在夏令营过程中发生了什么！"

"发生了什么……嗯，对，确实发生了什么。也就是……"她越说声音越弱，抬起右手扶住额头，却又说不出话来，只是慢慢摇着头。

"究竟是怎么回事？请你一定要告诉我！"我朝前迈了一步，再次追问道，"发生了什么事？为什么'灾祸'会消失？见崎学姐，你要是知情，千万要……"

"我知道，"她从额头上拿开手，"我想我应该是知道的。"

"应该？"我看着她，一时不明白她话中的意思。虽然我们此刻正站在正午阳光之下，她的脸却像伫立在黑夜中的玩偶那样苍白。

"'应该'是什么意思？"

又是一阵风"嗖嗖"地刮来。或许是风向改变了的缘故，我们背后的墙失掉了为我们挡风的功能，一阵猛烈的风从我们侧面吹过来，刮乱了鸣的头发和衣服。

像是特地算计好了似的，我裤兜里的手机忽然又开始震动。

肯定还是月穗。我的思路和情绪同时被打乱了。

今天是六月三十日。那么，明天就是月穗所说的要带美礼来看我的七月一日。她打电话来，肯定是为了商量明天见面的时间、地点、去哪里用餐之类的事。这些我都明白。但明白归明白，我还是……

"快接电话啊。"鸣提醒道。

刚刚那阵猛烈的风忽然消失得无影无踪，简直也像是算计好了似的。所以鸣听见了手机在振动不停。

"是你母亲打来的吧？"她淡淡一笑，那只健康的右眼中似乎带着些许忧伤，"不接不太好吧。"

"不能不接了哦。"她又说了一遍。

啊……

鸣总是对的，我想。

现在，我必须接这个电话。对，不能逃避。从今往后，我都不能再逃避了。

再次确认了来电的是月穗，我按下了"应答"按钮。

"喂，我是小想。"

9

"喂，小想？是小想吗？你老是不接电话，我很担心……"果然是我预料中的台词、预料中的声音和口气——她总是迫不及待地要表达自己的想法，听来却感觉距离十分遥远。

"你没事吧，小想？是不是身体哪里不舒服啊？"

"没有，"我竭力克制着情绪，"我挺好的。"

"哦，那就好。"她像是放了心，又反复说了几句"那就好"，才转入了正题。

"按我们之前约好的，明天我带着美礼去看你，然后一起在外面吃个午饭，怎么样，小想？你想吃点儿什么？"

明天……月穗……要来。带着……美礼……来这里。来夜见山。

"然后还要去拜访一下小百合伯母他们才好。"

听到这里，我终于下定决心跟她把话挑明。深深地吸了一口气，又一点点呼了出来。我一字一句地开了口："请您还是不要来了。"说罢，我紧紧地闭上眼睛。

电话那头传来月穗震惊的声音："诶？怎么了，小想？你在说什么？"

"请您不要来夜见山了。"

"诶？诶？为什么？"她似乎很狼狈，连呼吸都变得急促了，"为什么你要……"

"因为我不希望您过来！"我攥紧手机，提高了嗓门说。余光中瞥见了在一旁默默注视着我的鸣。她神色平静，又透着些忧伤。

"我不想见到您!"我的回答更大声了,"不管是您还是美礼,我都不想见!所以别来了!"

"小想,出什么事了?"月穗惊慌失措地问,"我问你,究竟出什么事了?你怎么突然……"

"不是突然!"我打断了她,调门越来越高。现在,我准备彻底释放自己的情绪,向她彻底宣泄一番。

"我什么时候说过想见您?什么时候说过想让你们来夜见山?一次都没有!自从我搬来这里,您考虑过我的心情吗?"

"那……那……"月穗虚弱地辩解着。我的"拒绝"显然出乎她的意料,让她大感震惊、不知所措,甚至会大受刺激吧。自从三年前那个夏天以来,恐怕我是第一次对她这样说话。

"别……别那么说……啊,小想?我……我其实一直都在挂念着你……可能的话,我们还像从前那样……"

"不必了。总之,不要来找我!"我几乎是在嘶吼了。对于她的一切,无论是作为母亲的真情实感还是内心或许一直怀有的负疚,我虽不能说已经彻底放下,但那些,在眼下绝对都是次要问题。

我已经在自己的心里找到了答案,所以……

"千万别过来!"我再次闭上眼眼,对着电话那头大声喊道:"不光是明天,以后也永远别来了!"

"小想……"

"我……我再也不想见到你了!也不想听见你的声音!"

"小想……你别骗妈妈啊……"

"我讨厌你!知道吗?"

"小想……"

"三年前的事,你都忘了吗?我可还都记着呢。一辈子也忘不掉！晃也舅舅……你还那样对待他，真是太过分了……"

"……"

"你觉得我碍事，忙不迭地把我赶出家门，对吧！对你来说，我这个儿子比不上丈夫和家庭重要，也比不上你和他的女儿美礼重要，对吧！经历了这么多的事，你觉得我现在还会喜欢你、不记恨你吗？"

月穗说不出话来。

我猜，听了我这番话，她不可能心平气静吧？她没有回答我，却开始低声啜泣。

像是乘胜追击似的，我又接着说："所以不要过来了。今后也请离我远点儿，绝对不要到夜见山来！"

没有回应。电话那头，她仍在啜泣不已。又过了一会儿，她才断断续续地说了句"对不起"。

"我挂电话了。"又是一阵强风掠过。我像是在反抗什么似的，任由风吹乱了我的头发。继而，我克制住自己的感情，恢复了平静的嗓音说："以后，请不要再给我打电话了。"

10

挂断电话，我攥着手机，仰望阴沉的天空，泪水不由得夺眶而出。这泪水多少缓解了一下我的情绪，让我不至于站在原地放声大哭。

"原来月穗阿姨要来看你啊，是明天吗？"鸣朝我走过来。

我垂下眼睑。"我快两年没见过她了。"

"是吗？"她点点头，注视着我。

我生怕被她看到脸上的泪痕，忙把脸转向一边。风"嗖嗖"地刮着，却已经离我们远去了。

总算把该说的话都对月穗说了。尽管如此，我仍然觉得心神不宁……

"其实还很是放不下，对吧？小想，其实你还是很在意月穗阿姨，"鸣终于开口道，"那你干吗嘴上还要一本正经地说什么'我讨厌你'……"

啊，她果然又一次看穿了我的内心。

也许我并不像刚才表现的那么讨厌母亲。

我心里对她的确怀有种种芥蒂，而且对三年前那件事之后她对我的所作所为仍然耿耿于怀。那些悲伤、痛苦乃至愤怒至今未曾彻底消逝。但直到今天，我对她始终不曾有过发自心底的厌憎之情吧。

"放下放不下的，我说不清楚。"我回答道，刚才激愤的心情渐渐平复下来，"不过，我觉得在现在这个节骨眼儿上，她带着美礼来夜见山不是件好事。所以，'不要来'才是我的本意。"

"为什么？因为'灾祸'？"

"嗯。"我重重地点点头。

"因为月穗阿姨和美礼都是你的二等亲，都属于'关联之人'范围？"

"对。"

"月穗阿姨还不知道有关'灾祸'的事吧？"

"我猜她大概不知道。"

也许她知道。十四年前，我们一家和晃也舅舅一起离开夜见山市的时候，她应该多多少少听到过些什么。然而在那之后的岁月里,她可能在潜意识里抹掉了当时的记忆——这是我的判断。

"小想,其实你想得很周到呢。"说着,鸣又朝我走近一步。

"只要她待在绯波町,就不会落入'灾祸'的影响范围。可一旦来了夜见山,说不定就会被'灾祸'牵连……"我垂下头,想避开鸣的目光,泪水却汩汩地涌了出来,流淌过我的脸颊。那一瞬间,我几乎想放声大哭了,却只能拼命忍住。

鸣默默地从我身边走开,背靠在塔楼的墙上,抬头望向乌云密布的天空。风停了。在突然而至的寂静中,我听见她长长地吐了口气。

11

过了几分钟,鸣对我说:"我从头说起吧,关于你刚刚问到的那件事。"

"好。"还是先考虑眼前的事。现在不用担心月穗她们来夜见山了,我必须仔细倾听鸣的讲述。

"那年暑假的夏令营中应该发生过什么,而且我应该知道发生了什么……刚才我们说到这里,对吧?"

"对。"

"我之所以说<u>应</u>该知道,是因为我拿不太准。"

"拿不太准?"

"嗯,就是我的记忆,"她厌烦地摇了摇头,"我真的记不清了。事情过去了三年,有关那部分的记忆很模糊了。"

"是因为受了'现象'的影响吗?"我脱口而出。

"对。"她点点头,露出无可奈何的神情,"这就是随着'现象'而产生的记忆问题之一,虽然是比较特殊的例子。"

"特殊的例子?"

"按理说,班上混进来一名'死者',也就是'增加的人',总人数会对不上。为了让现实看起来符合逻辑,就会发生记忆或记录被修改或篡改的情况。'现象'结束后,那名'死者'也随之消失,被篡改或修改的记忆或记录又会恢复原状。之后,有关那一年究竟谁才是'死者'的记忆会慢慢淡去。虽然遗忘的速度因人而异,但所有人的记忆早晚都会被彻底抹掉。大致来说,就是如此。不过其中有一个例外,就是千曳先生的那本笔记。"

"哦。"

"那本笔记里记录了每次'灾祸'发生时当年的'死者'的名字,居然没有被抹去,一直保存到现在。所以,只要查一下那本笔记就能知道过去究竟是谁作为'死者'混进了班级——你看过他的笔记吧?"

"嗯,看过。"我已经知晓那本放在第二图书馆的"千曳笔记"的特殊之处。我还听说,那上面记载了关于"发生年"出现过的"死者"的种种印象和记录。当"现象"结束,所有相关记忆和记录逐渐进入"淡化——模糊——消失"的过程,唯独它不知为何逃过一劫。

"可千曳先生不可能把所有事都记下来,比如,那些中途停止的'灾祸之年'的'死者'。"她忽然又停住了,以手抚额,思索片刻,然后……

"我还是从头讲起吧。"像是在催促自己,她又接着说道,"三年前的夏天,刚放暑假,我们无意中听说了关于某人的事,应该是个姓松永的同学,他是夜见北一九八三届的毕业生,上初三时也在（3）班。"

"一九八三年……那年也是'灾祸'半途中止的年份吧？"

"对。"鸣慢慢点了点头，接着往下说。她的声音十分平静，似乎每说一句都在字斟句酌。

"那时我们不知道该怎么阻止已经降临的'灾祸'，于是像你现在这样拼命寻找线索，然后发现了松永的事。"

三年前，也就是一九九八年，当时已经从夜见北毕业十四年的校友松永某天喝得烂醉如泥，对别人声称"是我救了一九八三年初三（3）班所有人的性命"。然而酒醒后，他却完全不记得自己曾说过什么。不仅如此，他连初中时的那段经历都基本上忘得一干二净。

据他酒醉时所说，当年他曾拼命想把有关"灾祸"的关键信息留给下一届同学，所以特地在教室里藏了一件东西。大家于是像抓住了救命稻草似的，拼命四处搜寻，终于有人找到了……

"找到的东西是松永录制的一盘磁带，"鸣直勾勾地盯着我们之间的某个固定点说道，"他在磁带里亲口告诉大家怎么才能让'灾祸'停止。我在夏令营的时候听过那盘磁带。"

"那就是说，你也知道答案了？"我兴奋地追问，"究竟该怎么阻止'灾祸'？"

"我应该是知道的，可……"鸣无可奈何地摇摇头。

我却仍然兴奋不已。"你们肯定是在夏令营的时候按他说的法子行动，才制止了当年的'灾祸'吧？"

"我想是的，应该是那样。可惜……"

"记不清了？还是全忘了？"

"……"

"'灾祸'为什么会停下？是因为谁做了什么事情吗？哪怕只有一点点线索……"

"松永他们十五年前夏令营的地点和三年前我们去的是同一个地方，这一点我能确定。"

"夏令营有什么特殊意义吗？"

"主要是大家为了一起去夜见山神社参拜才组织的。"

"去神社？驱邪？"

"可是那年我们最后没能去成神社……"

"松永前辈他们去了吧？"

"嗯，他们去了。不过那种参拜根本没什么用……"

"……"

"致将来班里受到匪夷所思的灾祸折磨的学弟学妹们……"

"什么？"

"这是松永前辈在留在那盘磁带上的留言。他大概预见到自己有关这个发现的记忆很可能会被逐渐抹掉，所以特地录在了磁带上。因此，他发现的那个东西应肯定是以某种形式与当年的'死者'有所关联……你看，我的记忆在短时间内变得这么模糊，某种程度上恰好能证明这一点。"

鸣抿着嘴，又一次陷入了沉思。然后，她用手扶着额头，慢慢地摇摇头，终于又开口说道："怎么说呢，我似乎只能看到一个大致的轮廓，好像还能隐隐约约地看见那个东西……啊，不行，还是看不清……是难以分辨真假的那种感觉。眼前偶尔会冒出一些断断续续的句子和画面，但究竟是真是假，我也不敢保证。"

"见崎学姐一直是这种状态吗？拼命想记起来却怎么也想不

起来？"

鸣默默地点点头，又接着说道："所以呢，就算你一直追问，我也只能含糊其词，因为我只能凭模糊的印象去想象。自己都拿不准的事情又怎么能信口开河呢。"

"哦，原来如此，"我答道，忽然又想到一件事，"那么松永学长录的那盘磁带呢？现在在哪儿？"

"好像找不着了，"鸣慢慢地摇摇头，"三年前班级夏令营的时候发生过一次很严重的火灾，当时我们住的那栋房子被烧毁了。大概磁带也一起被烧掉了。"

"除了你，还有其他人听过磁带吗？他们都还记得吗？"

"我试着跟他们联系过，可惜谁都不记得磁带里的内容了。"

"另外，"她又补允说，"我那时候还时常写一些类似日记的东西，里面应该也记录了不少关于夏令营期间发生的事。可我后来查看时，本来应该有记录的部分要么干脆消失不见，要么被涂抹得完全看不出原文……"

她的话让我感到一阵眩晕。

篡改记录……见崎的记忆是自行消失还是被什么力量抹除？

夜见北初三（3）班既然与"现象"扯上了某种关系，也会出现这种现象吗？抑或是已经发生了？

看起来，整件事从头到尾都像是被某种恶意驱动着……

我长长地叹了口气。"那就是说毫无办法了。我们无论如何都……"说着，我无力地垂下头。

鸣看着我，表情依旧很平静，带着些忧伤。

"当时……"她喃喃低语，远处传来了风的呼啸，还夹杂着几声乌鸦的叫声。

"当时，我们班的关键人物是榊原。"

"诶？"我吃惊地叫出来，重新看向鸣。

"这又是什么意思？"

"只是模模糊糊的印象。"她先提醒了一句，接着说道："三年前那次夏令营的时候，为了阻止'灾祸'蔓延，我们肯定采取过什么行动。但具体是什么，我现在记不清了，也没有明确的答案。不过榊原当时也在，好像还是行动的核心人物……这个我是记得的。"

榊原恒一。

两年多没见过他了。此刻，浮现在我脑海里的还是他两年前的样子。在几个月的交往中，他说过的一些话也接二连三地冒了出来。

"所以，"鸣接着说道，"我总觉得，说不定他还记得呢，毕竟他是行动的关键人物，应该比我的印象更深刻。而且，他一毕业就离开了夜见山，一直住在东京。"

"离开了夜见山……你的意思是，离开了'现象'的覆盖范围，对记忆的影响力也会减弱？"

"有可能，所以……"

所以她才去联系榊原，原来是为了打听这件事，特别是上个月，继永的惨死证明了"灾祸"已经来临，她又连续试了好几次。

然而……

"我到现在还没联系上他呢。"鸣闷闷不乐地皱着眉。

"为什么？"我问，"榊原学长不是住在东京吗？"

"我也奇怪呢。后来才发现，他好像根本不在日本。"

"去了国外？直到现在？旅游得太久了吧。"

"不是去旅游。榊原的父亲是一名学者，做田野调查的时候经常在全世界到处飞。据说这次榊原也跟着一道去了。"

"到处飞……"

"我给他的手机打了好几次电话，每次都打不通。后来我又往他家里打电话，给他家看门的才告诉我他出国了，还说他大概要等到秋天才会回日本。"鸣的眉头皱得更紧了，疲惫地长舒了一口气。

"那么邮件呢？没给他发封邮件试试？"

"发了，他没回信。或许不方便用电脑。"

"哦。"

"总之，各种情况都有可能。我一直想赶紧问问他，事到如今，不问不行了……所以我拼命拜托那个看门人，如果能联系上榊原或者他父亲，请他务必给我回电话。"

榊原恒一。

我在心中默念着这个名字，抬头仰望天空。头顶仍是低沉、阴暗的浓云，与刚才我们来到屋顶时毫无变化。

神啊，请快点儿帮我们找到榊原恒一。请让他千万还记得三年前自己所做过的一切。此时此刻，除了向神明祈求，我们别无他法。对此，我既心急如焚，又无可奈何。

第十一章 七月 I

1

"准备好，我要拍了！"手拿相机的泉美喊道。

"喂，阿想，你别那么紧张嘛，放松点儿！对，对，就是这样。好了，来，茄子……"

站在我身旁的矢木泽乖乖地喊了声"茄子"，还伸出右手大拇指摆了个手势。我也自然而然地放松了原本紧绷的嘴角。

"好，别动，别动，我再拍一张！"第二次按下快门后，我轻舒了一口气。虽然我喜欢摄影，却不习惯被拍照。

我们拍照的地点在校内 B 号楼和 C 号楼之间的中庭莲花池前（准确地说，应该是睡莲池）。据说这片池塘的莲叶间时常有血淋淋的手伸出水面，被视为校园"七大怪事"之一。

此时是七月的第四天，周三，下午放学后。

拍照所用的是我上小学时晁也舅舅送的简易相机。虽说只是廉价品，但技术好的话，也能拍出高质量的照片。

"阿想，泉美，你们俩站在这儿，我给你们拍一张。"矢木泽从泉美手中接过相机，当起了摄影师。我们本想用相机的定时功能拍一张三人合影，可惜没找到适合固定相机的位置——唉，先前应该不怕麻烦，把三脚架一并带上的。

我们仨一起拍纪念照是几天前矢木泽提议的。昨晚他还特地给我打了个电话，确定了拍照日期："看样子明天会是个好天气呀。"地点也是他选的。至于为什么选在莲花池前,他的回答是:"嗨,就是觉得那里还不错嘛!"

"不过,洗照片的时候会不会发现池塘里的人手在上面啊?"闲聊时,戴着圆眼镜、留着长发的女生班长调侃道。

"这种玩笑可不能乱开啊!"我瞪了她一眼。虽然这笑话确实有可笑之处,但以眼下的形势来说,谁也不会觉得它好笑。

天气晴朗,天空蔚蓝,阳光直射而下,已经进入夏天了。不过梅雨季还会持续一小段时间。天气预报说,从今晚开始,可能会变天。

"好,我要拍了!"矢木泽举着相机喊,"你俩再靠近点儿。阿想,表情还是太僵硬了!赤泽就挺不错……好,茄子……"

这次我也乖乖地跟着说了声"茄子"。脑海里快速闪现几个画面,随即迅速消失了,像是这几天发生的事情的回放……

2

我受邀前去公寓的顶楼套房拜访。茧子伯母前来招呼我:"小想来了?我这就去给你们泡茶。"

我顺便归还了前几天从泉美哥哥书架上借走的《恶童日记》。这本书的内容虽然有些晦涩,可一旦开始读就停不下来,远比预料的吸引人。书架上还摆着两本续作,征得泉美同意,我一股脑都借了。之后,我们在客厅品尝伯母端来的红茶和蛋糕。

"月穗不是说这个月要来?"茧子伯母问。

"忽然有急事,不过来了。"我若其事地回答。

"原来是这样啊。"不知内情的泉美毫不在意地瞥了我一眼,没有继续追问。

"她其实很担心你……"

"担心？有什么好担心的？"

"你们班里不是又有人遭遇不幸了吗？而且从五月以来发生了好几件可怕的事，所以她肯定担心你有什么不测。"

"她应该还不知道那些事。"

"真的？你没跟她说过？"

我默然不语。仿佛是觉察到了什么，茧子伯母优雅地笑着点点头，又说："不过，那些遇难的也真可怜，太不走运了。听说生物小组的那个孩子是你朋友？"

"嗯，算是吧。"

茧子伯母好像对我们初三（3）班遭遇的特殊情况一无所知。当然，我对小百合伯母也只字未提。在这方面，我和泉美都严格地遵守同样的原则。

然而……

"你们今年暑假有班级夏令营吧？"茧子伯母忽然问。

"妈，您怎么知道夏令营的事？"泉美惊讶地问。

"灾祸"自行中止的一九八三年和一九九八年，初三（3）班都利用暑假举办了特别夏令营。然后，夏令营期间发生了某些事。这条重要线索我已经告诉了泉美，但茧子伯母怎么会知道？

"有什么不知道的？"茧子伯母也很惊讶，"说到初三暑假，不就是……那个……"她话没说完，就打住了，看表情似乎并不知道底细，只是随口说说。

"那个……"又是什么？我正在思忖，"咔哒——"又是一声沉闷的低响，世界一瞬间由亮变暗。

"哦，对了，你哥上初中的时候好像还没有夏令营这种活动。哎，真抱歉，我好像记错了！"茧子伯母若无其事地微笑着，"我去再给你们泡点儿茶来。"

这是三天前，即七月一日周日晚间发生的事。

3

生物小组在T号楼开了一次会。

自从俊介出事，位于0号楼的小组活动室基本处于关闭状态。在事故中幸存的动物们能放生的都被放生了，不方便放生的则由小组成员分别带回家喂养。

参加会议的包括小组顾问仓持老师和几乎所有成员。初三（3）班的森下也来了。既然我不再担任"不存在的人"，就无需再躲着这个同班同学了。今年刚加入小组的三名新成员也有两人退出了，其中一名是小鸟游纯，自从母亲在五月亡故，他就提交了退组申请；还有一名初二的同学也走了——以目前的情形来说，这很正常。

"幸田同学的遭遇实在太不幸了……"仓持老师一脸沉痛地说，"大家都知道，生物小组缺了他可不行。现在，既然他不在了，我们生物小组将何去何从？请大家务必认真考虑。"

所谓要"考虑"的问题，首先是生物小组是否要继续存留的问题——仓持老师接着这样说道。

原来那间活动室，自从出事后还没有整理好。发生了那样的惨案，那个房间是否还能正常使用？大家是否还敢继续使用？都是问题。

"同学们怎么想？"老师问，"大家觉得该怎么办？可以坦率地说说自己的想法。"

说罢，他环视众人，等待有人发表意见。但没有人出声，似乎每个人都在小心翼翼地观察着其他人的动静。

"嗯？"老师抱着双臂，似乎准备开口继续说些什么。

"我建议保留，"我再也无法沉默，不禁脱口而出，"如果解散生物小组，俊介，哦，幸田同学一定会很难过。也许活动的形式可以跟以前有所不同，但生物小组应该继续保留。"

如果没有人接任，我情愿担任组长。我甚至打算这么说。

"建议保留的，一票。"仓持老师的脸上虽然全无笑意，但声音里似乎带着些欣喜。

我不知道在场的其他人都在想什么，但对于我的提议，并没有人表示反对。

"这个月的月底就是期末考试了，所以，等考完试再找机会好好讨论吧。嗯，如果希望保留小组的成员达到一定的数量，我们就利用暑假期间正式重建生物小组。"

对于老师的提议，没有人表示反对。

——这样行吗，俊介？

我在心里问亡友。

——没问题吧，俊介。

以上是两天前，即七月二日周一放学后发生的事。

4

在赤泽家老宅刚吃完晚饭，茧子伯母和泉美母女俩就来了。

从春天开始动工的老宅改造工程终于接近尾声,她们俩是过来参观的。

虽然比预定的工期延误了很久,但古旧的老宅经过一番大胆的改装、改建,已经焕然一新,几乎让人忘了它原来的模样。室内比从前明亮了许多,各类生活设施齐备。当然,为了祖父生活上的方便考虑,还实现了全屋无障碍化。

"你的房间在哪儿?"泉美好奇地问。于是我带她去参观我的新房间。这里以前曾用作临时储藏室,现在彻底改造完工,从壁纸到地板都焕然一新。

"听说工程完工后,你就要搬回这边来住了。那么一放暑假,你就该搬家了吧?"泉美一边在房间里东看西看一边问。

"应该是,"我轻轻叹了口气,"总不能一直打扰你们家。"

"什么打扰不打扰的,反正我从没这么想。"

"啊——"她又舒服地伸了个懒腰,"两边离得这么近,就算你搬回来住,也可以经常来我们家玩嘛。"

之后,我俩去里面的房间探望祖父。

祖父浩宗仍像从前一样,几乎一整天都在卧床休息。

觉察到我们到来,他先把目光转向我:"哦,是小想来了?"说着,他那苍老的脸上浮现出一丝不利索的微笑。可当他把目光转向泉美时,那微笑忽然消失了。

"你这家伙是泉美?"他略带怀疑地低声问,"你……"

他注视着泉美的目光闪烁不定……不知是不是我的错觉,感觉甚至有些呆滞、浑浊。"你怎么又……"

说起来,泉美以前曾经抱怨过祖父对她的态度。或许是因为病痛,他最近的脾气越来越差。如今我亲眼看到他竟这样对待泉美，立刻理解了泉美之前为何牢骚满腹。

对前来探望自己的孙女，这位祖父的反应有点儿奇怪，甚至很反常。

"家里马上就要完工了，"为了打破尴尬的气氛，我赶忙插嘴，"以后您在家里活动就方便了。"

"哼，那谁知道！"祖父悻悻地回答，"赶紧干完活，我就谢天谢地了！天天躺在屋子里，吵也被他们吵死了！简直……"

发泄完不满，他转了个身，朝窗户方向侧躺。

窗外有一座很宽敞的庭院，还安装了庭院灯。在淅淅沥沥的细雨中，几棵高大的朴木黑黝黝地挺立在院子里。

"哎哟！"泉美忽然低声惊叫。我吃惊地回头看，见不知什么时候溜进屋的小猫黑助正趴在泉美的膝头，被她的叫声吓得正准备逃走。

泉美用左手捂着右手的手背，气呼呼地瞪着黑助："你这个小坏蛋！"好像是小黑猫在惊慌之下抓了她一下。

"怎么了？"

泉美还没来得及回答，黑助便"喵"一声跑开了。她叹了口气，低头看看自己的右手。果然是被黑助抓伤了。白皙的手背上，伤口正一丝丝渗出血来。

这就是昨天，即七月三日周二所发生的事。

5

小百合和茧子两位伯母还在客厅里闲聊。我和泉美便先回了公寓。恰巧此时雨停了，用不着打伞。

"你的手没事吧？"路上我问泉美。

"嗯，没事，"她举起已经贴上创可贴的右手晃了晃，"不过黑助这个小坏蛋，它还是头一回抓我呢，吓了我一跳。我没得罪它呀！"

"猫的脾气本来就难以捉摸，"我故作轻松地说，又朝泉美的手瞟了一眼，"到家后，别忘了重新消消毒。听说过猫抓病吗？当心点儿。"

"要是因为猫抓病而发高烧，然后情况越来越严重……就说明我被'灾祸'缠上了，对吧？"

"干吗要这么说？"

"开个玩笑嘛。放心，我一回到家就立刻消毒。万一情况变糟，就立刻去医院。"

"嗯。"

"自从上次以后，见崎学姐联系过你吗？"

"还没有。"

我把上周六在医院屋顶从见崎那儿打听到的情况大致告诉了泉美。

"估计她还没有联系上榊原学长。而且，就算能联系上，他未必还记得三年前发生过的事。"

"是啊。"

"那么，一有消息就通知我吧。"

"嗯，那当然。"

这是昨天，即周二晚上发生的事。

6

矢木泽和我合影,泉美和我合影,每人还顺便拍了单人照。我们正在拍个不停,恰好班主任神林老师从旁边走过:"哟,在拍什么呢?"

矢木泽立刻凑过去:"在拍我们仨的纪念照!"

"哦,"神林老师认真地点点头,"四月初,全班同学合影的时候,比良冢同学不在吧?"

"真不愧是老师,就是心细!"矢木泽更兴奋了,"所以我们想趁着这学期之内给他拍几张照片留念。正好,您来帮我们拍几张合影吧!"说着,不由分说地把相机递了过去,"快过来!阿想、赤泽,你们俩还站在刚才的位置。赤泽在中间,我和阿想在左右,一边一个。这样就行……老师,那就麻烦您了!"

"好。"出乎意料的是,神林老师很痛快地答应了,说着,从矢木泽手中接过了相机。

"剩下的胶卷不多了,您都拍完吧。"我说。

"没问题。那就按现在的位置连拍就行了吧?比良冢同学,你稍微靠近赤泽一点儿;矢木泽,你反倒是靠得太近了……好,都不要动,我要拍了!"

神林老师似乎很熟练地摆弄着相机,连连按下快门,终于拍完了整卷胶卷。相机开始自动倒片。

"反正我们班以后还会再拍全班合影,"她故作轻松地说,"毕业时还要制作纪念册……希望到时候叶住和牧濑两位同学也都能参加啊。"

毕业纪念册……毕业。

不知为何,如今这个词听起来竟是如此空洞。我不由得长叹了一口气。

离毕业还有九个月。照眼下的情形,"灾祸"如果一直持续下去,到毕业那天还能有多少人幸存?肯定不止我一个人这么想,但谁也不会说出口。

"下周就是期末考试了,"临走时,神林老师又说,"这段日子,大家很难集中精力学习吧,不过,学校不可能单独给(3)班开绿灯,所以大家还是要努力学习,有什么困难随时来找老师……"

拍完"纪念照",我们仨回到了位于C号楼三层的教室。

"哎,云彩忽然上来了。"矢木泽望着窗外说。

"天气预报要是没错,今天晚上会下雨,而且是梅雨季宣告结束的那种倾盆大雨。"

"希望梅雨季赶紧过去,"泉美愁眉苦脸地说,"我从小到大最讨厌这个季节。你们不觉得今年的梅雨季太长了吗?"

"没有,我觉得跟往年差不多。"矢木泽挠着头发回答。

这时,我的手机响了。

7

有那么几秒钟,我以为是见崎鸣打来的。但一看屏幕才发现自己错了——屏幕上显示的是陌生的号码。

"喂,你好!"我接通了电话。

"是比良冢同学吧?"一个陌生的声音问道。虽然背景有些噪声，但能分辨出对方是男性，而且声音似曾相识。

"是榊原学长？"

"哦，真是小想。好久不见了。"

这太出乎我的意料。榊原恒一为什么突然给我打电话？

到底是怎么回事？他应该跟鸣联系过了吧？还是……

我握了握手机。手机挂绳上那只来自冲绳的银色小狮子在眼角余光里摇晃着。

"这……这是从国外打来的吗？"

"嗯，对，我在墨西哥，所以不能说太久。"

墨西哥。大概和美国一样，跟日本这边有半天的时差，所以现在那边应该是深夜。

"刚才我和见崎通过电话了，听说了事情的大概。简直不敢相信，你居然被分到了（3）班。偏偏今年还是'发生年'。"

"我们的应对不太顺利，'灾祸'已经被触发。"我又攥紧了手机，不知不觉连嗓门也提高了。一旁的矢木泽和泉美肯定也察觉到这通电话的重要性。

"刚刚见崎都告诉我了，"恒一回应，伴随着"沙沙沙"刺耳的噪声，"她说已经记不清三年前的事了。关于我当年采取了什么行动阻止了'灾祸'继续发生，她说不太记得了。"

"榊原学长呢？"我几乎是怀着祈求的心情问，"还记得吗？"

过了几秒钟，我听见对方"嗯"了一声。

"我还记得，还没忘记，有关我在那年暑假夏令营时所采取的行动。"

"那……"

"我刚才都告诉见崎了，怎样才能让'灾祸'停下。听了我的话，她似乎多少想起了一点儿什么，不过……"

"不过什么？"

"她本人是当年'现象'发生时的'关联之人'，后来一直住在夜见山……所以，我刚才告诉她的事情不知她能记住多久。在夜见山这个磁场里，记忆很快会变得模糊，甚至会被篡改。"

"会吗？"

"我不确定，"恒一吐了口气，"虽然不确定，但她十分担忧，觉得还是让我直接告诉你比较好。是她让我给你打电话的。"

"哦……"伴随着我的回应，听筒里又传来一阵猛烈的"吱吱吱"的杂音。

"听得见吗，小想？"

"嗯，听得见……"我刚说话，又是一阵断断续续的杂音。恒一的话音开始时断时续，简直像有人故意打扰我们通话似的。

"那么……总之关键就是……明白了吗？"

"是！"我把手机使劲朝耳朵上压了压，又听见恒一说："让'死者'回归'死'"。

"诶？"我重复了一遍，"让'死者'回归……"

"留下那盘磁带的松永前辈以前就是这么干的。我在三年前也是这么干的。"

"呃，那究竟……"

嘎嘎嘎，嗞嗞嗞……又是一阵碍事的杂音。

恒一那边也一样吧？他能听清我说的话吗？我还来不及确认，听见他又说："……就只有见崎了。"

"听见了吗？我能给你的建议就是……"

嗞嗞嗞嗞嗞嗞……

323　　第十一章　七月　Ⅰ

"她……让她……她的那只眼,无论发现了多么难以置信或者不想相信的事实……"

她的那只眼?

啊,他到底在说什么?!

在"嗞嗞"声越来越嘈杂的背景中,我好不容易听见恒一说:"让'死者'回归'死'……不要犹豫,立即行动。相信她,然后……"

我根本来不及问仔细。不知是否出于某人的恶意干扰,电话中的杂音越来越多,我不得不把手机从耳边挪开。

终于,信号中断了。

不知为什么,我有一种强烈的预感:就算我按照来电号码回拨,大概也不会接通。

8

晚上,我跟见崎鸣通了电话。

白天如果不是跟泉美和矢木泽同行,我可能离开学校后直接去玩偶美术馆了。照当时的情形,如果我说要去找见崎鸣,他俩必定会闹着一道去。之前他们听见我在电话里跟恒一的交谈时就已经觉察到了什么。但我还是想先跟鸣单独谈谈。

"刚才是那位榊原学长打来电话?"回家路上,泉美问我。

"嗯,说是要直接告诉我。"

"结果呢?"

我顿时卡壳。先去跟鸣谈谈,尽快把恒一告诉我的跟她核对一下。然后再……

"据说让'死者'回归'死',就……"她肯定仔细听了我和恒一的交谈,注意到了这句话。

"这难道就是办法……"

"还不确定,"我打断了她,"电话里杂音太多,后面的话我都没听见。"

"那怎么办?"

"榊原学长说他跟见崎学姐也打过电话,已经交代了这件事。所以我准备去找她问问。"

与鸣通电话的时候已经是晚上八点。这之前我曾给她打过几次,但都没接通,最后是她打给我的。

我大致向她说明了白天的情况,包括人在墨西哥的恒一直接给我打电话以及他告诉我的那些事。鸣默默地听着,直到听我说完,仍一语不发。

"榊原说让'死者'回归'死',对吧?"良久,她开口。

"嗯。"

"他也跟我说了这句话。不知是不是因为这句话,我那段原本模模糊糊的记忆好像慢慢有了轮廓清晰的'形状'。"

"真的?!"我不禁大为兴奋,"那么,见崎学姐,我们该怎么办?让'死者'回归'死'……这又是什么意思?"

"先别着急,小想。"鸣说,与一心想往前冲的我不同,她仍然很平静,像是仍在慎重地确定自己的依据。

"让'死者'回归'死',这句话让你联想到了什么?"我也尽量平静地问。

"对……"

"杀死'死者'的意思?"我竭力按捺着心中的激动。

"'死者'本是已经死掉的人,再去'杀死'他或她就有点儿奇怪了。不过,恒一的意思,概括地说,就是让'死者'回归'死亡状态',只有这样才能阻止'灾祸'。"

"可是,"我说出了那个自下午就一直在思考的问题,"混进班里的'增加的人'就是'死者',但只有到了毕业典礼结束才能知道他或她究竟是谁,这又……"

这又怎么才能发现谁才是"死者"呢?我刚要再问,脑袋里忽然灵光一闪——我明白了!

我不禁"啊"地叫出声来。为什么当时没反应过来?为什么?为什么?此刻我简直想大骂自己是个笨蛋。

"原来如此!难怪榊原学长对我说'要相信见崎'……"

"……"

"榊原学长说起你的'眼',该不会是指'玩偶之眼'吧?"

鸣从前曾说过,只要戴上"玩偶之眼",就会看到"不想看见的东西",也就是死亡的颜色。该不会用它就能分辨出那名混入班里的"死者"吧?!

"等等,"鸣打断了我,"榊原的确告诉过我,三年前的暑假夏令营时,我曾经指出了'死者'的身份。之后,他将'死者'回归'死亡状态'。不仅如此,据说当时我就在现场……"她的语气仍是淡淡的,却带着深深的苦恼。

"他的这些话让我慢慢地借助一些碎片拼凑出一个大致的'形状',但还是缺乏真实感……连自己也半信半疑。"

"……"

"我总是想,万一自己弄错了呢?而且,'玩偶之眼'现在是否仍具备那种'能力'也不好说。"

"榊原学长不是说了吗？'要相信。'"我再次加强了语气，"'要相信见崎，不要动摇……'"

"嗯，他也跟我说了同样的话。可是……"

鸣苦恼地叹了口气，停了一会又说："让我好好想想吧，究竟该不该那么做。如果能行，下一步又该采取什么行动？"

9

矢木泽白天说的天气预报真的应验了。日落时分，雨来了，而且是远比预想中猛烈的瓢泼大雨。随着雨而来的还有风，风势伴着雨势，越来越猛烈。外面简直就是一场突如其来的大风暴。

在这种风雨之夜，我一贯睡不踏实。虽然吃了在"诊所"开的药，勉强入睡了，却总是睡不沉。夜里醒来好几次，每次都不得不强行压抑着脑海中不断浮现的各种景象。榊原那句"让'死者'回归'死'"，恐怕就是引发这一切的罪魁祸首……

晃也舅舅……不知为什么，半梦半醒之间，我似乎听到三年前故去的他在对我低语。

然后，我似乎想问他些什么，像小时候去"湖畔之家"玩时，我没完没了地朝他问东问西。

——人死了以后会怎么样？

——长成大人是什么意思？

——谈恋爱是怎么一回事？

……

……

确实，现在的我有很多问题想请教晃也舅舅，而我又在寻找怎样的答案?

10

次日,七月五日周四早上。

我在上学前顺便路过赤泽家老宅时,收到了学校的通知。通知说,因为夜见山市一带发布了暴雨和洪水警报,学校决定临时放假一天。

我一下子松了口气。因为昨晚几乎一夜没睡,此刻我正觉得头晕眼花,疲惫不堪。

此外,在这"灾祸"横行时期,冒着狂风暴雨去上学岂不是很危险?我心里其实一直不能自控地怀着这种恐惧。大概与我抱着同样心理的同学也不在少数。

假如这种恐惧不断升级,人人都陷入胡思乱想,别说去上学,恐怕连出门都不敢了。然后,恐惧又会进一步膨胀……

到那时,即便有人因此退学或从夜见山市搬走也不奇怪。

不过,眼下暂时没人有这么激烈的反应。

仔细想想,这或许也是我们初中生的身份使然。年龄说大不大,说小不小,加上无法按自己的意愿自由行事。另外,有关初三(3)班的特殊情况是全班的禁忌,没有人敢告诉自己的家人或朋友。这或许也是恐惧不断升级的原因之一。

不管怎样,我回到公寓后,整整一天没踏出房门半步。

躲在家里至少不会有风险,又安全又安心……我心中生出了一种前所未有的恐惧感,不断地升级、蔓延、膨胀,令自己的情绪和思考都纷乱异常。它们既像是随着窗外的狂风暴雨从天而降,又像是随着暴风雨一同肆虐人间。

下周就是期末考试了,而我完全无心复习功课。我试着翻开了从泉美哥哥书架上借来的小说,却只是徒劳地翻着书页,根本读不进去。

一个念头突然冒出来,在我脑海里挥之不去。

是谁?

混在班里的"死者"究竟是谁?

除了已经死去的继永智子和幸田敬介,幸存的所有班级成员中必定有一个人就是那个原本不存在的"增加的人",也就是"死者"。

那么,究竟会是谁?

这个问题只凭思考是无论如何找不出答案的。然而越是这样,我就越停不下来。一旦开始思考,首先浮现在我脑海里的是那些上了初三才同班的(之前不认识)面孔和名字。

比如跟叶住结香很要好的岛村和日下部。再比如应对小组的江藤和多治见。小鸟游纯。还有其他几个人。

假如"增加的人"是他们其中的一个,对我来说会是比较容易接受的现实,顶多感慨一句:"哦,原来是他/她啊。"

然而实际上事情并不一定如此……

怀疑对象绝不仅限于他们。

那些我从前就认识、熟悉其名字和面孔的人,比如矢木泽、泉美、叶住或森下……在有关"增加的人"的记忆被修改或篡改之后,每个人都有可能是那个"增加的人",谁也不能完全洗脱嫌疑,谁也不能……连正在思考的我说不定也……

……

第十一章 七月 I

会是我吗？

我？

假如我就是那个"增加的人"？

这种可能性不是没有。

扪心自问，我绝对无法百分之百地否认"不是我"。

毕竟有"记忆被修改"这个大前提。没有什么是确信无疑的，连认为"我是对的"这种想法本身都值得怀疑。没有任何事可以相信……

不，不对。

榊原恒一都知道，但他还是说了那些话。

要相信她。

她的……那只"眼"……

……

她，即见崎鸣……的那只"眼"。

雾果老师制作的那只蓝色的"玩偶之眼"。鸣戴着它的时候，我几乎没有机会仔细端详过。上个月，鸣已经把与它有关的秘密都告诉了我。可是……哦，对了，今年春天我曾见她像从前那样戴上了眼罩……那是？

那是在四月中旬，刚刚得知今年是"发生年"之后，我与鸣的第一次会面。那次，在"玩偶美术馆"的地下展厅里，她的左眼戴着眼罩……

当时看到她戴眼罩的样子，我还觉得"久违了"。左眼戴了眼罩，意味着那时她在眼罩下佩戴的正是"玩偶之眼"。假如是这样……

为什么？

为什么那时的她戴着"玩偶之瞳"？

我心中浮出了唯一可能的答案。

11

雨下了整整一天。

过了六点，邻近日落时分，雨势终于显出有所减弱的迹象。这时气象警报已解除。约摸在小百合伯母正要叫我去老宅吃晚饭的当口，见崎鸣打来了电话。

在手机屏幕上瞥见来电人是她，我忽地从椅子上跳起来。

是有关昨晚那件事吧？她一连几天给我打来电话，这可是稀罕事。

"喂，见崎学姐？"

"小想。"听到她的声音，我不禁一惊。

怎么形容呢？那声音立即让我感到了一种明显的异样。

声音跟我所熟悉的鸣完全不同。她平时总是淡淡的，从不轻易流露感情。但现在这个声音则全然不同，才听了一声，我便立即感觉到了。

怎么了？难道她那边发生了意想不到的状况？

"嗯，是我。你怎么了？"我担心地问。

许久，她才开口："是关于'死者'那件事。"

"哦。"

"我又想了想……"说完这句话，她非常不自然地顿了顿。

此刻我已经被某种不祥的预感攫住了。虽然无法看到它的"形状"，却分明能感受到它那沉甸甸的质感。

"怎么了?"我又问了一遍,忽然变得神经十分紧张,握着手机的手冒出了汗。

"小想,"鸣又叫了一声,叹了口气,像是终于下定了决心,"必须抓紧时间……我脑子里开始冒出这样的念头……"

12

夜见的黄昏下　空洞的苍之眸

黑色底板上用米色颜料写着这行字,但已经被雨水淋花了。我一面仰头看着"玩偶美术馆"的牌子,一面粗重地喘着气。

刚刚冒雨骑自行车从公寓赶来。途中还遇到一阵狂风,刮得我失去了平衡,车轮一滑,便连人带车摔倒了。我正在恼火时,又听见不知从什么地方传来了救护车的呼啸声,更觉得倒霉至极。虽然没受多大的伤,自行车却摔掉了链子,车把也摔弯了……余下的路程,我只能一路推着车子步行,总算到达了目的地。

摔倒时撞破的左膝盖传来阵阵刺痛。早知如此,今天就不该骑车出来。

我看看表,已经过了七点,离鸣打来电话还不到一小时。

停好自行车,我脱下湿透了的雨披,急匆匆地朝大门走去。

美术馆的大门上贴着"本馆闭馆至七月八日"的通知。"咦?"我并不知道美术馆闭馆的消息,不由得一阵诧异。

像往常一样伸手推门,门却没有开。原来已经锁上了。

"那么我在美术馆的一楼等你。你直接进来就行。"刚才鸣在电话里是这么说的。我则回应说:"现在立刻过去。"因此,就算美术馆不营业，她至少应该为我留着门啊……

我又使劲推了推门，还是没开。

或许因为我晚到了一会儿，她已经回楼上了？不可能……我暗自诧异，伸手去上衣兜里掏手机。其实用门铃对讲机也能联系她，但我还是决定打电话。

"嗯?"我不禁叫出声来，"啊呀!"

电话不见了。

我慌忙翻找着身上所有的兜，连背包里也翻遍了，却仍没发现手机的影子。

难道是落在哪里了？还是忘带了？难不成是刚才摔倒的时候弄丢了？

"糟糕，这下可麻烦了。"我一边嘟哝着，一边仍不死心地在背包里乱翻。

面前的大门忽然开了，接着是"哗啦"一声开锁的声音。

"哦。"我不禁一阵惊喜。是鸣，她就站在我面前，背对着室内明亮的灯光，像一道影子。

"小想，"她说，"谢谢你特地赶过来。"

"哦，没事。"

"快进来吧!"她招呼我进屋的时候，我发现她左眼戴着白色的眼罩。

13

走进美术馆，我才明白门上为什么贴着闭馆通知。

我来过好几次的这间大厅已经大变样。夸张一点儿说，已经被弄得乱七八糟。各处原本摆放着的陈列架已被挪走，架上陈列的玩偶也不见了踪影。环顾四周，只见大厅的角落里有一大堆东西，上面还用白布盖着，大概就是那些被下架的玩偶吧。

另一侧的角落里放着长梯，从天花板上还垂下了几根钢丝，看样子是准备把什么东西吊起来。

"雾果老师打算改造一楼的室内装潢，"鸣解释道，"从昨天开始找了熟识的装修公司来施工，可是又发现对方根本不可靠。雾果老师正烦心呢。"

看来的确不太可靠——原本放在门口那里的、天根婆婆常坐在后面的那张长条桌被挪到靠墙位置，桌面上和旁边的地板上乱七八糟地丢着各种工具和钢丝捆……

离重新开馆日七月八日还有三天。眼前的情景不由得让人担心改造是否能如期完成。

"抱歉，刚才把门锁上了，"鸣说，"本来是开着的，可风太大，不锁门就会被风吹得乱响。"

"哦，没关系，"我使劲摇了摇头，"风确实挺大，我刚才来的路上吃了不少苦头。"

"受伤了？"鸣问。她大概注意到我因为左膝盖疼痛偶尔龇牙咧嘴的表情，而且我的上衣也是泥水滴答的。

"骑车时摔了一跤，擦破了点儿皮……没什么大事。"说着，我逞强似的拍了拍膝盖，把脱下的雨披叠好放在脚边。

"真的没事？"

"完全没事。"

"本来明天找你也行，可……"

"'必须抓紧时间'是什么意思？"

她没回答，却引着我朝里面的沙发区走去。

蓝色衬衣，几乎与邻近黄昏时分室内的昏暗融为一体的黑色百褶短裙，左眼上的眼罩则是一尘不染的纯白色……

"为什么忽然急着今天见面？"我在沙发上斜身坐下，便立刻开门见山地问。

鸣避开我的视线，转过脸，沉默了一阵子才说："不知道怎么，就……"。

"不知道怎么，就……感到焦虑了？"我又问。

又是一阵沉默。

"我有一种不祥的预感……"

……

……

我觉得她似乎有所隐瞒。

她在隐瞒什么呢？而且她说话的方式也越来越不像那个熟悉的她。

我没有追问。既然她不想说，我也不想勉强。

我凝视着她左眼上的眼罩。在那之下，应该是那只"玩偶之眼"吧，镶嵌在她空荡荡眼窝里的"空洞的苍之眸"。

三年前的夏天，我就听说过它具有不可思议的力量。不仅如此，我也知道戴上它以后就能看见"不想看见的东西"，即"死亡之色"。至于具体是怎么看到的、死亡又是什么样的颜色，鸣从未提起过，我也没来得及详细追问，只听说贴近看的时候，会发现尸体是某种特殊的颜色。

所以……所以昨天一听到恒一的话，我就立刻想道：可以借助"玩偶之眼"的力量找出混在班里的那名"死者"。如果想为自己之前的迟钝辩解，这恐怕是唯一的借口了。

不过……

四月初我来美术馆见面的时候，鸣的左眼就戴着眼罩。现在想想，那不会是无缘无故的。

当时，她一定是想验证什么。得知今年将会是"发生年"之后，或许她想先用"玩偶之眼"验证一下，跑来告诉她这个消息的我，也就是作为初三（3）班成员之一的比良冢想，会不会就是那个"增加的人"，即"死者"。

我决定直接向她核实这一点。

"四月的时候，见崎学姐是不是对'玩偶之眼'的特殊力量还是很有信心的？"

"怎么说呢？"鸣有点儿底气不足，歪歪头说，"或许是吧。说不定直到那时，我对于三年前让'死者'回归'死'那件事的记忆还比较清楚，记忆的淡化和模糊还没开始吧。跟榊原通完电话，我越想越觉得是这样。"

"现在呢？现在怎么样？"

鸣默默地歪歪头，做了个深呼吸，随后坐正身子，解下了左眼的眼罩。"很久没戴过这只义眼了，昨晚久违地戴上试了下。"

"试？"

"看看能不能像从前那样，看到'死亡之色'？"

"怎么试？"

"在网上试，"鸣蹙着眉答道，"不是有那种专门显示尸体的网站嘛，我在网上找了找。"

"结果呢？"我急忙追问。

"能看到，"鸣吐了口气，"跟从前一样，又看到那种颜色，

'死亡之色'，根本不可能用颜料调出来的、世上绝无仅有的颜色。"

"哦……"

"现在我用这只眼睛看你，并没有看到'死亡之色'。所以你还活着，像三年前那样。"

"哦。"

我还活着。我不是"死者"。藏在心底深处、屡屡挥之不去的一抹疑虑顿时烟消云散。我相信鸣胜过世界上的任何人。

我放下心来，随即重新看向她的左眼。

鸣平静地眨了眨眼，迎着我的目光说："昨天跟你通完电话，"她再次做了个深呼吸，"我认真考虑了一下我到底该怎么做、做些什么。比如可以戴着这只'玩偶之眼'去你们学校，好好看看班里每个成员，我想这样大概是最可靠的。不过……"

"'必须抓紧时间'是指这件事？"

"对，"鸣点点头，"所以……"

14

"对了，小想。"我回想起一小时前在电话中与她的对话。

"你有没有照片之类的？"

"照片？"

"就是包含班级成员在内的照片。人越多越好，最好是班级的集体合影那种。"

"从照片上也能看到'死亡之色'？"我问。

"应该可以，"鸣仿佛在说给自己听，"虽然照片太小，可能会影响准确度，不过多少能看到一些。"

我于是立即想到了泉美房间里的那张照片，那是开学典礼当天神林老师给全班同学拍的集体照。

"有，"从鸣的口气里听出走投无路之后孤注一掷的意味，我似乎也受了影响，声音不知不觉坚定起来，"有一张全班的合影，除了两三个人之外，全班同学都在上面。"

"能让我现在就看看吗？"

"现在？"

"如果可以，越快越好。"

"好，我明白了。"

既然她如此急切，我立即拿定了主意，绝不能再犹豫了。

挂断电话，我立即跑去找泉美。我的突然造访让她吃惊，但我无暇顾及，简短地向她解释了一番事情的大概，又向她借用那张照片。

"现在？"她问我。

"对，立即要用。"我回答。

"那我跟你一起去。"

"不行。"我制止了她。然后独自冲进雨中，骑上自行车，来到了这里……

15

正像鸣之前所说的，每当狂风刮过，美术馆的大门就不时发出"咔哒咔哒"的声响。我进门后，鸣没有重新锁上门。而此刻相比我来时，风势已经减弱了不少，可想而知，之前的噪声必定更大、更嘈杂。

"你看看这个,"我打开背包,取出一个淡绿色透明文件夹。那张照片约五寸,为了避免折损,我把它放在文件夹里带来了。

鸣的神情带着些微妙,抿嘴一笑。我也兴奋地点点头,把照片连同文件夹一起递给她。在一片昏暗中,我紧张得全身的皮肤似乎都在发烧。

"那我就……"鸣答应着,接过文件夹,轻轻把照片抽出来放在桌上。随后微微躬下身,像是在窥视似的盯着照片。

一片寂静。两秒、三秒……鸣默然无声地看着照片,我则在一旁连大气也不敢出。大门仍不时"咔哒"作响。在噪声偶尔停歇的间隙里,我仿佛听见那些堆放在角落里的玩偶也在喊喊喳喳地耳语。

终于,鸣抬起头来,长吁了一口气。

"看到了吗?"我紧张地问,"照片里有……那个吗?"

鸣飞快地瞥了我一眼,没有答话,又转头看向照片。这次她用右手捂住了右眼,只用那只"玩偶之眼"盯着照片。

"有吗?"我又问了一遍。

鸣停了一会儿,慢慢点头。

"有……我看到了'死亡之色'。"她直勾勾地瞪着照片说。

我一下子从沙发上跳起来。

鸣又瞥了我一眼,似乎轻轻摇了摇头。她又吁了一口气才说道:"就是这个人。"

她松开捂在脸颊上的右手,用食指指着一个人,把照片朝我推了推。我使劲探过身去想看看她口中的"这个人"究竟是谁。

就在这时,门上挂着的铃铛忽然响了。我们抬头一看,大厅的门被推开了,有个人从外面冲进来。

"阿想!"她大声喊我的名字,"你真的在这儿啊,太好了!"

来不及收起湿淋淋的雨伞,她便朝我们这边跑来。我不由得从沙发上站起身来。只听那人大口大口地喘着粗气,显然是冒着大雨一路跑来的。

"你……"我正准备开口问她"你怎么会跑过来了",对方却先开了口。

"你把手机忘在我家了!"说着,她从白色雨衣的兜里掏出了挂着银色小狮子挂绳的那个东西。

"哦。"

"有人给你打电话了。不光打给你,还打到我这儿来了。"

"诶?"

"我猜你大概会来这儿,就赶紧追来。阿想,出大事了!"

"大事?"

"他们给你打电话就是要通知这件事!"她的表情十分呆滞,紧绷的嘴唇在不停颤抖,好像随时要哭出声来。

"真的出大事了!院子里那棵朴木倒了,正好砸中了爷爷的房间!"

"什么?!"

赤泽家老宅的后院,祖父浩宗所居住的那个小房间的窗外,那棵高大的朴木……

"爷爷受了重伤,好像有生命危险……这是小百合伯母刚刚告诉我的!"

难道是……

我在路上骑车摔倒时听见了救护车的警报声。难道那就是接到赤泽家的报警后出动的救护车?

"小想……"听见鸣在叫我,我慌忙回过头。她面色苍白,神情呆滞,与刚刚冲进来的泉美脸上的表情十分相似。

"小想,你听着。"

"啊,是。"

她原本指向桌上照片的右手食指慢慢地抬起,坚定地指向了前方,继而对准站在我们面前的她……

"明白了吗,小想?"鸣平静地说,"'死者'就是现在站在你面前的这个人。"

一瞬间,我呆若木鸡。空气中的氧气浓度似乎在极速下降,我几乎无法呼吸。

"我在她身上看到了'死亡之色'。"鸣仍然指着她,赤泽泉美,而且语气毫无变化,"无论是在照片上还是在这里。"

16

我既震惊又困惑。无论鸣如何解释,我都先入为主地认为不可置信,也绝不愿相信。

然而鸣毫不动摇。她那指向泉美的手指一动不动。

终于明白鸣在指向自己时,泉美"诶——"地惊叫起来,那声音分明在问:"怎么回事?!"看来她对眼前的状况也一头雾水。

"什么啊,你是什么意思?!"泉美的表情更呆滞了,嘴唇也绷得更紧了。看样子,就算明白了鸣的意思,对她来说也是绝对难以接受、完全出乎意料的。

"你在说什么……我怎么可能……"她长形的大眼睛颤抖着,

目光游移、飘忽，显出一副万般迷茫、不知该如何是好的样子。

泉美知道"玩偶之眼"有不可思议的力量。我去找她借照片的时候把今晚的打算告诉了她，所以……不，她连做梦也不会想到，特地赶来这里找我却被当成"死者"。她的震惊和困惑都是理所当然的，而且震惊和困惑的程度自然比我大得多。

"赤泽同学，"鸣又开口了，"你自己可能一点儿都感觉不到，可是今年'增加的人'就是你。"说罢，她终于放下了一直指向泉美的右手。

"我虽然不知道你究竟死于何年何月，但你确实是以前因'灾祸'而不幸遇害的某个'关联之人'。在'现象'的影响下，你在四月混入了今年的初三（3）班……现在作为一名与生者看上去毫无二致的'死者'站在这里。"鸣用一种全无抑扬顿挫、刻意抹去了感情色彩的声音说道。

"开玩笑！"泉美说着，似乎想笑出来，但脸上的表情丝毫也没松弛，"我才不是什么'死者'！看哪，我不是活得好好的吗？有呼吸、有心跳地活着！"

"被'现象'复活后的'死者'与生者没什么两样，会像正常人一样有呼吸、有体温，受伤后还会流血……这些，你大概也听说过吧？"

"今年三月以前的事，我也都记得很清楚呢！"

"那些不过是为了符合逻辑而被强行篡改的记忆罢了。"鸣冷冷地回答，仍是一副故意抹去了所有感情和情绪、面无表情的神态，显得十分冷酷。

泉美抿住了嘴，绝望地将目光投向我。

"喂，阿想，你倒是说句话呀……"

恰在此时，泉美特地送来给我的手机开始振动。我慌忙朝手机屏幕上瞥了一眼，显示的来电人是小百合伯母。

"喂！阿想呀！"

"是我。"

我刚接通电话，听筒里便传来小百合伯母急切的声音。

"泉美找到你了？"

"嗯，是……"

"不得了了！"不容我插嘴，小百合伯母又说，"爸爸，就是你爷爷他……"

"我刚听说，"我竭力保持着平静，"遭遇到事故，受伤了？"

"他……就在刚刚……"

"去世了？"

"送到医院的时候，医生就说已经没救了！"

我惊呆了，悚然握紧了手机，说了声："怎么会？！"

"不知为什么，那棵树忽然倒下来，好巧不巧就砸向了爷爷的房间，还砸烂了窗户，正好砸在躺着的爷爷头上……"

沙沙沙，手机里传出一阵杂音，似乎是在嘲弄我们。

嘎嘎嘎、嗞嗞嗞……又是一连串的杂音，淹没了伯母的声音，信号中断了。

"是小百合伯母打来的，"我兀自握着手机，对泉美说，"爷爷过世了。"

"……"

"这也是因为'灾祸'吧？"

祖父赤泽浩宗是我和泉美的二等亲。作为初三（3）班成员的"关联之人"，他在'灾祸'可能波及的范围内，所以……

343　第十一章　七月 I

就在此时，我忽然想到了另一件事。

祖父去世后，肯定会有很多人来参加他的守夜或葬礼。其中有很多是住在夜见山市以外的人，连远在德国、泉美的哥哥赤泽奏太说不定都会赶回来。那么，作为老爷子三儿子冬彦的前妻月穗也……

如果不加制止，这些远道而来的人有可能遭遇"灾祸"的危险。

这可不行啊！我在心中大喊。

不能再发生这种事了……

把手机放回上衣兜里，我来回扫视着鸣和泉美。

震惊、困惑、极度的混乱……泉美的心情全然外露：双眸中满是狼狈之色，嘴唇紧绷，拼命地摇着头，弱小而又坚强。

相反，鸣却始终面无表情，平静而又冷漠。她一边紧盯着泉美，一边一步步地走到我身旁。

"我看到了'死亡之色'。"她对着泉美重复了一遍刚才说过的话，"所以，赤泽，你在'死亡'的那一边。所以……"

"够了！"泉美忽然大喊，"突然说出这种话，你觉得能让人相信吗？突如其来说出这种话……喂，见崎学姐！阿想！"

在极度的混乱中，我下意识地喊出来："对，我也不信！"

但鸣的回答不一样。

"这不是相不相信的问题，"她的声音毫无感情，"你是'死者'，这是事实，信与不信都无法改变的事实。所以……"

所以……我扭头看向鸣。

所以，为了阻止"灾祸"继续蔓延，我们必须接受"死者"即泉美这个事实……

"阿想!"泉美对我喊,"你说点儿什么啊!我是你堂姐啊。我们从很早很早以前就很要好,比你搬到公寓来以前更早就很要好了……"

"嗯……"的确,我的记忆也是如此。然而不可否认的是,这些记忆有可能是被"现象"篡改过的。我们现在可能正身处于"现象"所制造的世界之中。

"咔哒——"

我又看了看泉美。

她脸上的混乱越发强烈了,还掺杂着几分愤怒。然而这种愤怒很可能是"胆怯"的另一种表现。我正想着,耳畔忽然响起了那句话。

——你这家伙就是泉美吗?

这句令人生疑,或者说令人困惑的低语来自祖父浩宗。

——你这家伙……

是前天晚上发生的事吧?我和泉美去老宅探望祖父时。

当时祖父望向泉美的眼神飘忽不定。而且,不知是不是我的错觉,还有些呆滞、浑浊。

——你怎么又……

对于前来探望自己的孙女,祖父的反应显得十分古怪……怎么看都有些不正常。当时我就有这种感觉,而且不止于此。

见到好久不见的孙女,当祖父的为什么会说出"你这家伙怎么也会在这里"之类的话?难道不是很过分吗?

但这确实是四月下旬泉美去老宅看望祖父时他对她说的话。

你这家伙怎么也会在这里？

祖父对泉美这么说，其中又会有什么含义呢……

终日卧床不起的祖父，认知能力正在衰退。或许正因为如此，"现象"所引发的记忆和记录的改变或篡改没有波及他，对他的精神没产生作用。

假如是这样……

你这家伙怎么也会在这里？

这就意味着，祖父只是单纯地感到困惑：为什么已经故去的孙女泉美现在又会出现在自己面前？

单凭这一点还不足以证明泉美就是'死者'。只要我们还处于这个记忆随时可能被改变、记录随时可以被修改的世界，寻找用来判断"真实"的证明就是不可能完成的任务。

"咔哒——"

诶？

怎么了？

那是什么？我刚刚好像……

"咔哒——"

"喂，阿想！"泉美的声音里充满了混乱、愤怒和胆怯。

我正准备无视那不存在的东西，却听见鸣在叫着我的名字。

"小想，"她平静地说，"你还记得榊原在电话里说过的、为了阻止'灾祸'蔓延必须做的事情吧?"

哦,我当然记得。我也明白。可是……

尽管如此,我还是没能立即对她的话作出反应。

我只感觉到我们身处其中的这个昏暗空间整个被冻结了,我的精神和肉体也被冻结了,动弹不得,也发不出一丁点儿声响……同时,不知为何,耳边似乎传来了不知名生物的悲鸣。各种尖利、高亢的悲鸣。虽然明知自己实际上并不曾听见也不可能会听见,但我总觉得那些悲鸣出自美术馆里的玩偶口中……

鸣朝我投来悲悯的一瞥,冷冷地深吸一口气……下一个瞬间,她已经付诸行动。

17

眨眼之间,鸣已冲到大门边靠墙放着的桌子旁,从满地散落的工具中捡起了一把锤子,哦,不,那是拔钉子用的钳子。

不会吧!难道她要用这个……

"见崎学姐……"我刚从干哑得像要冒烟的喉咙里挤出几个字,鸣已经右手举着钳子朝泉美扑去。

"啊——"泉美惊叫一声,似乎与我想象中玩偶们的悲鸣重叠了。

"你……你要干什么?!"

鸣的手挥下去。泉美拼命躲闪着,那把钳子从她的肩头掠过……在躲闪中失去了平衡,泉美一下子单腿跪在地上。

"不要啊……见崎学姐!"

"让'死者'回归'死'。"鸣冷冷地说。

"没有别的办法能阻止'灾祸'了吗?!"

"快住手!"泉美拼命喊道,"我……我明明什么都没做!"

"是的,你的确什么都没做。你只不过是'死者'罢了,可是已经有很多人死于这次的'灾祸'。如果再不加制止,还会有更多人……"

"那又不是我的错!"

"对,那不是你的错,"鸣握紧了钳子,"那也不是任何人的错,可'现象'的规则就是这样。所以……你明白了吧,赤泽?"说罢,她再次举起了右手。

泉美单膝跪在地上,双手朝斜上方抬起,似乎准备抵御鸣的再次攻击。

"住手,快住手!"这次是我在拼命大喊。

相信鸣的那只"眼",榊原学长曾这样对我说:"无论你发现真相有多么难以置信、多么出乎意料。"

可是……

"请你不要这样,这也太……"眼前的情景让我无论如何不能袖手旁观。

我到底在相信些什么?又应该相信些什么?什么才是最正确的选择?即使我心里明白,也无论如何不能……

鸣停下了手,朝我转过头来。像刚才一样,她朝我投来怜悯的一瞥。

趁这当口儿,泉美从地上站起来。还没等鸣反应过来,她已经猛地朝大门口跑去。

泉美推开大门,冲出美术馆。鸣追了上去。最后,我也跟在她们后面冲了出去。

18

外面的雨小了,来时的那一路狂风几乎停了。路上一个人影也没有。时间还不算晚,街道上却安静得吓人。

正在追逐泉美的鸣,以及正在追逐她俩的我。我强忍着左膝的疼痛,拼命朝前跑。不时有大颗雨点打在我脸上。不知不觉,风也似乎渐渐地猛了,耳边还传来阵阵遥远、沉闷的雷声。

我的脑子里仍是一片混乱。

主动出手解决问题的鸣,想要制止她的我。我究竟相信谁?又究竟应该相信谁?眼下什么才是正确的选择?我本该知道答案的……

——你听好,小想。

耳边似乎又响起了恒一的话。

——让"死者"回归"死"……不要犹豫,要立刻行动。

——相信她,然后……

也就是说,我还没有彻底相信,无论是对鸣还是对她那只"玩偶之眼"所拥有的神奇力量。抑或是我……

另一方面,从刚才开始,我似乎有一种奇怪的感觉。

是什么呢?

在正常的听力范围之外,我似乎能隐约感觉到一种低沉的回响。这感觉似曾相识,但无论我怎么拼命回忆,仍想不起来究竟在何时何地……

我快要追上鸣的时候，我们仨已经跑在一条沿着夜见山河防波堤而建的街道上。这条街道灯光稀疏，一片昏暗。

鸣身穿蓝色衬衣的背影就在我前方两三米处。而在她前方不远处，我又望见了身穿白色雨衣的泉美……

忽然，泉美似乎出了什么状况，不知是脚下一滑还是其他什么原因，她发出一声短促的惊呼，随即摔倒在地。

鸣放慢了脚步，由跑转为走，右手仍提着那把钳子，看来并没有放弃自己的目的。她是打算用那个把泉美……

"见崎学姐！"我条件反射似的喊起来，"不要啊！"

但她全然不理会，挥起右手朝泉美砸了下去。

"咚！"她原本是劈头砸向泉美的，却落空了，钳子重重地砸到了地面。

此时我终于赶上了她俩。刚才一击不中，鸣手里的钳子因为地面的反作用力而脱手了。她刚要去捡，我已经飞身冲过去，一脚把钳子踢开。

"小想，你……"鸣看着我，神情几近哀伤。

"又不是我的错！"泉美从地上爬起来，声嘶力竭地大喊，"我明明什么都没做……"

一阵风从河面上吹来。几乎就在同时，夜空中裂开一道闪电。这突如其来的闪光就像闪光灯。

"咔哒——"

让我有一种奇妙的感觉。

"咔哒——"

伴随着低沉、遥远的回响，我的脑海里突然浮现出某种景象，与眼前的一切毫无关系的景象……

门。

我看见了一扇门。

是飞井弗罗伊登公寓里某个房间的门,门上挂着的门牌是"E1",与我的房间同在五楼,正对着电梯的那个房间。

这里是……这个房间是……那时,我心头不是曾经泛起过这样的疑问吗?

这是……对,一定是我记忆里的碎片。而那时,应该是指四月初学校开学典礼那天早上。

桌子和椅子。

我看见了排列整齐的桌椅、空无一字的黑板,还有一根荧光灯管忽明忽灭。这是……

位于C号楼三层的初三(3)班教室。这……对了,这应该也是四月初的开学典礼刚结束的那天。

——不管怎样,大家都先坐下吧。

一名女生说。她口齿伶俐,嗓音明亮利落……听到这句话的时候,我心里不是曾经掠过一丝疑问吗?这是什么?说话的这个人是谁?

然而,那疑问立刻消失了。这到底是怎么回事?那种说不出哪里有些不对劲的感觉……

"咔哒——"

啊……为什么?

为什么我会看到这些景象?

为什么我会保留这些回忆?……

泉美正看着我。一路跑来,她的头发都被雨水打湿了,雨衣上也溅满了泥水。

"不……不是我的错。"她的声音似乎比刚才虚弱了不少,表情也似乎产生了某种微妙的变化。

难道是……我忽然想到了什么。

或许只是我的胡乱猜测,但既然刚才那道闪电能让我产生奇妙的幻觉,说不定也对她造成了精神上的刺激?

我朝泉美迈出一步,正要开口,却见她缓缓摇了摇头,又说了一句:"不是我的错。"那声音比刚才更虚弱了。说完,她又沿着防波堤开始奔跑。

我横下心,对正要去追赶泉美的鸣说:"刚才没能及时采取行动,我很抱歉。不过,见崎学姐,就交给我吧……"

鸣不解地看看我:"小想,你……"

"我最后确认一次。你真的在她,赤泽泉美身上看见了'死亡之色'?不会有错吧?她就是'死者'?"

"对,没错。"

"那么……"我使劲点点头,"剩下的事,就让我来完成吧。我会追上她的,然后就……反正我知道该怎么做。所以,学姐你就不用再……"

19

我在沿着防波堤的街道上一路狂奔,追赶泉美。途中,天空中又不时划过了几道闪电。而每当闪电出现,我脑海里就时隐时现地闪出了各种画面,都是与四月以来种种经历有关的片段。这些片段唯一的共同点是：都与泉美有关……

比如……五月初，我在第二图书馆与千曳先生交谈的时候，泉美和矢木泽也跑来跟千曳先生打招呼。当时千曳先生对泉美的态度就让我有一瞬间觉得有些不对劲。

再比如……六月初，我从医院回家的路上顺道去了"玩偶美术馆"，在地下展厅与鸣谈话的时候，泉美在外面偶然看见了，便一路跟随而来，在美术馆初次与鸣见了面。那个时候鸣的反应，我还记得，当时我也在一瞬间有种莫名的异常感。

这到底都是怎么回事呢？无论是逻辑结构还是事情的缘由都难以厘清。每一段零星的记忆都模糊难辨，但……

我似乎已经看见了整体轮廓，而且越来越清晰。

眼下我们所身处的这个世界似乎被一个坚固而又柔软的伪装外壳包裹着。外壳上布满了无数细小的孔洞，壳子外面那真实世界的种种，像光一样从这些孔洞里透进来，在我脑海里投射出各种景象。

换一种说法，事情应该是这样的：

我们所在的这个世界是在被"现象"篡改的记忆和记录的基础上为了强行符合逻辑而重新建构的产物。出现在我脑海中的那些片段则是这个匆忙建构的新世界里来不及补上的漏洞……

至此，我终于接受了这个残酷的事实：今年的"死者"就是赤泽泉美。

我也终于追上了她，就在她准备上桥跑去夜见山河对岸的时候。对，就是那座桥，伊札那桥。

她在桥上站住了，两手扶住膝盖弯下身去，肩膀和后背都在剧烈地起伏，看来疲惫不堪，随时有可能倒下。

觉察到我的身影,她慢慢地站直了身子。

"转过头来,"我说,"看着我。"

此刻,雨又大了。桥上的风也加倍猛烈了。桥下的夜见山河也因降雨而水量暴增,水流越发湍急。

在大自然的一片喧嚣中,泉美或许没听到我在说什么。

头上又是一道闪电,在一刹那的白光中……

"咔哒——"

我脑海里出现了新的画面。

"咔哒——"

飞井公寓的 E 座 1 号房。隔音房里摆着那架三角钢琴,我看见了坐在琴凳上舒展双臂敲击琴键的泉美的身影。

是六月底的那个时候,为了悼念逝去的人,那天晚上她弹起了贝多芬的《月光曲》。

听她演奏时,我背对窗帘站着,当时忽然闻到一丝恶臭……之后又产生了某种幻觉,仿佛正身处于长期无人居住的荒屋。那个时候,那种异样感。然后……

——有个键坏掉了。

泉美弹至一半便停了手。

——音调也乱七八糟的。

弹不响的琴键、走调的钢琴……它们都意味着……

泉美仰起了脸。

看到她此刻的表情,我忽然想:难道……

难道她也在看着我脑海里的那些画面?难道她会因此……

被雨水和泪水打湿的泉美的脸。那超越了混乱、愤怒和胆怯的神情。啊……我总觉得这是……

"小想。"背后有人在叫我。是鸣。虽然我信誓旦旦地对她说"剩下的事由我来处理",但她还是不放心地追了过来。

"小想,"她又叫了我一声,"不要犹豫,不要怀疑。抛开困惑,要相信,要行动……"

嗯,我明白。

我已经确信无疑。

我朝泉美又迈了一步。她也觉察到了,却仍呆在原地不动。

我又朝前迈了一步。

泉美把一只手搭在桥栏杆上,转过身体。我刚觉察到她正背对着桥的外侧,也就是夜见山河的下游方向时,见她又缓缓地把手从栏杆上抽了回来。

我继续朝她靠近,双手举过胸口的高度,心中已经计划好了下一步的行动。

走过去,靠近她,然后把她推下桥……

眼前的夜见山河里激流滚滚,无论是什么样的游泳高手,一旦落水,都不可能生还……

不知泉美是否看穿了我的意图,只是站在那里,一动不动,像在等待着我的靠近。

背靠着桥栏杆,迎面看清我脸庞的一刹那,泉美似乎突然破涕为笑,像是要诉说些什么,她的嘴唇微微翕动着。但还没等她吐出文字……

我伸出双手,猛地朝她的双肩推去!

然而……

就在我的双手触碰到她之前,她的身子忽然向后翻倒,整个人顺势朝外飞出去,立即坠入了桥下的夜见山河之中。

我愕然地冲上前,扶着桥栏杆俯身朝河里看去。鸣也赶了过来。泉美的身体已经被滚滚激流吞没了……

"咔哒——"

在我们的世界之外,不知是谁又按下了快门。"黑色闪光灯"亮起,把我们笼罩在了刹那的黑暗之中。

*

七月五日周四晚,以此时此刻为界。

除了与她的"死"有直接关系的我和见崎鸣,自今年四月以来一直作为夜见山北中学初三(3)班成员的赤泽泉美,将从所有人的记忆中消失。

第三部

M.M.

插曲 Ⅳ

听说今年的"灾祸"结束了?

真的?

传闻是这么说的。

说是结束了……可"对策"不是都失败了吗? 就在这个月,比良冢的爷爷因为事故去世了。那也是"灾祸"引起的吧?

嗯。他是最后一个受害者。今年不会再有坏事发生了——据说已经停下来了。

真的? 怎么可能……

有人说,大概是因为**"死者"已经离开了**。

"死者"? 也就是混进班里的那个"增加的人"?

嗯。

怎么发现多出来一个人?

看教室里课桌椅的数量吧。

课桌椅的数量……

之前不是多出来一套嘛。人家一说,我才反应过来,的确如此啊。

是吗?

五月死了的继永、六月死了的幸田,还有正在住院的牧濑,再加上一直缺席的叶住。这么算下来,班里应该有四个空位吧?

嗯。

可是现在除了那四个空位之外又多出来一个。

那是谁的位子?

不知道啊。除了牧濑和叶住之外,就没人缺席了,可还是多出来一个空位。以前从没发生过这种事,你说奇怪吧?

……

所以说,那肯定是**"增加的人"即"死者"的座位**。因为那家伙死了,所以四月特地增加的桌椅忽然富余了。

……

既然"死者"不存在了,那么"现象"也结束了,是吧?然后"灾祸"也……

真是这样?

真是这样就太好了。对策小组的人,还有老师们,他们现在都还在商量呢。

*

"灾祸"已经过去了。大家再也不用担心了。

真的?

一条"对策"都没能起到作用,我……

不是跟你说了吗?没事了。

可为什么忽然没事了呢?我问过班里的人,大家都不知道。

过不了多久,就会有人出来通知大家的。

……

所以不用再害怕了。不用老是战战兢兢的。

可是,我……

持续了这么长时间,也难怪大家害怕。

我还是有点儿不放心哪。倒不是真想明白了，怎么说呢？只是一种感觉。

什么感觉？

感觉我一直待在这里，而这里的时间也一直是停止的。然后，我也……我这个存在本身也一直静止着，就像被冻结在这里，永远动弹不得……

你怎么会有这种感觉？

也不是完全静止，而是始终在原地打转的那种感觉。永远在做无用功、永远被困在这里……

你的心情我能理解，不过没关系，时间还在正常运转，不停地向前。你根本没有留在原地。

可是……可是，万一我一直这样……

……

对不起，我又在说丧气话了。

发点儿牢骚又有什么关系呢？不用硬撑着。你一定会没事的。

谢谢你。

我会再来的。

嗯，谢谢。

第十二章 七月 Ⅱ

1

梅雨季结束,真正的夏天终于来了。

七月二十六日。

漫长的一学期结束了,放暑假的第三天下午,我完成了第二次搬家。这次也是按照上一次搬家的法子,把东西一点点从飞井公寓的 E9 房间搬回了赤泽家老宅。

从四月算起,我在那边只住了不到四个月,所以几乎没有新添个人物品。因此我决定不请搬家公司,自己动手。不过,只靠我一个人搬,多少还是有点儿吃力,幸亏矢木泽这家伙来帮忙。

我原本在赤泽家老宅里的那间书房兼卧室如今焕然一新,从壁纸到地板都簇新锃亮。把最后一个箱子搬进来之后,我和矢木泽大大地松了口气,跑出房间,去开着空调的客厅里休息。

小百合伯母端来冰镇汽水犒劳我们。

"哎呀,你们俩辛苦了!矢木泽同学帮着忙活了好几天,一定累坏了吧?真是太谢谢你了。"

"哈哈,没什么,我一点儿都不累,"矢木泽扯住裹在头上的白毛巾的两角,挺着胸脯说,"那我就不客气啦!"

"家里还有冰淇淋,要不要吃?"

"啊呀,那可太好了!"

"哦,等等,今天难得你们俩都在,我干脆做些甜品杯给你们尝尝吧！"

按本月初的计划，到学校放暑假时，老宅的改建工程就能完工，我也会从公寓搬回来。然而五日那天晚上，祖父不幸身亡的事故拖长了工期。被砸坏的祖父的房间需要修缮，庭院也需要修整。

春彦伯父和小百合伯母夫妻俩特地让我等到所有工程都完工再搬回去。另一方面，公寓那边的夏彦伯父和茧子伯母也说："只要阿想愿意，在这边住多久都行。"对此，我自然心存感激，可是心里总有个念头越来越强烈，觉得自己再也不能在这里待下去了。于是我小小任性了一次，还是按原计划搬了回来。

只要还待在飞井公寓的那个房间里，我就会无时无刻不想到泉美，那个在"现在"这个世界里并不存在的少女。而且，我并不单单只想到她。不知为什么，我总感觉自己好像被困在那个理应不存在之物的幻影中，并由着它任意摆布。这种感觉既让人悲伤，又让人恐惧……我必须尽快逃离。

一口气喝光了汽水，我走回自己的房间，从刚搬来的行李中找出了书包。

"你看下这个。"说着，我从书包里拿出一样东西放到矢木泽面前。那是一本相册，里面是刚从一只胶卷里冲洗出来的照片。

"嗯？"矢木泽歪着头看了看，"哦，是之前拍的照片啊。"他咕哝着，抓了抓下巴上的胡须。

相册里是这个月四日放学后我们在校园中庭的莲花池前拍的那些照片。因为后来发生了许多状况，一直忘了冲洗，直到前天我才想起来，总算去冲洗出来了。

当初提议拍"纪念照"的是矢木泽。

翻开相册，前几页是矢木泽与我的合影、我与泉美的合影，然后是我们各自的单人照，最后是拜托神林老师给我们仨拍的合影。然而……

"哦，这是那会儿咱俩拍的纪念照。嗯，靠荷花池那边的手腕没拍进去啊。"矢木泽一面翻看相册，一面极其自然地评论着。

"咱俩的合影好像是请神林老师帮忙拍的吧？"

嘿，果然……

跟我预想中的反应完全一样。我有些难以承受地摇了摇头。

也就是说，矢木泽完全看不见照片里的泉美。在他眼中，照片里只有我和他。不仅如此，在他的记忆里，那天跟他一起拍照的不是三个人，而是只有我俩。随着"增加的人"即泉美的消失，与她有关的一切都被合乎逻辑地修改了。

"你怎么了，阿想？"矢木泽诧异地望着我。

"你为什么……啊，该不会又是因为那个吧？这些照片里该不会也有那个她，就是你那个名叫赤泽泉美的堂姐吧？"

"嗯，"我叹了口气说，"你小子，反应还挺快。"

"嗨，一般般。"

"其实你心里大概也有数？"

"嗯。这么说，你能看见她？她在照片上？"

"嗯。"

我起身换了个位置，与矢木泽并肩而坐，取过相册翻开。

"一开始这些我俩的合影都是她拍的，然后是你给我俩拍的合影……你大概看不见她吧？"

"对，我只能看见你一个人。"矢木泽的眼睛在圆眼镜后面使劲眨了眨，若有所思地"嗯"了一声。

"你这么一说，我才发现，这些照片的构图看起来都挺奇怪。你看这张，你的左边留的空白也太大了吧？"

"空白的那部分就是她。"我也把自己看到的情形说给他听。"请神林老师帮忙拍的只有最后这几张，都是我们三个人的合影。泉美站在中间，你和我分别站在她两边。在这张照片上，你也看不见她吧？"

"我只能看见咱们俩……不过，咱俩之间离得也太远了，怎么看都挺奇怪的。前面还有一张没人的照片，上面也是她？"

"嗯。"

"是嘛，原来是这样啊！"矢木泽点点头，又怀疑地望着我，"喂，你真的能看见她？"

照片里的泉美身穿校服，开心地笑着站在我和矢木泽之间。她真的很开心吗？又有多开心呢？我根本无从得知。但在那个时刻，她自己还不知道，在照完相的第二天晚上，她就会发现自己才是"死者"……

"能，现在还看得到，"说着，我放下了相册，"那天晚上我就在现场，肯定是因为这个。"

对，我现在还能看见泉美。不过总有一天，我会看不到她的身影吧。

"哦……"满脸疑惑的矢木泽嘟哝着摘下了眼镜，又解下围在头上的毛巾，吭哧吭哧地擦着脸，"所以说啊，不管你怎么解释，我就是体会不到。倒不是说我不相信你，怎么说呢？就像是以前那些狐仙的故事似的。"

我早就把整件事的实情都告诉了矢木泽。

不管是从榊原恒一的来电中得知的阻止"灾祸"的办法还是

见崎鸣那只"玩偶之眼"所具有的神奇力量,以及她运用这种力量发现泉美就是"死者",等等,我都告诉了他。

不过,关于五日那晚泉美的"消失",我只泛泛地说,她发现自己是"死者"之后陷入了精神错乱,从伊札那桥上跳进了河里……至于她为什么会走到这一步,我既不想多说,也觉得不该多说。

好在矢木泽没有继续追问。"增加的人"消失后,他的记忆被修改了,所以在他看来,无论我怎么解释,他都缺乏切身体会,脑子里甚至连所谓真实记忆的一点点残片也没有。

"让你们久等了,快来尝尝吧!"小百合伯母端来了亲手制作的甜品杯,豪华程度堪与甜品店里的成品相媲美。她的目光顺便扫过了桌上放着的相册。

"啊呀,是照片吗?"她看到了打开着的相册的最后一页,"都是最近在学校拍的?"

自然,她跟矢木泽一样,在照片上只能看见我俩,丝毫察觉不到泉美的存在。看来就是这样,这就合乎逻辑了。

在伯母的记忆里,赤泽泉美是那个"三年前不幸身亡的可怜的侄女"。

2

七月五日夜,泉美消失在夜见山河滚滚浊浪中……

最初让我确信赤泽泉美这个人已经从"现在"的世界里消失了,是在给小百合伯母打电话的时候。

当时她和春彦伯父都在祖父被送去抢救的那家医院里。我不知自己该做些什么，于是给她打了个电话。

"你还是先回公寓那边吧，时间太晚了，天气也不好。"她很亲切地对我说，听上去似乎放了心，"茧子伯母他们一会儿也要过来，你就别操心了。明天，我们打算把爷爷搬回家里。"

听到这里，我忽然脱口而出："伯母，泉美她……"说着，我又住了口。

我没办法把所有的事情都告诉她。而且就算说了，对方很可能完全不知我在说些什么。这些我都明白。但尽管如此，我还是克制不住想谈论泉美的冲动。然而……

"泉……美？"听筒里传来小百合伯母差异而又困惑的声音，然后是短暂的沉默。伯母大概正在思量该怎么回答我。

"泉美去世的时候，小想你还住在绯波町那边吧？你们明明是堂姐弟，懂事后却一直没能见面……"她的声调有些变了，似乎在静静地、悲伤地摇晃着身子。

"那孩子是在三年前的夏天走的，之后你才搬过来……爷爷好像很开心呢。唉，老人家都喜欢身边有几个孙辈……"

次日，即七月六日，祖父的遗体被送回了赤泽家老宅，临时安置在刚从榻榻米改造成地板房的十叠间里。我在那里看到了他死后的容颜。生前的那些不满和怨恨都荡然无存，此刻他的表情宁静、安详，正像人们常说的"安息"。我好像并不十分悲伤，反而不知怎么地感到头脑发木，陷入了一种不可思议的心情。

夏彦伯父和茧子伯母也到老宅来了，大概是要商议有关守夜和葬礼日期之类的事。另外，春彦伯父夫妻俩还得处埋事故的一连串善后事宜。没有一个人觉察到泉美的消失。对他们来说，泉美是那个"三年前不幸离世的孩子"。这种反应或许也证明我们已经成功地让"死者"回归"死"了。

在十叠间外面的走廊上,我发现了小猫黑助。它似乎也觉察到家中发生了不寻常的事,不安地在走廊上跑来跑去。偶尔还会停下脚步,发出几声细弱而又悠长的叫声。

看到黑助,我忽然想到一件事。

那是在三日的晚上,我和泉美一起去探望祖父的时候。黑助曾经把泉美的手抓出了血。我当时还觉得很奇怪,它明明跟泉美一向亲昵,为什么会突如其来地抓伤她?

那是因为……如今我才终于明白。我放任自己的思绪。

在我搬来的好几年之前,黑助已经住在这个家里了。住在隔壁的泉美自黑助还是只小猫的时候就和它十分亲昵,黑助当然也很黏她。然而,泉美三年前过世了。

到了今年春天,她再次出现在家里。虽然时隔三年,可黑助依然记得她,像从前一样跑过来亲近她。

难道是黑助悄悄地发现了什么?眼前的这个泉美有点儿奇怪,跟从前不一样。

猫咪拥有人类所不具备的特殊感知能力吗?不可能。那么,会不会是因为"现象"修改记忆的对象仅限于人类,不会波及动物?所以黑助才……

"喵——"黑助叫了一声,跑到我的脚边。我蹲下身子,轻轻抚摸它的背。它却忽然像吓了一跳似的,仰头看着我,像是在问:怎么了?发生什么事了?

3

"三年前,赤泽是我在初三(3)班的同学。"从见崎鸣口中听到这句话，已经是次日的七月七日，即周六的下午。

"那时她也是应对小组的成员之一。五月，樱木同学出事后，她还接任了女生班长……"

这次我们是在鸣的家里见面。为了躲开美术馆里的施工，她让我去了三楼的家中。在这间我曾来过多次、一如既往缺乏生活气息的宽大起居室里，我和鸣隔着一张玻璃桌面的矮桌相向而坐。

"自从前天晚上赤泽从桥上坠入河中，我原本的记忆开始发生了变化。在那之前，我的记忆好像总是被包裹在一团迷雾里，而我却连那团浓雾的存在好像都意识不到……最近，我开始感觉到那团迷雾开始逐渐飘散，隐藏在其中的很多东西也慢慢显现出来。"鸣穿着件短袖的白衬衣，跟之前不同，她今天没戴那只"玩偶之眼"，自然也不再需要戴眼罩了。

"睡了一觉起来，大部分事情都还记得，而且觉得那些都是再自然不过的往事，完全没有异样感。虽然不是很确定，但三年前那名'死者'消失后，我的感觉好像也是这样。"鸣盯着桌面上方的某一个点，平静地说。

"你呢？你怎么样？"

"我也是，"我慢慢点了点头，朝鸣注视的那个位置看大，"三年前我刚搬来赤泽家的时候，听说前一个月刚刚有一个堂姐过世了，比我大三岁，名叫泉美，是夜见北初三（3）班的学生。你之前也曾经跟我谈到过她吧？"

"嗯，是她在八月的班级夏令营时死亡的那件事吧？她也是那年'灾祸'的被害者之一。"

"对。可是从今年四月开始，关于她的那段记忆就……"

"彻底消失了，或者说，被篡改了。不光是我俩，所有跟她有关联的人的记忆都改变了。"

"相关的记录也一样。从班级名录到照片，都被符合逻辑地修改成另一种'事实'，变成'赤泽泉美是今年刚升入初三（3）班的学生'"。

"然后大家的记忆也都接受了。"

"正是这样。"我的脑海里闪出了几个画面。直到几天前还不存在的那些记忆，如今却历历在目。

比如……四月九日，开学典礼那天早上。

当时我走出房门，正要去乘电梯，却一眼望见电梯对面E座1号房的房门。

这个房间是怎么回事？当时我心头曾掠过一丝疑惑，甚至短暂地产生了混乱感……然而我立刻释然了，记忆立刻与"哦，对了，这是和我同岁的堂姐赤泽泉美独自居住的地方"这个"伪造的事实"同步了。

就在那天早上，泉美以混入初三（3）班的"增加的人"的身份"出现"了。直到前一天晚上，她在这个世界上还不存在，E座1号房里也空无一人。

之后，还是在同一天，开学典礼结束后，我听见她在教室里说"总之，请大家先回到位子上"的时候，也曾感到过一丝疑惑："那个声音是谁的？"但随后我也立刻释然了，接受了"哦，原来是她"这个刚刚被修改过的"事实"。

其实那应该是我第一次见到她，然而当时的我却默认了"这个女生是应对小组的成员赤泽泉美"。她在三月的时候还不存在，当然不可能去参加应对小组的讨论会。"现象"对我记忆的修改居然能回溯到那么早之前……

同样的事也发生在那天在那间教室里的所有人身上。

"现在回头想想，"我自言自语地说，"有好几次，我都感到似乎有点儿奇怪，却很快忽略了"。

"比如？"

"比如……"听鸣追问，我顿了顿又说，"泉美加入戏剧小组的时候曾经说过，上了初三以后就要给新来的后辈让路什么的，可是叶住……"

"就是担任第二个'不存在的人'的那个女生？"

"嗯。她直到初二，一直都是戏剧小组的，不过据说已经退出了。既然她俩都曾经是戏剧小组的成员，应该认识对方，可是……"

——我是头一回跟她讲话。

第一学期刚开始的时候，泉美不是曾经这么说起过叶住吗？而且在那之后，她又说过类似的话。

——我跟叶住又不是上了初三才认识的……

为什么当时我听了这些没觉出不对劲？大概是某种力量操纵着我，让我根本察觉不到。

"另外，还有件事我还想跟学姐确认一下，"我接着说，"就是上次在美术馆的地下展厅，你第一次见到泉美的时候，还记得吗？我从医院回家顺便路过这里，她一路尾随我过来那次……"

"嗯，"鸣闭上眼想了想，又点点头，"那会儿是六月初？"

"当时你一直盯着她看，还念叨着她的名字，像是想起了什么重要的事。这些我都看见了。实际情况究竟是怎样？你有没有想起她来？"

"这事我还记得。现在我当然想起来了。"鸣睁开了眼，"当时看到赤泽的面孔，我就有一种似曾相识的感觉，但只是极短的一瞬间。随后我想，大概是自己的错觉吧……"

果然如此，那声低沉的闷响发生在一瞬间。我恍然大悟。

那个时候泉美也在凝视着鸣，脸上露出了又是惊讶又是困惑的神情。那么……泉美也产生了跟鸣同样的感觉？或许在被"现象"复活的"死者"心中仍然保存着自己生前的记忆，完全不顾眼前这个"现实"已经被篡改了？这种猜测让我觉得非常不可思议，或者说，令人心烦意乱。

"三年前你们俩同班的时候，"我继续问道，"见崎学姐跟赤泽的关系……呃，你们俩算是朋友吗？她是个什么样的人？"

鸣有些困惑地歪着头，沉默着。

我以为自己问了个傻问题，正在暗自懊悔……

"我这个人没有朋友。"她的口气仍像平日一样淡淡的。不知是不是我的心理作用，我似乎看到她的唇边露出一抹又是落寞、又是哀伤的微笑。

"所以，我不了解她是个什么样的人。"

"哦……"

"不过，小想……"

"嗯？"

"就算'现象'能重构一个人的记忆，也不能改变那个人原本的性格和其他东西，"说着，她抬头直视着我，"所以我觉得，在最近这三个月里你所接触的赤泽泉美就是生前的那个她。"

4

祖父浩宗的守灵夜定在八月八日周日。葬礼则安排在次日的八月九日周一。这是伯父伯母们那天商议后决定的,详细情况不得而知。不过我因此有了一整天的空闲时间,于是不顾三七二十一,再次联系了鸣。

作为世界上仅有的洞悉眼前这个世界的"真相"的两个人之一,我很想去跟另一位伙伴谈谈,再次确认一下自己所处的这个"现实"。同时也想问问她,今后自己该采取什么样的行动。

赤泽泉美消失的那个风暴之夜已经过去了两天,天也彻底放晴了。今天一大早就晴空万里,没有一丝云彩。然而在我内心深处,那场猛烈的风暴仍在不时地上演着。

"月穗阿姨来参加你爷爷的守灵和葬礼吗?"鸣问。

"呃……"我不知该如何作答,"没收到她的消息,我也没联系她。"

"伯母她们应该通知她了吧?"

"也许吧。不过,我什么也没……"

——不要来夜见山!

——绝对不要来!

我又想起六月底她最后一次打来电话时自己说过的那些话。

——我不想看见你!不想见面也不想听到你的声音!

——我讨厌你!

我并不后悔当时说过这些话。就算因此而彻底切断了与她的牵绊,我也不在乎。我是真的这么想。

相比关心她现在如何如何,此刻更让我揪心的是已经从这个世界上消失了的泉美。

这个与我同岁的堂姐,因她的消失而恢复了本来面目的眼前这个"世界",反而让我产生了某种深深的失落感……

"今年的'灾祸'确实已经结束了吧?"我又一次问,"我爷爷是最后一个受害者。今后不会再……"

"对,"鸣轻轻地,却坚定地点点头,"我们已经不需要再担心了。"

"赤泽家伯父伯母们的记忆也恢复成从前的样子了,好像根本不记得今年发生过的一切跟泉美有关的事。还有昨天打电话来安慰我的矢木泽和神林老师,他们好像也什么都不记得了。"

"现在,全世界同时记得泉美在三年前和今年这两段经历的人只有我俩。"

"是啊。"

"这是一种残酷的特权,只有亲身参与'死者'消失过程的人才能享有的特权。"

"残酷的特权……"

"不过我俩迟早也会都忘记。或早或晚,总有一天会彻底想不起来了。"鸣陷在沙发里发出一声叹息。她的视线又滞留在空气中的某一处,像是在凝望着现在与过去相联的那道时间裂缝。

又是一阵沉默过后,我再次开口问道:"嗯……关于'灾祸'已经停止了这件事,该怎么告诉班里的人呢?"

我从几天前就在纠结这个问题,对特地打电话来安慰的矢木泽也守口如瓶。

"要不,在开班会的时候公开宣布一下?就是不知道大家会不会相信。"

我不打算把鸣那只"玩偶之眼"的神奇力量以及当晚事情的来龙去脉从头到尾地告诉别人。我自己在主观意愿上也压根儿不想谈，一想到该如何向所有人解释这件事，我就有点儿不知所措。

"我觉得不必特意采取什么行动，"鸣用右手的食指敲着太阳穴，淡淡地说，"先放一放，反正大家最后会明白的。只要八月不再出事，大家自然而然也就明白了。"

"话是这么说，可是……"

"可是？"

"你想想大家的心情啊。就要放暑假了，如果不知道'灾祸'已经结束，大家的日子该有多难熬？我希望所有人都能开开心心地迎接暑假。"

"这样啊……"鸣收起右手，咕哝了一句，"所有人？"沉默片刻，她把视线转向我，"小想，你原来是个很细心体贴的人。"

"不，不，我只是……"

"反正不会再出事了，所以随便你吧。顺其自然也行，按你想做的去做也行。"

由我自己决定……明白了。我默默地点点头。

"啊哟，小想来了啊！"门口有人忽然说了一声。

我立刻听出了那个声音，是雾果老师。

"听说赤泽家最近很不顺利呢，你爷爷去世了？"我刚站起身，雾果老师便走了进来，担忧地皱着眉，"这种日子，你跑出来没关系吗？"

"守灵夜定在明天。我待在家里也无事可做。"

"说得也是……哦，对了，你放在楼下的自行车，我让人把车链子修好了。"

"哦，那太谢谢您了。"

自从搬来夜见山市，我在鸣家见过雾果老师好几次。然而，她给我的印象和当初在绯波町见崎家的别墅里见过的那个人判若两人。虽然她比我母亲月穗年长好几岁，面相却年轻得多，只有这一点倒是没什么变化。只不过，在别墅时，人们都把她看作"见崎鸿太郎的夫人"，而在这里，大多数时间她都是那个"玩偶艺术家雾果老师"。

现在，她整天都关在二楼的工作室里埋头制作玩偶，日常穿着也主要以朴素的衬衫和牛仔裤为主，时常会用发带束起头发。今天也是如此。

"好几个月没见到你了，时常听小鸣说起你。"再见面时，雾果老师还是这么亲切、稳重，带着一丝体谅。

比良冢家和见崎家是世交。关于我离开比良冢家的前因后果，雾果老师肯定心知肚明……哦，或许正因为如此，她才对我加倍体谅、关爱。

"没事的话，吃完饭再回去吧。我来叫外卖。"

"哦，不用了。那也……"

"别客气。"

"不，不，您真的不用费心了。"我一边跟雾果老师寒暄着，一边用余光扫了一眼鸣。她正抱着双膝窝在沙发里默默不语，时而百无聊赖地仰头看着天花板，时而呆呆地望向挂着白色卷帘的窗外。

"那个……雾果老师，"我忽然想起一件事，"您最近身体不太好吗？"

"诶？"雾果老师诧异地看着我，"为什么这么说？"

"嗯，那什么……我在市立医院见过您。"

"医院?"

"嗯,所以我……"

"咚——"有个声音响起来。

鸣从沙发上站起身,朝雾果老师叫了声"妈——",像是故意要打断我的话。

怎么回事?她为什么突然打断我?

"小想差不多该走了,"她朝雾果老师走过去,"他刚才说,既然来了,走之前想顺便参观一下玩偶。哪怕只是看看地下展厅里那些也行……对吧,小想?"说着,她又把视线投向我,眼神分明在告诫我"照我说的做"。

我只好压下内心的诧异点点头。

"哎呀,是吗?"雾果老师不解地皱了皱眉。

"是。"我赶忙答应了一句。

雾果老师脸上又显出了微笑。"小想一直很喜欢玩偶呢,我真高兴。"

"可以去参观下吗?"

"当然。不过,一楼还有工人在施工,只要别妨碍到他们干活就行。"

5

月穗终究没来参加祖父的守灵和葬礼。

不知道我那句"不要再来夜见山了"对她产生了多大影响。另外,自从她的第一任丈夫赤泽冬彦去世后,她就离开了赤泽家。再婚嫁给比良冢先生后,她就算是对方家族里的人了。再加上与祖父浩宗的关系原本就不太融洽，所以她缺席并不过分。幸运的是，就算赤泽家有些人对此说三道四，至少我一句没听见。

葬礼上，我作为赤泽家的孙辈坐在亲属席一角，身上穿着学校的制服，胳膊上戴着孝带。

祭奠死者的仪式在肃穆地进行着，我也不由得满心悲伤。我一遍遍地问自己，究竟为什么会如此悲伤？又是什么事最让自己感到悲伤？却总没有答案。葬礼结束后，我也跟着灵车一起去了火葬场，忽地又想起幸田一家的悲惨遭遇，更觉得悲从中来，胸中阵阵作痛。

小百合伯母夫妻俩有两个女儿。住在冲绳的二女儿（名叫小绿，婚后改姓朱川）在守灵夜那天赶了回来，住在纽约的长女小光却没有回国的打算。

葬礼次日，茧子伯母的儿子，也就是泉美的哥哥奏太从德国回来了。经茧子伯母介绍，我在当天晚上头一次见到了他。

"你来夜见山的时候我已经出国了。以前，当你还是个小婴儿的时候，我或许见过你……无所谓了，这次就算头一回的正式见面吧。"奏太中等个头，身材消瘦，头发略带棕色。他皮肤光滑，面色白皙，戴着副看上去很昂贵的无边眼镜，一副文质彬彬的知识分子派头。他的性格与泉美大相径庭，说话不像她那么直来直去，而是语速和缓，似乎说每一句话之前都会字斟句酌一番。

"你的事，我大致从我妈妈那儿听说了。好像家里发生了不少挺棘手的事情。不过，别人一个劲儿地对你表示同情，是不是反而让你很难受？"

"不，不，我很感谢。"

"哎，你用不着那么拘谨嘛。说到底，咱们可是堂兄弟。"

奏太今年二十五岁，比泉美大十岁……哦，不对，泉美本来与鸣同岁，那她今年应该十八岁了。所以，奏太实际上只比她大了七岁。

之后，茧子伯母也加入了我们的谈话，还说起了我借用奏太房间里的冰箱和书籍的事。

"你都挑了些什么书？"奏太问。

"嗯……"我老老实实地回答，"借过艾柯的作品。对初三学生来说，他的书稍微有点儿难懂，不过我觉得，即便如此，也还是挺值得一看。另外，雅歌塔·克里斯多夫的作品也不错。"

"没错，她的作品非常有意思！我还是头一回读到那种小说。我那儿还有很多书都不错，你喜欢就尽管拿去看。"

此刻，我们正坐在飞井公寓顶层套房的客厅里，茧子伯母端来了咖啡和蛋糕。咖啡正是泉美曾经很喜欢的猪屋茶室的精品组合咖啡。

"原来有个弟弟是这种感觉啊，"奏太端起杯子喝了口咖啡，眯起眼睛，似乎有些落寞，又像是在追忆从前的时光，"要是泉美还在，现在一定会很热闹吧？"

"嗯……是啊。"我下意识地附和着，"泉美去世的时候，奏太哥还在德国？"

奏太轻轻咬了咬嘴唇。"嗯。那时我……那时候我也没赶得及参加葬礼，主要是事情发生得太突然了。"说着，他又咬了咬嘴唇，"已经过去三年了。小想，你就是在那之后不久来到夜见山的吧？"

"嗯，九月上旬来的。"

379　第十二章 七月 II

"是吗?"奏太喝光了杯中的咖啡,深深地陷进沙发里,他一边抬手拢着头发,一边像是自言自语,"她该不会埋怨我吧?泉美那丫头……"

"那个……"我生怕冷场,赶忙说,"虽然有点儿奇怪……但我想问,奏太哥曾带泉美一起去看过《侏罗纪公园》吧?"

"有这事?"奏太眯起了眼睛,"小想,为什么问这个?"

"哦,那天听伯母提起……"我只能无奈地撒了个谎。

《侏罗纪公园》公映是什么时候来着?好像听矢木泽说是"很久之前"。现在,我已经十分肯定,那是在一九九三年的夏天,也就是说八年前。

那时候,奏太还在上高二,按被"现象"修改后的赤泽泉美的年龄计算,奏太带她去看电影、买恐龙手办的时候,她应该刚上小学,只有六七岁的样子。以这个年龄来说,观看《侏罗纪公园》这类恐怖影片未免太早了些。

当初谈起这件事的时候,如果我能注意到这一点,多少会感到有些古怪吧?还是说,那时的我根本感觉不到奇怪?

"小想,你是今年四月搬到这边来住的吧?"

"嗯,因为老宅那边要改建,所以……"

"我父母他们都很开心啊。和他们通电话的时候,我都能听出来。自从泉美不在了,他们肯定很寂寞。就连她以前在五楼住过的那间屋子,还一直照原样保留着。所以,你能住过来真是……"

"哪有,其实我什么忙也没帮上,光让伯父伯母照顾我了。"

"怎么会呢!有我这么个基本上不回家的不肖子,父母真的是老来寂寞啊。所以我该谢谢你呢!"

"……"

"过几天我就要回德国了,以后你要是有什么想跟我说的,随时联系我。对了,你有电子邮箱吗?"

"有。"

"好,那就给我这个地址发邮件吧。"说着,奏太递给我一张名片。

之后,他双手抱在脑后,环顾四周,带着一丝迷茫喃喃地说:"泉美去世都三年了。说实话,直到现在我还觉得那不是真的……"

与奏太道别后,我乘电梯下到五楼,一抬眼便看到了E1的房门。

这里是泉美曾经住过的地方,据说至今还保留着她生前居住时的状态。在四月开学典礼那天早上,另一个赤泽泉美出现在这间原本空荡荡的屋子里……对,就在同一天晚上,她从这个房间里拎出了三个大大的垃圾袋。然后……

——不知为什么,房间里乱七八糟的,净是些没用的东西。

她曾经这么说。

——说好了由我来打扫这个房间的……什么时候变得又脏又乱了呢?

现在想来,那是因为三年来这房间里从未有人住过,或者说已经被弃之不用的缘故吧。在记忆已经被修改的泉美看来,屋子里净是些"没用的东西",比如三年前她上学时用过的课本、笔记什么的,说不定还有她自己的遗像、供奉着的香火之类的东西。这些都被她视为"没用的东西",统统扔掉了吧,还是当时对此一无所知的我帮着她丢的。

我径自走到E1房门口，默默地站了一会儿。

忽然，耳中似乎听到了一阵断断续续的钢琴声，我不禁屏住了呼吸。

这声音……似乎是从门的那边传来的，难道有人在房间里？

而且，这个旋律……不正是泉美弹的贝多芬的《月光曲》？

怎么可能会有这种事……

我不禁闭上双眼，使劲地摇摇头。于是，钢琴声果然消失了。当然，这才合乎逻辑嘛。

我以为此刻发生的这种事肯定是错觉导致的"幻听"。然而在那之后，我又经历过几次类似事件。泉美似乎至今还生活在那个房间里，自顾自地弹着钢琴……每当这种根本不可能存在的想象浮现在我的脑海里，我便赶忙强迫自己打消这些荒唐的念头。

6

办完丧事去上学的当天，我趁午休时间去第二图书馆找千曳先生。这是我反复考虑了鸣那句"随便你吧"之后所作的决定。

"今年的'现象'发生之后，混进班里的'死者'是赤泽泉美。"我开门见山地说。

千曳先生显然十分错愕："怎么了？你为什么忽然这么说？"此时，在他的记忆里，大概已经没有了"赤泽泉美"这个人吧？"赤泽……她的确是三年前初三（3）班的学生。"

与我预想的完全一样。他的记忆已完全恢复原样。

"她是三年前'灾祸'的受害者之一，也是大我三岁的堂姐。就是这个赤泽泉美混进了今年的初三（3）班，还变成了与我同岁，甚至成了应对小组的一员，跟您也……"

突如其来地听我这么说，千曳先生自然不可能马上相信。但即便如此，他也应该明白，我不可能毫无根据地忽然对他信口开河。

"上周的周四，就是大风暴那天晚上，她掉进了正在涨水的夜见山河。当时我就在现场，目睹了整个过程。"

千曳先生没说话，只是紧紧地皱着眉。

我没有躲避他盯视着我的目光，继续说道："那天她很快被河水吞没了……所以，我觉得她已经'死'了。以她的'死'为分界线，与她有关的所有人的记忆被修改了。人人都不记得她今年曾经出现过。不管是班级名录还是其他文件，上面都没有关于她的记录。就连她父母和班里的同学都不记得她今年曾经出现过。千曳先生您大概也是如此吧？"

"……"

"所以，她肯定就是今年的'死者'，因为那天晚上我亲身见证过她的'死'，所以现在只有我还保留着对她在今年出现的一切记忆。"

总之，我试图跟千曳先生解释事情的部分"真相"。作为这一"现象"的长期观察者，我想他大概能够在某种程度上理解我的意思。

虽然鸣说过"顺其自然也行"，但我总想着还是要做些什么。如果连千曳先生都不能理解这件事，那就只能到时候再说了，要么采取别的办法，要么干脆"顺其自然"。

"所以……"我继续解释着。从小到大，我还是第一次对成年人喋喋不休地讲述自己的看法。"当那个'增加的人'，也就是

'死者'消失后，所有人的记忆都会恢复到从前的样子。我想，这反而告诉我们，今年的'灾祸'确实就此结束了，就像三年前那次一样。"

"三年前？"千曳先生咕哝着，双唇紧闭。他抬手推了推黑框眼镜，又忽然闭上眼睛默默地思索着。

"三年前好像也有人跟我说过类似的话。"他缓缓睁开双眼，"是在三年前的夏天……对，就是那个时候，你也认识的那个姓榊原的学生跟我这么说过。当时他也告诉我，说'增加的人'已经不存在了什么的。那年的班级夏令营期间发生的事，你大概也有所耳闻吧？是杀人还是放火来着……好像那个'增加的人'就是因为那件事才'死'掉的，所以他觉得'灾祸'已经停止了。"

"那他有没有说过当年的'增加的人'是谁？"

"那个嘛……"千曳先生卡住了，懊恼地用手拍着额头，"我记得他好像没跟我说过……不对，也许是我自己想不起来了。就算他告诉过我，我的记忆也早就模糊了。'现象'总是会引发这种情况。"

"嗯。"我点点头，所谓"这种情况"，我已经在鸣身上充分体会到了。

"所以，我认为你刚才说的很有价值。"千曳先生放下手，又舒展了一下身体，"就我的观察来看，你还是很冷静的。单凭一味地钻牛角尖可分析不出这些事。"

"嗯。"

"就像三年前榊原说的那样，夏令营期间发生的惨案最后反而终止了'灾祸'。自九月以后就再也没有出现新的受害者……

希望今年也能如此。"

"我相信今后肯定不会再有事了。"

见我一脸不容置疑,千曳先生沉默了片刻,终于还是"嗯"了一声:"好,我知道了。"

"那……"

"把你的想法跟神林老师也透露透露,跟她商量一下。由她来判断什么时候告诉全班同学……"

然而还没等神林老师作出判断,班上的同学间已经开始流传"灾祸结束"的议论。有人终于觉察到教室里(因为赤泽泉美消失)多出来一套桌椅,于是推断那个"增加的人"已经不存在了,关于"灾祸结束"的说法便随之越传越广……

结果,在本周的期末考试顺利结束后(我的成绩自然是一塌糊涂),又过了一个周末,神林老师便在周一的早班会上向大家口头宣布了这个消息。

二〇〇一年的"现象"在七月,也就是自今天结束了。今后大家不必再担心会遭遇"灾祸"引发的不测。

7

不过,每当我回顾过去,在最近三周里发生的种种事情中,有一件特别奇怪的事让我始终耿耿于怀。那就是爷爷的守灵夜前一天,我在鸣家做客时遇到的事。

当时雾果老师正在和我谈话,鸣却忽然唐突地打断我们,而且几乎是强行把我从雾果老师身边拉走了。之后,她又一路催促我乘电梯直接去到了美术馆的地下展厅。

"刚才多谢你配合，"她说。接着又歉意地说："不好意思，忽然演这么一出戏。"

随后她微微压低了声音说："你在医院看到她了？"

这正是我刚才在楼上想问雾果老师的问题。

"你看到我母亲……雾果了？什么时候看到的？"

"嗯……是……"我努力回忆着，"是我去医院咨询完，准备离开医院的时候……确切地说，应该是在四月中旬吧。第一次是在医院的大门口擦肩而过，后来又在医院前的公交车站看见过她一次。最后一次是上个月的月底，在医院碰见你，然后一起去屋顶那天。"

"你只是看见了她，对吧？没有上前和她讲话吧？"

"嗯。雾果老师好像没注意到我，所以……我刚刚问她是不是身体有什么不适才去医院。"

"是这样啊。"鸣在这个洞穴般的地下展厅里静静地踱着步，忽然又站定了脚步，回头望着我。她身后是那尊从很久之前就一直摆放在这个展厅里的连体双胞胎美少女玩偶。

"你看见的那个人并不是雾果。"她说。

"诶？可看上去的确是……"

"看上去很像，但不是她。"鸣的声音更低了，"而是……"

我终于想起来了。的确，我看到的那位女性很可能是另外一个人。

我记得，还是六月九日吧，鸣忽然来公寓我的房间做客。那天下午，当时是怎么说到这个话题的？鸣第一次跟我讲到她的"身世"。

雾果老师，也就是见崎由贵代女士并不是鸣的亲生母亲。

由贵代女士有个名叫藤冈美都代的异卵双胞胎妹妹,她才是鸣的生母。因为某些变故,鸣在懂事前就被过继给见崎家,做了养女……

"也就是说,我看到的不是雾果老师,而是美都代女士?"

尽管是异卵双胞胎,据说也有长相酷似、旁人乍一看根本分辨不出来的例子。

鸣略一点头,扫了一眼身后那尊连体双胞胎玩偶……仍压低了声音说:"美都代两年前离婚了,之后再婚……这些我之前跟你说过吧?然后,去年年底,她们家从郊区搬到市中心来了。可能是这个缘故,从今年春天开始,她常常联系我……"

我忽然想到了鸣的手机铃声。以前我们见面时从没听到她的手机响过,可自从今年春天以来,我至少听见它响过两次。

第一次是四月我来这里的时候,谈话间忽然响起了一阵与美术馆内背景音乐完全不协调的旋律……鸣很罕见地显出了慌张的神色,忙不迭地离开座位跑到外面去接电话。她一向把手机称作"讨厌的机器",如今却特地设置了来电铃声,当时让我感到有些出乎意料。看来,那时打电话来的人应该就是美都代女士吧。

第二次是在五月上旬,黄金周的最后一天。当时我正在夜见山河的河滩上跟叶住讲话,正经过伊扎那桥的时候,偶然发现鸣就站在河对岸的路边。那时她的手机也响起了同样的铃声,我还听见了鸣接电话的声音(我……可是……好……那就……)以及断断续续与对方交谈的一些内容(……诶?嗯,没事……还没说……放心吧)。我记得当时自己很想知道她在跟谁通话,却始终没搞明白。那肯定也是在跟美都代女士通话吧?

"我跟她先是在电话里聊几句,后来开始偶尔见面。当然,对雾果都是绝对保密的,因为一旦被她知道,她肯定又会忐忑不安,大概还会怒不可遏、伤心不已。"说完,鸣深深叹了口气。

一方面,不想惹雾果老师生气、伤心;另一方面,又不能也不想拒绝亲生母亲。原来在这几个月里,鸣竟一直处于这种两难的境地。

"这么说,你妈妈她……哦,我是指美都代女士,确实是因为身体不好才去医院的?"我怀着纠结的心情小心翼翼地问,"我们去屋顶谈话那天,我是先遇到了你,那时你们刚见完面?"

两个问题,鸣都没有回答。她先是嗫嚅了一阵,但终于还是抿紧了嘴巴,叹了一口气。

"小想……"她开口说,"关于这件事,暂时我还不想跟任何人说。我心里还是有点儿乱,所以……"她重复说了好几遍"所以",却始终接不下去,便索性闭口不说了,垂下眼帘。

"没关系,"我对她说,重重地点了点头,"我不会告诉任何人,绝对保密。"

其实还有一件事让我十分在意,但我不打算立即向她核实,还是等到她想谈的时候再问吧。她不想说,我也不想问,因为不管到什么时候,我对她的看法都不会改变。

8

"你怎么了,阿想?"矢木泽的声音把我从回忆拉回"现在"。其实我走神的时间并不长,矢木泽肯定是看到了我"心不在此"的样子才讶异的。

"啊,抱歉。"我说,顺手用勺子在甜品杯里舀冰淇淋的汤汁,刚才没来得及吃完的甜品都融化了,"没事,发了会儿呆。"

"搬家累了?"

"不是……啊,或许吧。"放下勺子,我长舒了一口气,不自觉地抬手撑着脸。虽然屋子里开着空调,门窗紧闭,可庭院里的蝉鸣听起来还是真真切切。

"对了,"矢木泽打开腰包,从里面掏出一个对折的钱包,"我这里有个东西。"

他拿给我看的是八月开始公映的《侏罗纪公园3》的预售票。

"我怎么不记得我买过这个啊?"

"这个啊……"说着,我拿过刚才放相册的书包开始翻找。果然,在书包的一个内袋里……

"啊,找到了,"我把那东西取出来拿给矢木泽看,"我也有一张。"

"诶?"矢木泽纳闷地说,甚至带着点儿不满地噘着嘴,"难道我跟你小子约好了一块儿去看电影?"

"你都不记得了?"我心里当然明白是怎么回事。这没什么大惊小怪的了,但内心深处,我仍感到某个地方被痛苦地慢慢挤压着。

"咱俩早就约好了啊!"说着,我摊开手,凝视着掌心那张已经皱巴巴的《侏罗纪公园3》预售票,"不过,不光是咱俩。当初约好三个人一起去看的,而提出约定的那个人就是她……"

9

自从那晚与奏太聊过,我又好几次听到钢琴在弹奏《月光曲》。在靠近 E 座 1 号房的电梯厅听到过两三次，还有一次是在五楼我的房间里。每次我都告诫自己，那不过是错觉，然后摇摇头，那声音于是消失不见了。

那些声音当然都是错觉，因为 E 座 1 号房里设有隔音房，在外面根本不可能听到屋里的弹奏声。

既然明白那是错觉，我又为什么会一而再，再而三地听到那个声音？

难道是我在潜意识里仍然拒绝承认泉美已经从这个世界消失的事实？抑或是我仍希望她现在还"活着"？

一想到三年前的夏天在"湖畔之家"那番奇诡的经历，我便不可自制地悲从中来而又心生恐惧。那种莫名其妙地被当作不应该存在之物的经历……

所以，我不该仍恋恋不舍地在这里裹足不前。我应该尽快离开这栋公寓，不然的话……

一周前，我稍稍任性了一次，告诉小百合伯母他们，我希望一放暑假就开始搬家。就在那天晚上，当我从老宅返回公寓的时候……

一走进公寓楼大门，我便看见敞开的电梯门口站着一个灰白的身影。

那人身穿白色雨衣（可外面明明没有下雨），雨衣的帽子低低地垂下来，长相看不清。我忽然反应过来，低低地叫了声："泉美？"顿时觉得眼前这个身影与七月五日那天夜里同样身穿白色雨衣的泉美重叠在了一起。

我大惊失色，赶忙跑到电梯前。然而电梯门立刻关上了，并开始运行……最后，电梯终于停下了。它停在了五楼。

我拼命地按着电梯的紧急按钮,一边闭上眼睛使劲摇头。

虽然刚才下意识地叫了声"泉美",但那身影当然不会是她。肯定是别人恰巧穿了一身白衣服,偏偏被我误看成雨衣罢了。或者压根儿就是我的错觉。

这个世界上没有鬼魂,也不可能有鬼魂。自从三年前经历过那番诡异的事之后,我便更坚信这一点。更何况,七月五日那天死去的赤泽泉美本来就是"死者"。"死者"已经回归"死",怎么可能还会变成鬼魂出现呢?根本不符合逻辑。

不可以。我深深地吸了口气,告诫自己。

不可以。我不能再困在这里,更不能任由对方摆布。

我搭电梯下到五楼。一走出电梯,便战战兢兢地扫视了一下四周。刚才那个身影已经不见。我这才松了口气。然而就在此时……

我又隐隐约约地听到了一阵钢琴声,而且是从理应无人居住的E座1号房里传来的。

啊,又来了。我叹了口气。

强忍着心里的烦闷,我使劲摇了摇头。这样就能清静了吧。

但那声音并没有消失。

我又晃了晃头,但那声音依然在。就在E座1号房里。

而且,演奏的曲子也变了,不再是《月光曲》,而是另外一首陌生的、旋律有些幽怨的曲子……

我不禁心神大乱,几步便冲到了E座1号房门前。没错,钢琴声就是从房间里传来的。

屏住呼吸,我握住了门把手。

门把手转动了一下,房门开了。

门没有上锁。有人在房间里，而且正在弹钢琴！

"泉美……"我不由得喃喃自语，"该不会是你吧……"

不可以，不可以。我抵抗着内心的这个声音，慢慢走进屋里。

与我的推测正好相反，客厅的灯开着，房间里十分明亮。这么说……

抬眼扫视四周，我看见房间里的布置跟五日那天晚上我来找泉美借班级合照时毫无二致，但整体弥漫着一种难以言说的荒凉之感。房间各处都收拾得整整齐齐，绝对谈不上无人打理，但就是哪里和从前不一样了。如今正是盛夏季节，这里却有如井底般沉淀着寒森森的空气。不知是不是我的错觉，房间里所有的一切——地上铺的小地毯、窗上挂的百叶窗乃至带玻璃门的装饰柜——都好像已经褪了色。而且，或许也是错觉吧，空气中若有若无地飘散着阵阵陈腐的臭气……

钢琴声继续响着。

我发现琴房的门没有关上……所以琴声才传出来？

过了一会儿，琴房里的演奏终于停下了。

"是谁？"琴房里有人问，是我很熟悉的声音，"谁在那儿？"

刚才我心一横走了进来，此时却吓得一动也不敢动。里面的人大概也猜到了我的反应，在我还来不及回答的当口，琴房的门开了，有个人走出来。

"哎呀，是小想啊！"一看见我，那个人——茧子伯母——也吃惊地瞪大了双眼，"你怎么到这儿来了？"

"我……"我被她这意想不到的现身弄得瞠目结舌，听到她问，便只能老老实实地答道，"我……我听见屋里有弹钢琴的声音，就……门没锁，我就擅自进来了……非常抱歉！"

"哦，原来是这样。也难怪你吃惊，我以前跟你说过吧，这里就是泉美从前住过的房间啊！"

其实她从来没告诉过我，但我还是无言地点了点头，因为我立刻明白过来，伯母的记忆也退回到那个赤泽泉美消失前的状态了。

10

"爷爷竟然会遇到那种不幸，奏太也时隔三年又回家了……最近发生了这么多事，我就忍不住想起了泉美……"茧子伯母走到客厅，从餐桌旁拉过一把椅子坐下，"好久没过来看看了。刚才在那个房间里看到钢琴，就顺手弹了几下。真是不可思议，明明已经过去三年了，可我最近常常觉得那孩子还在。"

"是嘛。"我答应着，在茧子伯母对面的椅子上坐下来，这才注意到她左手还攥着手绢。抬头望望，见她的眼眶和脸颊上还留着哭过的泪痕。

"那架钢琴走调得厉害，声音很难听吧？"茧子伯母说，"有一个琴键也不响了。唉，都是因为一直放着不管才会……这样可不行哪，钢琴也太可怜了。"

——钢琴也太可怜了。

上个月，泉美说过同样的话。

——必须去拜托妈妈找人来调音了。

后来她还这么说过。可惜还没来得及告诉茧子伯母，她就……

"嗯……"见伯母垂下头默默无语，我小心翼翼地问，"听说泉美是在三年前暑假夏令营的时候出事的?"

"唉,是啊,"茧子伯母有些迷茫地微微点着头。想必她的记忆也曾一度曾变得十分模糊,如今已经彻底恢复了吧?

"那一年啊,学校里不知道为什么总出事儿。好像她们班里也出了状况。可不管我怎么问,泉美她总是跟我说'没事,什么事也没有'……"

三年前的泉美直到最后仍遵守着"规则",即使对自己的母亲也没透露关于"现象"和"灾祸"的只言片语吗?

"今年学校里也接二连三地发生了不幸的事吧?听说小想的一位好朋友去世了?"

"嗯……"

"不会有什么事吧?该不会又像三年前那样……"

"不会。"我迎着茧子伯母忧心忡忡的目光,坚定地说。随即又在心里无声地补充了一句:"现在已经没事了。"

"那就好,"伯母看着我,艰难地笑了笑,抬手拢了拢有些散乱的头发(其中已经夹杂了丝丝白发),又缓缓地扫视着房间,"那孩子走得太突然,对我们的打击实在太大了,所以我们一直舍不得动她的房间……不过,不能这样下去了。"

"嗯?"

"刚才我一个人弹钢琴的时候在想,这样不好。不管怎么伤心,怎么不舍得,那孩子都不可能再回来了。"

我无言以对,也像她一样扫视着房间的四周。在装饰柜里摆放的那排恐龙模型中,泉美最喜欢的那只盗龙似乎正恶狠狠地瞪着我。

"虽然你要搬回那边去了,不过,小想啊,以后还是欢迎你随时来做客。"茧子伯母换了个口气。

"嗯。要是您不嫌我打扰,我一定常来。"

"那就谢谢你啦!"伯母的表情渐渐恢复了正常,微笑朝我点点头,从椅子上站起身来。

"奏太他也跟我说了,不管你想借多少书都行。"

"嗯。"

"虽然刚刚见过面,可他挺喜欢你的,所以你就放心吧。"

"嗯,那我就不客气了……"

聊了一会儿,我准备跟茧子伯母一起离开。正要出门的时候,在厨房和客厅之间的吧台上,咖啡机旁边,一件随手放着的东西映入我的眼帘。

——放暑假的时候,咱们一起去看吧!

泉美特地准备好了《侏罗纪公园3》的预售票。放在那里的正是属于她的那张。

我不假思索地拿了过来,悄悄塞进自己的裤兜。

11

"嗯,这应该是……"我把皱巴巴的预售票放在桌上,一边嘟哝着一边伸手在书包里摸索。

"什么啊,该不会又出什么事了?"说着,矢木泽探过身来。

"我记得昨天没放在这儿啊……啊,找到了!"我从塞在书包里的一堆笔记本中把那东西拽了出来。

那是一个透明文件夹,里面放着第三张预售票。

"我在她房间里发现的,就顺便拿回来了。"说着,我把那张票从文件夹里抽出来，与之前就放在桌上的那张并排摆着。

"嘿嘿，"矢木泽点点头，把自己的那张也拿出来放在桌上，"原来真是约好了三个人一起去看啊。我一点儿都不记得了……"说着，他把右手捏成空拳头，敲着自己的脑门。"我们跟她真是那么要好啊？"

"嗯，"我尽量干脆利落地说，"你跟她好像还挺对脾气。"

"是吗？！可我怎么也想不起来，真是急死人！"

"那也没办法。'现象'就是这样。"

"说是这么说，可是……"

五月，继永遭遇不测之后，泉美接替她当上了女生班长。而矢木泽恰好是男生班长。他们俩之间还有过这么一层交集。

对了，赤泽泉美消失后的现在，新的事实是继永死后，接任女生班长的是一个跟她关系很好、姓福知的女生……同样的事，也出现在应对小组那边：负责今年应对工作的从一开始就是江藤和多治见，小组成员中并没有泉美。

"首映式是八月四日？"矢木泽望着并排摆在桌上的三张票，"咱俩一起去？"

"嗯，只能咱俩去了。"

"难得搞到三张票，浪费怪可惜。要不再找个人一起去？"

"这主意不错。"

该邀请谁呢？我第一个想到的是鸣，可就算我跟她说了事情的来龙去脉，她会对这种题材的电影感兴趣吗？况且，就算她感兴趣，她肯跟两个初中学弟一起去看电影吗？我拿不准。

"哎，"矢木泽看看表，站起身来，"今天我得先回家了。"

"时间还早吧？"

"嘿,今天是我小弟弟的生日,全家要一起吃蛋糕庆祝。早上出门的时候,我老妈就有令在先,今天必须早点儿回去。"矢木泽一本正经地解释着。我不禁一阵好笑,没想到这小子还挺顾家。然而我心里随即生出一股又是羡慕又是难过的滋味。

"不管怎么说,暑假终于来啦!"矢木泽站起身,"啊……"地长吁了一口气,又伸了个懒腰,"虽然马上就要中考了,不过总算还有些时间。初中时代的最后一个暑假,我可要玩儿个痛快!"

这就是自称乐观主义的家伙的想法吗?

"阿想,你有什么暑假计划?"

"计划?"

"比如出去旅行?"

"没有,就是整理整理房间、看看书之类的吧。"

"还是老一套啊,"矢木泽抓了抓头发,"那就随便你吧。如果对乐队感兴趣,就来找我吧,我可以安排你先练练三角铁或者手摇铃。"

又随口闲扯了一阵,我俩同时在某个时刻陷入了微妙的沉默。矢木泽原本已经说了句"走了",又随手从桌上拿了张电影预售票,却又忽然静立不动了。我则在一旁颇为紧张地看着他。

三秒,四秒……我俩都沉默着。

"喂,我说,"矢木泽终于打破了沉默,语调跟刚才大不相同,"这时候还问你这个问题,好像有点儿那个……不过,今年的'灾祸'真的就这么过去了?"

"你不相信?"我反问道。

"诶,不是,"矢木泽皱着眉,"倒不是不相信,只是……怎么感觉有点儿不真实呢。"

"不真实?"

"你呢?你真的觉得都结束了?"

"是啊。"

"我就是想问问你,再确定一下。'灾祸'是真的结束了?今后没事了?"

见他反复追问,我也在心里又问了一次自己……然后"嗯"了一声,点点头:"没事了。按道理说,应该就是这样。"

"可这些'现象'啊、'灾祸'啊之类的,净是些根本没道理的事,你说的那个道理管用吗?"矢木泽一反常态,紧追不舍。

但我的结论不容置疑。

"当然管用!"我用尽全身力气回答。

今年的"现象"已经结束了,"灾祸"也停止了。没事了。今后再也不必害怕了。事情必须如此。否则,那天晚上泉美的归于"死"不就毫无意义了?

第十三章 八月

1

七月最后的几天，相安无事。

不过，对我本人来说并非如此。搬完家没几天，我突然发起了高烧，连着昏睡好几天。小百合伯母担忧不已，带我去了附近的诊所看病。医生却对我们说，这不过是普通的热伤风，只要正常地喝水、吃饭，再加上几天卧床休息，就会自然痊愈。我不由得想，要是在前几天"灾祸"还没结束时听医生这样说，或许我根本不会相信。

休养了几天，我才发现时间已经到了八月。病好后一切如常，我每天都过着平静的暑期生活。

在我昏睡不醒的那几天里，鸣一共联系过我两次。

第一次是打电话。不过那时我正好在发高烧，所以没能接到电话。后来发现她也没有留言。等到我终于能爬起来的时候，我才从通话记录里看到了她曾打来电话。纠结了一会儿是否应该给她打回去之后，我还是选择了打开电脑。果然，信箱里有一封她发来的电子邮件，发件时间是七月三十日，应该是她打过电话之后发的。

小想：

听说你感冒了，现在正睡着吧？

不必硬撑着，好好休息吧。

大概是因为打手机没人接，她又往家里的座机打了电话，从伯母那儿得知了我生病的消息吧。

问候之余，她还告诉我一个消息：

跟往年一样，明天我们全家又要去绯波町的别墅小住。
虽然我不太想去，可不去的话又要惹出一堆麻烦……
在那边没准会遇见月穗阿姨，不过我不会乱说的，你不必担心。
安心休养。

2

八月初的头几天，我大致收拾好房间，就过起了对矢木泽说的那种"看看书"的日子。手边的书读得差不多了，就照例去市立图书馆借。虽然奏太慷慨地允许我随意借阅他的藏书，但我总觉得自己还要过一阵子才能有勇气重新踏入飞井公寓的大门。

七月一度被打乱的生活节奏也恢复了正常。每天早上起床吃过早饭，我便去夜见山河的河滩上消磨一段时光。自从六月发生了俊介的事以后，我已经很久没有这种兴致了。

已是盛夏。太阳从一大清早就火辣辣地照着。幸好河边仍有阵阵凉风吹过。河对岸的樱花树越发茂盛了，片片绿荫如盖。脚下的青草在疯长，蝉和昆虫们的鸣叫声此起彼伏，嘈杂声几乎要盖过了河流的水声。

我坐在河边的一条长凳上，又看到了悬停在河面上的翠鸟。上次看见这小家伙还是在四月中旬与叶住谈话那次吧……哦，不对，六月俊介出事那天的早上似乎也看到过一次。我不假思索地又用手指搭了个取景框，把鸟儿在那一瞬间优美的身姿定格在自己的想象里。能轻松地作出这种举动，大概证明我的心情正在逐渐恢复。

再也不需要为"灾祸"担惊受怕了，也没必要重新考虑"对策"之类的事情，更不必像晃也舅舅那样逃离这座城市。此刻，我踏踏实实地感觉到自己正处在一个平静、安全的时空里。而另一方面，我又觉得眼前的一切是如此不可思议，甚至偶尔还会在心中感到一阵无边的落寞，脑海里不断闪现出那个已经离去了的赤泽泉美的音容笑貌：在不同的场景里，她的面孔、她讲的每一句话以及她的一举一动……每当此时，我心头便感到阵阵刺痛。

自从搬离飞井公寓，我就再也没产生过幻觉，耳边再也没听到钢琴声之类的。由此可见，一定是没事了。再也不会发生三年前那样的事了。但我仍时常会想起它，并且久久难以释怀。

到什么时候，我的记忆才能被彻底清除呢？我什么时候才能跟其他人一样，压根儿不记得自四月以来的这三个多月里赤泽泉美曾经存在的这段事实呢？我又是否能允许自己忘记她呢……

忽然，我想到鸣正在绯波町度假，心头不由得一阵狂跳。

眼前的河水在缓缓流淌，夜见山河的河面上是一片和水无月湖一模一样的死亡般的宁静。远方不时传来低沉的海浪声。

"短时间内可能还不行吧。"我又记起鸣曾经对我说过的话，"不过以后有机会的话，我们再去一趟'湖畔之家'，不告诉其他人，就我俩去……"

正像她所说的，短时间内我还"不行"。不过，她那句"以后有机会"让我觉得又有了希望。也许会有那么一天。至于究竟是哪一天，现在的我心里还没底。

照往年的惯例，鸣他们一家应该在盂兰盆节之前，也就是八月十日前后离开别墅回到夜见山。我决定在那前后跟她联系一下，邀请她一起去看《侏罗纪公园3》。

3

八月八日周三上午。

我久违地又来到市立医院辅楼的"诊所"。

"啊呀，小想，精神不错嘛！"一见面，碓冰医生的话就让我印象深刻。在我的记忆里，一见面就被他这么夸奖还是头一遭。

"听说上个月你爷爷去世了，我还挺担心你的。怎么样？没有因为这件事产生情绪波动吧？"

"嗯，还好。虽然确实很震惊，但没什么大事……"我毫不犹豫地回答。最近夜里睡得很安稳，被噩梦惊醒的次数比从前少多了。再加上感冒彻底痊愈，我觉得自己一身轻松。

"还是一直没有跟你母亲见面吗？"

"啊，嗯……"

"通过电话吗？"

"嗯，偶尔。"我故作轻松地说。

不知是否看穿了我的把戏，碓冰医生"嗯嗯"地点着头，眨了眨眼。

"看样子你的状态不错，这很好。不过，注意不要太勉强自己，不要刻意让自己显得很开心。难过的时候就难过，伤心的时候就伤心，害怕的时候就害怕。正视自己的真实感受。只有接受自己才能保持情绪的平衡，明白吧？"

"嗯。"

早上出门时还是大晴天，可当我到达医院时，天空中忽然布满了奇怪的云。等我结束诊疗，走出诊室，忽然开始下起了雨，而且是那种雨势惊人的倾盆大雨。

我沿着走廊朝医院主楼走去，雨势越发大了，在楼里都能听见哗哗的雨声。经过窗户的时候，我每每朝窗外望去，见外面一片混沌、阴沉，虽然刚到正午时分，天色却黑得像是黄昏。

今天没有带伞，只能等到雨停后再走了。我边想着边朝缴费窗口前的排队人群走去。

不经意间……

我一眼瞥见在宽敞大厅的一隅，有个灰白色的身影静静地站在那里。那是……

一身夜见北的女生校服。她是……

虽然相隔很远，中间还不断有路人的身影掠过，但我始终凝神眺望，想看清那个人的脸。

"啊！"我不禁喊出了声。

那分明就是她——赤泽泉美啊！

不可能！我赶忙用力眨眨眼，重新朝她看去。

真的，果然是她！是赤泽泉美无疑。只不过她的脸色苍白，面无表情。

不可能，肯定是我看错了，或者我又产生了某种错觉。

我反复地对自己说。然而她始终没有消失，我仿佛着了魔似的，目不转睛地盯着那个身影。

她的嘴唇翕动了几下。虽然明知相隔这么远，根本不可能听见她说了什么，但我似乎听到了她的声音，还听到她在叫着我的名字："阿想……"

一瞬间，我那原本"状态不错"的精神平衡开始摇摇欲坠。周围的一切声音都像是一台没调好频率的收音机里传来的杂音，大厅里来来往往的人影也都像是被挡在一面半透明的墙壁后面，显得很不真实。

这时，她的身影忽然开始移动。我条件反射似的追过去。

之后发生的事，我都记不清了，脑子里只有一些断断续续的记忆碎片，像醒来后记起的残缺不全的梦境。

我似乎冲出了大厅，然后冲进了电梯。看到她已经走进了电梯，我便在电梯门即将关闭的一刹那挤了进去。然而，当我置身于电梯之中时，却发现周围空无一人。只有一个声音在叫着："阿想，阿想……"然后，电梯控制面板上的一个按钮亮了：B2。

我冲出了电梯，来到地下二层，迷茫地朝四周张望。

面前有三条走廊，分别通往不同的方向。我循着"阿想，阿想……"的叫声，选择了左边那条走廊。向前走出几米后，我终于又看到了那个灰白色的身影。随即，天花板上的荧光灯开始忽明忽灭。我朝她奔去。然而照明灯终于灭了，四下一片昏暗，我失去了方向。正在绝望之际，那个身影又出现在离我数米开外的地方。于是我再次追了过去。之后又再次失去了目标……就这样，我仿佛陷入了无穷无尽的追逐之中。

其间，我好像爬过几次楼梯，还在走廊上拐了几个弯。有时似乎又像是在下楼梯，抑或沿着走廊无休止地绕圈。

我好像坠入了一个诡异的、巨大的迷宫。

我不顾一切地追寻着那个身影,已经不知道自己究竟位于医院里的哪个部分。不,更确切地说,我已经不确定自己目前所在的这个地方是否还是夕见丘市立医院的一部分……

……

……

面前突然划过一道白光,我突然回过神来。

窗外,昏暗的天空中亮起一道闪电。原来那就是刚才在我眼前划过的白光啊。窗外哗哗的雨声忽然清晰无比,不再是模糊的杂音,充满了真实感。我也终于意识到自己正站在医院某处略显昏暗的走廊里。

数米开外的前方,那个灰白色的身影。

那个身穿夜见北女生校服喊着"阿想……"的人依旧在那里。那是泉美……

"哎呀。"那个人略带诧异地喊了一声,朝我走来。

"你是……比良冢同学?"

诶?哦,不对,并不是泉美。

她不是泉美。她比泉美个子略高,而且梳着短发,手里还捧着一把小小的花束。这是……

"江藤?"

江藤。初三(3)班应对小组的成员之一,设置第二个"不存在的人"的建议发起人。

"啊,你好……"我慌乱地回应着,"那个……"

为什么会是她?我不明白。像是要寻找什么证明似的,我又往周围看了看。

这里是夕见丘市立医院的某处。大概离门诊楼很远。从窗外的景色来看，这里应该是在三楼或四楼。

"咦?"江藤似乎也有点儿莫名其妙地歪了歪头，眨着黑色的大眼睛，"比良冢同学也是……"我完全没搞懂她提问中包含的意思，不由得"诶?"了一声，接着又说:"我……我今天是来看医生的。"

"哦，是这样啊。可你……"

"你呢? 你为什么会在医院里?"

"我是来探病的。"说着，她举了举手里的花束。

"探病……"

"之前是住在主楼那边的，听说后来换病房了。没想到这栋楼里面曲里拐弯的，我好不容易才找到地方。"

哦，对了。我这才反应过来——作为应对小组的成员，江藤要去"探病"的对象肯定是……

此时，她正站在一扇深奶油色的门前。这就是她的目的地吧? 我走上前，瞄了一眼门旁墙上挂着的门牌。

"牧濑同学……她还在住院?"

"自从去她年年底转学到我们班以后，我们就一直很要好。"江藤微微压低了嗓门说，"虽然她身体一直不太好，可为人真的是很细心周到呢。你还记得吧，当初是她主动要求的——反正我也要住院，不如来担任'不存在的人'好了。"

她说这话的时候是在三月的"对策讨论会"上吧……

"既然这么巧地遇见了，就一起去探望她吧，怎么样?"

"哦，这样好吗? 我忽然跑去探望?"

"听说她最近状态不错，那我先去问问她好了。"说着，她敲了敲病房的门，说了声"我是江藤"，便独自走进门。

"请进！"很快，门内传来一个声音，不是江藤的声音。嗯，我认出了这个声音，就是那时的那个女生……

"比良冢想同学？没想到你能来，我太高兴了！"那个声音虽然有些虚弱，却十分开朗。我便应声也进了病房……

"咔哒——"不知从何处又传来了一声低响。同时，世界一片漆黑，然后又在一瞬间恢复了正常……

……

然后……

然后，我觉察到了，想起来了，也接受了……我得出了某个答案。对这个我一直在暗中纠结的问题，我终于找到了一个合理的答案。

4

"那些恐龙都活灵活现地动起来了啊！光是这一幕就足够惊喜了！而且，不光是又高大又凶猛的棘龙，连翼龙的动作都跟真的一样，简直太厉害了！"矢木泽依然沉浸在兴奋之中，满口都是"厉害"。

"跟之前的第二部相比，剧情稍微有点儿简单……不过还是很好看哪！对吧，阿想？"

"是啊，很好看。"我不假思索地回答。

"你没看过第一部和第二部吧？"

"嗯。"

"我怎么记得你说过对恐龙不感兴趣来着？"

"嗯。不过今天这个片子还是挺好看的。"

在电影院的大屏幕和大功率音响的衬托下,恐龙们个个活灵活现,真实得让人喘不过气来。虽然故事情节比较简单,却环环相扣地吸引住了观众,有几个镜头还让人紧张得手心冒汗……

八月十三日周一的下午。

我和矢木泽,还有出乎我的意料、十分爽快地接受我邀请的见崎鸣,一起去看了《侏罗纪公园3》。

"我来请你们吧!"对于学姐的慷慨,我们两个初三学弟求之不得,便跟着她走进了电影院附近的一家水果吧。

外面是明晃晃的夏日骄阳。因为盂兰盆节放假,街上的人很多,不过这家店里却空荡荡的,甚至可以说是一派静谧。

"见崎学姐,你觉得这个电影怎么样?"我们围坐在一张玻璃桌面的圆桌旁,矢木泽看着鸣问道。然而当鸣抬起头看着他时,目光交会的一瞬间,他又慌忙移开了视线。

"我还是第一次看这种怪兽电影呢。"鸣松开口中含着的喝橙汁的吸管。

假如是我这么说,矢木泽肯定会立刻纠正我:"什么怪兽电影?这明明是恐龙电影!"然而面对鸣,他却只是挠挠头说了声"哦"。

鸣显然不知其中的奥妙,又低头喝饮料。我在一旁却忍不住要笑出声来。

"不管怎么说,反正就是很厉害!"矢木泽毫不在意地又转向我,"那些恐龙全都是用计算机动画做的哦,居然那么逼真,让人觉得它们好像就生活在地球上的某个地方一样。现代的计算机动画技术真是越来越厉害了,奥布莱恩和圆谷英二要是还活着,看到这些还不得惊掉了下巴!"

"奥布莱恩是谁?"

"威利斯·奥布莱恩,一九三三年版《金刚》的特效制作人,也是定格动画的先驱。圆谷英二你们应该都知道吧。"

"是制作奥特曼的那个圆谷吗?"

"对,对,就是他!在制作奥特曼之前,他还是一九五四年第一版《哥斯拉》的……"矢木泽兴高采烈、滔滔不绝地说着。我早就知道他喜欢这类影视作品,却没想到他居然是个发烧级爱好者。

"顺便告诉你们啊,具有工匠精神的奥布莱恩唯一的弟子是雷·哈利豪森。他制作的《泰坦巨人》你们总该听说过吧?"

"抱歉啊,没听说过。"

"嗯,我也是。"

"可他真的很有名啊!"矢木泽满脸不甘心,却只能点点头,叹了口气,嘟哝了一句"那还跟你们说个什么劲儿",便伸手去端桌上的奶油苏打水。

"我喜欢杨·斯凡克梅耶。"鸣忽然低声说。

"嗯?那又是谁?"

"杨·斯凡克梅耶,捷克动画大师。矢木泽,你不知道他?"

"我只听过说名字。"

"小想,你呢?"

"嗯……我没听说过。"

"我猜小想大概不会喜欢他的风格,"鸣淡然一笑,"我有他作品的录像带,下次可以借给你们看看。"

矢木泽和鸣是头一次见面。他们之前都曾听我谈起过对方,也算彼此有些了解。而今天当他们面对面坐在一起时，他们的反应也跟我预想中的差不多。

鸣还是一如平常，反而是矢木泽很好笑。我向鸣介绍了他，他说了声"初次见面，请多指教"之后，就莫名其妙地一直很紧张。我们在电影院大厅里等着入场的时候，他偶尔才会鼓起勇气跟鸣搭话。鸣并没有表示出反感的样子，但脸上毫无笑意。虽然在我看来还没到爱答不理的程度，但对那些还不习惯她这种做派的人来说，大概会显得很冷淡吧。怎么说呢，不苟言笑的鸣就像是玩偶美术馆里那些白皙的美少女人偶，在初三小男生眼中无比傲慢，难以接近。

嗯，我早就料到了。这样想着，我心里多少有些得意，同时对可怜的矢木泽又怀着几分同情。

今天，鸣穿了件领子上带有蝴蝶结的黑色外套，下身是及膝的蓝色裙子，比平时显得更成熟，更像个成年人。即使在阳光明媚的午后，她身上似乎也散发出某种沉沉暮气。说实话，让我多少有些忐忑。

"矢木泽，自四月以来，你也过得挺辛苦吧？"饮料喝到一半的时候，鸣终于提起了那个我们一直未曾触碰也不敢触碰的话题，"听小想说，你姑姑以前也是夜见北初三（3）班的学生？"

矢木泽惊讶地抬起头。"三年前，见崎学姐也是初三（3）班的吧？阿想把所有的事都告诉我了。"

不，不，并不是所有的事。但此刻我选择一语不发。

矢木泽接着又说："跟三年前一样，今年的'灾祸'总算停止了，那……"

"是啊，真是万幸，"鸣感慨地说着，眯起了双眼。今天她左眼中是一颗略带茶色的黑色眼珠,自然,并不是那颗"玩偶之眼",所以没戴眼罩。

"真是太好了。"她的声音十分泰然,正与我此刻的心境如出一辙。

"你们俩明年春天就要毕业了吧,高中呢?有什么打算?"

"我高中打算考县立夜见一,阿想应该也一样吧?"

"嗯,大概吧。"

"是吗?那咱们可就要擦肩而过了。"鸣感叹道。是啊,明年春天她就要高中毕业了。至于毕业后的她有什么打算,我虽然一直很好奇,却从来没问过。

"夜见一那边没有'现象'这种事,你们放心。"鸣接着说。

矢木泽推了推圆框眼镜,猛地坐直了身子,挺起胸脯,一本正经地喊了声:"是,那我们就放心地去考夜见一了!"可随即他又耷拉下肩膀,叹息着咕哝了一句:"那也得能考上啊。唉,真愁死我了。"

"你不是说要趁暑假大玩特玩吗?"我插了一句。

矢木泽夸张地仰头望向天花板:"原本是这么打算来着,可不知不觉暑假已经过了一半。哎,时间不等人哪!"

鸣"哧"地笑了。矢木泽立刻涨红了脸,"咳咳咳"地假装咳嗽了几下。

我朝窗外看去,街道上熙熙攘攘的人群映入了眼帘。与平时相比,今天街道上的年轻人似乎更多了,开心地展露笑颜的人似乎也更多了。我忽然意识到自己正试图在这些陌生的面孔中寻找赤泽泉美的影子,慌忙制止了自己。够了,已经可以了,已经可以忘记她了。我告诫自己。

我又回头看了看鸣。

或许是对我的这种举动表示赞赏,鸣迎着我的目光,抿着嘴轻轻点了点头。

5

邻近黄昏,我们的电影欣赏会宣告结束。

"那就这样啰!今天玩儿得很开心……"说着,鸣站起身来准备告辞。

"见崎学姐!"我赶忙跑过去叫住她,"呃……我还有些话想跟你说。"

鸣从绯波町的别墅回来后,我曾给她打过一次电话。除了邀请她一起来看电影,还想跟她谈谈另一件事。不过,最终我还是觉得不方便在电话里聊……

"嗯?"鸣的目光似乎在问"还有什么事"。但似乎无需我再多说什么,她已经明白了我的心思,点了点头。

"哦。要不要顺道去趟美术馆?"

"方便吗?"

"没问题。矢木泽,那就再见了哦!"

"啊,好……"

看来今天只好扔下矢木泽一个人晾着了。对不住了,班长大人。分手的时候,他看着我的眼神里分明带着些微妙的意味。我知道,自己早晚得面对他的质问:"你这小子,跟见崎学姐到底是什么关系?!"

之后,我跟鸣去了御先町的玩偶美术馆,照例在地下展厅,我们谈到了那件事。

只要是她不想谈及的话题、不想告诉我的事,我就绝不问……我打算放弃自己一直以来遵守的这个规则。

事实证明,这个决定很正确。一番交谈、倾听、核实种种逻辑是否合理之后,我与鸣之间的距离似乎更近了一步。对我来说,当然很欢迎这样的结果,心中甚至还泛起一丝喜悦……

……

……

"对了,"我正要告辞,鸣像是又想起了什么,"昨天榊原给我来电话了,从美国洛杉矶打来的。"

"哦,是吗?"

"好像他在墨西哥遇到了不少麻烦。不过,他说这个月的月底就回东京。"说着,鸣像是松了口气,"他很关心今年'灾祸'的情况,所以我从头到尾都告诉他了。"

"嗯。"

"他还说近期会给你打电话。"

榊原恒一。

没错,应该好好谢谢他。我在心里对自己说,轻轻点头。

6

就这样,二〇〇一年的暑假平平静静地过去了。

盂兰盆节过后,一场台风久违地登陆了,但并未造成特别严重的损失。新闻里说,台风过后,还将会有超过历史纪录的酷暑天气,但实际上也并没有人因此接二连三地倒下……

赤泽泉美消失之前那一连串事件所带来的阴影曾像乌云般笼罩全城。此时，它终于像是被风吹散，夏日的夜见山市恢复了宁静与平和。至少在我看来是这样。

而且，自从上次在市立医院发生了那件怪事，我眼前再也没有出现过有关泉美的幻觉。我想，今后应该也不会出现了。

7

八月还剩下几天，生物小组在学校里开了个会。会议是由担任小组指导教师的仓持老师召集的，所有小组成员都参加了。开会的地点不是在T楼的理科教室，而是仍在0号楼原来的那间活动室。

活动室里已经打扫得干干净净，丝毫看不出两个月前那桩惨案的任何痕迹。尽管如此，我还是情不自禁地回想起当时的情景。我正拼命克制着自己的情绪时，却听见仓持老师说道："我先跟大家通报一件事：森下同学将担任我们生物小组的新组长。"

我不禁吃了一惊。森下？听说他因为家里的状况，平时几乎不怎么参加小组活动，如今怎么担任组长了？

"怎么说呢，自从发生那件事，我的想法多多少少有些改变，"森下像是要抢答我似的说，"生物小组是幸田同学付出了那么多心血才好不容易发展起来的，我也想为它尽一份力，做点儿自己力所能及的事。"

高高瘦瘦，手长脚长，但一望便知缺少运动细胞；虽然脑袋挺聪明，但在班里毫无存在感。就是这样的一个森下，却与俊介十分要好，而且是与我和俊介之间完全不同的那种要好……

初一、初二的小组成员中基本上没人反对。只有我追问了一句："你行吗？没问题吧？"

"嗯。不过，只靠我一个人肯定不行，所以还请比良冢同学多多协助。"森下"嗯"地点着头，像是也在说给他自己听，"今天想先跟大家商量一下。第一件事就是，请大家把之前带回家饲养的动物都带回这里来集中喂养……"

后来我才得知，森下家中所谓的"状况"，好像是因为他父亲家暴而导致的父母关系不合。后来，他父母终于在这个夏天离婚了。一向讨厌父亲的森下决定跟着母亲生活，往日的烦恼也因此一扫而空。据说他还准备找机会把自己的姓从父亲的"森下"改回母亲结婚前的旧姓。

开完小组会，我独自朝第二图书馆走去。开会前，我曾偶然瞧见千曳先生正朝0号楼走去，推测他这会儿肯定在。

图书馆的门上挂着"闭馆"的牌子，但我还是敲了敲门。门里立刻有人答应了一声"请进"。不等我推门走进去，便听见千曳先生问："是比良冢吗？"似乎他早就发现我今天来了学校。

"生物小组有活动？"盛夏季节，千曳先生仍一身黑衣黑裤。

"嗯，"我点点头，"讨论是不是继续保留生物小组。"

"哦，你看起来劲头十足嘛！"

"哪有啊，什么劲头不劲头的。"

"诶，不过六月那会儿的确很要命啊。你已经没事了吧？现在再去那间活动室没关系了？"

"嗯，还好吧。"

"那就好。"

他从柜台后面的冰箱里拿出瓶矿泉水递给我。"先补充点儿水分吧。"

"虽说八月还剩下几天,不过万幸没再发生'关联之人'死亡的事件。看来,七月那时候关于'灾祸'停止的判断是正确的。"说着,他的眉头间还是皱起了几道竖纹。在宽大的阅读桌上摊开手,他又接着说道:"其实,你七月告诉我那些话的时候,我虽不能说不信,但心里终究没办法百分之百放心。毕竟被这个'现象'折腾了好多年嘛,所以我总觉得不能彻底松懈,还是要慎重,看看事情的走向再说……"

他停了停,轻咳了几下。"不过,现在我觉得不必再担心了。肯定没事了。"

"嗯,肯定是。"

"如果能平平安安地进入九月,就证明你七月说的那些话百分之百都是真的,那么今年的'现象'就算彻底结束了。"

8

离开第二图书馆,我走出0号楼,沿着中庭小路独自漫步,终于在某个地方站住了脚。

那是生物小组活动室的窗外。杂草丛生的地面上竖着个用木头拼成的、小小的十字架墓碑。我站在那里……

时间流逝得远比我想象中快得多,一眨眼工夫,竟然已邻近黄昏。

风吹拂着,比白天凉爽了许多。蝉开始声嘶力竭地鸣叫,其他昆虫也不甘示弱地叫起来。

操场上传来学生们的叫嚷声。是体育部那些家伙还在训练吧。不知为什么，我总觉得这一切恍如隔世，遥远而又不真实。和着尖利的蝉鸣声，天空中偶尔传来几声乌鸦叫，依然是那么遥远，那么不真实……

最后一次在这里竖起墓碑是什么时候？

应该是四月初小鸣君死掉的那天吧。后来在黄金周假期死掉的黑斑泥鳅和沼虾被俊介毫不犹豫地做成了标本。

至于在六月那桩惨案里死掉的动物，当时自然不可能冷静地清点种类和数量。等新学期开学后，再给它们做个新的十字架吧。就算没有尸体，至少也要立上墓碑。然后，还要在旁边另外做一个更大的十字架……给俊介。同样，还得给他的双胞胎弟弟敬介也做一个。

在我胡思乱想的时候，时间又过去了很多，西边的天空中已经现出了晚霞。那不是普通的红色，而是鲜艳的朱红色，浓烈、稠重，不停地变幻着颜色，似乎要向地面滚滚流淌而来，美得惊心动魄。我竟莫名其妙地联想道：那真像血的颜色啊……

怀着一种奇妙的安详感，我仰头眺望着天空中的晚霞。

这几个月来的种种回忆纷纷涌上心头。悲伤、恐惧、眼前这个世界的蛮不讲理、不明来历的恶意以及自己那无能为力的痛苦，似乎都被晚霞的壮美淹没了……

我站在那儿，仰望晚霞。

心头充满了奇妙的宁静，同时感到了深深的敬畏。

暑假就要结束了。

第十四章 九月 Ⅰ

1

"从今天起,我们就进入第二学期了。"

九月一日周六,开学典礼结束后的班会上。

"根据我们的观察,今年的'现象'在七月已经结束,'灾祸'也停止了。暑假期间没有发生'关联之人'的死亡事件,我们平平安安地迎来了新的一个月。所以说,大家可以把心里最后的一点儿担心全都放下了。"

"同学们……"站在讲台上的神林老师接着说道,视线缓缓扫过全班。她的神情十分轻松,脸上甚至少见地浮现一丝微笑。那种心情与其说是喜悦,倒不如说是踏实,彻彻底底的踏实。

"离毕业还有七个多月,希望大家继续努力,度过一段有意义也充满美好回忆的时光。在悼念那些不幸离世者的同时,也要为了他们而更加努力……"

开学后,在初三(3)班的教室里一共空出了五个座位。其中,两个属于已经离世的继永和幸田俊介,一个属于正在住院的牧濑,另外两个则分别属于已经归于"死"的泉美和仍在旷课的叶住。与放假前一模一样。

"从周一开始,我们就要按照课程表,开始第二学期的授课了……"说着,神林老师又扫了一眼全班,换了个口气,"从上学期开始长期缺席的叶住同学下周开始复课了。前几天,我跟她见过面,她基本上已经决定了。"

"哦……"教室里顿时响起一片低低的惊呼。

有几个人一言不发地交换了眼神,其中就包括我和矢木泽。

"关于叶住同学缺席的原因,想必大家也都明白。毕竟,五月初发生了那么大的事。不过既然'灾祸'已经停止,现在的情况也大为不同,我希望她能忘掉当时的一切,重新收拾好心情,恢复正常的生活。经过一番劝说,她总算有些松动了。"

太好了!我由衷地想,在内心深处,我似乎一直对叶住的缺席难以释怀。

"所以,同学们,在这里我也要拜托大家一件事。叶住同学重新返校后,请大家务必像从前一样,把她当成班级的一分子、自自然然地对待她,好吗?"

我跟矢木泽又对视了一眼,心照不宣地点点头。

不经意地朝窗外望去,夏日即将结束,蓝天依然空旷、明朗,几乎没有一丝云彩。

2

第二天,也就是周日的下午,榊原恒一又给我打来电话。

我看了一眼来电显示,立刻明白了是他打来的。屏幕上显示的正是我已经保存过、标记为"榊原恒一"的提示字样。

"喂,小想吗?是我,榊原。"电话里传来的的确是他的声音。与七月初他从墨西哥打来的那通电话相比,这次他的声音十分清晰。

"嗯,是我。学长你已经回到日本了?"

"上周刚回来。"

"哦。对了，听见崎学姐说，你从洛杉矶给她打过电话？"

"哦，对。"恒一干脆地承认，"那次通话时，见崎把后续的情况都告诉我了。关于那个'增加的人'，还有她的结局……你们也真是不容易啊，不过幸好结果不错。昨天新学期开课了吧？"

"嗯。"

"八月也平安无事？"

"对。"

"哦，那就真的没什么好担心了。跟三年前一样，没事了。"他似乎也松了口气。看来，虽然远在异国他乡，有许多事要忙，他却一直牵挂着这边的情况。

"小想，你很不容易，"恒一又说，"怎么样，心情还好吧？"

我一时竟不知该如何回应。

"我听见崎说了，是你把她，也就是赤泽泉美回归'死'的。她是你的堂姐吧？你能亲手把她……"

那个晚上，在那座桥上，我曾经打算亲手把她推落桥下。实际上，在我触碰到她之前，她就……

但在鸣看来，她确实是我"亲手"推下去的。我在事后也没打算向她说明真相。

"榊原学长，"我鼓起勇气问，"三年前，也是由你亲自把那个'死者'归于'死'的吗？"

"啊，是……"恒一的声音低沉了些。

"那个人是谁？你是怎么做到的？现在应该还没忘记吧？"我继续问。

"嗯，还记得。"

"不过,总有一天会慢慢淡忘吧?"

"应该是这样。"

"那……要多长时间才会……"我的记忆什么时候才会被彻底抹掉呢?

"怎么说呢……"恒一沉吟了片刻,"那个留下录音带的松永前辈算是个特例吧。一般来说,过上几年总会忘记的。至于究竟需要多久,就因人而异了。说不定明年就忘了,也说不定明年还是忘不掉……你希望尽快忘掉吗?"

"我……"

"如果忘掉,那个人在当时存在过的回忆以及所有与那个人有关的事情都会被抹去。即便这样,你也希望早点儿忘记吗?"

"是。"

"该怎么说呢,"恒一喃喃道,叹了口气,"其实,我也说不清楚。"

我们陷入了沉默,不知该说些什么或问些什么。

正在我有些焦虑的时候,恒一终于打破了僵局。

"哦,对了,有件事我一直挺在意的。说是在意,应该是觉得不可思议。"

"什么?"

"关于今年'增加的人',也就是赤泽泉美,我的记忆中……"

关于泉美?他的记忆中?

"七月初,我头一次听见崎说到今年的事情后,也给你打过电话吧?当时我跟你说过,我正在拼命回忆三年前的事情。然而不可思议的是……"

"是什么?"

"我总觉得,当时在我'关于三年前的记忆'里似乎也有'同班同学赤泽泉美'的部分。她的名字、长相、声音以及她在夏令营时死去时的情形,我那时好像都还能记起来。也就是说,给你打那个电话的时候,我的记忆还没有被'现象'波及。"

"你是说……"

"当然,这种想法说不定是因为我现在的记忆已经被修改了。但我又总觉得不是这样。最有可能的是,因为你当时对我提到了'今年的赤泽泉美',我的记忆便在那一刻被修改了。从那以后,我再也想不起来任何与'三年前的赤泽泉美'有关的事了。"

"为什么会这样呢?"

"不知道,所以我觉得不可思议,但我倒是有几种推测。"

"推测?"

"比如距离。"恒一接着说道,"因为我与夜见山市之间存在着距离。你也知道,'现象'所导致的'灾祸'只能波及夜见山市内的'关联之人'。一旦离开夜见山,就会脱离受影响范围。所以,就算篡改记录、修改记忆能波及它的影响范围之外,但像墨西哥这么远的距离,它的影响应该会有所削弱。根据不同的情况,记忆修改或许不会那么彻底,或者至少会出现一定的延时。"

"哦,可是……"

"如果这也解释不了问题,那就可能是因为我这个人本身的特殊性,或者说,特权性。"

"特殊性?"

"因为我是三年前亲手把'死者'回归'死'的那个人啊。其他人很快会忘掉的、有关'增加的人'的记忆,我却会一直保留着。这就是所谓的特权吧。"

"残酷的特权。"鸣也曾这么形容过。我不由得重重地点头。

"到现在我还记得三年前那个'增加的人'是谁。那么,关于三年前发生的'现象'和'灾祸',说不定我仍然保留着比别人多得多的记忆。如果是这样,那么我对'三年前的赤泽泉美'的记忆就还没有被改变……你觉得呢?"

"我好像大概明白了一点儿你的意思。"

"所以说,没必要再纠结'怎么会啊''该怎么办啊'之类的事了。今年的'灾祸'已经结束了。事到如今……"

"嗯,这倒也是。"

"总之这样挺好。可以放心了。经历了那么多可怕的事,你也辛苦了,小想。"

"明年春天,打算再去一趟夜见山市。到时候,跟你和鸣一起见个面吧……"恒一又交代了几句,便挂断了电话。

我握着手机,带着说不清、道不明的心情连连叹了几口气。鸣送给我的狮子挂绳随着我的呼吸来回摇晃着。

3

九月三日周一。

正如神林老师宣布的那样,叶住结香终于来上学了。不过,她来的时候,第一节的数学课已经开始了。

"对不起,我迟到了。"向来不肯服软的叶住连声道歉。教数学的稻垣老师(女,大约三十五岁)和蔼地说了声"没关系"。

"不要着急,先去位子上坐下吧。最近没来上课,一定有很多东西搞不明白。别担心,有不懂的随时问我,课上、课外都行。"

老师们之间应该互相通过气，大都了解事情的来龙去脉。

"谢谢老师！"叶住一反常态地向老师道了声谢。

她好像变了个人，我想。

她的头发比之前短了些，人似乎也瘦了些，而且像是终于意识到了要遵守规矩，她的举止很有礼貌。我不禁犹豫着待会儿该不该跟她打个招呼……

第一节课结束后的课间休息，叶住开始跟原本关系就很好的岛村和日下部两个人聊天。之后的两个课间都是如此，三个人一副心无芥蒂的样子，凑在一起说说笑笑。叶住似乎很开心地笑着，却总让人觉得有些反常。不过我多少放了心。看来，暂时没必要特地去和她搭话了。

叶住既然已经来上课，教室里便只剩下四个空位。除了已经死去的两个人的和还在住院的牧濑，原本属于泉美的那个空位似乎可以撤掉了……要不要提醒一下应对小组的人？

午休的时候，应对小组成员江藤来找我。

"上次你去医院看她，牧濑可高兴啦！"

听她这么说，我的心情多少有点儿复杂。

"你后来又去看过她？"

"嗯。之后的那周也去了。上周又去过一回。"江藤回答，"原本说秋天就可以出院的……可听说最近情况不太好……"

"是嘛……"

"再这么拖下去，她只能留级了……不过这也没办法。她本来就胆子小，唉，真可怜。"江藤有些伤心，眯起了大眼睛，垂下了头。

"她会好起来的,"我顿时有些不知所措,慌忙挤出了一些毫无意义的安慰话,"牧濑同学她一定会没事的。"

"会吧……嗯,一定会的!"

"下次我也跟你一起去看看她吧。"

"嗯,那太好了,谢谢你!"

"现象"消失了,"灾祸"停止了。原本作为应对策略之一而担任"不存在的人"并因此伤透了心的叶住也重返校园。

九月三日,初三(3)班教室里,自四月以来头一次,终于呈现出一个普通班级该有的样子。空气里洋溢着安稳、和煦、活泼的气氛。然而……

有一件事让人坐立不安,像一张洁白的图画纸沾染了一小块黑色颜料。

神林老师今天没来上课。

早班会由教社会课的坪内老师(男,年龄大约四十岁)代为主持。他向全班解释说:"神林老师今天休息。她好像忽然生病了……大概是感冒之类的。所以,第四节课从原定的理科课改为自习,具体安排稍后再通知大家。"

4

九月四日周二。

今天,神林老师也没来上课。

早班会上又看到坪内老师的时候,我吃了一惊,多少有点儿心情不佳。不过此时所谓的心情不佳只是隐约地担心而已。

"神林老师的身体还是不太好……"坪内老师照例又通报了一下情况。

肯定是因为……我在心里念叨着。

作为初三（3）班的班主任，自今年春天以来，神林老师所背负的压力真是非同小可。五月她哥哥去世那件事更是雪上加霜。所以，暑假开学后，一旦确定了"现象"已经结束，长期积累的压力瞬间爆发出来，身体也因此……

对于这一点，矢木泽跟我看法一致。"神林老师这个人，除了认真，还是认真。所以一松下劲儿来，就容易被疲劳击倒。"

除此之外，还有一件事让我有些放心不下。

昨天，除了住院的牧濑，全班同学都来上课了。然而今天却有一个人缺席。

缺席的是岛村，就是那个跟叶住关系很好的女生，也是四月曾经被自行车撞到、受了伤的那个人。

一大早，她就没有露面，但老师并没有特地说明什么，所以我猜大概是请病假了之类的。事实也正是如此。第二节课下课后，担心不已的日下部给她家里打了电话，总算搞清了状况。

"说是感冒了，"她告诉叶住和其他女生，声音也传到了我的耳中，"她说昨晚有点儿发烧，身体轻飘飘的，就早早睡了。"

"对了，岛村同学昨天好像戴着口罩吧？"

"她好像还有点儿咳嗽呢！"

"对！"

"只是单纯的感冒吗？"

"是啊，她说没什么好担心的，还说等烧退了就来上学。听她的声音，好像挺有精神。"

"该不会是流感吧？"

"天气这么干燥，还没到流感季节吧？"

"说得也是啊……"

听着女生们的议论，我也放下心来。但总觉得有点儿心绪不宁。不过即便在此时，那份随之而来的一点点不安仍很模糊。

今年的"现象"已经消失，"灾祸"已经结束。对于这个结论，我深信不疑。七月的那个夜晚，泉美投身于夜见山河滚滚浊流中的那一刹那至今仍历历在目地铭刻在我的脑海里。

赤泽泉美的"死"阻止了"灾祸"。这一点毫无疑问，也不容置疑。所以……

"没问题，不会有事……"我自言自语着，转换了心情，把目光移回书本上，那是我从拂晓森林图书馆借来的埃勒里·奎因的《暹罗双胞胎之谜》。

5

九月五日周三。

一大早，浓雾弥漫。

虽然我居住的飞井町一带雾并不算大，但要想骑自行车出门，恐怕还是不行。

大雾覆盖了整个夜见山市，有些地方尤其严重。学校周围也是如此。整个校园都笼罩在灰白色的雾气中，即使从学校大门口望去也只能影影绰绰地看见教学楼的灰色影子。教室里，大家都在七嘴八舌地抱怨着，有的说上学路上差点儿迷了路，有的说交通信号都成了摆设，还有的说这种鬼天气把小学生都吓哭了，云云。

"有多少年没下过这么大的雾了?"一见面,矢木泽就说,"我上小学二年级还是三年级那年也有过一次,当时学校还特地放假了。不过,你应该不知道吧?"

"比今天的雾还大?"

"那倒不至于,"矢木泽嘟哝着,转头看向窗外的校园,"从三楼往下看,什么都看不见了啊。"

"雾真够大的。不,倒不如说真够诡异的。"

"确实。不过天气预报说下午就会放晴。"

神林老师今天还是没来。一听到这个消息,教室里立刻安静下来,随即又响起了嘁嘁喳喳的议论声:"到底怎么回事啊?""她不会有事吧?"……

昨天请假的岛村今天也没来上学,大概是因为感冒还没好。

而且,今天又有一个人请假。

因为第一节课时有几个人迟到,所以大家都没在意。然而直到第二节课开始时,他还没出现……

是一个姓黑井的男生。

我平时没怎么跟他说过话,所以对他不怎么熟悉,只记得是个少言寡语的小个子,在班里不太引人注意。他今天虽然没露面,但跟请病假的岛村的情况似乎不太一样。

第二节课、第三节课……直到第三节课下课了,不知是教务主任还是生活指导老师来教室巡查时才发现问题。

"黑井同学今天一直没来吗?"

究竟出了什么状况? 发生了什么事? 午休时,终于有了答案。矢木泽因为别的事情去教员室,竟然不小心听到了重要的信息。

"黑井同学的妈妈好像打电话来询问过。"矢木泽说。

"询问?"正常情况下,不是该反过来吗?学生没来上课,学校应该向家长询问情况才对吧?

见我歪着头一脸困惑,矢木泽接着说:"据说她因为有事要找黑井,打手机却一直没人接,所以打来学校问问他今天有没有按时来上学。"

"诶?"我脱口而出,"那就是说,黑井他今天早上已经出门了?不是在家休息?"

"对啊。"

"他出门来学校了,却没能到达学校?"

"嗯。不过,据说他今天出门的时间比平时晚,大概是起晚了,然后慌慌张张地冲了出去。后来他妈妈发现他忘了带东西,就给他的手机打电话……听说过程就是这样。"

"该不会是没来学校去了别的地方?"

"就是说嘛,"矢木泽郑重地点点头,抓着自己的长发,"难道是因为雾太大,迷路了?这怎么可能!"

"跟父母吵架离家出走了?"

"我倒是不太清楚他家的情况……"

"又或者是不想上学,躲到什么地方去了?"

"不像,那家伙不像是这种人。"

"不像?"

"哎呀,其实我也说不准。我平时没怎么跟他说过话。"

"嗯。"我压抑着心中似乎一不小心就会涌起的不安,"哼"了一声。

"总之先看看情况再说。他父母正到处打听呢,看看他是不是跑去了亲戚或者熟人那里。"

"反正,能尽快找到就好。"

"要是到了天黑还没回家,事情可就大大不妙了。"

"也许吧。"

午休时,我俩登上了 C 号楼的屋顶。

雾渐渐散了不少,抬头可以望见布满乌云的天空。脚下的混凝土屋顶被雾气打湿了,无处可坐,我俩只能斜靠在屋顶四周围着的铁栅栏上,站着吃午饭。我的午饭是小百合伯母帮我准备的三明治,矢木泽吃的则是从便利店买来的两个饭团。

"神林老师也真是的,"矢木泽说,"她是从周一开始休假的吧?可我总觉得她休假的理由有点儿含糊。"

"嗯?为什么?"我惊讶地问。

"呃,我只是不小心听到了老师们的议论……"

"偷听到的?"

"不是,偶尔听见的。我可没故意躲在旮旯里偷偷摸摸的。"

"无所谓了,"从昨天开始我就心情不佳,还有隐约的不安,我压抑着这些心绪催促道,"然后呢?"

"说是从周一开始就联系不上她了,打电话也不接,电话留言后也一直没有回。"矢木泽顿了顿,"一开始以为她是身体不舒服,在卧床休息,可是第二天也没来,而且到现在还没联系上本人。"

"今天也是?"

"嗯。说是怎么看都奇怪,还是去她家里看看比较好。"

"这是你偷听到的?"

矢木泽没否认，转了个身趴在铁栅栏上。温热的风吹来，吹乱了他的长发。

"阿想，"他按着被吹乱的头发，转身望着我，"你怎么想？这些……"

听了他的提问，我却只想离开。因为我不能也不想回答他的问题。然而……

自周一以来发生了一连串的事情。

神林老师、岛村，然后是黑井。也就是说，每天都有一个人没来学校。教室里每天都会少一个人。

这究竟是怎么回事？是单纯的偶然现象还是另有含义？假如真是后者，那到底是……

不，不对。不必太在意。不要瞎担心。

今年的"现象"和"灾祸"都已经结束了。这一点是无可置疑的，也绝不容置疑。我坚信。

晚上，我早早上了床，却怎么也无法入睡。好久没这样了。我一边纠结着是不是该吃一点儿碓冰医生给我开的安眠药，一边渐渐进入了浅睡状态。

我做了个梦。

雾。

周围是一片苍白的雾，冰冷的雾，似乎随着每一次呼吸，被直接吸入肺的最深处。冰凉冷冽，我冻得直打哆嗦。忽然，我看见雾中有什么东西在靠近……一些看不清原形的灰色影子。

那些影子的形状似乎是人体，却不知道究竟是不是人。一个，两个，三个……眨眼之间，影子越来越多。我吓坏了，正准备逃跑，却发现周围已经被不断冒出来的影子围得水泄不通。寒冷,加上恐惧,我颤抖得更剧烈了。可尽管如此,我只能站在那里,一步也动弹不得——原来是场噩梦。

6

九月六日周四。

神林老师还是没来。

代课的坪内老师照例在早班会的时候通报了情况,声音却比平时低沉,言语也很含糊。

因为昨天从矢木泽那里听到了消息,我原以为今天他会宣布些什么,没想到落了空。不过,坪内老师似乎一边讲话一边在窥探着我们,脸上似乎带着一种束手无策的绝望神情……

岛村继续缺席。已经是第三天了。

黑井仍不见人影。昨天找到他了吗?他回家了吗?虽然我不太了解他家里的情况,但如果他仍然行踪不明,恐怕早就闹翻天了。哦,说不定已经闹翻天了。

"岛村还没好?"

"感冒加重了?"

"不要紧吧?"

课间休息时,我听见日下部她们在七嘴八舌地议论着。叶住也挤在那群女生当中,但我没听到她说话。

"岛村好像没有手机?"

"昨晚我往她家里打过电话,是她妈妈接的,说'让大家担心了'。听声音好像没精打采的。"

"嗯……真的不要紧吗?"

"要不我们去看看她?"

"可是……"

怎么回事?感觉不太好。我隐隐有些恐慌。

我自前天开始产生的那种感觉,现在已经在教室里扩散。

没有人提到黑井,但午休时,矢木泽带来了新的消息,大概又是从教员室打听到的。

"据说到现在也没找到黑井那家伙。"

"他没回家?"

"好像是。"

"报警了吗?"

"谁知道呢,应该报了吧。要是离家出走还好,可万一被绑架了呢?"

"绑架……怎么可能!"

"老师们已经手忙脚乱了。跟昨天相比,简直是战战兢兢。"

跟昨天一样,我俩又去了C号楼的屋顶。我吃着小百合伯母做的午饭,矢木泽则啃着从便利店买的三明治……

"神林老师呢?"我问,"不是说要去她家看看?后来怎么了?"

"啊,那个啊,"矢木泽眉头紧皱,"虽然没完全搞清楚,但好像情况也不太妙。"

"怎么说?"

"具体情况还没打听到。"

"你没找人问问?"

"找了啊,我一咬牙,直接找教语文的和田老师问了。可他支支吾吾,不肯说……还显出一副很为难的样子,只跟我说'先等一等'。"

"这很奇怪啊!"

"就是,特别古怪吧?看他们那副样子,我都忍不住要往最坏的情况考虑了。"

"最坏的情况……"

"嗯。"

"那是什么?"

是一个我俩都说不出口也不想说出口的答案。此时此刻,我俩的心里一定都想到了。

今天没有雾。从屋顶可以望见附近的街景和夜见山河,但天空并不是秋天应有的万里晴空,布满了浅灰色的薄云,看不见太阳。不时吹过的风,带着些令人不适的湿热,让人感觉又闷又热,更像是身处残夏。

天空中忽然传来乌鸦的叫声。

"嘎——嘎——嘎——"我们循声抬头望了望,又忽然转回头盯着彼此,一言不发。

那说不出口的,或许才是正确答案。

7

周四的第六节课是大班会。

将由哪位老师来代课呢?坪内老师?还是……结果,踩着上课铃声走进教室的是大家完全没想到的人。

黑衣黑裤……不分季节总是一身黑衣的第二图书馆管理员千曳先生。

怎么会是他?所有人都目瞪口呆,包括我在内。不过,我的困惑迅速变成了紧张，直勾勾地盯着讲台。

"我是千曳。在座的诸君，我大部分都有印象，所以你们大概对我也不陌生。"他把双手撑在讲台上，故意停顿了一会儿，目光扫视着众人。我感觉他似乎在借机调整自己的情绪。

"首先……"千曳先生抬手扶了扶眼镜，又停顿了两三秒钟，这才下定决心似的开口说，"我要宣布一个非常令人遗憾的消息。从周一就一直休假的班主任神林老师昨天被发现已经不幸去世了。"

这不啻是一个爆炸性消息！但更不可思议的是，我居然对此并不觉得特别惊讶。这的确是我的真实感受。大概从昨天以来，就算矢木泽没说"朝最坏的情况考虑"之类的话，我也隐隐约约预感到事情可能会演变成这样。

教室里，大家的反应各不相同。有几个人放声大叫；也有人双手捂脸；还有的呆若木鸡，直勾勾地盯着前方；又有人默默无语，只是不停地摇头……

"怎么会呢？！"终于，有人大声问道。

"到底是怎么回事？"

"请您说说详细情况！"

千曳先生语调沉稳地开了口："原本应该一早告诉大家的……可是老师们也很受打击。应该怎么处理应对、怎么向同学们传达……总之，有很多事需要商量。商量的结果就是你们看到的这样，由我来对大家宣布。我认为，还是把事情原原本本地告诉大家比较好，这样可以避免胡乱猜测。"

据他说，从这周一开始就联系不上神林老师了。直到昨晚，几位老师自告奋勇，去神林老师家一探究竟……这一点跟矢木泽

第十四章 九月 I

听到的消息一致。之后……

神林老师家住朝见台附近，是古旧的独栋小楼。老师们先是在她家大门口按了门铃，却没人应答；打电话仍没人接。但他们发现窗户里透出灯光，感到大事不妙，于是……

"老师们报了警，然后跟前来的警察一起破门而入。走进屋内不久，发现了神林老师的遗体。地点是在浴室，她躺在放满了水的浴缸里……"

所有人都默然听着，教室里一片寂静。千曳先生不带任何感情色彩地继续说道："根据警方对现场和遗体的检查，最终确定死因是溺水。死亡时间大概是周日晚上。另外，在客厅的桌子上还发现了倒空的红酒瓶和酒杯，初步判断神林老师是酒后入浴，其间睡了过去，之后便不幸溺水身亡。"

也就是说，只是所谓的事故性死亡，不是犯罪案件。同时，因为没有发现遗书之类的东西，也排除了自杀的可能性。

因酒后入浴而导致意外……类似的事情并不少见。

"最近一段时间，神林老师的身体不太好，这是事实。所以，这周她突然没打招呼就休假时，大家都以为是这个原因。'灾祸'已经停止，第二学期也平平安安地开学了……身心疲惫的神林老师终于松了一口气吧？虽然不知道她平时酒量如何，但仔细想想，很可能是她在极度放松的状态下不小心饮酒过量，最终导致了不幸。假如真是这样，我们现在唯一能做的只有为她祈祷，愿她一路走好。"

说罢，千曳先生深深地叹了口气。像是被他传染了似的，教室里响起一片叹息声。有几个女生还开始小声抽泣起来。

过了一会儿，在一片沉默中，终于有人举手。"老师，可以提个问题吗?"

是江藤。

"嗯……神林老师的去世,是'灾祸'造成的吗?"

"大家都很关心这个问题吧?"千曳先生回答,用手推了推镜框,并没有显出慌乱,反而像是在斟酌早已准备好的答案。

"以我目前的想法来说,"他又停顿了片刻,"应该不是。不是'灾祸'造成的。"

"真的?"江藤问,"您真的这么想?"

"在七月的某个时间点,'增加的人'消失了。随后,今年的'现象'停止了,'灾祸'结束了。八月没出现受害者就是最好的证明。所以,神林老师的不幸离世应该与'灾祸'无关,只是单纯的意外。否则,道理就讲不通了。"

千曳先生一口气说完,却并未看向提问者江藤,而是盯着教室中央的某一点。他的样子不禁让人觉得,"否则,道理就讲不通了"这句话更像是说给他自己听的。

尽管如此,此时此刻,我的心情却与他毫无二致。

"现象"已经消失,"灾祸"已经停止。所以,神林老师的死肯定不是那个原因。虽然令人悲伤,但总归只是这世界上每天都在发生的普通死亡事件之一。只能这么想,所以……

8

"目前,暂时由我接替神林老师,担任初三(3)班的班主任。本应一开始就先告诉大家,但考虑到事情的轻重缓急……"千曳先生调整了一下语气,重新开始自我介绍。

"本人名叫千曳辰治，以前是第二图书馆的图书管理员。因为我有中学教师资格证书，这次受校长的特别邀请，来负责初三（3）班。你们之中或许有人已经知道了，二十九年前，就是'现象'开始出现的那一年，我在本校担任社会课老师，也是当年初三（3）班的班主任。以这个身份来说，我现在无法拒绝校长的邀请。"说这番话的时候，千曳先生的语气比刚才缓和了不少。但他看起来还是跟在图书馆的时候判若两人，该怎么形容呢？即便不那么明显，但告别课堂多年后重新作为教师，而且是作为初三（3）班的班主任站在讲台上，千曳先生本人的紧张感溢于言表，连我都能感觉到……

"总之，我只是为了应付紧急事态而临时代理班主任，肯定有很多地方会照顾不周，请同学们多多谅解。同时，大家如果有什么困难，记得随时找我。另外，虽然我可以继续教社会课，但这次暂时决定不承担任何教学工作。至于原来由神林老师负责的理科课程，学校方面应该很快就会安排新的老师……"

发表完代理班主任就职演说，千曳先生离开讲台，走到黑板旁的墙边，打开手里的班级名册，逐一对照着上面的名字和座位上每个人的长相，又皱着眉喃喃自语："岛村同学请病假了？到今天已经是第三天了……唔……"

还有黑井啊，我想，千曳先生一定也注意到了。

"还有从昨天起就没来上学的黑井同学……"

简直像是听见了我的心声，千曳先生又说："或许你们已经听说了，他昨晚好像没回家。他父母已经报警，现在事情闹得有点儿大……不过，他一定会没事的，说不定今晚就会突然回家。'灾祸'已经停止了，我们不必太担心。"

可是……我差点儿就要脱口而出，但还是控制住了自己。

我理解千曳先生的看法及其目前所持的态度，甚至连我自己也这么想。我也应该这么想。

可是……无论在道理上怎么说得通，我内心的某个地方还是不断地泛起不安。无论我如何竭力否认，甚至在心里修筑起一道抵抗的围墙，有一种东西还是会越过围墙，又或是击穿围墙，源源不断地冒出来……

昨晚那个噩梦中出现过的灰色影子在我脑海中徐徐浮现，不知不觉，我像打摆子似的浑身发颤。

"喂，比良冢同学，你还好吗？"千曳先生注意到了我的异样，担忧地问。

"嗯。"我故意唤醒了记忆中泉美坠入夜见山河时那一幕，来驱赶那些蠢蠢欲动的灰色影子，用最后一丝力气回答道："千曳老师，我没事。"

9

对面走过来一个小孩。

个子小小的，看上去像是小学三四年级学生。身上穿着黄色的开领衫和牛仔裤，头上戴着白色棒球帽。因为离得远，他又一直蹦蹦跳跳，所以看不清长相。

他背上没背书包，应该是放学后先回了家再跑出来玩的。

此时是下午四点半。

因为刚到九月上旬，离天黑还早。午饭后，天空中慢慢地堆满了厚厚的云层，周围的风景也显得有些暗淡。

我刚离开学校，走在回家的路上。矢木泽、应对小组的江藤和多治见恰好同路。

"千曳老师虽然嘴上那么说，可事情真是那样吗？神林老师偏偏在这个时候去世了，不管怎么说都有点儿……"多治见愁眉苦脸地说。他个子很高，比我还高了不少，体格健壮，乍一看是个狠角色，其实性格开朗，给人的印象很不错。但也正因如此，他反而让人觉得有点儿靠不住，作为应对小组的一员，还没那些女生让人觉得放心——泉美自不必说，就连江藤也似乎胜他一筹。

"既然千曳老师那么说了，我觉得可以相信。"江藤接口道，"毕竟，他是咱们学校里观察'现象'最久的人。要是真有危险，就算校长邀请他当班主任，他也不会答应的。没事干吗要成为初三（3）班的成员呢？对吧，阿想？"说着，她转头看着我。

"啊，嗯……没错。"我点点头，含糊地应了一句。这的确是敷衍之词，我心知肚明。因为没有危险，是安全的，所以接下班主任这个差事？我想，千曳先生不是这种工于心计的人。

话虽如此，但我不认为眼下初三（3）班有什么危险。当然，我是不愿这么认为。

"不会有事的，"我又说，"神林老师的事只是偶然发生的不幸事故，岛村同学的缺席也只是因为感冒，休息几天很正常。"

其实我在七月底也曾经因为得了热伤风，好几天卧床不起，那也跟"灾祸"完全没关系。

"要是感冒一下你就担心，那住院的牧濑又该怎么办？"

听江藤这么说，我点点头。"是啊，没错。"

"我很想同意你们说的，"矢木泽忽然插嘴道，"可是黑井那事还是让人放心不下。唉……不过,咱们在这儿瞎担心没用。"

"就是说嘛!"

"真是像千曳老师说的那样,黑井他今晚忽然回自己家,那就太好了……对了,多治见……"

"怎么?"

"班长的任期到这个月底就满了。我干得差不多了,你要不要接任?"

我们七嘴八舌地聊着天,走在回家路上。出了校门,我跟他们仨一道走上了一条平时不常走的大路。这是一条双车道的马路,路两边都设有步行便道。我们四个人便肩并肩地走在右侧便道上。就在这个时候,从我们前方走来一个小孩,看来没什么特别,起初我们都不以为意。

当我们越走越近时,那孩子停下了脚步朝我们张望。

一看到他的脸,我顿时陷入了一种古怪的错觉。

略带棕色的头发,苍白的、看上去很老实的面孔,带着些许落寞的神情。

啊,这是怎么回事?

这个孩子,这张脸。

难道不是很像我吗? 我忽然发现。

不,不,他简直就是几年前还在上小学的我啊!那个住在绯波町、经常在"湖畔之家"进进出出的我啊!他怎么会突然出现在我的眼前? 我顿时陷入了狂乱的幻觉……

糟糕……

这种感觉……

我觉得脚下的大地忽然塌陷,还不断地晃动。眼前这个"世界"的轮廓越来越模糊。"我"的意识也慢慢地一分为二,其中一个似乎正在慢慢脱离我的肉身……

不行,不行……我使劲晃晃头。

我不再是我了,就连这种感觉也似曾相识。三年前那个夏天……啊,对了,这该不会是那次诡异经历的某种后遗症吧!

那个小孩长得根本不像我。我眼前出现的只是过去的自己,怎么会这样……

同时……

那个小孩看见我们,歪了歪头,像是要说些什么,但实际上什么也没说,又掉转了头。

不知为什么,他忽然转身飞快地朝车道跑去。

我们被孩子突如其来的举动惊呆了。恰在此时,他身后的车道上开来一辆黑色轿车,司机似乎完全没注意到那小孩……

"啊,危险!"

"危险啊!"

矢木泽和江藤脱口喊道。轿车的喇叭长长地响了一声。万幸的是,车子在最后一分钟停住了,小孩毫发无损地穿过了马路。

"妈呀,差一点儿就撞上了!"矢木泽"呼呼"地喘着粗气说,随即朝那个孩子大喊了一声:"喂,过马路要当心啊!"

"他大概是看见对面走过来四个中学生,把便道占满了,才会突然想跑到对面去吧?"多治见分析道。

"即便如此,也不能乱跑啊!"矢木泽仍一脸焦虑。江藤则在一旁不停地抚着胸口。

我还没从刚才那种古怪的感觉中完全脱离出来,只是远远地望着那个小孩。听见矢木泽的喊声,他只回了一下头便不再理会我们，沿着对面的便道朝前走去。

就在一瞬间。

始料不及的事发生了。

一切毫无征兆。或者说，至少我没有感觉到任何征兆。

我所感觉到的已经不是征兆，而是一声巨响。不知来自何方、突如其来、不同寻常的巨响。我正在思量那是什么声音的时候……

伴随着一声更大的、几乎是震耳欲聋的巨响，孩子的身影一下子消失不见了。不，不，那个消失在我视线里的孩子，实际上是被抹掉了——被一个从天而降的巨大物体抹掉了。

那究竟是什么？到底发生了什么事？我们一时都面面相觑。只知道有一个又大又重的物体落到了便道上，把正在走路的孩子砸在了下面。

地面上似乎也传来阵阵回响。矢木泽和多治见捂住了耳朵。江藤则双手捂眼不敢再看。只有我毫无反应，呆呆地站在原地。

那个从天而降的物体好像是一大块混凝土，其中还掺杂着铁管、金属板之类的东西。空气中扬起了无数粉尘，坠落到地面的混凝土块里还伸出了几根变了形的红褐色钢筋。

我抬头朝上方仰望，发现前面不远处是个施工工地。一栋高楼正在进行改装或拆除。高楼四周还围着防护板和防护网，但很显然，这次它们都没发挥作用。

虽然具体原因还不清楚，但看样子像是大楼的最高层出了事故，楼的外壁或阳台部分坍塌，连同周围的脚手架一起砸下来，偏巧落到了那个孩子头上……

与其说是被抹掉，还不如说是被砸扁了。那孩子根本来不及反应,连哼一声的时间都没有,就已经遇难了。

"那小孩怎么样了啊!"江藤带着哭腔喊道,"喂,到底是怎么了,发生什么事了?!"

"看情形,多半没救了……"矢木泽颤声答道。

多治见仍然捂着耳朵连连摇头。

"没救是什么意思?死了?"

"还不清楚……估计是……"

"赶紧过去救人啊!"

"不行,现在靠近太危险了,没准儿还会有东西掉下来。"

"可是……"

"先别说那个了,赶紧报警,打急救电话!"

"哦,对对。"

坠落物在车道上散落一地,车辆通行也受到影响。道路上响起了一片刺耳的急刹车声和鸣笛声。有人停下车走出来观望,附近的人得知发生了事故也逐渐聚拢过来……

在一片混乱之中,我抛开他们仨,独自穿过马路,走到事发现场附近。驱使着我行动的或许是那个分裂后已经脱离我身体的意识……不,不,我不清楚。唯一可以确认的是,此刻我的精神状态绝非正常,连自己究竟要做什么、想去做什么都搞不清楚,简直像是梦游症患者。

"阿想,你不要过去啊!""危险!"我把矢木泽他们的呼喊抛在脑后,径自朝前跑,直到悲惨的一幕出现在眼前。原本以为被混凝土块完全掩埋了的那个小孩,头和右手还露在外面,头上的棒球帽已经飞出去,落在一旁。他就那么脸朝下趴在那里,沾满鲜血的右手朝前伸着。而且……

"啊……啊……"他嘴里还在发出细弱的、仿佛随时会停止的呻吟声。

还有气息,他还活着。

见此情形,我立刻准备跑上前。然而就在我正要抬脚的一刻,仿佛是魔鬼的恶作剧,一根铁管再次从天而降,以万中无一的极小概率落在那个奄奄一息的孩子身上,眨眼间便刺入了他的后脑勺……血喷溅而出,洒满了步行便道。

"啊……"我被眼前这突如其来、血淋淋的一幕吓呆了,不禁放声大叫。

"啊……啊……"我拼命地嘶吼着,喉咙像要裂开了。头脑中的理性彻底崩溃,只剩下恐惧和厌恶……我忘掉了自己,不顾一切地拼命喊着。

10

田中优次。

晚上,我们得知了那孩子的名字。他刚满九岁,是夜见山第三小学三年级学生。电视台在本地新闻节目里这样报道着。

我在客厅看电视的时候,小百合伯母也在。看到这场惨剧的报道,她不禁大为震惊,连声叹息。

"那里……不就在你们学校附近吗?"

我没有回答,站起身走出了客厅。

目睹了傍晚的那场惨剧之后,我几乎像是逃跑似的离开了现场,独自回到家中。

因为受到的刺激太大,我已经陷入无法思考,或者说拒绝思考的状态。与思考有关的脑部功能像是完全冻结了。

回到家,这种状态仍一直持续着。不仅是思考,就连控制感情的相关功能好像也被关闭了,就连那个死去的孩子是多么可怜这么显而易见的情绪也无法在我心中激起半点儿涟漪。

见我这副失魂落魄的模样,小百合伯母有些担心地问:"小想,你怎么了?"对此,我只能回答一句"没什么"。

矢木泽给我的手机打过几通电话,我无心搭理。

从新闻里得知小孩名字的那一刻,我的大脑才多少恢复了部分功能。

田中优次。

我在心里默念着这个名字。

田中优次、田中……

似乎有什么地方卡住了,但此刻我的大脑拒绝思考。

"田中"是很常见的姓氏吧?可是……

深夜时分,矢木泽又接二连三地打电话找我。我终究没办法置之不理,只得战战兢兢地按下了接听按钮。

"喂,你总算接电话了。我说,你还好吧?"

"啊……嗯。"

"你小子,一声都没吭就扭头跑回家。我们都很担心你。"

"诶,抱歉。"

"看新闻了吗?据说那个小孩名叫田中优次……"

"嗯,看了。"

"咱们班里也有个姓田中的家伙吧!"

"……"

田中这名字太常见了,所以肯定是……

"是乒乓球队的,名叫田中慎一。我虽然平时和他不怎么熟,不过到底还是很在意,就查了查。结果……"矢木泽说到这里停了下来,像是在等着我的反应。我却没会他,心里翻来覆去地只有一句话:"不会吧""不会吧",却始终无法说出口。

"田中优次是田中慎一的弟弟。"矢木泽揭开了谜底,"虽然具体情况还不太清楚,不过据说他当天放学后没回家,在乒乓球队参加活动。他弟弟当时是去我们学校找他。"

"不会吧……"这次,我终于忍不住脱口而出。

"怎么会这样?"

"那个小孩是初三(3)班的'关联之人'。"

"怎么会!可是……"

"'灾祸'确实已经停止了吧?"

"嗯。"

"要真是那样,这又算什么?跟神林老师的死一样,也是单纯的事故?"矢木泽加重了语气,声音却有些颤抖。我无言以对,似乎又要回到拒绝思考、封闭情感的状态……沉默几秒后,我好不容易挤出了唯一的回答:"我也不知道。"

11

"首先,我要宣布一个非常令人遗憾的消息。"

九月七日周五。

早班会上,千曳先生的开场白与昨天一模一样。大概是要宣布田中慎一的弟弟不幸身故的事吧?我想。但结果大大出乎我的意料。

"学校刚刚收到消息,是几小时前才发生的事,大家应该还不知道吧。"

几小时前才发生的?究竟是什么事?

千曳先生的表情前所未有地严峻。我有一种极其不妙的预感,紧张得快要喘不上来气。教室里的空气也一下子仿佛石入池塘,泛起阵阵涟漪,随即又陷入了一片沉寂。

千曳先生的神情更严峻了,声音苦涩地说:"一直请病假的岛村同学今天早上去世了。"

片刻的沉默之后,教室里立刻一片哗然。相比昨天听到神林老师的死讯,大家的反应更为激烈了。许多人毫不掩饰地放声大哭,我也情不自禁地惊呼了一声。

"骗人!"带着哭腔大喊的是日下部,"岛村同学死了?岛村同学死了?"

"怎么会?怎么会这样?!"另一个声音也响起来,充满绝望。

那是叶住的声音。她坐在靠窗边那排最后面的位子上,双手抱头,直勾勾地瞪着前方。她的眼神里肯定空无一物。我蓦地体会到那种万念俱灰的空虚之情。

看着学生们的反应,千曳先生把双臂撑在讲台上,以手抚住了额头。

"也许是症状突然恶化吧……哦,不,详细情况现在还不大清楚。"他慢慢摇了摇头,起身站定,又接着说道,"现在再让大家不要担心应该很难吧。不过,我希望大家还是要保持冷静。我能说的暂时只有这些了。"

12

据称,异常情况出现在前一天晚上。

岛村从周二开始请病假。因为她的症状很像普通感冒,家人没太在意,认为吃上几颗感冒药,休息几天就会没事。

她的病症虽然没有恶化,却也丝毫没有好转的迹象。直到病休的第三天,也就是周四的中午,她仍在发烧,其他诸如头疼、浑身酸软的症状也丝毫不见好转。之后,当天晚上……

岛村妈妈去女儿的卧室里查看,却发现她从床上爬了起来,人迷迷糊糊的,喋喋不休地自言自语。问她怎么了,她仍是昏昏沉沉的,毫无反应。母亲担心她是在发烧说胡话,便赶忙扶着她重新躺回床上,又在一旁看护了一阵,才离开她的房间。

然而到了凌晨两点多,岛村妈妈听到有动静,便再次去女儿的房间查看。发现她又下了床,站在大橱柜面前,两手不停地敲打着柜门。敲打了一阵子之后,又拉开柜门,再关上,接着继续敲打……意识模糊的岛村就这样不停地重复着这一系列毫无意义的动作。

虽然女儿的举动未免过于古怪,但岛村妈妈还是再次把女儿拉回床上躺下,等她沉沉睡去。她的症状并没有恶化,但岛村妈妈还是在旁边守护了一阵,才转身离去。

下一次异常状况发生在两小时后,正值凌晨四点左右。

岛村的卧室位于独栋小楼的二层,带有一个阳台。岛村走上阳台,翻过栏杆,朝外飞了出去。好像她原本是打算跳到楼下的,结果落在了院子的围墙上。为了防盗,那堵围墙上装了一圈不锈钢铁栅栏。非常不幸的是，某根铁栏杆正好刺穿了她的喉咙。

岛村坠楼时发出的惨叫和碰撞声惊动了她的父母。可惜，等他们起身查看时，岛村已经因为大量失血而处于濒死状态。之后，在送往医院急救的途中不治身亡。

午休时分，我从千曳先生那里得知了上述情况。实际上，直到今天早上，学校方面也只收到了她的死讯，并不了解过程。

"自己从楼上跳下去的……那就是说，她是自杀的？"我直截了当地问。

"不，"千曳先生摇摇头，"认为她不是自杀的观点好像占了上风。现场没有发现遗书之类的东西，也没有分毫证据证明她有自杀倾向。所以……"说着，他的目光在我们脸上扫过。

此刻，我们正在第二图书馆里。站在我身旁的是矢木泽。一到午休时间，我俩便四处寻找千曳先生，最终来到了位于0号楼的这个房间。

"不是自杀。当然也不是病故。这应该算是某种事故吧。"千曳先生说。

"是事故吗？"矢木泽嘟哝着，"就算是……"

"还有一种可能，就是急性病毒性脑炎引发了行为异常，结果是坠楼事故。这种说法如何？"

急性病毒性脑炎。

见我和矢木泽被这个陌生名词弄得一脸困惑，千曳先生又解释说："最近有一种病很受关注，叫做流感型脑炎。实际上，不仅仅是流感，感染其他病毒后也有可能引发畸形脑炎。虽然关于这类疾病还有很多未解之谜，发病后的症状也多有不同，但其中确实有'行为异常'这一项,比如忽然发出奇怪的叫喊声,做出毫无意义的动作之类的。有人认为岛村的行为很符合这些症状。"

我听了,只能默默地点头。矢木泽也是如此。千曳先生抿嘴叹息了一声,挠了挠头上花白的头发。

"那个……"

短暂沉默后,我开口说:"千曳先生……不,千曳老师。"

"和过去一样,叫我千曳先生就行了。"

"哦,是。"

"你想说什么?"

"嗯……今天早会上,您只通报了岛村同学的事,那么今天请假的田中同学的事,您大概也知道了吧?"

"唔。"千曳先生又面带愁容地挠了挠头,"就是上小学的弟弟遭遇事故那件事吧?田中已经联系我了,说是家里有了丧事。"

"那您今天早会上为什么没提?"

"虽然那件事现在已经人人皆知,但我还是想尽量少给同学们一些刺激。你觉得我应该一股脑地告诉大家吗?"

"嗯……是的。"

昨天傍晚在事故现场看到的一幕又开始在我脑海中浮现。我极力地压制着这段回忆。在眼下这个时候,如果放任它活生生地再现在眼前,我那本就岌岌可危的心理平衡恐怕会立刻土崩瓦解。

"那……"我又问,"千曳先生,您是怎么看的?田中同学的弟弟和岛村同学,连续两名'关联之人'……哦,还有神林老师,已经是三个人了。这该不会是……"

"该不会是'灾祸'的结果吧?你想说的是这个?"千曳先生

双眉紧锁,凝视着我。

"我说不好。今年的'死者'已经在七月消失了,'灾祸'理应停止了,所以……可是……"

放在柜台一角的电话响了起来。千曳先生转过身,背对着我们拿起听筒。

"第二图书馆……对,我是千曳。"电话似乎是从内线打来的,虽不知来电的是谁,但听来像是某位老师……

"是这样……"千曳先生的声音变得低沉了,似乎有些颤抖。

"好的,我知道了。谢谢您。总之,我会马上过去……对。再见!"放下电话,千曳先生背对着我们深吸了一口气。随即转过身来对我们说:"我要去一趟教员室,这里要暂时关门了。"说罢,他又使劲喘了口气,像是要拼命控制住自己的情绪。

"发生了什么事?"我刚开口,千曳先生便说了出来。

"发现了黑井同学的尸体,好像是今天早上在市里的垃圾处理厂找到的。"

第十五章　九月　Ⅱ

1

"有一天,雾特别大,你还记得吧?那天是周三。黑井同学就是在那天不知去向的,然后昨天……"

"尸体被发现了,对吧?在垃圾处理厂?"

"听说被埋在了运过去的垃圾里,昨天早上被垃圾处理厂的工作人员发现了。根据衣着判断出是初中生,还在附近发现了他的书包。处理厂的人报警后,警方立即联系了学校。经过他父母的辨认,确定是黑井本人。他手里好像一直握着手机。"

见崎鸣凝神静听着我的叙述,只微微蹙了蹙眉,再无其他面部表情,像一个毫无感情的玩偶。

"全身骨折,内脏破裂,已经死了两天。所以,他肯定是在周三早上就……"

"……"

"每周三是住宅区的垃圾收集日,黑井家那一带肯定也是这样。所以,之后的事情,我不太敢去想了……"

然而,我又不可能不想。

九月五日,那个大雾弥漫的周三早上,黑井比平时出门晚了,便慌慌张张地冲出了家门。在上学路上,他遇见了来小区收集垃圾的垃圾车,之后发生了不幸。那么,比如说……

我开始放飞自己的想象。

垃圾车开着后门，停在那里。黑井路过时不小心撞到了车上，又因为惯性，把当时出于某种需要而拿在手里的手机甩进了垃圾车的投放口。又惊又急之下，他的身体碰到了垃圾车的操作开关，车里的转盘或绞盘之类的东西开始转动。黑井没有注意到机器的变化，仍然急三火四地把手伸进垃圾车的车厢里捡手机。然而不知是因为判断错误还是立足不稳，他不小心摔倒在垃圾车上，于是被正在运转的机器卷了进去……

这种想象确实过于惊悚。不过那天的雾很大，黑井撞到车上又不慎被卷入车内，垃圾车上的人居然完全没意识到发生了这么大的事故……诸多巧合都是因为雾太大。人的视觉、听觉、注意力以及判断能力等都因为浓雾的干扰而有所减弱。

被卷进垃圾车里，无论怎么挣扎都难以脱身，活活被绞盘碾过……黑井或许当时就已经死了，甚至来不及喊一声"救命"。而他手里始终紧紧地抓着那部刚找到的手机……

之后，垃圾车上的人对此毫无觉察。收集完垃圾，他们拉着黑井的尸体和一车的垃圾开去了处理厂。处理厂卸下垃圾时之所以没能发现黑井的尸体，还是因为那天的大雾，或者另有其他原因，总之，他们令人难以置信地没有发现他。就这样又过了一天，直到昨天，他们才……

真的会发生这种事吗？我自己都觉得漏洞百出，可是……

结果就是，黑井的尸体是在垃圾处理厂被发现的。那场诡异的大雾所引发的不幸而偶然的连锁反应，在现实中造成了这场悲惨的事故。我们只能接受这样的事实。

"恶性事故，对吧？"鸣念叨着，慢慢地闭上双眼，"现实中很难发生的、极其惨烈的事故……"

九月八日周六下午，我在"玩偶美术馆"的地下展厅里与见崎鸣相向而坐。

神林先生死在自家的浴室里。放学路上目击到田中慎一的弟弟田中优次死于事故。感冒在家休息的岛村不明不白地死了。然后是昨天才得知黑井离奇死亡。

昨晚，我在电话里把最近发生的一连串死亡事件都告诉了鸣，之后我们便约在今天见面。我打算先把事情的详细由来都对她说说，再听听她的看法。

"昨天班里的人都是什么反应？"鸣问。

我一时有点儿语塞："就……就是一片骚乱呗。"

一清早听到了岛村的死讯，下午又得知了黑井的死，加上前一天那场事故中的受害者是田中的弟弟这个消息越传越广……教室里极为混乱。惊慌失措、哭天抹泪的人不在少数，可以说是陷入了极度的惊恐。

"千曳先生他怎么样？"鸣又问。

"千曳先生……哦，他好像也束手无策，翻来覆去就一句'这是怎么回事？道理上说不通啊'。"

"……"

"昨天第六节课原本是理科课，因为神林老师不在了，所以改成了自习。结果千曳先生来了，把事情梳理了一遍，又向大家做了解释。我想他大概怕有人乱传消息或鲁莽行事。不过根本没用，他的话没能安抚住大家的情绪，教室里还是一片乱糟糟。"

"……"

"有人开始议论了，说这都是'灾祸'造成的。九月刚过了一周，就连续死了四个跟我们班有关系的人，怎么想都奇怪。太反常了，一般人都会这么想吧。所以……"

"你怎么想？"

"见崎学姐怎么看？"

鸣又蹙了蹙眉。像刚才一样，除此之外脸色丝毫未变。不过有一点与刚才不同：她看起来不再像是毫无感情的玩偶了。

2

当然，我昨天也大受刺激，陷入了恐惧和混乱……虽然直到前天，我尚能对自己"拒绝思考的状态"进行分析，但眼下我已经没有那种余力了。震惊于接二连三的死讯，我几乎全身颤抖，头晕目眩，心头有无数情绪在交织、翻涌，根本弄不清自己在想些什么，又应该找谁谈谈。

回到家，我决定先跟鸣联系一下。虽然约好了今天见面，但晚上我几乎一夜未眠。我吃了碓冰医生给我开的安眠药，仍难以入睡……在令人烦躁的时睡时醒状态中熬到了早上。

自己现在是活着还是已经死了？一睁开眼，这个念头就冒了出来。随后，我立刻陷入了极度不安之中……我不知如何是好，便试着给市立医院的"诊所"打了个电话。结果，碓冰医生的诊疗时间已经约满。护士告诉我，下午晚些时候才能接待我的问诊。

"哦，没关系。"我立即回答，拼命压抑着心中的不安。

没关系。我同时这样告诉自己。

下午事先约了鸣。与咨询碓冰医生相比，此刻我更需要与鸣谈谈。这一点，我很清楚。

上次去御先町的"玩偶美术馆"还是在八月，是看完恐龙电影顺路过去的。自那之后，已经过了三周……不对，已经快四周了。

美术馆入口旁的长条桌后面照例坐着天根婆婆。"呀，这不是小想嘛！"见我走进门，她照例迎上来，"小鸣在地下展厅呢。"

经过七月的一番改造，美术馆里的装潢大大变了模样。

展架的数量减少了很多，还增设了摆放着成套沙发的休息区，展厅里多了几分安逸、舒适之感。从前一直空着的上方空间里新添了一些奇特的造型。墙壁上凸出了一个用透明材料做成的类似阳台的箱体，天花板上还吊着个同样用透明材料做的鸡蛋形大球……箱体和大球里还根据参观者仰视的角度，摆上了姿态各异的玩偶，灯光照明也相应地进行了调整。

不过唯一不变的是馆里那种幽暗的氛围。即使在大白天，馆内也一片昏暗，有如黄昏。另外，背景音乐也没变。这里仍像是玩偶们秘密集会的地方……

"真奇怪。"鸣开口道，算是作为对我刚才问她"怎么看"的回答。

"接连有四个'关联之人'死去，确实不太可能啊。我觉得太不寻常了。"鸣故意蹙着眉，轻轻地摇头。我忽然觉得，她的面无表情并非是因为缺乏感情，而是受到了某种情绪的支配。

"全班陷入恐慌并不奇怪。不管怎么安抚，肯定都是无济于事啊。"

"那……见崎学姐你也……"我听见自己的声音极不自然，早已没有了抑扬顿挫。这也是受某种情绪支配的结果吧。

"我觉得很像是'灾祸'引发的结果。"说着，鸣又叹了口气，"虽然我不愿意相信。"

"可是，见崎学姐……"

"道理上说不通？"

"千曳先生他……"

"你呢？你怎么想？"

"我……"我想回答，却发现自己无言以对。一旦说出口，一旦承认了，就再也无法否认那个事实了。然而……

"应该是吧……"果然，我也不得不承认。

"我认为是事情是明摆着的，只能是'灾祸'引发的结果。不过……"

"不过？"

"事情为什么会变成这样？"

"为什么……"

"不是吗？"

就算我不说，她也应该很清楚。尽管如此，我仍然忍不住加重语气再说一遍。

"七月的那天晚上，今年那个'增加的人'，也就是赤泽泉美已经归于'死'，所以'灾祸'应该已经停止了。有关今年的那个她的记忆，除了学姐和我，其他人早就忘记了。跟她有关的记录也都会恢复原状。自那以后，八月再也没有出现'灾祸'导致的受害者。可是……"

"可是，为什么？为什么到现在还会有死亡呢？"鸣闭上眼，像是在自问自答，无声地摇了摇头。

"难道'灾祸'原本就没有因为那件事而结束？还是说，已经结束，但又被重新触发了？无论如何，原因究竟是什么？"她又摇摇头,"我也搞不懂。"说罢,她睁开眼,看着我。

"头一回遇上这种事,难怪连千曳先生也束手无策。"她垂下头,深深地叹了口气。

我痛切地感觉到,鸣对此也无能为力。难忍心中的痛苦,我移开了原本一直凝视着鸣的视线。

3

许久,我一语不发。鸣也陷入沉默……不知是一楼的天根婆婆关掉了音响还是设备出了故障,空气中流淌的音乐忽然消失了。

我大口呼吸着昏暗的地下展厅里带着凉意的凝滞空气。在这个宛如洞穴的空间里,四处陈列着各样玩偶。我忽地生出一种感觉,好像自己需要替它们呼吸。自从来过这里,我还是头一次冒出这种念头。

鸣大概还会对我说些什么,我等待着。

又或者,她也在等着我说些什么?不,不,她此刻像是独自陷入沉默。她坐在椅子上,闭着眼,纹丝不动……没办法吗?

又是一阵沉默。终于……

"嗯……想到了什么?"见鸣睁开了眼,我赶忙问。

"啊?"鸣歪了歪头。

"哦,不是,就是说……"

"搞不懂,"鸣喃喃地说,像刚才一样,又深深地叹了口气,"为什么'灾祸'没有停止呢?或者说,为什么又开始了呢?还是搞不懂啊。"

她又摇摇头，接着说道："不过，我觉得有点儿奇怪。"

"奇怪？哪里奇怪？"

"总觉得什么地方不太对劲，别扭得很。"说着，她用食指和中指抵在太阳穴上，"应该是五月初那会儿，那个姓叶住的女生要放弃'第二个不存在的人'的时候，当时我说过没关系吧？就算只有一个'不存在的人'，只要小想你继续履行职责，就应该没问题。"

的确。当时鸣说得很肯定，我也相信她的说法。谁知，五月下旬发生了继永的事，而且就在同一天，小鸟游的母亲不幸身故。这一连串的悲剧决定性地表明了"灾祸"降临。

"当时我说那些话，既不是故作乐观，也不是为了安慰你而信口胡说，完全是出于正常的思考而得出的结论。可是……"

"……"

"从结果来看，应该是我错了。但即便如此，也还是太不可思议了。当初的'灾祸'是怎么被触发的？"

"灾祸"是怎么被触发的？听鸣这么问，我心中不禁想起了她当初曾经说过的那段话。那些话，我至今还记得清清楚楚。

——关于这一点，我认为大概和"力量"的平衡有关。

是她，泉美，曾对我说的那些话。

原本不该存在的"增加的人"，即"死者"，混进了班里，因而招致了"灾祸"降临。作为"对策"，在班里另设一名"不存在的人"来阻止"灾祸"发生。于是，原本能够召唤"死"的"死者"的"力量"便被"不存在的人"的"力量"抵消了，得以保持双方"力量"的均衡。印象中好像是这个意思。

就这样，准确地说，继永他们死后的第三天晚上，我们决定，为了以防万一，今年增设一名"不存在的人"。在那之后，整个四月都相安无事，说明"力量"的均衡没有没打破。然而随着叶住在五月放弃了"不存在的人"的身份，"灾祸"终于发生了。也就是说，今年的"力量"对比关系就是那样变化的。

"只靠一个'不存在的人'，好像有点儿应付不来？"当时我曾问过泉美。

应付不过来，无法保持"力量"的平衡……对，就是这种感觉。不加强"不存在的人"的"力量"，就无法抵消今年"死者"的"力量"，所以……

因叶住中途退出而失衡的局面必须以增设一名"不存在的人"的新对策来挽回。这样应该就能遏制住"灾祸"。基于这种逻辑，当时才决定要采取新的对策……

"'力量均衡'……嗯，你好像说起过。"一如往常，鸣立即像是看穿了我的所思所想，"你说过，出于这种考虑，赤泽同学提出了'设置两名不存在的人'的新方案——我还记得。可惜，这个法子最后也没能发挥作用。"她像是在确认自己的记忆，慢慢说着，随后放下了一直按在额头的手。"看来，我们又回到了原点呢。"

"啊，是啊……"我一边拼命拂去脑海中浮起的泉美的苦笑笑貌，一边回答道。

"五月的时候，我就觉得有些疑惑，后来又听说原本已经停止了的'灾祸'再次卷土重来，我就更不懂了。这两次'灾祸'究竟为什么会发生又是怎么被触发的，到现在都还没弄懂……不过，怎么说呢，我就是觉得有些地方很反常。好像哪里不对劲、哪里有点儿奇怪、哪里……对，好像有一种很相似的不和谐音。"

她显然切身体会到了那种感觉，却无法弄清楚其中的含义。

我却不能领会她真正的意思，只能单纯地说出自己的看法。

"逻辑上说不通，也不符合规律，却实实在在地发生了。你是这个意思吗？"

"嗯，应该是……话虽如此……"鸣的声音里充满烦躁。

"照你这么说，"我心中忽地生出一大团阴影，再也控制不住自己的情绪，"按以往的经验，我们岂不是毫无办法？还有那些所谓的'规律'，根本就是科学没法证明的东西。说到底，'现象'啊、'灾祸'啊，净是些说不清道不明的事，就算根据所谓的道理去应对也根本不管用。我们从一开始就是白忙活。"

七月下旬，我从公寓搬回老宅时，曾不容置疑地否定了矢木泽的疑虑。然而事到如今，相同的疑问却被我自己脱口而出。

"迄今为止所了解的那些所谓规律，我们丝毫不敢马虎地逐一遵守了，但结果还是不行。我们甚至参照了你们三年前的经验，把所谓的'死者'回归'死'，可最终也没能阻止'灾祸'继续发生！"我怀着自暴自弃、几乎像是自虐般的心情一口气宣泄着。

"总之就是彻底完蛋了！连我们一直奉为圭臬的那些所谓的道理也不一定是对的。说不定适得其反……"

七月的那个晚上，让泉美归于"死"，或许连这件事本身也毫无意义吧。如果能预知眼下这种绝境，也许当时根本不该对她苦苦相逼。也许从一开始我们就不该自作聪明，还不如任凭命运摆布，或者干脆像晃也舅舅那样逃出城去……

这么想着，我的情绪越来越激愤，几乎喘不上气来了。

我做了几个深呼吸。空气冰冷、稀薄，体温似乎也在随着每一次呼吸而不断地下降。周围那些毫无生气的玩偶似乎也开始交头接耳、窃窃私语，时而像是在怜悯我，时而又像是在嘲笑我，甚至是在责备我……

我求助地看向鸣。

她也凝视着我，右眼流露出哀伤。视线交会的一瞬间，她轻轻眨了眨眼，抿了抿嘴唇。

"小想，"她静静地说，"你现在不适合再待在这里。还是去一楼吧，让天根婆婆给咱们泡杯茶。"

4

转到一楼摆放着沙发的休闲区，天根婆婆给我们端来了滚烫的绿茶。喝了几口茶，身子暖和了不少，我的情绪也稍稍缓和下来。此时，美术馆里又响起了背景音乐，那种喘不上气来的感觉也慢慢消失了……

鸣抿了一口茶，又陷入了沉思。我不想打扰她，也实在无话可说，便靠在沙发上漫无目的地东张西望。

说起来，上个月我们看完电影顺路来美术馆小坐的时候，也是先去地下展厅，后来又挪到了一楼……

我的视线落在了大厅深处摆在楼梯口旁边的一尊玩偶上。

那玩偶被放在一张盖着红布的古风展台上，比真人略小，是一尊穿白裙子的少女形状的玩偶。它原本好像放在狭长的地下展厅的某个角落里，据说是在一楼改装完毕后自八月开始被摆放到现在的位置上展出。

少女仰躺着，双手放在胸前，手指交叠。亚麻色的头发、雪白的肌肤，睁开的双眼是一对"苍之眸"。她的嘴巴张开着，像是想诉说些什么。

卧榻上的少女……眼前的作品立刻让我联想到了什么。对，那是八月，在市立夕见丘医院。我追逐着泉美的幻象，却最终来到一间病房前……

——比良冢同学？

那是她的声音，开朗中透着虚弱的声音。

——你能来，我真是太高兴了！

"按一开始的设计，它是躺在一具棺材里的。"上个月我在美术馆第一次看见这尊玩偶时，鸣曾经这么告诉我，"雾果老师像是喜欢得不得了，虽然我对它不怎么感兴趣。"

鸣之所以对它"不感兴趣"，大概是因为这个玩偶实在过于酷似她了。我以前似乎听她说起，但早就忘了。

我嘴上"嗯"地应着，关于那间病房的记忆挥之不去……

——嗯，没事。我最近好多了。

在一间宽敞得没道理的病房里，摆着一张白色病床。她躺在床上迎接着和江藤一起走进屋的我。

——到最后，我也没能帮上什么忙。她有些落寞地说。

哪有啊。我记得自己这样回答。

——可我真的是……

不是那样。而且已经没事了。"灾祸"没什么好担心的了。

——真的？

床头柜上有银色的光在晃动，那是……

——真的没事了？

"灾祸"结束了。我说。那时我如此坚信，不容置疑。

——那太好了。谢谢你。

她似乎放了心,但那种带着些落寞的微笑,我至今记得。

——谢谢你们。我……

在那间病房里,她的病房,牧濑的病房。

那天,那时,我注意到了,回想起来了,也接受了……结果,也看到了某个答案。之后为了印证那个答案,四周前又在这……

"喂,小想。"鸣忽然说。

我赶忙中断了思绪,抬头迎向她的目光。

鸣深吸了一口气:"小想,你怕死吗?"

"诶?"我惊讶地问,不知她为什么突然说到这个话题。

"怕,我当然怕死。"我不假思索地回答。

"是厌恶死?还是不想死?"

"不想死,我觉得。"

"嗯,说得也是。"

她为什么忽然问起这个?我揣测着鸣的心思。一时之间,我很想用这问题反问她,但随即打消了念头。

我忽然想到,或许她的答案与我的有所不同?可若真是那样,有点儿吓人啊。

"所以,小想,以前我跟你说过吧,还是赶紧逃走比较好。"鸣又说,"一直待在这个城市里,就不可能避开'灾祸'的危险。以前贤木先生要是能放弃一切,逃出夜见山……"

我慢慢地摇了摇头:"不,我不想逃。"

"可是,小想……"

"我也不想死。所以……"所以?扪心自问,这根本就是一句空话嘛，我根本没想到能解决问题的任何办法。"我会多加小心的，在各个方面尽量避开危险。"

"是嘛。"鸣叹了口气。我这才发现，她如今所处的位置已与往日有所不同，所以……

又过了一会儿，我准备告辞回家。像这样两个人默默相对，实在让我如坐针毡。

"见崎学姐，你也要多小心啊。"

5

美术馆的门在我身后"咣当"一声关上了。我推出停在楼前的自行车，正准备骑车离去，送我出门的鸣像是忽然又想起了什么。"对了，小想，那个姓叶住的女生现在怎么样了？"

"怎么样了……昨天她好像受了不小的刺激。不过，去世的岛村同学跟她很要好，她有那种反应也很正常。"

"你有她的联系方式吗？"

"联系方式……你指电话号码？"

"方便的话，连地址一起告诉我吧。"

为什么还需要地址？我不禁感到诧异，但并未多想，只说了句"回家查查班级联系簿应该能找到"。

"好，你回头尽快告诉我一下。"鸣的口气仍是淡淡的。

"啊？为什么突然需要那个？"我问。

"有点儿事，要用一下。"鸣轻描淡写地说，"那就麻烦你回头用邮件发给我吧。"

6

"喂，是真的吗？'灾祸'真的又开始了？不是说七月那时就已经结束了吗？"还没来得及喝一口小百合伯母端来的冰茶，矢木泽便趁着房里只有我们俩，连声地追问着。那架势虽然算不上剑拔弩张，但他的语气和表情前所未有地郑重。"我说，究竟是怎么回事？你到底是怎么想的？"

九月九日周日下午。不到一小时前，矢木泽忽然打来了电话："阿想，我现在过去找你！"

我自然不能拒绝，便在家里等他到来。

这个月相继发生的几桩死亡事故是否都与"灾祸"有关？

周五午休时，我俩曾去找过千曳先生，不久，传来了黑井的死讯。自那之后，我俩还没来得及好好谈谈。原本这种事应该去找负责应对的江藤和多治见商量，但我虽然心里清楚，实际上却做不到。

并不是只有我这么想，矢木泽和江藤他们肯定也一样。

就算是千曳先生，也不例外。他不是没看见教室里人心大乱，却无法再像从前那样冷静地应付局面。虽然他口口声声地劝说大家"保持冷静""不要慌乱"，但面对诸如"还是'灾祸'的缘故吧""为什么会这样""该怎么办才好"之类的问题，他也无法给出明确的答案……

"昨天我跟见崎学姐见了一面，"我避开矢木泽咄咄逼人的目光，略微低了低头说，"我把事情都告诉她了。她也觉得八成是'灾祸'又开始了。"

"是嘛……果然，"矢木泽挠挠头，"嗯"了一声，又像是在叹气，"这下完蛋了……"

此时我们在我的书房兼卧室里围着椭圆形矮桌相对而坐。

房间里凌乱不堪。就算矢木泽来了，我的心情也没有好转。但是没办法，我不想让伯母他们听到我俩的谈话。虽然眼下事情已经到了这个地步，但有关"初三（3）班的特殊情况"，我还从来没有跟伯父伯母透露过。

不过，他们绝不可能毫不知情。即使我闭口不谈，他们也至少知道自今年春天以来就一直"事故"不断这个事实，更不用说七月的时候，祖父还好巧不巧地在自己家里遭遇了意外，特别是这个月又接二连三地发生了那么多事，他们不可能毫无耳闻，自然也能觉察到我的情绪十分反常。

实际上，伯母几乎每天都会忧心忡忡地问我："小想，你还好吧？"还会一再叮嘱我："遇到难事，一定要记得跟我们说！"除此之外，便不再追问我了。我对这种保持一定距离的关心非常感激，因为就算我把事情全盘托出，也没有任何解决办法，只能让她白白跟着烦恼。

"不管怎么说，阿想，"矢木泽停住手，瞥了我一眼，"到底是怎么回事啊？'灾祸'不是应该结束了吗？今年的'死者'消失不见了，对吧？说不通啊，没道理啊！"

"……"

"这也太奇怪了！实在诡异。我们想了那么多办法，暑假也平安无事地过去了……为什么忽然变成这样？"

"……"

"到底是为什么……究竟是哪里出了毛病？唉，看来，就算我一直追问,你大概也没有答案吧?"

"啊……"矢木泽停顿了片刻,不禁无可奈何地长吁短叹。

许久,我俩默然无语。

冰茶里的冰块都化了。我拿起杯子抿了一口,随即起身去找空调遥控器。短短几分钟,我已经觉得房间里闷热难当。

开了空调,我回身坐下。矢木泽的目光四处逡巡。"那张照片呢?"

"照片?"

"哎呀,就是你以前摆着的暑假拍的那张。"

"哦……"就是那张拍摄于一九八七年,也就是十四年前暑假的照片。那是晃也舅舅逃离夜见山市后邀请朋友们去"湖畔之家"做客时拍的。他们逃离了"灾祸"仍在肆虐的险境,度过了一段短暂的平和时光……

"不知给收拾到哪儿去了,大概在抽屉里。"

自从七月泉美离去后,我就没法再在家里摆出那张照片了。每每看到它,都让我心里不是滋味。作为晃也舅舅的遗物,它对我依然重要,但也会时刻让我联想到从前住在飞井公寓时与泉美度过的点点滴滴。

不过对于矢木泽来说,那张照片却记录了他姑姑,也就是十四年前不幸离世的理佐的笑脸,自然是珍贵的回忆。

"要找出来吗?"

"啊,不用,算了。"

"听说你姑姑是突然得了急病过世的?"

"听说是。不过我不知道她具体得了什么病。"矢木泽摘下圆眼镜,用右手的两根手指按压着眉心。他倒不是在擦眼泪,只是显得疲惫不堪。

"黑井死得可真惨。"话题又从往事跳回现在,"还有田中的弟弟,也是够惨的。"

"嗯……"

"就算真躲不过去,好歹别让人死得那么惨啊。"

"喂,等等,就算'灾祸'还没结束,也不是一定会轮到你死啊。"

"唉,谁又说得准?"

"你不是自称乐观主义者?"

"话虽是那么说,"矢木泽依然眉头紧缩,"可是……"他咕哝着,一脸郑重,沉默片刻,再次开口道:"也就是说,现在彻底没办法了,对吧?如果是这样,有没有法子能躲开'灾祸'?"

他的表情是认真的。

"这个嘛……"我也认真地回答道,"或许有什么我们完全想不到的途径吧,可我不知道。而且到目前为止,没人知道。"

"设置'不存在的人',就是为了不让'灾祸'启动,对吧?那换个角度说,有没有能让'现象'从一开始就不发生或者干脆解除最初那个'Misaki'的诅咒之类的方法?"

"据我所知,'诅咒'这个说法不大准确。"

"叫什么都好。反正,有没有能躲开'灾祸'咒语之类的?"

"咒语?"

"不仅限于咒语,总之就是能躲避'灾祸'的东西,比如口诀啊、歌谣啊,都行。"

"歌谣?"矢木泽这种想象未免太奇特了。他以为这是童话吗?我却笑不出来。

矢木泽低低地叹了口气，不再说什么。我也一语不发。于是我们又陷入了沉默。

"想完全规避风险，剩下的只有一条路……干脆从'灾祸'的影响范围里逃出去。"我忍不住开口，"就像十四年前晃也舅舅那样。"

"他离开了夜见山市？"

"那年的五月发生了重大事故，一下子死了好几个人。他也受了重伤。而且，事故发生后的第二个月，他母亲去世了……所以，他决定离开夜见山。"

"……"

"不过，一般来说还是不太可能吧。就算能说服父母，可实际生活中还要考虑住房啊、工作啊这些实际问题。再说，初中生在父母眼中还是孩子，很多方面不可能那么自由……"

"也是。"矢木泽神情微妙地点点头，"就算我能逃走，可我们家还有一大家子人呢。我上头有个姐姐，下面还有三个弟弟，我老爸的工作也基本上都在本地……怎么可能说走就走？嗯……不过……"矢木泽停顿了，用手掌狠狠地揉搓着脸颊，"'灾祸'可能波及的不止我一个人，也有可能降临到我家人头上。要是那样，嗯……"

采取了种种对策，"灾祸"却依然从天而降。让"死者"回归"死"，"灾祸"却没有结束、反而重新降临。究竟该怎么办呢？难道没有对抗它的法子吗？

绞尽脑汁却仍然找不到答案的这个问题让我充满了无力感，像是陷入了泥潭，而且泥浆已经没过肩头。我慢慢地尝试着去思考，却仍旧毫无办法。似乎不可能找到什么办法。

"你呢？你不打算逃走吗？"矢木泽问，"你不回绯波町那边自己的家？……啊，抱歉抱歉。"

关于我为什么会搬到夜见山赤泽家来，其中大致的缘由我以前似乎告诉过矢木泽。

"不好意思，我一不小心就……不过，到了这个时候……"见矢木泽还要说下去，我正准备打断他，却忽然听见手机铃响了——我的手机早就改为静音模式，响的是矢木泽的手机。

他从牛仔裤兜袋里掏出手机，来不及戴上眼镜便凑近屏幕看了看，咕哝了一声"是多治见啊"，说着按下了接听键。

"是多治见啊，怎么了？……嗯？诶！你说什么？！"

我听不见对方在说什么，但从矢木泽的表情变化中察觉到了事情的严重性。

"怎……怎么会？！啊，嗯，哦。该怎么说呢，那个……"

"他挂了。"矢木泽低声说着，把手机扔到了桌上。随即从旁边把眼镜拿过来戴上，双手却在微微颤抖。他的表情变得十分僵硬，还刻意咧着嘴，一副又想哭又想笑的模样。

出了什么事？多治见说了些什么？还不等我发问，矢木泽便像是在呻吟似的说："多治见的姐姐刚刚遭遇了事故。她和朋友去夜见山游乐场玩，在那……"

"游乐场？事故……"

"具体情况还不清楚，不过，她好像已经死了……"

7

事故发生在九月九日周日下午两点左右。

地点在本市西南方向的夜见山游乐场。那个游乐场规模很小，传闻不久后就会被彻底关闭。多治见的姐姐美弥子（十九岁，专科学校的学生）当天上午约了好友（女性）一起去游玩，在乘坐咖啡杯转盘的时候遭遇了不幸。

据说她们俩把控制旋转的中控杆拧得过了头，导致咖啡杯转盘转得太快，美弥子因此被甩了出去。之后，她的头又被其他还在旋转的咖啡盘撞到，大量出血，当场失去了意识。虽然被紧急送往医院，却在途中不治身亡。

夜见山游乐场……我搬来赤泽家那年，小百合伯母曾带我去过一次。虽然那时我的情绪远比如今不稳定一百倍，但因为那是我平生第一次去游乐场游玩，所以直到现在我还记得那次游玩的一些快乐片段。没错，那次我也坐过咖啡杯转盘……

单凭这一点，就让我当晚从新闻里听到事故报道时大受刺激。想象着当时的情形，我不禁毛骨悚然……再次陷入了绝望。

8

九月十日周一，从清早就开始下雨……

最近这几个晚上，我要么彻底失眠，要么浅睡骤醒。今天也是一样。我睡眼惺忪地去了学校，错过了早班会，赶在第一节课就要开始之前溜进了教室。随即被教室里的一大片空位吓了一跳，但立刻又觉得也算是"情理之中"。

我大致数了一下，班上有三分之一的座位都空着。

上学期身故的继永和幸田俊介，还在住院的牧濑，最近死去的岛村和黑井，再加上因为姐姐去世而请假办丧事的多治见，泉美的座位已经被搬走……所以有六个座位空着了。岛村和黑井的座位上，不知是谁摆上了插着白菊花的花瓶。

三分之一的空位意味着，除了这些已经死去的人，还有不少人缺席了。

因上周四弟弟去世而请假的田中，在家里办完丧事后已经来上学了。但还有几个人没有到校，肯定不全是生病请假，而是因为……

"肯定是因为害怕才不来的。"第一节数学课下课后，江藤对我说。

"接二连三地有'关联之人'死去，大家都明白了'灾祸'还没过去……所以都害怕得要命。其实我也一样。"

"是嘛……"

"不知道什么时候，'灾祸'就会落到自己头上。学校里已经死了好几个人，上学和放学的路上也有危险，所以干脆不出门，躲在家里才最安全。大家不都是这么想的嘛，也确实没有其他的办法了。"

"可是就算一直待在家里不出门，'灾祸'也不一定……"

我祖父就是个很好的例子。岛村也是。以前我听鸣讲过，有人一直躲在自家二楼的房间里，结果却因为有大型施工车辆撞倒了房子而在劫难逃。

话虽如此，但第二学期开始后，才一周多的时间里就发生了五桩死亡事件，当然会有很多人根本无暇认真考虑"灾祸"的原因，而只是一门心思地觉得"不想再走进这间学校"。

"也许不久之后，还会有人干脆退学。说不定还会从夜见山市搬走。"江藤按捺着自己的心情，"以前好像就有几个人这么干过。我堂姐也说过,三年前她们绝望得要命。"

"那你打算怎么办?"

"不知道。"对于我的提问,江藤出乎意料地坦率,"我们从四月以来费了多少的力气啊,我可不愿意就这么跑掉。再说我这个人骨子里爱操心,所以三月开'应对讨论会'的时候我才提议,为了保险起见,今年应该设置两名'不存在的人'。"

"对哦。"

"可惜我们的对策不大成功,'灾祸'还是开始了。哎,既然已经这样,我反而无所谓了。管它呢,我倒要看看最后会怎样。"

所谓爱操心,恐怕是完美主义的另一面。这也许是这类人常有的反应。

"不过呢,我当然不想死,也会害怕、会不甘心……比良冢同学,你呢?"

"啊?我嘛……"我一时不知该如何回答,"我……我当然也不愿意死,也会害怕啊。不过,我已经……"

反正"灾祸"是不会结束的。反正我也逃不掉。从某种概率上说,我也许已经注定了会死。但就算这样,离开夜见山市绝不是我的选项。所以,我已经……

"牧濑同学那边怎么样?她知道这个月以来的情况吗?"我忽然想起了牧濑。

江藤轻轻摇了摇头:"我有好一阵子没去看她了。"

"她的病情怎么样?"我又追问。想起牧濑独个儿躺在那间病房里的样子,我心头不由得泛起一阵复杂的情绪。

江藤又摇摇头,像是自言自语:"其实,到现在我也没告诉她'灾祸'没结束这件事……"

"说不出口？"

江藤抿抿嘴，微微点了点头。

我的心情越发复杂起来，不禁仰头看向天花板。

9

第二节课下课后，我跟矢木泽打了个招呼。

他坐在椅子上没起身，只抬抬眼"嗯"了一声算是回应，那声音有气无力的，脸上也早已没了平时的神采，一碰到我的目光便立刻低下了头……

这家伙怎么了？不要紧吧？我忖度着，却没敢追问。

自从昨天接了多治见的电话，他就一直这样。虽然后来也跟我说了说多治见姐姐的事，但他始终是一副心事重重的模样，一句话也不说。接电话之前，他本来还想说什么，但过后又含含糊糊的……直到最后才终于说了句"我回家了"，便起身告辞。

大概是受了太大刺激。其实我也一样，所以当时看到他那副模样，我并不觉得奇怪。

"我……"临走前，他似乎有话要说。可当我"嗯"地答应了一声看向他时，他又摇摇头，扔下一句"没什么，算了"，便匆匆离去……

"你怎么搞的？蔫头耷脑的？"我对低着头的矢木泽说。

"你没搞错吧？都这种时候了，你还想让我'打起精神来'？"

"哦……说得也是。"

我还是头一回看见矢木泽这副模样。也许不必太担心，以他的性格，估计明天就会恢复正常。

所以今天，我跟矢木泽一共只说了这几句话。

10

午休时，我独自去了第二图书馆，想找千曳先生聊聊（虽说是想聊聊，其实根本不知该聊些什么），却看见门上挂着"闭馆"的牌子，敲了几次门也没人应答……

于是我顺路去了同样位于0号楼的生物小组活动室，同样是漫无目的地瞎逛。不过……嗯，其实我是觉得午休时那里不会有人，而且除了我不会有别人去。这样一来，我就可以自己一个人静静地待上一会儿。不管怎么说，至少目前我不太想回初三（3）班的教室。

我猜得很准，活动室里空无一人。

八月下旬开小组会的时候曾经制订过一个计划："把所有人带回家喂养的动物重新集合到学校。"如今已经进入第二学期了，那个计划却丝毫没有进展，虽然之前说过要"尽快"。新任的小组长森下也是初三（3）班的，我俩眼下显然都没有心思顾及这事。

我从大泉子底下拖出个凳子坐下。

外面传来淅淅沥沥的雨声。室内昏暗，又湿又热……可不知为什么，我没有出汗，内心像是被什么冰冷的东西噬咬着……

"俊介……"六月，幸田俊介死了。当时发生在这个房间里的一幕幕仍然历历在目……但不知何故，我并不觉得害怕。或许是时间冲淡了一切，又或许是我对"死"的感觉已经麻木了。

"俊介死了，那他现在……"不知不觉，我听见自己在说话，不由得耸然一惊。

——人死了以后会怎么样?

啊……那是我小时候曾经问过的问题。

——人死了以后啊,会在某个地方遇见大家。

当时,晃也舅舅这样告诉我。

——大家是谁?

——就是那些以前死去的人啊。

那样的话,我现在肯定会跟俊介……

我觉察到自己在想些什么,不禁吓了一跳。

不对,不是这样的。不能这么想。不是对与错的问题,至少我已经……

——所谓"死亡",不管到了哪里都将是空虚的,也总是孤独的。

鸣在三年前那个夏天曾经这样说,而且我……

"咔哒——"

——是用扑克牌抽签决定的吧?然后叶住抽到了"大王"牌,要担任第二个"不存在的人"……喂,赶紧好好想想,在那之前。

诶?我吃惊地想,为什么会猛然想到这件事?

——开始抽签之前,有人表示"那就由我来吧"。别客气。那声音虽然微弱得几乎要消失,但所有人还是吃了一惊。为什么会突然……

都是泉美说的。五月底,也就是在继永以及小鸟游的母亲相继出事、确定"灾祸"已经发生、又过了两天的那个晚上,她曾经告诉我。

为什么会这样？我正暗自狐疑，记忆却源源不断地冒出来。当时我心里是怎么想的？怎么回答她的？还有……

"咔哒——"

——结果，大家还是没理会那个人，继续准备抽签。

——那时扑克牌已经被打乱了，好像是……对，是叶住，她略显慌乱地说了句"事到如今，不行"，大家便立即开始抽签了。

——啊，嗯……好像是那样。

说起来，泉美那番有关"死者"和"不存在的人"之间"力量均衡"的议论也是在抽签之后。

——就算是这样……

为什么？为什么今天会忽然想到这些？

难道是因为早上跟江藤聊天的时候说起三月应对会议的事？还是说……

"咔哒——"

像是从听觉范围之外传来了一声闷响，我正在诧异，脑海里忽然有个名字跳了出来。

叶住结香。

她今天也没来上学。原以为她从第二学期开始总算能恢复正常了，谁知道还没过一周，便故态复萌了。

我不禁又联想起上周五，接二连三地听到岛村和黑井的死讯时，叶住那备受打击、陷入混乱的样子。

"为什么？""怎么会?!"她号啕大哭，连声大喊着"跟我没关系！""不是我的错！"……边哭边使劲摇头，剪短了的头发凌乱不堪，脸憋得通红。等到日下部慌忙跑去安慰她时，她的脸色又在一瞬间失去了血色，变得铁青。

她今天不来上课,在做些什么呢?

一旦开始纠结于此,我便不可自抑地想问个明白。

我从兜里掏出手机,开始拨打叶住的号码。

11

电话响了几声之后,终于接通了。

大概是从来电显示里看到是我打的电话,叶住小心翼翼地说了声:"是阿想?"

"嗯,突然打给你,打扰了。"

"怎么了?你有什么事?"

"哦,不是,我就是有点儿……"我尽量语气和缓地说,"你今天没来上课,我有点儿担心,没发生什么事儿吧?"

她沉默了片刻,然后说:"担心?你还会担心我?"

"嗯……那个……是啊。你好不容易才决定重新来学校,不会又……"

"我不会再去了,"叶住干脆地说,"我不会再去学校了。绝对不会。"

毫无余地了?

"你在家里?"

"对。"

"一直在家待着?"

"对啊,怎么了?不是说……"

"不是说什么?"

"不是说'灾祸'还没过去?而且死了那么多人,从神林老师到岛村……昨天，多治见同学的姐姐不是也死了吗？"

很明显，她非常恐惧。

就在两三个月前，她还那么相信"仲川哥哥"，口口声声说"灾祸"不符合科学常识云云……虽然不知后来他们之间发生了什么事，但显然她已经脱离了"仲川哥哥"的引力圈。

"出去不知会遇上什么危险，所以不去学校了，反正我也不想去。我不想死。一直待在家里会比较安全。"难怪她会抱定这种念头。此时此刻，即使我告诉她"闷在家里不出门照样有危险"，她也根本听不进去吧。

"是这样啊。"我只能如此回答了，"那就别勉强了。不过，我觉得你也不要过分紧张。我明白你现在很害怕，可如果太紧张，怎么说呢，精神上可能会受不了……"这话听起来实在有点儿多管闲事的意思，但我何尝不是在对自己说？

话说到这里，只能挂电话了。正在我准备说"那就先这样"的时候，叶住却忽然叫住了我。

"阿想，等等！"

"怎么了？"

"那个人到底想干什么？"她的语气跟刚才完全不同，不再是战战兢兢，反而有点儿忿然。

"'那个人'？你说的是谁？"我一头雾水。

叶住沉默了片刻，接着告诉了我一件事。

"昨天晚上，忽然有人来按我们家的门铃和对讲机，我接通后，对方问我：'你是叶住结香吗？'是个陌生女人的声音。当时我爸妈都不在家，所以我没敢到门口去看。而且那时候挺晚了，我有点儿害怕。"

啊,难不成那是……

"然后我反问她'你是谁',她说'我叫 Misaki,是比良冢的朋友'。"

果然是她?

"可我不敢轻易地相信,在对讲机里说了几句就让她走了。再说,Misaki 这个名字有点儿不吉利。她说是你的朋友也是编的吧?反正,像这样忽然跑到别人家里来实在太吓人了。"

周六分手的时候,见崎鸣曾经向我要过叶住的联系方式。该不会就是为了这个吧?可她为什么……?

"而且,那个自称 Misaki 的人今天又来我家了……"

我顾不上猜度鸣的用意,只听叶住接着说道:"今天早上,因为我妈妈在家,所以我没太防备,没用对讲机就直接把门开了,结果发现她站在外面……"

叶住和鸣在五月的时候曾经见过一面,地点就在夜见山河的那座桥上。当时叶住正在追我,恰好遇到了从桥对面走来的鸣。虽然两人相距有点儿远,但应该看过彼此的样子。

鸣是记得她的,但叶住可能早就忘了只有一面之缘的鸣的模样,所以……

"那人穿着高中制服,是你学姐吗?"

"哦,可能是她,"我回答,"不过她绝不是什么怪人。"

"她还不够奇怪吗!"叶住断然反驳道,"脸色苍白得吓死人,左眼上还戴着个眼罩……声音也冷冰冰的,一直问我'你是叶住同学吧'……"

左眼,眼罩……

"她都跟你说了些什么?"我紧张地问。

"没说什么,"叶住似乎意识到自己触碰到了某个禁区,"她一句话都不说,站在大门外一直盯着我。然后就走了。"

"是这样……"

"喂,阿想,她到底是什么人啊?为什么突然跑到我家来?她究竟想干什么?"叶住一遍遍地追问着,情绪也越发激动。

我一时不知该如何回答,正在踌躇,听见旧扩音器里传来了午休结束的铃声。

12

次日,九月十一日周二。

我睡过了头,起床时已经十点多了。此时学校里第二节课已开始了。

"小想,别急。"我正准备不吃早饭就出门的时候,小百合伯母叫住了我。

"身体没事吧?有没有发烧?"

"哦,没有。"

"见你早晨没出来,我去你房间看了看。你睡得很熟,我还在想大概又出了什么状况,怪可怜的。听说学校里这阵子出了不少事,你过得很辛苦吧?"

"对不起,让您费心了。"

"觉得不舒服,就在家休息休息,没关系。"

"哦,不,我没事。"我实在不想再给伯母添麻烦,还是走出了家门。

老实说,我当然不可能没事。昨晚我又没睡好。刚觉得已经入睡，就做起了怪梦，于是醒了……就这样，整整折腾了一晚上。这几天我一直睡不好，想来好像是从上周三黑井失踪那个大雾天开始的。

我也明白，这样下去，对于我的精神和肉体都是巨大的消耗。持续睡眠不足让我觉得十分困乏，所以昨晚早早上了床。可这样一来，脑子里又会冒出各式各样的念头，一刻不停地转啊转……

教室里扎眼的空位。沉重凝滞的气氛。矢木泽无精打采的面孔。在电话里与叶住的一席谈。老师们讲课时大都尽量避免与学生们视线相交，说话也小心翼翼，唯恐触了霉头。

第六节课下课后走进教室的代理班主任千曳先生不知从什么时候起也变得表情严肃，跟大家讲话时也口齿不清，有气无力。

"说心里话，我不愿意相信'灾祸'又一次爆发了。可是进入九月以来，已经发生了好几起'关联之人'死亡事件，这是无法否认的事实。那么，该怎么应付眼下这种局面？"千曳先生对大家诉说着。

教室里鸦雀无声，没有人叹息，也没人喧哗，整体陷入了一种极端的虚空……不，应该说是麻木状态，简直就像是由"死"本身所构成的沉默和寂静。只有外面连绵的雨声——这毫无生气的噪声兀自在"哗哗"地响着……

"该怎么面对？"千曳先生重复了一句，"我也不知道。"他像是自问自答地摇了摇头。

"不过，在这里我只想说一句，希望大家不要过度紧张和恐惧。一个月内有多个'关联之人'遇害，这虽然是'灾祸'的规则，但你们——初三（3）班的学生只是'关联之人'的一部分，所以，不要天天想着'下一个就轮到我了'。还是要尽量保持冷静。

"还有一点,那就是,在过去一周里发生的这些情况是很不寻常的。据我所知,在这么短的时间里发生这么多次'灾祸'还是校史上头一次……所以,我推测,或许事情不会一直这样持续下去。嗯,这种可能也是有的。"

不能为了安抚而说谎,即使是善意的谎言也不行。这既是千曳先生的性格,也是他的原则。我很想这样理解,但……

"或者我们也可以从这个角度来看:这次发生的就像是地震后的余震。"千曳先生接着说,眼睛在镜片后眯成了一条细缝,像是在说给自己听。

"在七月的某个节点,'增加的人'消失了,'现象'停止了,结果当然'厄运'也结束了。到此,今年的状况应该宣告结束了。之后再次出现的'灾祸'不符合规则,完全没道理。"

嗯,所以……我不得不得出一个结论。

今年的这种情况一定是"特例",完全不符合迄今为止的规则,在逻辑上也讲不通。以前从无先例,是一种不规则的、突发性的、难以应对的异常事态……大概只能这么想。

千曳先生用"余震"来形容眼下的情况,怎么看都有点儿像为了强行解释事态而采取的苦肉计。

把"灾祸"说成"超自然的自然灾害",再用地震这种自然灾害来作类比。把'灾祸'想象成为大地震后的余震,到这里或许还算说得通。然后,"虽然以往从未出现过这种情况,但今年由于惯性的原因……"

这种说法就实在太牵强了。千曳先生自己显然也知道,回想一下,当时他的表情很痛苦……似乎有些自暴自弃的意味。

或许他已经横下了一条心？

在心事重重、难以入眠的深夜，我忽然产生了这种念头。

神林老师去世后，千曳先生接替她成了初三（3）班班主任。如今，他成了这个班的一员，成了有可能被"灾祸"波及的"关联之人"。这与他迄今为止始终作为观察"现象"的圈外之人的身份有了本质上的不同，所以……

他的表情才会那么困惑、痛苦。对，甚至还带着些悲伤。我想着想着，不知怎么，他的面孔竟然与三年前离世的晃也舅舅的面孔渐渐重叠在一起。

13

上学路上，我才看到手机上有一条未接来电的通知。仔细一看，原来是月穗打来的。

快两个半月了吧。

电话显示有一通留言，应该也是她留的。我大概能猜到她会说些什么，因为今天是九月十一日。

在去年、前年的这一天，她也是一大早就给我打来了电话，说：生日快乐。

今天是我的十五岁生日。

作为母亲，在这一天大概很想"恭喜"儿子吧，就算三年前事情变成了那个样子……

自六月的某一天，我在市立医院的屋顶（与鸣见面之前）宣布与她决裂以来，我内心对她的怨恨之情似乎被冲淡了很多。那时鸣曾对我说："小想，你其实还是喜欢月穗阿姨吧。"可我心里仍然搞不清自己对她究竟怀着什么样的感情。只不过……

今天，我特别不想听她讲话。这样想着，我直接删掉了那通留言。

雨下了整整一个晚上。早晨我出门的时候虽然已经停了，但仍是满天乌云压顶，像随时会大雨倾盆。果然，我刚到学校，就又开始下起了绵绵细雨。

雨不大，甚至不需要撑伞。我一溜小跑着从学校后门进入校园时已经是上午十一点左右，正赶上第二节课下课、第三节课刚刚开始。

操场上满是积水，没有人在上体育课。偌大的、空旷的操场上，充满了荒凉之感。操场上方的天空中偶尔飞过几只漆黑的乌鸦。我略微放慢了脚步，盯着那几只乌鸦看了一会儿。就在这时……

手机振动起来。

又是月穗打来的？我想。不过看看时间，我立刻否定了这种猜测，于是从兜里掏出了手机，发现屏幕上显示的是矢木泽。

"喂，矢木泽？"

我停下脚步，听筒里传来矢木泽的声音："阿想，你现在在家吗？"

"没有啊，我迟到了，刚到学校。"

"搞什么啊，我还以为你今天铁定不去学校了呢！"

"昨晚没睡好，今天只不过起晚了而已——你在哪里？现在在上课？还是请假了？"

"我来学校了，不过没去上第三节课。"矢木泽立刻回答。

"那……为什么给我打电话？"

"嗯,有点儿事。"

矢木泽含含糊糊地说,又反问:"你说刚到学校?那你现在在哪儿?"

"我从后门进来的……"

"嗯?啊,那个人就是你吗?"

"那个人?"我吃了一惊,下意识地朝周围看了看。矢木泽能看得到我?

"矢木泽,你在哪儿……"

"我以为你今天会请假在家,所以给你打电话。"

"什么?你什么意思啊?"

"那什么……"

矢木泽欲言又止。他的呼吸听起来似乎很沉重……

"我想最后再跟你聊几句,"

"诶?"

这家伙在说什么?"最后"是什么意思?

我心中猛地一沉,又朝周围扫视了一圈。

他在一个能看得见我的地方。他正朝着我的方向。他还能看清我就是"那个人"——他究竟在哪里?

"我在这儿呢,"手机里传来他的声音,"C号楼的屋顶。"

"诶?"

空荡荡的操场对面,是那座灰色的钢筋混凝土教学楼。在离我最近的C号楼的屋顶……

果然,那个人就是他?!

雨又大了些。我眯起眼凝望着。

在灰色的、乌云密布的天空的衬托下,我望见一个人影。虽然离得较远，看不清细节，但那个站在楼顶铁栏杆外的人……

"看得见我吗？"矢木泽的声音又在耳边响起，"我朝你挥挥手吧！"

屋顶上的人影似乎也举起了一只手。

"居然会在这种情况下见面，真是太不可思议了。"

"喂，等等，矢木泽，你……"我把手机按在耳边，开始朝操场方向跑去。横穿操场是去 C 号楼最短的路线。

"对不起了，阿想，我已经……"矢木泽说，"我要跳下去了……我要先逃走了。"

"跳下去？逃走？什么？！"我飞奔过被雨水浸湿的操场，气喘吁吁地说，"你在说什么啊，你……"

"我想了很久，"矢木泽说，"像这样一直待在夜见北，一直待在初三（3）班，我就永远躲不开'灾祸'。不光是我，我爸妈、姐姐、弟弟都会被连累，就像田中的弟弟、多治见的姐姐那样，所以……"

他的口气并不激动，甚至可以说很平静。

"所以，不如我现在死掉，这样一来，我们家跟初三（3）班就彻底没关系了，'灾祸'就不会落到他们头上了，对吧？"

"你……你怎么能……"

差几步就要穿过操场的时候，我停下了脚步，朝屋顶仰望，终于看清楚那个站在屋顶边缘、被雨水打湿的人影不是"什么"，而是矢木泽。

"不行啊，矢木泽！"我已经跑得快喘不上气来，但还是声嘶力竭地喊。

矢木泽原来打算从那里跳下来，杀死自己，保全家人……

"不行！没用！"矢木泽还不知道吗？他这种想法不对。

"你别阻止我！"

"不行啊！"

矢木泽难道不知道吗？在三年前那场"灾祸"中遇害的"关联之人"里，也有当年在班级夏令营中早已死去的学生的祖父母，但眼下显然来不及向他解释了。

"不行啊，矢木泽！"我束手无策，只能一遍遍地劝阻他。

"不行，没用！"

"我已经决定了！"

"不行，你赶快下来啊！"这已经不是在电话里聊了，我朝屋顶的他拼命地喊，"千万别干傻事！"

我的喊声肯定传到了还在上课的老师和同学耳中。教学楼一大半教室的窗户都被打开了。C号楼的每层窗户里都冒出了几张面孔朝外看着，无数困惑的目光一齐投向了我。

"快下来！"我又大叫一声，"不要啊，矢木泽！"

然而……

"对不起了，阿想。"手机里传来矢木泽的一声叹息，"再见了。你要好好活下去啊。"

电话挂断了。几乎就在同时，站在屋顶铁栅栏外侧的矢木泽的身影飘向了空中。我还来不及惊叫，那身影就落到了操场和校舍之间、树丛对面的地上，消失在我的视线里。

14

事情发生后又过了几个小时，我回到了家里。得知消息的小百合伯母慈爱地迎了过来，但我只向她说声"我没事"，便躲进了自己的房间，茫然地呆坐着。

刚刚目睹了矢木泽的坠楼过程，我像是全身都被铁链捆住一般动弹不得。我没敢跑过去看他坠落后的样子，只是站在雨地里发呆。有人拨打了110和119。不久，警察和急救车都赶到了……学校里一片哗然。

我还记得自己远远地望着矢木泽被放上担架，搬进了救护车里。因为他坠落的地方是一片草坪，加上雨水浸软了地面，所以他并没有当场死去。

我很想追到医院去，但千曳先生发现了失魂落魄的我，或许察觉到了事情发生的经过，便对我说了句："我会跟着救护车去医院的，比良冢，你今天还是早点儿回家吧。这样对你也好。"

"可是……"

"你的脸色很差，声音和身体都在发抖。精神上没问题吧？"

"不知道……"

"你看到矢木泽跳下来的情形了？"

"嗯。我今天迟到了，正好赶上他……"

"我知道了。总之你先去保健室休息一下，如果没事就立刻回家吧。"

"可是，矢木泽他……矢木泽……"

"我去了解一下，有消息会通知你。"

"……"

"警方大概会寻找目击者问话，我会去应付。好吗？"

"谢谢您……"

"回去的路上要多小心。注意不要再被'灾祸'卷进去了。"

"嗯……"

结果,我在下午两点左右独自回到了家中,等着千曳先生给我消息。此时,我的身体总算不再发抖了。奇怪的是,我从头到尾没流一滴眼泪,感情似乎已经彻底麻木。

四点钟过后,千曳先生那边终于传来了消息。他从市立医院给我的手机打来了电话。

"因为头盖骨骨折和脑出血,他现在意识不清,处于重伤状态。虽然万幸保住了一条命,但还需要严密观察。"千曳先生压低了嗓音,将矢木泽的情况一一告诉我。

"除了家人,现在一律不准探视。你就算跑到医院来也没用。"

"嗯。"

"不过,矢木泽他为什么突然会去跳楼?"千曳先生像是在自言自语。我本想把之前与矢木泽的一番谈话都讲给他听,但此刻自己的大脑已经乱成一锅粥,只得先作罢。而且,现在就让我回想当时的情景,对我来说也太艰难了。

"嗯,千曳先生,"我问,"矢木泽这件事……也是'灾祸'造成的吗?"

"因'灾祸'而导致的死亡不仅限于病死或事故,自杀和他杀也包括在内。"

"哦。"

"我见过很多例子。在不同情况下,有时甚至'关联之人'以外的人也会被波及……"

"矢木泽会好吗?"我又问。

千曳先生的回答不容乐观。

"他现在还处于重症状态。如果是'灾祸'所导致的,恐怕就不能抱太大的希望了。很遗憾……"

我想象着正在医院的危重病房里游移在生死边缘的矢木泽，胸口不禁一阵剧痛。但我仍然没有流泪，或许此刻我的感情仍处在麻木之中。

我本应悲伤不已、痛苦万分乃至心怀恐惧、陷入绝望。然而我感受不到，好像连接着这些情感的神经已经被切断了。

在剧烈的刺激下，我的内心一片混乱，部分意识也像是脱离了眼前的现实，生出一种异样的感觉。

我觉得自己的心说不定要裂开了。三年前那个夏天发生的事再次涌上心头。

原本就不够强大的内心似乎再也无法承受眼前的"现实"，于是……

破裂、粉碎、彻底崩溃……之后又会如何？我会变成什么样子？我究竟……我陷入了毫无意义的空想，难以自拔。

就这样，我独自呆坐在房中，一片茫然。

15

晚饭时，我走出了房间，一言不发地吃了点儿东西便又立刻缩回房间里。

担忧。不安。恐怖。怀疑。迷惑。无力感。绝望感……

无数种情感缠绕着我，而无论哪一种都令我无力面对。在已经开始破碎的心中，这些似乎统统都与我无关，我只是茫茫然地任凭时间流逝。

吃药也好，用点儿别的什么法子也好，今晚我只想早早睡去。实际上我已经超量服用了手边的安眠药和镇静剂,却仍难以熟睡。

同时,我感觉到,就在时睡时醒的过程中,大脑里的某个部位仿佛觉醒了,而且不听使唤地拼命思考着什么……

……

为什么?

一个巨大的疑问慢慢升起来。

为什么?究竟是为什么?

今年的"死者",也就是赤泽泉美,已经回归"死","灾祸"为什么还会继续发生?

本来应该结束了,为什么又在这个月突然……为什么?究竟是为什么?

因为这次的情况已经成了超越规律的"特例"?因为它是连千曳先生也不曾经历过的"异常事态"?可是,假如……

假如这并不是"特例"?那又意味着什么?

——这个问题嘛,要我说,关键是"力量"之间的相互平衡。

我又想起了泉美的话……为什么会这样?

——引向"死"的"死者"的"力量"与"不存在的人"的"力量"相互冲抵,保持平衡……

为什么?

——那么,今年也是那种"力量"的平衡关系出了问题?

为什么?事到如今,她的这些话……为什么?为什么?

一个又一个的"为什么"冒了出来,让我困惑不已。不对,难道说这是在向我暗示什么?是答案吗?不可能,答案并不存在。我立刻否定了这种想法。然而……

为什么？我又生出一个疑问。

为什么……事到如今，见崎鸣为什么还要去见叶住结香？

——她很奇怪。

叶住这么形容。

——脸色苍白得可怕，左眼上还戴着眼罩……

……

……

好像能看到些什么……

"咔哒——"

看不清。好像能抓住些什么……

"咔哒——"

抓不住。好像有什么……什么？难不成是非常重要的……

……

……

我倏然睁开了眼睛。

一阵强烈的尿意袭来。

或许是药效的作用，我脚步蹒跚，正准备去洗手间的时候，我一眼瞥见了扔在床边地板上的手机。拾起来一看，手机早就没电了。说起来，好像昨天和今天都忘了给手机充电。可能还是吃了药的关系，我迷迷糊糊地想着，顺便给手机插上了充电器……

解完手，我正要晃晃荡荡地走回房间……

耳边忽然传来一种奇妙的声响。

一种奇妙的……有点儿不同寻常的声响或是说话声。大概是春彦伯父和小百合伯母他们。好像是从客厅那边传来的。或许还开着电视，因为我也听到了类似电视报道的声音。

虽然我人已经离开了床,但似乎仍在半梦半醒之间。我恍恍惚惚地朝客厅里瞥了一眼。

刚才我好像看了一眼洗脸台上的钟,此时应该已经过了午夜零点。为什么这个时间他们还不睡觉……我不禁有点儿困惑。

果然,伯父伯母都在客厅里。两人正坐在沙发上聚精会神地看着电视屏幕。小猫黑助不安地在他们旁边走来走去。

"小想?"小百合伯母注意到了我。

"喂,小想,出大事了!"说着,她朝电视机指了指。春彦伯父也回头看我一眼,立即又扭头去看电视。

我朝电视屏幕上看去,见画面上好像是某个外国的街道,但街道上的景象却是非比寻常。

那是什么?

是电影画面吗?不,不对,好像新闻里正在播报即时发生的真实事件……

"纽约世贸中心大厦遭客机冲撞。两架飞机连续撞上大楼。两栋楼已经完全倒塌,引发了重大……"

纽约?

世贸中心?

电视里正在播放的是大楼刚刚倒塌的情形吗?蔚蓝的天空下升腾起如火山喷发时火山碎屑流般的滚滚烟柱,且不断变幻着形状,像一头有思想的怪物。

"给小光打了电话,可线路一直不通啊。"小百合伯母忧心忡忡地说。

"她住在皇后区,应该不会有事。"

小光是春彦伯父和小百合伯母的长女,正住在纽约……

"华盛顿的五角大楼也着火了。虽然还不清楚事情全貌,但看起来像是大规模的恐怖袭击。"

听了伯父的话,我毫无反应,因为此刻我的大脑好像只醒了一半,另一半还在昏睡之中。

在那之后我又看到了什么、听见了什么乃至说了什么,统统不记得了。就连自己什么时候、怎样回到房间里睡下也都毫无印象。不过,我记得一点,那就是:无论看了多少关于纽约的画面,听了多么详细的情况介绍,那里发生的一切对我来说仍然毫无现实感。

第二天早晨醒来时,我不得不思量想了好一会儿,昨天看到的究竟是现实还是梦境。

插曲 V

小想：

　　刚才给你打过电话，但没有接通。所以给你发邮件。

　　十五岁生日快乐！

　　初次见面的时候，你只有九岁。与那时相比，你已经成长了，也坚强了。不但坚强，还很体贴。比我强多了。

　　关于这个月以来发生的"灾祸"事件，我有一个想法。

　　说不定我可以帮上忙。我正纠结着要不要告诉你……不过，还是算了吧。

　　希望你不要在意。

第十六章　九月　Ⅲ

1

"咯——咯——咯——"我感到脚下传来一阵微微的响动。

怎么回事？我还来不及思考，便又听见"轰——"的一声，地面开始震动。

只在一瞬间，脚下猛地一震，随即开始不停地摇晃。课桌椅"咔哒咔哒"响成一片，黑板边立着的粉笔纷纷倒下……地震了?! 我终于反应过来，可是已经来不及固定自己的身体。

此时正是第三节的数学课。教室里的人反应各不相同。

先是一片高高低低的惊呼声。

有人站起身来准备往外跑，有人抱住了桌子，有人在往桌子下面钻，还有人像我一样呆在原地一动不动。尽管大家的反应各异，但有一点是相同的：所有人都又惊又怕。

"同学们，保持镇定！"正在黑板上板书的稻垣老师仍握着粉笔对大家说，"看样子不像是大地震。不要紧，很快会过去。"

果然，正如他所说的，摇晃很快停止了。

一支铅笔从桌上滑落，掉在了地板上。抬头望去，天花板上的照明灯兀自摇晃，但并不剧烈。看样子确实不像是大地震，大家都放心了，不由得全身瘫软。然而就在此时……

"哗啦！"

突然传来一声物体碎裂的声音。

刚刚缓和下来的神经往往更容易受惊吓。教室里立刻又响起了几声惨叫。

碎掉的东西是花瓶。

那是从周一开始摆在岛村和黑井桌子上的花瓶。瓶里插着的白菊花随即掉到了地上。

或许是插了花以后的花瓶原本就不大牢靠,一受到震动便立刻倒了下来,然后滑落到地面上摔了个粉碎。尽管如此,花瓶偏偏在这个时候碎掉,多少让人有一种不祥的感觉。

对于之后将会发生在初三(3)班的种种异常现象来说,跌碎的花瓶恐怕是个引子。

2

九月十二日周三。

初三(3)班的教室里,来上课的人又少了许多,大概只有原来人数的一半左右。我作为坚持出勤的那一派,今天没有迟到,赶在开早会时走进了教室。然而……

其实我今天可以不用来。小百合伯母劝我说:"请一天假不好吗?"可我就算在家里休息,也只会躲在房间里郁郁寡欢,白白让伯母他们为我担心……

客厅里的电视机肯定整晚开着。早上,从我起床到出门,耳边一直响着关于发生在美国的这场大悲剧的报道。

听小百合伯母说,他们终于跟住在皇后区的长女小光联系上了,夫妻俩大大地松了口气。不过,因为当地的局面还会乱上一阵子,以后还有一大堆事情够他们操心的。

这场后来被称为"9·11"的"美国同时多发恐怖袭击行动"事件，其影响就算光看新闻报道，我也能理解。我能想象，从此以后，美国乃至全世界都将面临相当麻烦的局面。但是……

彻底醒过来之后，我对此事仍然缺少真实感。虽然震惊，却总觉得那与自己毫不相干……

相比之下，我更关心矢木泽的情况和眼下面临的"灾祸"。但无论我怎么纠结、苦恼，仍想不出任何办法。

来上课的同学大概或多或少跟我怀着类似的心情，我想。

"昨天晚上看新闻了吗？"

"看了！本来我只是偶尔打开电视机的，忽然就看到了那些画面！"

"一开始我还想，这是啥？完全不明白啊！"

"就跟电影里的场景一样！"

"我爸一直在说：'这回可要出大事了！'说了好几遍呢！"

"电视里一直在做专题报道。不知以后会怎么样呢。"

"好像死了很多人啊。"

"会怎么样呢？"

"这算是恐怖袭击吧？"

"据说是。"

"该不会要打仗了吧？"

"唉……"

不用说，教室里一大早就充斥着这样的议论。

另一方面……

"矢木泽同学还在昏迷吗？"

"该不会没希望了吧？"

"会怎么样呢？"

"如果也是'灾祸'造成的，恐怕就很难恢复了吧。"

"可他是自杀的啊。为什么要自杀？"

"该不会是害怕'灾祸'吧？"

"明明自杀才更可怕吧，我就绝对不敢。"

"为什么偏偏会是他呢……"

"没留下遗书什么的吗？"

"嘿……"

这种对话也很多。

我不想跟任何人交谈，独自站在窗边望着外面。

昨晚还是时雨时晴，现在天气总算转好了——虽然不是那种秋高气爽的晴朗。天空蔚蓝、辽阔。在远山的方向，天边仍堆积着大片的积雨云，整个画面简直像是回到了夏天。只有吹来的风，不知是不是我的错觉，带着与季节不相称的寒意……

"烦死了……"我听见教室里有人在说。

"烦死了！我快受不了了！"

"我也是……"

"我也讨厌来学校！可是一个人闷在家里又会东想西想……想到脑子都要坏掉了！"

"就是说嘛。怎么会这样……"

"唉，我真的受不了了，太可怕了！"

"跟纽约的恐怖袭击相比就更……你们不觉得吗？"

"怎么会呢！"

"我可不想死。"

"就是啊，太吓人了，我还不想死呢！"

"谁都不想死吧!"

我也是。

我也不想死。可是,只要"灾祸"还在继续,说不定我也会变成它的牺牲品。这种危险无可避免。难道现在我们唯一能做的事就是为自己的平安祈祷吗?

我又痛切地想起了早班会上千曳老师的样子。我明白,作为教师,他想尽可能地鼓励大家,但他自己的口气和神情中流露出掩饰不住的疲惫。

向大家通报矢木泽的情况时,他的声音里充满了悲伤,对大家说着"不要过分悲观""千万要小心事故和疾病"之类的话时,也显得有气无力。他那种无计可施的绝望心情对我来说感同身受。

"在眼前这种情况下,我们每个人都会感到不安甚至恐惧。如果需要我的帮助,无论大事小事都不必顾虑,可以随时来找我商量。或许我无力改变大的局面,但或许可以根据我以往的经验给你提供一些建议。至于昨天发生的那件事,警方已经介入调查,希望大家不要太受它的影响。事情很快就会水落石出。今后……"千曳老师提高了嗓门又说,"从昨天开始,学校附近就有一些媒体的记者在四处打听。如果遇到有人跟你们搭话,请千万不要理会。就算把有关'灾祸'的事透露给他们,对事情也不会有帮助,反而会让记者们不负责任地乱写。另外……"

他又提高了嗓门,加重语气说:"他们就算一时闹得沸沸扬扬,很快也会忘掉。社会上的一般人也是如此,就算是住在夜见山市的本地人,只要跟夜见北的'现象'和'灾祸'没有直接的关联,他们对'灾祸'的记忆就不会持久。事情就是这么不可思议，对吧？所以，不管外面闹腾得多厉害，都是一时的，很快会平息。在过去的三十年里一直如此。说起来，这也许跟'现象'所引发的修改或篡改行为有关。"

3

第一节课和第二节课的课间休息时，有个迟到的家伙溜进了教室。

那不是叶住吗？我不禁吃了一惊。

周一我打电话给她的时候，她明明斩钉截铁地说"再也不去学校了，绝对不去"，为什么今天又……

第二节课下课后，我偷眼朝她看去。我们视线相逢的一瞬间，她像是心情不佳地把头扭了过去，却并没起身走开。

"不是说再也不来学校了吗？"我走到靠窗边的她的座位旁跟她搭话。

叶住一言不发地看着窗外，过了一会儿才说："还不是因为害怕？家里一个人都没有，总觉得有点儿吓人。一打开电视，不管哪个频道都只报道美国那件事……太吓人了。"

她的脸色十分苍白。走近了我才发现，她比以前憔悴很多。

"前天通电话的时候你说过，见崎学姐去你家找过你？"这件事我一直很在意，现在不能不当面问她了。

叶住仍望着窗外，默默地点点头。

我接着问："你说她当时还戴着眼罩，对吧？那你去开门的时候，她有没有把眼罩摘掉？"

"摘掉了。"叶住转回头，抬眼看了看我，"她把眼罩摘了，然后一直盯着我看。"

"然后呢？"

"没有然后，就那样。"

"她什么都没说？"

"我只听见她小声嘀咕了一句'原来如此'。"

想象着当时的场景，我似乎明白了为什么叶住对鸣的到访那么反感。不过……

我不禁陷入了沉思。

鸣左眼上戴着眼罩。也就是说，她的左眼窝里肯定装上了那只"玩偶之眼"。之后她又摘掉了眼罩，盯着叶住东看西看，究竟想做什么？

难道说……我心头猛地冒出一个问号。

难道说……不，不会。可是……

答案是什么呢？我还说不清楚。正在我迷惑不解、脑海中一片混乱的当口，电铃响了，第三节课开始了……

4

明明震动并不大，那两个花瓶却从书桌上跌了下来，摔得粉碎。地板上到处是花瓶碎片、摔烂的花和一地的水。几个同学站起身来去收拾。并没有人下命令，但他们还是战战兢兢地开始清扫。

有人把碎片扫进了簸箕，有人用抹布擦拭着地板上的水，还有人把摔散的花束重新扎好放回桌上……一切都井然有序，看上去每个人都做得十分认真。

但无论是默然忙于整理的人,还是在一旁看着他们忙碌的人,班里所有人的表情都显得十分惊慌。虽然地震引发的恐慌已经散去,但一想到接下来还不知道会有什么事情发生,教室里就充满了惊惧的气氛。

在这种氛围中……

最先觉察到情况异常的当然只有我。

我忽然听见一阵刺耳的声音。怎么回事?我抬头四顾,发现在一朵刚刚从地板上拾起来、重新放回课桌上的白菊花的花瓣上停着一只黑色昆虫。

那是……

我凝神看去。"苍蝇?"我不禁脱口而出。

"哎呀,讨厌!"一个正在清扫的女生(班长福知同学)惊叫起来。

教室里飞进一只苍蝇。在平时不过是一件区区小事,不会惊动任何人。然而在眼下这个时候,供奉给死者的鲜花上居然爬了一只苍蝇,简直太不吉利,也太吓人了……

"讨厌!"福知又喊了一声,"什么时候飞进来一只苍蝇啊?!"

我毫无顾忌地伸手赶走苍蝇。它从花瓣上飞走时,翅膀的震颤声在我耳边"嗡嗡"地响着。

随即,不知从什么地方陡然传来了数十倍的"嗡嗡"声。

"啊呀,不好了!"一名坐在窗边的男生忽然大叫起来。

我抬眼看去……

敞开的窗户外面,一大团黑压压、形状不停变化着的黑影……刹那间,我反应过来,那也是苍蝇。是几十只、不,几百只苍蝇正成群结队地穿过窗户飞进教室。

教室里顿时一片大乱。

嗡嗡嗡……嗡嗡嗡……

在这混乱之中,我脑海里忽然响起了尖利的振翅声。但并不是现实里的那种,而是像要盖过那种似的、更大的声音……

嗡嗡嗡……嗡嗡嗡……

这是……

这是三年前的那个?是"湖畔之家"的地下室里那段令人不快的经历的闪回吗?一两年来,我好不容易逐渐淡忘的那些记忆?

嗡嗡嗡……嗡嗡嗡……

这刺耳的声音纠缠着我,像是回响在我大脑的最深处,让我情不自禁地回想起活生生的"死"和恐惧。这是……

班里的同学已经慌作一团。挨着走廊一侧的窗户都被打开了,大家忙不迭地驱赶着飞进来的大群苍蝇。但苍蝇四处乱飞,有的飞出了教室,有的则在教室里盘旋。

"哎呀!"我听见有人惊叫一声,回头看去,是叶住。她正站在那儿不停地挥手轰着落在头发和身上的苍蝇,但似乎效果不大。

"这是怎么回事啊……老天爷,求求你放过我吧!"她几乎要哭出声来。

日下部跑过去给她帮忙,两个人七手八脚地驱赶着苍蝇,叶住似乎慢慢平静下来。

嗡嗡嗡……嗡嗡嗡……

教室里的骚动总算逐渐平复了,但那尖锐的声音一直在我脑海里回响着。我使劲地摇头,又闭上眼睛,那声音却始终没有消失……

我坐下去，把手肘撑在课桌上抱住头。那个声音最终引发了另一种感觉：那是本不应该出现在此时此地的"死"的气味。眼前这个现实世界似乎正渐渐变得模糊，我不禁抬手捂住了鼻子。

"老师……我……"我听见一个声音正在痛苦地诉说着什么。

5

"我……我觉得有点儿不舒服……"说话的是一名姓市柳的女生，坐在靠校园那一侧第二列最前排。从我的方向看去，只能看见她的背影。

"怎么了？"稻垣老师问道，"不舒服就赶紧去保健室……"

他的话音未落，市柳的身影便从我的视线中消失了，随即传来"咚"的一声闷响，似乎她刚要站起来，却因为腿脚无力，直接从椅子上摔下去，倒在了地上。

"啊呀！市柳同学，你没事吧？"稻垣老师慌忙跑过去查看。

几乎就在同时——"老师，我也不舒服……""我也是""我……"好几个声音叫起来。教室里重新陷入一片混乱。

"我……我快喘不上气来了……"一名男生像是刚做完剧烈运动，大口大口地呼吸着。

"我好难受……"

"哎呀，有股奇怪的味道。"一名女生掏出手绢捂住了口鼻。是小鸟游吧？

"对啊，你们闻到了？那种奇怪的味道。然后胸口就变得越来越憋闷了！"

"我也闻见了……"生物小组的新任小组长森下说着站起身来,"刚才忽然传过来了!"他踉踉跄跄地走了几步,像是想走到窗边去,但没走几步就抱住上腹部跪了下去,随后呕吐不止……

有人跟着他站起身朝教室门口走去,结果都半路倒下。还有人坐着没动,却趴在桌子上发出痛苦的呻吟:"啊,头好痛……"

叶住呢?她怎么样?我反应过来,朝她看去,见她精疲力尽地趴在桌子上。旁边的日下部大概也闻到了那股恶臭,正用手绢捂着口鼻。江藤已经离开座位走到了靠走廊的窗边,朝窗外探出半个身子,一动不动地站着。周日刚送别姐姐就来上学的多治见刚从座位上站起来,便像是手脚发软地蹲下去。

这情形绝对古怪。

教室里的所有人都出现了反应。只剩下惊惶不定的稻垣老师手足无措地在原地转圈……

此时,教室里陷入了群体歇斯底里的状态。

自第二学期开学以来,接二连三地有人死去。一度曾经停止却并未结束的"灾祸",使得人人都成了不安和恐惧的囚徒。心理压力越来越大之际,偏偏又遇上地震。继而,花瓶跌碎,成群的苍蝇来袭……一连串事件让大家本已紧绷的心理承受能力超过了临界点。于是,不知是同时爆发,还是相互传染所致,终于在所有人的肉体层面引发了不同症状的应激反应。

——当然,以上都是我的事后分析。当时的我被教室里那种病态的狂乱彻底裹挟、吞噬了。

"这到底是怎么回事啊?!"我听见有人大叫,"难道大家今天要一起死在这里了?!"

说什么呢,傻瓜?我想。刚才我用双手撑住课桌,试着站起来,但之后便再也挪不动身子,只能保持着这个姿势在原地一动不动,脑海里尖利的"嗡嗡"声和令人作呕的"死"的气味丝毫没有减弱,同时还有眩晕和呕吐感一阵阵地袭来。我陷入了一种无法解脱的幻觉,似乎眼前的现实正在一点点地剥夺"我"的存在……

至此,我的记忆便中断了。我猜自己大概昏了过去,倒在了地上,记忆里只隐约地保留着救护车的几声鸣笛。

6

"阿想……"听到有人呼唤我的名字,我睁开了双眼。面前是赤泽泉美。这个地方我也认得,是飞井弗罗伊登公寓里泉美住过的那个房间。

"所以说,关键是'力量平衡'。"泉美似乎带着怒气说道。

"'力量平衡'……"我发现自己在重复她的话。而她,是今年的"死者",已经在七月的那个夜晚归于"死"。那么,我现在看到的一定不是真的,只是我脑海里的幻象……

"被唤醒的'死者'和作为对策的'不存在的人',它们之间的'力量'平衡……肯定……"

"肯定?"虽然明知这不是现实,而是我的梦境或幻觉之类,但我还是带着几分焦躁追问,"肯定什么?"

她脸上显出哀伤的微笑,背过身去。

"你仔细想想,阿想,"她说,"然后你会想起来的。"

"小想……"听到有人呼唤我的名字,我睁开了双眼。面前是见崎鸣。这个地方我也认得。是飞井弗罗伊登公寓里我曾经住了近四个月的那个房间。

"我有个同年同月生的妹妹,双胞胎妹妹。虽然是异卵双胞胎,可我俩长得很像……"鸣静静地说,"她大前年死了,是病死的。"

啊……这……这也不是现实。不是现在的现实,而是过去的现实。没错,是六月她来这个房间时的现实——这不是梦,而是我在追忆往事。

那时,鸣把以前从未向人提及的她的身世告诉了我。于是我知道了她跟雾果老师的真实关系,然后……

"啊……"鸣双手反扣,朝上拉伸着胳膊,"要是世界上没有什么家人啊、血缘关系啊之类的东西就好了。可小孩子是没办法逃走的,在想逃却逃不掉的过程中,不情不愿地成了成年人。"

我才不想变成成年人呢。上小学的时候,至少在三年前的那个夏天以前,我曾诚心诚意地这样期盼着。然而如今……又怎么样呢?又会怎么样呢?我的思绪果然还是那个时候的真实还原。于是……

"见崎学姐,我有个问题想问你,可以吗?"我说,"刚才你说到的那个妹妹,她叫什么名字?"

"她叫……"鸣翕动着嘴唇,"她……"

终于要说到那个名字了。

"她叫……■……■■……。是……■■■。"

我没有听清她的话,也没能从她嘴唇的翕动中分辨出她在说些什么。

鸣的身影忽然消失了,只剩下狼狈不堪的我。一个声音在我耳边回响……

"你仔细想想，阿想。"

我听见那个声音说。是泉美的声音……不，是鸣？

"然后你会想起来的。"

7

我在床上睁开了双眼。

困惑了片刻，我立刻意识到这里是病房，随即想起了在失去意识前听到的救护车的鸣笛。肯定是有人觉察到初三（3）班教室里的异常情况，拨打了119。

我试着想坐起身来。头还有点儿晕乎乎的，但好像没什么大碍……哦，右手从手背到手指处传来一丝钝痛。抬手一看，手上裹着纱布，大概是我在昏倒时擦伤了。左胳膊上还插着输液的针头，一动就有点儿疼。

"感觉怎么样？"恰好有位护士走进病房，向我询问道。她看来比小百合伯母小几岁，是位中年女性。

"啊……好多了。应该没事了。"我瞥了一眼护士胸牌上的"车田"两个字。

"手上的伤还疼吗？"

"哦，不怎么疼了。"

车田护士走到床边查看了一下输液情况，用像是哄小孩的口吻说："很快就要滴完了呢，我这就去叫老师来。"

此时她口中的"老师"当然不是指教师，而是医生吧。

"嗯……这里是……"

"这里是市立医院。我们收到了求助电话，说有很多同学身体不适，都倒下了……"

"那……我们班的同学都在这儿？"

"嗯，对啊。"

我朝四周看了看。这是狭小的单人病房。病床边摆着一把椅子，椅子上放着我的书包，大概是急救人员给拿来的。

因为没看到时钟，我顺便问了下时间。车田护士告诉我，现在是下午一点四十分左右。

"其他人在哪儿？"

"症状比较轻的同学在六楼的大房间里休息。昏倒的和受伤的分别安排在单人病房。"

"他们都还好吧？"我急忙问，"有没有生命危险？那个……"

"没事的，"车田护士和蔼地微笑着回答，"听说是恶臭引发的，是真的吗？"

我没有回答。实际上，此时的我不知该如何作答。

"哦哟，已经滴完了呢，"说着，车田护士熟练地拔出针头，"你先别急着下床，在这里安静地休息一会儿。"

护士走了。我独自待在病房里，耳边听到一声轰鸣。是雷声？可今天明明是个大晴天……我不禁抬眼朝窗外望去。

蓝天早已不见了，不知从何时起，外面昏暗得不像是白天。

我悚然一惊，不由得打了个寒战。心中陡然升起一种不祥的预感，惊惧随即扩散到全身。我又开始颤抖起来。

8

虽然护士叮嘱过"安静地休息……"，但我到底没办法安心地躺在这里。

我起身下床,从椅子上的书包里掏出手机。

有两个未接电话,都是小百合伯母打来的。学校肯定已经通知家长班里出了状况吧?她放心不下,便直接给我打电话了。

要赶紧跟她报平安才行。我想着按下通话键。不知是信号不好还是别的原因,听筒里只有杂音,怎么也拨不通……

我把手机塞回裤兜,走出了病房,准备去厕所方便一下。一开始脚下有些发软,但很快行走如常。看来,我应该没事了。

病房的门牌号以"5"开头,加上走廊上的提示牌,我才知道这里是住院楼的五层,好像是小儿科病区。

厕所离病房很远。上完厕所出来,我又试着给伯母打了个电话,仍然拨不通。于是,我准备回病房乖乖休息。

"咦?"我不禁诧异地停下了脚步。

前方有一片类似公共交流区的开放空间,与走廊之间没有隔断,面积大概是我们班教室的一半,里面摆着几套桌椅,一个角落里放着台大电视,屏幕上正在播放美国"9·11事件"的特别报道,但只有画面,没有声音。电视前面孤零零地站着一个小女孩,正背对着电视屏幕朝我这边张望。

"你好。"我认出了她,有些诧异地走过去跟她打了个招呼,"你是希羽吧?"

没错,她叫希羽,是负责给我"咨询"的碓冰医生的女儿,刚上小学二年级。

不过,此刻她身上穿的是一身柠檬黄睡衣,不像是刚从学校放学的样子。难道说……

"你在这里住院?"我忍不住问,"身体哪里不舒服?"

希羽没理会我的问题，只是小声地说："我好担心爸爸呀。"

嗯？我一时没反应过来。

"你爸爸怎么了？"我刚要问她，希羽默默地转过身，一声不响地朝窗边走去。我还是不放心，便跟着她走了过去。

这座住院楼的平面结构十分复杂，我根本不懂自己现在所处的位置。所以，即使跟在希羽身后走到了窗边，我还是不知道我们究竟在这栋楼的哪个部位、哪个方向……

希羽在一扇打开的窗前停住了脚步。紧随其后的我也站定，顺着她的视线朝窗外望去。

外面比刚才我从病房的窗户看出去时更昏暗了，简直像日暮时分。虽然听不见雷声，却有尖利的风声不停歇地呼啸着。风声里还混杂着一种异样的杂音，不像是自然界的声音，十分刺耳，令人畏惧……是什么东西在轰鸣？是直升机？

希羽直勾勾地看着窗外，一句话不说，小小的身子一动不动。

"喂，你怎么了？"我轻轻地问，"有什么……"

"风。"希羽开口说。

"嗯？什么？"

"风。"她又说了一遍，伸出右手指着前方。我走到她身旁，朝她指的方向望了望，又回头看看她，不由得大吃一惊！

她的双眼睁得大大的。刚才还是乌溜溜的黑眼睛，此刻却变成了诡异的深蓝色！其中还掺杂着几滴银色！是的，我没看错！

——那孩子从小就有点儿怪。

我蓦地想起以前碓冰医生曾这样形容自己的女儿。

"风……风来了。"希羽又说。她的表情似乎被什么东西附了身，说话也像个机器人，毫无感情色彩。

风来了……风来了?

话音未落,外面的风声便急剧地起了变化。原本呼啸不止的风声一下子消失了——我刚闪过这个念头,又听见一阵骇人的巨响,像是所有的风聚集成一股大风暴在横冲直撞。这已经不是预感或不安,而是让人切切实实地感到了恐怖。

外面的光线也发生了变化。昏暗已不复存在。像是有一片彻头彻尾的黑暗不知从哪里冒了出来,迅速填满了天地之间,世界一下子变得宛如黑夜。然后……

风来了。

伴随着嘶吼般的巨响,一阵猛烈的怪风席卷而来。

它——那阵猛烈的怪风从敞开的窗户吹了进来,迎面扑向站在窗前的希羽。她发出一声短促的尖叫,小小的身体被风整个抛出去,又落在地板上。

我也被那股风迎面扑中了。虽然没有被刮飞,却被逼得后退了几步,站立不稳,跪了下去。然而风还在肆虐,最后,我不得不双手双膝着地,趴在地板上。

交流区里还有一些人(几个大人和两三个孩子),他们也被吓得连声惊呼。放在桌子上的宣传册、纸张等物品被风吹得四处飞舞。

我挣扎着爬了起来,躲避着风口朝窗边挪移,试图先去关上那扇窗。

"咚!"附近传来一声闷响,紧接着,有人在高声惨叫。我吓得差点儿喊出声来。

"咚!"又是一声闷响。

怎么了?又发生了什么事?

我正惊惧不定，又听见外面"咚！咚！咚！"连响了几声。

那声音就来自我面前这扇窗的窗外。似乎有什么东西正接二连三地朝这边撞过来，对，就是这种声音。

我爬到了窗边，总算弄明白了那声音的来源——是鸟。从羽毛颜色和体形大小来看，好像是鸽子。

不知是被狂风裹挟还是为了躲避风暴，又或者是被急剧变化的天气惊扰，总之，成群结队的鸽子正惊恐万状地朝住院楼的窗户这边飞过来，随后猛烈地四处乱撞，然后就……

一通乱撞之后，鸽子们成群地挤在窗台上。有些因力气不支而掉了下去，有些稍作停留又展翅飞走了……虽然姿态各异，但每只鸽子身上多多少少都受了伤。鸽血顺着窗户的玻璃淌下来，景象十分骇人。有的窗玻璃上出现了裂纹，看来不久就会承受不住冲击力而碎掉。

周围，也就是这座住院楼外究竟发生了什么？或者说，将会发生什么？

我又想起五月上旬那天忽然天降冰雹的情景。那时，已经故去的班主任神林老师正在上理科课，叶住正要放弃"不存在的人"的身份，对全班人发泄着不满。忽然，冰雹像炮弹一样从天而降，打碎了窗玻璃，成群的受伤乌鸦冲进了教室……

与那时不同的是，今天并没有下冰雹，也没有下雨，却刮起了那时不曾有过的狂风。

又是一阵狂风呼啸。一只鸽子顺势从敞开的窗户飞进来。医院的职员们觉察到了情况不对，有几个人赶了过来。在此起彼伏的惊呼声中，那只鸽子飞进了走廊，不知去向。

一位护士握住了希羽的手，拉她站起来，问道："你怎么了，希羽？还好吗？刚才吓着了吧？快，快回房间去。"

见小女孩乖乖跟着护士走了，我便放了心，从窗边逃开。膝盖仍在瑟瑟发抖，我感觉屋内温度骤降，继而忽然觉得连产生了这种感觉的"我"也好像不再是自己了。怎么会有这种感觉？

对，刚才第一次被狂风扑倒的时候，我就有这种感觉，似乎半个"我"已经随着风离开了躯壳，所以……

所以，照这样下去，我肯定会……正在胡思乱想，又听见接二连三的惨叫声。

楼里的灯忽然开始时明时暗地闪烁，然后全部熄灭。

9

停电只持续了几秒钟，便立即恢复了，但电流似乎很不稳定，照明灯仍然时明时暗。虽然还不确定停电的原因，但估计是突如其来的狂风破坏了供电系统。

带着半个"我"已经飘出躯壳的奇妙感觉，我离开交流区，冲到走廊上。

回病房去？还是去六楼的大房间看看班里的同学？我一边思忖着，一边沿着走廊朝前走。

令人惊惧的异常天气，加上忽明忽暗的照明，令每间病房里的人都不安地跑了出来，走廊里到处是人。几分钟前还静谧的住院楼此时一片嘈杂。手机铃接连不断地响着，孩子们有的哭，有的叫，还有的缠着医院职员打听情况。

鸽子撞向窗户的事，大概不止在刚才那片区域发生。即使在走廊里，我也能感觉到四周传来的猛烈风声。大概是什么地方的窗户被撞碎了,总之情形十分诡异。而且不仅限于这个楼层,恐怕整栋住院楼都面临着同样的情况。

尽管如此,身体里仅剩的那半个"我"仍在思考。小希羽刚才那个样子究竟是怎么回事?

只是单纯地预感到狂风即将到来,又恰巧在那个时间点说出来?还是……

她还说"好担心爸爸"。她是因为生病才住院,又自作主张地从病房里溜出来,在那个时间点跑到那个地方去的吗?可是她担心的"爸爸"碓冰医生又是怎么回事?

哦,明白了。

难道碓冰医生现在就在这栋楼里?因为救护车忽然送来了一大群需要救治的中学生,他从精神神经科被调过来帮忙?

假如这样,那希羽的"担心"又该怎么解释?

她到底担心什么?又为什么要担心?碓冰希羽这个小姑娘究竟是……

我还是没有回病房,决定先去六楼看看。说不定在那里会遇见碓冰医生,正好把刚才希羽的事告诉他。

路过的地方碰巧贴着楼层示意图,我在图上找到了"中央电梯"的位置,记下了从这里走过去的路线。

在仍然明灭不定的灯光里,我尽可能地放慢脚步,沿着走廊继续朝前走。拐过几个弯,我看见了中央电梯。然而大概是由于刚才停电,两架电梯都停运了。

电梯厅里站着几个人,正嚷嚷着"怎么回事""到底会怎么样"之类的话,语气中充满了焦躁、不满,抑或是不安……

"比良冢同学!"有个声音在叫我。我抬眼看去,见电梯厅对面走廊的一角站着个一身黑衣的人,是千曳先生。

"我听说你的病房在这一层。怎么样,好点儿吗?"

"嗯,已经没事了。"

"是吗,那就好。"

"六楼的同学们怎么样?"

"还算稳定。不过有些担心孩子的家长也跑来了,我差点儿应付不过来。"

"千曳先生,您知道第三节课发生了什么事吗?"

"稻垣老师大致告诉我了,据说是恶臭引发了骚动。可实际上并没有恶臭啊。我猜大概是群体性的歇斯底里或恐慌症。负责诊疗的医生也这么想。"

"哦,"我回想着失去意识前发生的一连串状况,点了点头,裹着纱布的手掌感到一阵钝痛,"大家都没事就好。"

"嗯,"千曳先生也点了点头,紧皱眉头说,"不过,这里似乎也让人不太放心。"

我仰头看了看天花板明灭不定的灯。"确实。那些鸽子,刚才在那边,有好多鸽子往窗户上撞,大家都吓坏了。"

"发生在医院里的鸽子自杀行为,是吧?"千曳先生的眉头皱得更紧了,"其实在那之前,天气就有点儿异常,还刮起了那么大的风。虽然没下雨,但看起来好像只有医院所在的夕见丘一带被风暴包围了。"

难道是因为初三(3)班的学生都被送到了这里,"灾祸"便接踵而至,还在医院周围造成了异常的天气现象?

怎么可能嘛。我倒是很愿意相信,但考虑到自这个月开始卷土重来的"灾祸"的威力,眼下无论发生什么事都不稀奇。想到这里，我不禁一阵毛骨悚然。

"千曳先生，您现在要去哪里？"

"我准备回六楼。"

"我和您一起去吧。"我的书包还在病房里，回头再取好了。

"电梯都停运了，我们干脆走楼梯。"说着，千曳先生带着我朝六楼走去。

10

我们正在爬楼梯，中途遇见一名从楼上走下来的女生，是叶住。

"啊！"我俩同时惊叫一声。

"出什么事了？"千曳先生语气平稳地问。

叶住看着千曳先生。"没出什么事。我就是害怕，反正我已经好了。"

"不过，叶住同学……"

"跟那么多人待在同一间屋子里，总觉得还会有可怕的事发生。刚才灯也灭了，大风把窗玻璃都刮破了……不行，那里太可怕了！"

"外面还在刮大风，现在出去很危险。"

"我去一楼大厅待着，那里好像不那么吓人。"叶住不想再多说，径自跑下楼梯。

看着她的背影，我似乎预感到了某种危险，但立刻又改变了主意。不，现在危险的可不止她一个人。

第三节课上，教室里之所以会出现那样的集体崩溃，是因为初三（3）班的所有人，包括我，在精神上都陷入了极度危险的状态。被送到医院救治后，虽然表面症状大致痊愈了，但大家内心的危机丝毫没有消除。

我们上了六楼，沿着走廊朝前走。这里跟五楼一样，灯光明灭不定，人声嘈杂。

拐了几个弯，千曳先生停下脚步，指着长长的走廊深处说："就是那个房间。医院里正好有个平时不怎么用的大房间……"

他的话还没说完，我们便感到一阵猛烈的撞击袭来。

撞击！像是要破坏什么似的，一股巨大的力量，一阵猛烈的轰鸣，整栋楼似乎被震得摇晃了。

又是地震？我想。但立刻否定了这个猜想。这不是地震，倒像是上周四我遭遇的那场事故，一大团混凝土块从改建中的大楼楼顶轰然砸下……

走廊上的人纷纷抱头蹲下身。这撞击如此强烈，竟然引发了人们的条件反射。

"这又是什么？"千曳先生喃喃地说，"简直像是……"

像是要盖住撞击所造成的轰鸣声，人们纷纷扯起了嗓门，惨叫声、哭喊声、怒吼声响成一片。

"糟了。"千曳先生拔腿便跑。我虽然摸不着头脑，但也跟着他跑起来。一路上，映入眼帘的种种惨状不禁让人双腿发软：天花板上的照明灯罩全都掉下来，各种医疗用品撒了一地，地板上到处是碎玻璃片……我们前方的视野里一片模糊，像是有无数粉尘在飞舞。空气中飘荡着各种气味：灰尘味、类似化学品的气味以及像是什么烧焦了的气味……

千曳先生猛地站住。

我瞪大了眼睛。

从我们前方传来了哭喊声和慌乱的脚步声。之后，在那片模糊、混沌之中，陆续冒出了几个人影。

是几个身穿夜见北校服的学生，先是一名男生，跟着是三名女生，然后又是一名男生……

"老师！不得了，出大事了！"最先冲出来的那名男生喊着。是生物小组的组长森下。他的脸上、头发和全身的衣服都脏得不成样子，其他几个人也是如此。

"怎么了？"千曳先生问，"发生什么事了？"

森下放慢了脚步正要回答，他后面那三名女生却一把推开他，从我和千曳先生身旁擦肩而过，脚步蹒跚地跑过去，口中还不停地喊着"我受不了了！""放过我们吧！""快跑吧！""赶紧逃命啊！"之类的话。

"飞……飞机……突然……"森下一副刚拼完命的模样，"可能是从隔壁房间的窗户里撞进来的，把墙壁和天花板都撞塌了，然后冲进了我们待着的那个房间……"

飞机？！

直升机？！

我震惊得说不出话来。

被狂风裹挟，失去控制了？但就算是这样，它又怎么会如此巧合地撞进初三（3）班学生所在的那个房间……？

"飞机撞了个稀烂，折断的螺旋桨碎片到处乱飞，房间里乱七八糟的，满地狼藉。事情来得太突然，大家都慌了神，不知该如何是好。"

"有人受伤吗？"

523　第十六章　九月 Ⅲ

"好像有。不过,不管怎么说也要先逃命,所以大家都拼了命地往外跑,什么也顾不上了……"

在他说话的同时,又有人接连从浓烟中冲出来,其中既有班里的同学,也有一些成年人。有的跟森下一样,一副拼了命的架势,还有的因为震惊过度,整个人像行尸走肉。

随着震耳欲聋的爆炸声,整栋楼好像摇了几下。这应该是直升机里的燃料着火爆炸了。

前方的一团混沌中燃起了火光,热气渐渐朝我们逼来。

"不好,赶紧跑!"千曳先生大喊一声。

我慌忙转身往回跑。

此时,照明灯已经全部熄灭了。没有窗户的走廊里顿时一片昏暗。消防报警器也被触发,尖锐的警报声响彻楼内。

警报声惊动了所有人。除了原本待在走廊上的人,病人和探视者也纷纷冲出了病房,其中还混杂着医生和护士。此时此刻,不能指望大家保持秩序了,整个大楼陷入了无法控制的恐慌和混乱。

11

从这时起,我的意识越来越混乱,眼前的现实也奇妙地被切割成了一个个片段。

"赶快跑!"心里这样想着,我也调转了脚步,然而那奋力奔跑着的却只是半个"我",另外半个"我"早已脱离了身体的躯壳,在不远处呆呆地望着眼前越来越混乱的情形以及那个如木偶般行动着的自己。

人们在黑暗的走廊里一边叫喊一边四下逃散。备用发电机终于启动了，室内照明迅速切换为应急照明模式。然而应急灯的数量很少。走廊深处，火灾现场的烟雾像是在追寻光亮似的，慢慢朝这边飘散过来。

场面更加混乱，人们开始陷入集体恐慌。

人潮朝电梯厅方向涌去，但电梯早已关闭，于是人潮又一起涌向楼梯间，人群中还混杂着一些行动不便的病患。事情到底会演化成什么结果？"我"在冷眼旁观，另半个"我"则伏低身子，小心避免吸入烟雾，随着人潮涌动的节奏拼命往外逃……

我忽然看不到千曳先生的身影了。

应急灯的光亮微弱且不稳定，照明范围也很窄。广播里传来医院的紧急通知，但因为四周太过混乱，根本听不清广播里在说些什么。

跑着跑着，我被争先恐后的人潮挤了出来。像是被谁推了一把，我不禁一个趔趄，紧接着又被撞了一下，我于是彻底失控，摔倒在地……有人从我背上踩过，还有无数的脚、胳膊、肩膀撞向我的胸腹……我再也招架不住，在地上不停地翻滚着，躲避不断涌来的人潮。

在地板上翻滚的那半个"我"几乎要被恐惧淹没。

从昨晚开始看过无数遍的美国恐怖袭击事件的镜头不断在我眼前闪现。飞机撞向大楼后爆炸，引发火灾。不久，整个大楼开始坍塌……那种恐怖景象与我眼前的情景如出一辙。这栋住院楼也会像纽约的高楼大厦一样土崩瓦解吧？一旦产生了这种想象，我便再也无法冷静地分析、判断自己的处境。

不过，从另一方面来说……

肯定不止我一个……另一半的"我"茫然地想道。在场的所有人肯定都想到了同样的事，才会如此惊恐万状地想逃出生天，所以……

必须逃走。逃吧。快跑！快跑！赶快跑出去！每个人，包括我，都万般焦灼。不快点儿逃出去的话，这栋楼马上就要塌了！每个人都会死！都会死！都会死！

我在地上翻滚着，忽然胸口一震，几乎无法呼吸……就在这时，我的意识极速地转向了另一个空间。

我忍着浑身的疼痛，艰难地爬起来。

烟雾的气味比刚才更刺鼻了。我慌忙低下头，沿着走廊奔跑，却不知自己此刻身在何处，又要往哪里跑。

一抬眼，我看到了"紧急出口"的指示牌。

附近一个人影也没有。我不顾三七二十一，朝那边冲去，跑到了指示牌下方的一扇灰门前。我转动门把手，用肩膀使劲顶门……门倒了。

我的意识到此为止。

面前是一个极昏暗的空间。

没有窗户。天花板上只有一盏光线暗淡的灯忽明忽暗，勉强能看清屋内有一条向下延伸的紧急避难楼梯。

楼梯下方黑洞洞的，像一张通往地底的巨口。然而返回走廊已经不可能了，我不能停下脚步。

我横下一条心，沿着楼梯朝下走。

四周空无一人。难道没有人发现这里的楼梯？又或者这楼梯有什么古怪？

事到如今，疑心也没有用了。我只能沿着楼梯走下去，然后逃到大楼外面。

虽然心里焦急万分，但越往下走，光线就越昏暗，我不得不扶着混凝土墙壁一个台阶一个台阶地慢慢摸索着往下走。大概又走下了一层楼之后，周围彻底变成了一团漆黑。

此刻，在五楼被狂风扑倒后开始发作的意识分裂感逐渐散去，飘荡在躯体之外的那半个"我"似乎又回到了身体里。然而，我的视觉完全被剥夺了，面前只有一片伸手不见五指的黑暗。

前后左右，什么也看不见，自然也看不清脚下，只得手脚并用地摸索着台阶一点儿一点儿往下走。

不可思议的是，在这里听不到外面的声音。烟雾味似乎被上面的铁门阻隔，也闻不到了。尽管如此，我不能停下脚步……

我在黑暗中继续走着，心中慢慢浮起一种奇异的感觉。

这里的确是住院楼的一部分，但不知为什么，这段楼梯简直像是从现实世界里切下来的一个孤零零的角落。一级、两级……我好像正沿着楼梯走向被黑暗统治的另一个世界。

然而这种感觉并没有持续太久。

不知走了多远，我一不小心，脚下踏空了。我慌忙调整步伐，试图稳住身体，但没有成功……我顺着楼梯滚了下去。

究竟翻滚了多久，又是在哪里停住的，我都不记得了。中途，头被狠狠地撞了一下，我刚开始感觉到疼痛，意识又一次开始转换了。

12

"你仔细想想，阿想，"一个声音传来，"然后你会想起来的。"

这是……哦,又是她吗?听声音还是赤泽泉美?

是在做梦吗?我睁开眼,但眼前仍是漆黑一片,并没有泉美的身影。

"你仔细想想,阿想,"只有那个声音在回荡,"然后你会想起来的。"

仔细想想?我已经走投无路了啊,我在黑暗中茫然地想。

就算你告诉我再仔细想想……

究竟要想些什么呢?

究竟要怎么想呢?

我凝视着无边的黑暗。忽然,不知从哪里射来一道淡淡的光,慢慢地照亮了某个东西。

那是一架巨大的天平。长长的横杆,左右两边分别吊着两个秤盘。黑暗中,只有这架天平浮现在那里,除此之外,别无他物。

"所以说,关键是'力量平衡'。"泉美的声音又响起来。

平衡。"死者"和"不存在的人"之间"力量"的平衡。她把自己的观点用视觉的形式表现出来了,但那又如何?

我正想着,又见对面的左侧忽然射出一道光,照亮了一个玩偶。那是一个未加任何装饰的球形关节人偶,看不出性别,裸露着的白皮肤显出了几分娇艳。人偶头上不知为什么戴着头巾。紧接着,右边也射出了光,光线里出现了两个一模一样的人偶,头上都戴着头巾……

一只无形的手伸出来,把左边的一个、右边的两个人偶分别拿起来,放进天平两侧的秤盘里。

天平左右摇摆了一会儿,终于静止在水平状态。这……

左边是"死者",右边是"不存在的人",应该是这样吧?

今年，混入初三（3）班的"死者"，也就是赤泽泉美，是左边那个人偶。

作为"应对之策"而设定的"不存在的人"，也就是右边那两个人偶，一个是我，比良冢想；另一个则是叶住结香。

"死者"和"不存在的人"就这样实现了"力量平衡"。这种平衡从四月持续到五月初，也凭此阻止了"灾祸"降临。

然后，五月的第一周，叶住宣布放弃当"不存在的人"……

那只看不见的手又伸出来，从右边的秤盘上拿走了一个人偶。天平一下子朝左边倾斜——平衡被打破了，"灾祸"随即被触发。先是神林老师的哥哥去世，然后是继永的死、小鸟游母亲的死……

为了恢复平衡，泉美在五月底提出了"补充对策"。

灯光下出现了一具新的人偶，那是代替叶住担任第二个"不存在的人"的牧濑。无形的手把人偶放回右边的秤盘。然而，天平毫无变化。

"灾祸"仍然没有停止。到了六月下旬，幸田俊介、敬介兄弟俩及其父母不幸死亡。"灾祸"一旦启动，仅靠"补充对策"无法将其终止。也就是说，被打破的平衡并没有恢复原状。之后，"应对"停止了。

无形的手又从右边的秤盘里拿掉了两个人偶。左边的秤盘里还剩下一个，自然，天平仍然向左倾斜，预示着"灾祸"仍在肆虐。然而……

无形的手又动起来，摘掉了左边秤盘里那个人偶的头巾，露出了一张栩栩如生的面孔——赤泽泉美的脸。那只手一把抓起人偶，用力拉扯着它的四肢。终于，人偶被拆得七零八落，消失在黑暗里。

这是指七月的那个晚上吧?泉美,即"死者",回归"死",消失不见了。至此,天平理应恢复平衡。然而……

我凝视着悬浮在黑暗中的天平。左右两个秤盘里都已空无一物,天平本应转为最初的平衡状态。但不知为什么,进入九月以后,"关联之人"接二连三地死亡,"灾祸"毫无停止的迹象。也就是说……

明明左右两边的秤盘里什么都没有,天平却仍处于向左倾斜的状态。这是为什么?

为什么?我盯着天平,边看边问自己。

为什么?为什么?为什么?

——小想你还在履行"不存在的人"的职责,对吧?

耳边忽然响起了鸣从前说过的这句话,好像是在四月?

——因为混进来一名"死者",班里的人数增加了,所以要设置一个"不存在的人"去抵消。这样一来,班级的总人数就对得上了,被打破的平衡也恢复了。这就是破解"灾祸"的符咒,所谓"应对"之策的含义。所以只要你能好好发挥作用,"对策"就一定能达到效果,避免触发"灾祸"。

当时,鸣毫不犹豫地断言,就算叶住放弃当"不存在的人"的角色,也能凭借一名"死者"对战一名"不存在的人"的局面,继续保持"力量平衡"。然而实际情况并非如此。叶住退出后,"灾祸"降临了。

——今年的"力量"对比关系应该是那样的。

泉美对此发表过看法。

——光靠一个"不存在的人"是不够的?

我问。

——不够,没法保持平衡……对,我总有这种感觉。必须增加"不存在的人"的"力量",才能抵消"死者"的"力量"。

我当时很赞同泉美的这个想法……但是,如今有必要重新思考一下,"'力量'对比关系应该是那样的"这句话究竟是什么意思?

为什么?我问着自己,凝神注视着面前的天平。

为什么鸣的判断会失效?

为什么今年的"力量"对比关系"应该是那样的"?

为什么?为什么?为什么……我不停地追问着、凝视着。

天平左边的秤盘上慢慢出现了一个东西——到目前为止,我从未察觉的东西。那是一个全身涂成黑色的人偶。

难道是……

我猛地一激灵,打了个寒战。

13

"你仔细想想,阿想,"不知从哪里又传来了泉美的声音,"然后你会想起来的。"

悬浮在黑暗中的天平渐渐消失了。

与此同时,我忽然想起了某个情景。

在C号楼三层初三(3)班的教室里,擦得干干净净的黑板,摆得整整齐齐的课桌椅,但谁也不肯就座。对了,那是四月九日,第一学期开学典礼结束后。

在神林老师的要求下,全班同学最后都坐下了,除了我。教室里的每个座位上都有人，课桌椅的数量刚刚好。也就是说，没有我的座位。课桌椅缺了一套。

"你仔细想想，阿想，"我又听见那个声音，慢慢地摇着头，"然后你会想起来的。"

缺了一套课桌椅，当时我这样单纯地以为。全班人也一样，所以……不，等等。究竟是怎么回事？我忽然感到了一种……

违和感。

令人十分不适的违和感……

事情真的是这样吗？

那时真的是缺了一套课桌椅吗？

那天，全班人都在教室里，包括那个"增加的人"，也就是"死者"赤泽泉美。所以……啊，不对。

错了。不，并不是全班人都在。从四月初就生病、准备去住院的牧濑那天没有到校。那么……

因为她的缺席，教室里本来应该多出一套桌椅。即使多出了一名"死者"赤泽泉美，两者相抵，桌椅数也应该刚刚好才对。可是……

这到底是为什么啊……

如此明显的漏洞，我竟然没注意到！

从刚才开始，我又断断续续地感觉到了那种超出听觉范围、低沉的轰鸣声。在隐约的轰鸣声中，我越发困惑。

在这个已经被"现象"篡改过的特殊"世界"里，我究竟该"仔细想想"什么？该"想起来"什么？如何去"想起来"？

"你仔细想想，阿想，"泉美的声音仍在重复着，"然后你会想起来的。"

14

手机在震动。我感觉到了震动，忽地睁开双眼。一脚踏空、从楼梯摔下来之后，我好像晕过去了，不知时间已经过去多久。

睁开眼，周围仍是一片漆黑。我只知道自己仍然躺在冰凉的地板上。

从裤兜里掏出手机，我朝屏幕上瞥了一眼，显示有人正在呼入。手机还在震动，打电话来的是……

见崎鸣。

我赶忙按下接听键，把手机贴近耳边。"嗞嗞嗞……"一阵杂音过后，听筒里传来了鸣的声音。

"小想，你还好吗？"

她听说了我们全班都被送进医院的消息？还是从什么地方听到了风声，特地打电话来确认我的安危？

我有很多事想问她，但眼下的情况显然不允许。尽管如此……"见崎学姐，"我艰难地挤出一句，"你已经搞清楚了？"

对方没有回答。

"为什么特地跑去找叶住？"我又接着问道。

"咯咯咯……""嗞嗞嗞……"电话里又是一阵杂音，不知她是否听到了我说的话，信号中断了。

我叹了口气，放下手机。屏幕上发出的微光稍微点亮了周围的黑暗。

我躺着的地方正好位于两段楼梯的连接处。我朝四下看了看，面前有一扇灰色的门，上面有"三层"的标示牌。

应该朝楼下走，还是……

踌躇了半晌，我朝那扇门伸出手。

15

住院楼三层的走廊里只有应急灯亮着，光线昏暗。我视线所及，空无一人，大概所有人都已经逃到楼下去了。

没有消防报警器的警笛声，也没有烟味。不过，鉴于六层的紧急情况还没有解除，待在这里还是有危险吧？

膝盖、胳膊肘、肩膀、后背……我浑身都疼。从楼梯上摔下去的时候撞到了头，还有左脸颊上的擦伤，都疼得要命。右手裹着的纱布早就散开了，手背上的伤口裂开，不停地淌着血。我的伤势比自己以为的要严重得多，出血量也不少。

独自站在这片令人不安的寂静中，我屏住呼吸朝四下张望。眼角余光忽然扫到一个正在移动的灰白色人影。

是谁？我吃了一惊，随即释然了。"原来如此。"

灰白色……是夜见北校服的颜色。我似乎还看见了裙子，应该是个女生吧。

那个人影背对着我，在走廊的拐弯处停下了。然后，倏地回头朝我看了看。由于光线暗淡，距离又很远，我并没有看清对方的长相，但……

"啊……果然是你。"我喃喃地说。

那一定是她，泉美。

我看见了本不应该出现在这个世界上的赤泽泉美……不，应该是幻影。八月的时候，确切地说，应该是八月八日那天，我也曾在这家医院的一楼大厅里看见过她，追逐过她。

她拐了一个弯，消失不见了。我赶忙追了过去。拐过那道弯，我又在前方数米处看见了她的背影，便一溜小跑地朝她奔去。她又拐进了走廊，我紧追不舍。

追逐像噩梦般地持续着。无论我怎么奔跑、追赶，都无法缩短我们之间的距离。跑着跑着，她的身影忽地不见了……

我不知道自己身在何处了。像八月那天一样，我觉得自己像是落入了一个异样空间的巨大迷宫之中。终于，我蓦地回过神来，发现自己正站在一条熟悉的走廊里。

我不愿意承认自己是被泉美带到这里来的。那些都只是我内心生成的幻影罢了。我更愿意相信自己是无意间从某个内部相连处走进了住院楼的三层，然后四下乱走，误打误撞来到这里。

不管怎么说，我认识眼前这个地方。

之前，也就是八月八日那天，我也是追逐着泉美的幻影一路来到了这里。这条走廊……

门诊楼和住院楼组成医院主楼，精神神经科位于辅楼。两者之间，分别在一层和三层设有连接用走廊，而我现在正站在三层的连接走廊里。

我当然知道，那间病房就在前面，而我正准备去往那里。我的脑子仍然不是很清醒，只隐约地看到了一个轮廓，还没有十分的把握，但我还是……

走廊的两侧虽然都是窗户，却几乎没有光照进来。外面仍昏暗如夜晚，室内的照明灯又几乎全部熄灭了。

狂风又猛烈地刮起来。尖利的呼啸声一刻不停歇。细听起来,"嗖嗖"的风声像是由无数人的悲鸣组成的大合唱。除了风声,我还听见了雨声。不知什么时候开始下雨了,雨势似乎很猛烈,雨点"噼噼啪啪"地敲打着屋顶、墙壁和窗户。

然而,这一切喧嚣似乎都离我很遥远。面前的这条走廊就像是通往现实之外的异世界的隧道。

我调整了一下散乱的呼吸,迈步向前走去,脑海里回响着那句话:"你仔细想想,阿想,然后你会想起来的。"这一次,说话的人不再是泉美,而是鸣。

我继续朝前走着。

"咔哒——"

像一道闪光照亮了我脑海中的某个场景。我的心一阵狂跳。哦,对了,这种感觉和七月初的那个夜晚我追赶逃跑的泉美时忽然体会到的奇妙心境何其相似……

"咔哒——"

四月二十一日周六。

刚升入初三不久,我来这家医院的"诊所"看病那天,诊疗结束后,我正要前往位于门诊楼一层的缴费窗口,途中经过这条走廊时……

"咔哒——"随着一声低沉的闷响,我的眼前一黑。但那只是一刹那……之后,我极不情愿地承认了一个事实。

——有学生从四月初就一直请病假,好像是(3)班的。虽然不了解具体情况,但听说不久就要住院治疗了。那个学生好像是牧濑……

这又是什么?我心中猛地生出一阵很奇怪的违和感。

那个时候的这段记忆，该不会是……

"咣当——"

五月二十七日周日。

我记起了泉美这天来我房间时说的那番话。

——三月底开"对策讨论会"时的情景，你还记得吧？我们决定，假如今年是"发生年"，就得有人担任"不存在的人"那个时候。

听她这么一问，我便赶忙搜寻那时候的记忆。

当时说到了由谁来担任"不存在的人"，我举手自愿报了名，可江藤立刻提出了新建议："仅凭这样是不够的。"于是决定今年要设置两个"不存在的人"。之后，开始用扑克牌抽签……

——当时我们用扑克牌抽签决定人选，对吧？叶住抽到了"大王"牌，所以决定让她担任第二个"不存在的人"……

喂，你明白了吗？赶紧想起来啊。在那之前又是怎样的？

泉美眯着眼，像是在看向很远的地方。

——开始抽签之前，不是有个人说"那就由我来吧"？声音弱弱的，很快就被别人的说话声压下去了。当时大家都有点儿惊讶，怎么突然就……

听了这番话，两个月前，那天的情景从黑暗中慢慢浮现出来。确实有过这样的一幕——我终于想起来了。除了我，居然还有其他人自告奋勇，愿意担任"不存在的人"角色。似乎连我也很惊讶……

但这请求最后被驳回了，大家决定还是用抽签的办法确定人选。然后，叶住成了第二个"不存在的人"……当时说出那句"由我来吧"的正是牧濑。

虽然在讨论会上曾见过她一面，但我一时想不起她的模样，印象中好像是个体形单薄的瘦弱女生……

啊……难道她也是吗？

那个时候的这段记忆，该不会也……不，或许是……

16

我边走边思考着。

八月八日那天，手里捧着一小束花的江藤站在这条走廊上的某间病房门前。

——我是来探望病人的，她说。

——以前住在主楼的住院楼那边，听说换了病房。没想到这里的结构这么复杂，转了半天才找到这里。

我眼前出现了记忆中那间病房的门。

在与主楼相连的走廊旁边，专供精神神经科患者使用的、位于辅楼三层的那间病房，她就住在那里……

——请进。

我又想起了那时从病房里传来的她的声音。那一刻，我曾觉得那声音似曾相识，好像是三月开"讨论会"时那个女生的声音……

——比良冢同学，你能来我真高兴。

被那个开朗中透着些虚弱的声音所吸引，我跟在江藤身后走进了病房。

"咔哒——"

一声低响。对，那时我也曾听到这个声音。眼前的"世界"

瞬间一黑，但立刻恢复了正常。

"咔哒——"

我走到了病房门前，盯着那扇奶油色的房门，思索着，拼命思索着。

她还在这间屋子里吗？主楼闹出了那么大的乱子，她应该被转移到其他地方避难了吧？

不。

她还在这里。

虽然说不出明确的理由，但我坚信一定是这样。

她还在，一定还在这里。

那么我呢？我又该怎么办？

我站立了许久。闭上眼睛又睁开，不停地深呼吸，重复数次……然后，我掏出了手机。

——你仔细想想，阿想。

——然后你会想起来的。

我仔细想过了。然后，大概渐渐想起来了。我已经看见了关键问题的大致轮廓，但还不能百分之百确定那究竟是对是错，所以……

我用仍在流血的右手拿起了手机。

此刻，如果鸣也在就好了，我想。但那是不可能的。虽然不知刚才打来电话时她身在何处，但平时这个时间她应该在学校。就算我打电话向她求助，她赶到这里也需要三十分钟或一小时。

"不行啊。"我喃喃自语着放下了电话。但立刻，我又想到了一个人。

给榊原恒一打个电话如何？

如果是他,说不定会……

我从通讯录中找到了恒一的电话号码,祈祷着老天保佑按下通话键。万幸,这里的信号还不错,响过几声拨号音……

"你好,是小想吗?"接电话的正是恒一,"怎么了?出什么事了吗?"

"抱歉,突然打扰你,"我加重了语气,"请先什么都不要问,直接回答我的问题。拜托了!"

"哦,怎么……"自然地,恒一又惊讶又困惑,"听见崎说,你们那边的情况很糟糕啊。"

"榊原学长,请您先什么都别问,直接回答我的问题吧。"

"嗯?哦,好。"

"是有关三年前的事,"我拼命克制着声音中的颤抖,尽量用平静的口气问,"三年前,也就是一九九八年四月去世的、见崎学姐的双胞胎妹妹,你还记得她叫什么名字吗?能想起来吗?"

我已经记不起来了。

六月,鸣来我家拜访时说起过她的身世,当时她应该告诉过我。然而我无论怎么绞尽脑汁都想不起来那个名字了。是从什么时候忘记的?而且,虽然我不太确定,但我总觉得鸣恐怕也跟我一样……

但说不定榊原还记得。

他离开夜见山很久了,还是那个在三年前把"死者"亲自归于"死"的特殊人物。"一直保留着其他人很快就会忘掉的'有关当年不存在的人的记忆'",这是他拥有的特权。不仅如此,与三年前那次"现象"和"灾祸"相关的所有情况,他的记忆也远比其他人多。

"原本是藤冈家的双胞胎姐妹之一、见崎鸣的妹妹,那年四月在医院病故的……哦,我还记得呢,小想。"他大概感觉到了我异常兴奋的心情,干脆利索地回答道:"她叫 Misaki。"

"哦……"

"汉字是未来的未和代表花开的咲①,藤冈未咲。"

"哦……"我放下手机,转身看向病房门旁挂着的名牌,不由得发出一声长叹。

名牌上用手写体棱角分明地写着患者的名字:牧濑未咲。

17

——比良冢同学?阿想?你能来我真高兴!

我又想起了八月八日下午,我和偶然遇见的江藤一起走进这间病房时的情景。

过于宽敞的病房里摆着一张白色的病床。躺在床上迎接我们的正是她,牧濑未咲。

江藤把带来的花插在窗边的花瓶里。或许是因为这里原本是精神神经科的病房,窗户上装着防护用铁栅栏,看起来十分结实。这在当时让我印象深刻……或者说,看到铁栅栏之后,我才真正意识到这间病房的位置是在辅楼。

——到头来,我什么忙也没帮上。

她带着些落寞的神情说。按照泉美的建议,她接替叶住担任

---

① 咲,既是中文,也作为日文汉字,在日语中有"花开"之意,与在汉语中的表意不同。

了第二个"不存在的人"角色,却没有奏效。

——怎么会呢。

我当时安慰她。

——可结果就是这样呀,我什么也没……

——不是那样的。

我只能翻来覆去地重复着。

——而且,已经没事了,以后不用再担心"灾祸"了。

——真的?

她提高了嗓门,仍旧躺在病床上。

——真的没事了?

我站得离病床有点儿远,没看到她的表情。不过……

我的目光停在了床头柜上一件银光闪闪的东西上。

那是一条手机挂绳。手机放在床头柜上,挂绳的一端垂了下来……我认出了那个小狮子挂件,根据冲绳当地有名的吉祥物设计……

跟鸣送给我的那条一模一样,是她去修学旅行时买回来的小狮子挂绳……当时我就注意到了。

咦?我惊讶得几乎要开口问她,朝她的病床边走了几步。

——"灾祸"过去了。

说着,我看了一眼正看向我的她。

我大吃一惊。虽然面容憔悴,发型也不一样,但她的五官、容貌酷似鸣,简直就像是亲生姐妹。

其实,那应该不是我第一次发现她跟鸣长得很像……早在三月的讨论会上,我就觉得她长得很像鸣。那时,我已经记起这段往事了。

我又记起曾在医院见过雾果老师好几次，但其实那并不是她，而是鸣的亲生母亲美都代女士。她原本姓藤冈，两年前离了婚，之后再婚了，婚后跟新任丈夫搬家来到了这边。也正因为如此，她从今年春天起经常联系鸣。

难道……

难道美都代女士的现任丈夫姓牧濑？躺在病房里的这名女生因而叫牧濑未咲？随着母亲再婚，她把姓从藤冈改为牧濑？不仅如此，因为搬家到了这边，所以她转学到了夜见北？

然后，因为女儿从四月起开始住院，所以美都代女士总往医院跑。她并不是因为自己的身体原因才来医院，而是为了来探望女儿——事情应该就是这样。

之前我曾听说，除了三年前病故的双胞胎妹妹，鸣还有一个比她小三岁的妹妹——我的记忆里就是这样，而当时我对此深信不疑。

眼前的这名女生牧濑未咲肯定就是鸣那个"小三岁的妹妹"。那根和我的一模一样的手机挂绳就是证据。虽然当时我基本上确定无疑，但在那样的场合，我还是不方便跟牧濑直接核实。毕竟是第一次去探病，忽然问起这个也太唐突了。

另一方面，基于这个事实，我又想到了很多。比如七月那天，鸣的言谈举止有些反常。即使是在泉美归于"死"之后，我对这一点仍难以释怀。

七月的那天，日期是七月五日。

下了一天的大雨。临近黄昏时，鸣给我打电话。听到她声音的一瞬间我感到很不对劲。我听得出来，那天她明显不同于以往。平时，她总是淡淡的，很少在别人面前流露感情，但那天她好像再也无法保持平日的镇定。当时她对我说：必须抓紧时间了，我想……

之后，她问我有没有"人数越多越好的全班合影"。我回答说，有一张在开学典礼那天拍的照片。

——你今天能拿给我吗？

于是我立刻带上照片去找"玩偶美术馆"找她……

她说话的声音和口气都显出十分焦灼的样子，感觉像个走投无路的人。

我还是第一次看见她那样。

直到一天前，她还十分淡定。即便已经跟榊原恒一通过电话，她仍在犹豫着是否要利用"玩偶之眼"的特殊力量找出"死者"并将其归于"死"。为什么才过了一天，她忽然急三火四？

结果是，我们在当天晚上借助"玩偶之眼"发现泉美就是"死者"，并一直追赶、逼迫她，直到把她归于"死"。当时我们都确信，今年的"灾祸"终于结束了。

然而在那之后，我很快觉察到一个问题：七月五日那天，鸣为什么那么急不可耐、焦灼不安？

——为什么忽然改变了主意？

当晚我曾经问过她。她的回答是"没什么"。

没什么……忽然觉得"该抓紧时间"了？我追问。

"我只是忽然生出了某种预感……"她回答。

她在隐瞒什么。当时我察觉到了这一点，她那天的言谈举止与我所熟悉的鸣实在太不一样了。

难道……我不禁想。

难道那天，也就是七月五日当天，鸣刚刚得知自己的妹妹牧濑未咲也是夜见北初三（3）班的一员？在那之前，她或许真的不知情。就算可能会听生母美都代女士说起过牧濑未咲的近况，甚至可能去医院探望过她，但在这些场合，她们从未谈及学校或班级相关的话题。至于妹妹转校进了夜见北以及发生在初三（3）班的特殊情况，更是无从谈起。

但是，七月五日那天，她终于还是知道了。具体是怎样知道的，我不清楚，多半是听牧濑未咲自己说的。

所以鸣才会那么……我也正是在那个时候，找到了自己一直不解的那个问题的正确答案。

八月中旬看完恐龙电影，我终于找到了验证这个答案是否正确的机会。我们抛下一起看完电影的矢木泽，在回家的路上顺便去了"玩偶美术馆"，在那个熟悉的地下展厅里——

我铁了心要跟鸣谈起这件事。先告诉她我所看到的事实和我的想法，再听听她怎么说，最后推导出其中的逻辑关系……

事情的进展如我所料。那天，鸣得知小自己三岁的妹妹已经转学到夜见北，还被分到初三（3）班，显得既震惊又狼狈。因为这样一来，她自己有可能被"灾祸"波及，自然十分恐慌。然而更可怕的是，她的妹妹未咲和生母美都代也因此成了"关联之人"，也会面临生命危险。而她自己，直到不久前还毫不知情。所以这个发现让她大为惊骇，乃至焦灼不安。所以那天晚上她才终于下定决心要尽快阻止"灾祸"蔓延，给我打了电话……

"啊……"不知不觉，我又喊出了声，盯着那块写着"牧濑未咲"的门牌，朝病房门伸出手。

八月八日，当我走进这个房间与她见面时，我已经觉察到的、想起来的、接受了的一连串事实、记忆及其相互关联，都是被"现象"篡改了的"伪装的现实"。真相就是这样吗?事情原本就是这样吗?

我握住了门把手。冰凉的、令人生厌的金属触感。我没有敲门,直接推门而入。

18

房间里比走廊上更昏暗。

屋里的灯都熄灭了。虽说外面暗如黑夜,但从窗户里多少透进来一丝丝自然光。我借着微弱的光,环视着房间的内部。

像悬浮在黑暗中的灰白色病床。躺在床上的她的身影。

虽然我径自推门而入,但床上那个身影一动不动。她睡着了?还是……

这家医院正乱作一团,就算病房离出事的主楼比较远,也不可能把患者独自扔下不管。

细一想,眼前这反常的一幕更让人心惊胆战。难道这就是那些身处这"世界"之外的人的冷酷做派……

窗外仍是哀号般的风声和"哗哗"的雨声,听来仍十分遥远。我穿越了不同世界之间的隧道来到的这间病房像一个游离于现实世界之外的特殊存在。

一步、两步、三步……我蹑手蹑脚地朝病床走去。

她仰躺在那里,双目紧闭,胸口缓缓起伏。果然睡着了?

此次此刻此地,我又该如何行动……

"小想。"一个声音传来。

声音不是来自病床上的人,而是来自我的斜后方,也就是被推开的门的背后。我刚才完全没注意。

"啊！"

在一片昏暗中看到对方的影子，我差点儿失声大叫，但很快又放下心来。

"见崎学姐？"

站在那里的正是见崎鸣。她穿着夜见一校服，左眼戴着白色的眼罩……

"你……"我竭力克制着情绪，"刚才那个电话……"

"嗯。"

"是在这里打的？"

"对。听说你们全班都被送到了这里，我想没准你也在，还被卷进了医院里发生的那场混乱，很担心。虽然很快就挂断了电话……不过，只要你没事就好。"

"你……你们怎么没去避难？"

"这里离得远，不会有事。"鸣若无其事地说着，朝我走过来。

"你什么时候过来的？"我问。

"过来很久了。"

也就是说，她今天没去上学？还是上了一半跑出来的？

"今天美都代也来探望过了。不过她先回去了。"

美都代女士已经回去了，但鸣还留在病房里，那么……

"你给榊原打过电话吧？"鸣说，"刚才，就在外面打的？我都听见了。我也明白你为什么想给他打电话。"

"是嘛……"

鸣靠近我，凝视着我，又问："然后呢？他说了什么？"

"那……那个……"

"三年前的四月,在这家医院里病故的我那个双胞胎妹妹,他告诉你她叫什么了吗?"

果然,鸣也不记得她的名字了。

我的心"咚咚"地跳着,几乎快要跳出嗓子眼:"他说……他说她叫 Misaki……藤冈未咲。榊原学长还记得她的名字。"

鸣的表情毫无变化。"是嘛,"她只是平静地点了点头,又像是自言自语似的,低声说了一句,"果然如此。"

随后她转头看向正在病床上熟睡的牧濑未咲。

"见崎学姐,你是什么时候发现的?"我小心翼翼地问。

"上周六,和你谈话的时候。"鸣淡淡地说,"不过那时候我对你说'不知道'是真的,但有件事让我很在意……"

的确,鸣曾经说过。她当时说"有些地方不对劲……"

"关键是'力量平衡',就像赤泽说的那样。"说着,她深深地吸了口气,朝牧濑的病床前走近一步。

"赤泽在七月就消失了,可'灾祸'还是没有结束……为什么?"她喃喃地说着,像是在问自己。

"那是因为,"我接口道,"还有一名'死者'。肯定是这样。今年我们设置了两名'不存在的人'。因此为了恢复被打乱的平衡,某种'力量'在这个过程中增加了一名'死者'……"

我一边说,一边猜测着。

那么,第二名"死者"会是谁?正是出于这种考虑,鸣特地去见了叶住结香。至于为什么会去找她……

七月五日晚,鸣曾经戴上"玩偶之眼"看了我带去的那张班级合影。虽然当场发现了赤泽泉美的身份,但那张照片里并没有拍到所有的班级成员。有三个人不在照片里。

其中一个是那时正担任"不存在的人"的我,还有担任第二个"不存在的人"的叶住,剩下的一个是刚住院不久的牧濑。

对我,鸣早就用"玩偶之眼"观察过了,确定我并不是"死者"。那么剩下的就只有叶住和牧濑了。所以鸣先去见了叶住,以便能用"玩偶之眼"观察对方……

和往常一样,鸣立刻明白了我在想些什么。

"我在叶住身上没看到'死亡之色'。"她说,"所以,唯一的可能就是她。"说完这句话,她闭上右眼停顿了一会儿。

"虽然我早已明白,但总是不愿相信……下不了决心。"

当然,这很正常,我想。

那么……今天她是"下定了决心",做好了某种心理准备才来这里吗?

"确认无误了?"我问,"用'玩偶之眼'看过了?"

鸣默默点了点头,摘下眼罩,露出那只"玩偶之眼",朝床上躺着的牧濑看过去。

"美都代走了以后,她还没睡着,我就这样看了看她。"

"看见'死亡之色'了?"

"看到了。现在也一样,清清楚楚。"

"那……"

"可我还是很纠结,"鸣痛苦而又平静地说,"纠结到现在。这孩子真的是'死者'吗?我真的没有一个比我小三岁的妹妹吗?这些都是'伪造的记忆'吗?这一切都是真的吗……我该怎么办才好?又该怎么采取行动?"

我无法回答,只能默默地站着。鸣从我身边走开,一步步朝病床前走去。

病床前的桌子上放着一个水果篮，大概是美都代女士今天探视时带来的。水果篮旁边叠放着几只白色的盘子，盘子旁摆着一把水果刀。

"谢谢你，小想。"鸣停下了脚步，回头看了看我，"谢谢你给榊原打电话问清了她的名字。"说罢，她走到床前，伸出右手拿起那把水果刀。

"她该不会……"我内心不禁想放声大叫，喉头抽动了几下，才没发出声音。

"我只有一个妹妹，就是三年前死去的藤冈未咲。所谓另一个比我小三岁的妹妹，根本不存在。"她喃喃自语道，"所以，你其实是不存在的。"

她双手握住刀，骑到了正躺在床上的牧濑未咲身上。我在心里大喊："住手！让我……"慌忙跑过去想制止她，这项任务应该由我来完成，却在靠近她的一瞬间僵住不动了——此时此刻，这是我唯一能做的事。

刀已刺入牧濑的胸口！

一声闷响，病床立刻被染黑了。被刺中的牧濑睁开了双眼，她的目光中带着一丝惊讶，却毫无反抗的打算，也没发出一声呻吟，像个失去了生气的玩偶，那个陈列在"玩偶美术馆"深红色展台上的少女玩偶。

鸣拔出了刀，立刻又将沾满血的刀朝牧濑的咽喉刺去。

不知是不是我的错觉，一瞬间，我看见牧濑的脸上似乎露出一抹淡淡的微笑。她的嘴唇颤抖了几下，像是想要诉说什么。

然而鸣没有停手。她抬手又刺向牧濑那苍白的脖颈，切断了维系着牧濑仅存的生命的那根血管，毫不犹豫，绝不留情。

尾声

事后，让我来说说已经判明的事实吧。

二〇〇一年九月十二日下午发生在夜见山市市立医院住院楼里的大火当天傍晚就被扑灭了。大火烧毁了六层的一半和屋顶、五层的一部分。幸亏消防部门拼尽全力灭火，再加上当天的强降雨，大火总算没有再蔓延到其他地方。

至于引发大火的直升机事故，其坠落原因仍在调查。出事的那架直升机隶属于县厅[①]所在地某市的星河航空，出事当天被某报社临时租用。据说，由于夜见北连连爆出学生遇事故死亡、自杀等恶性事件，这次又发生了因恶臭蔓延导致全班学生被送进医院的特大新闻，报社方面为了方便采访，特地租用了直升机。不过，详细过程仍有不少不明之处。

除了驾驶员，飞机上还有三名记者和摄影师，他们都在飞机坠落时不幸身亡。传闻还说，其中有个人是初三（3）班的"关联之人"，但至今不知真假，详情不明。

直升机坠落的地点是住院楼六层的北侧。算是不幸中的万幸，飞机撞上的是一间空无一人的储藏室。不过尽管如此，位于储藏室隔壁的大房间里还是有两名没来得及逃生的学生不幸身亡。他们的身份已经确认：

[①] 相当于我国的省政府。

◆ 江藤留衣子，女生，应对小组成员。
◆ 中邑诚也，男生，足球队成员。

其他学生以及赶来医院的几位家长只受了些轻伤。除了直升机上的三名死者，其他不属于"关联之人"的医院患者、职员等合计四人死亡，二十多人不同程度受伤。

*

我一直很牵挂的精神神经科大夫碓冰医生安然无恙。
正如我所猜测的那样，当天下午，他也赶到了住院楼的六层，协助诊治被紧急运来的学生，但在事故发生前就已经离开。一度为爸爸担心不已的小姑娘希羽据说也在出事后马上被转移到了避难处。

不过……

希羽当天那番古怪言辞又是怎么回事？

碓冰医生曾说过："那孩子从小就有点儿奇怪……"这番评论跟她那天的奇怪举止有什么关系？我打算找机会问问。

*

既然说到这里，就不可能不谈那天发生在牧濑病房里的事。
水果刀割断了颈动脉。喷溅而出的鲜血染红了鸣和一旁的我的全身。在化身血海的病床上，牧濑很快断了气，归于"死"。随后，我在医院里时时刻刻都能感觉到的那种"异世界"氛围也消失不见。

屋外的狂风不可思议地一下子停了,"哗哗"的雨声也显得分外真实。连广播里传出的避难通知也忽然听得真真切切。

我和鸣离开病房,下楼去辅楼的大厅。医院里的几个工作人员迎了上来,告诉我们"主楼的大火正在被扑灭"。

没有一个人问起我和鸣的满身血污。

我猜,大概他们根本看不见。

鸣从头到尾都一语不发,也不想跟我说话,整个人像被剥夺了生气的玩偶。

位于辅楼三层的那间病房很久没用过了。自然,医院里从未有过一个名叫牧濑未咲的患者。从那一刻起,这大概已经变成除了我和鸣之外所有人心中公认的事实。

当然,在那间病房里也没有牧濑的尸体、带血的水果刀以及被鲜血浸透的病床。牧濑未咲从四月开始住院这件事本身以及所有相关的记录资料都统统消失了。人们,包括医院的医护人员,甚至她母亲美都代女士,对她的记忆都被清除……

学校方面也一样。

就像对七月消失了的赤泽泉美,老师和同学都不记得有过牧濑这个人。所有的一切都在"她不曾存在过"这个前提下,被合乎逻辑地修改了。

*

最终,今年的"灾祸"造成了比往年多得多的受害者。各种应对措施都未能奏效,以至于产生了如此之多的牺牲者,而"灾祸"仍未停止，无法被阻止。

这是"夜见山现象"历史上最险恶的一年。

也许只有在事后才能这么说，在市立医院事故发生三天后，我得知了今年唯一的好消息。

一直在门诊楼加护病房里苦苦挣扎在生死之间的矢木泽，在火灾第二天下午恢复了意识，不仅脱离了生命危险，之后的康复治疗也十分顺利。据说连医生都称之为"奇迹"。

"据说不久，就能安排探视了。好像也不用担心后遗症什么的。这可真算得上是个'奇迹'。"千曳先生在电话里通知我这个消息的时候，我不禁泪流满面。

纠结了很久，我还是把那天发生在病房里的事都告诉了千曳先生，并向他解释说，七月赤泽泉美消失后，"灾祸"之所以还没有停止，是因为今年出现了第二名"死者"。

"所以，今后，从这次以后，真的不用再害怕'灾祸'了。"我坚定地对他说，"今年的'现象'结束了，毫无疑问地结束了，所以……"

千曳先生看来疲惫不堪，但他还是默默地听我把话讲完，然后回答了一句"知道了"。我不确定他是否相信了。但无论如何，九月即将结束，假使十月也平安无事，他自然会承认这个"事实"。

*

九月十三日周日的下午。

我右手的伤、遍布全身的撞伤和擦伤都恢复得差不多了，便去了久违的夜见山河岸边的路上散步。途中，我走下河滩，在长凳上独坐，享受着宁静时光。

澄澈的天空，微凉的风，成群的红蜻蜓轻盈地飞来飞去，蟋蟀们吱吱喳喳地叫。河面上游弋着几只飞来过冬的绿翅鸭。

河对岸堤坝的一个角落里盛开着连片的彼岸花。像是被那些在"灾祸"中不幸殒命的人的鲜血染红了似的，每朵花都红得耀眼，在秋风中轻轻摇曳着。

我的思绪难以控制地滑向近半年来发生的种种事情。我又在下意识地回味过去，那些我思考了一遍又一遍才发现的"真相"。

三月末的"对策讨论会"那天，因为我的自告奋勇，很快就确定了今年"不存在的人"的人选。之后，根据江藤的建议推选"第二名不存在的人"。直到那一刻，牧濑未咲还不存在。在决定抽签之前，牧濑曾经说过"那就由我来吧"是后来才被植入我们大脑中的一段"伪造的记忆"……

四月九日，第一学期开学典礼那天。

今年的"增加的人"，即"死者"，也即赤泽泉美混进了初二（3）班。直到那一刻，牧濑未咲还不存在。所以，我们当时的判断——班里缺了一套桌椅——是正确的。

得知今年将会是"发生年"之后，我和叶住便同时成了"不存在的人"。按照惯例，同学们特地从0号楼的老教室里为我俩搬来了旧桌椅。然而，大家忘了要搬走原来给我们用的新桌椅，于是教室里反而多出了一套桌椅……

一名"死者"对战两名"不存在的人"。今年的这种应对机制起初很好地发挥了作用，所以整个四月风平浪静。

然而……

在这种情况下,"现象"出乎我们预料地悄悄发生了变化。因为我们设置了两个"不存在的人","力量平衡"被破坏,逐渐变得不再稳定。可以说,设置第二个"不存在的人"反倒成了导致副作用的"过度防卫"。

在"发生年"混进初三(3)班的"死者"通常是从往年因"灾祸"而丧生的人中随机产生的。然而不知为何,大家都自然而然地以为,他或她必定是"初三(3)班的成员"。

所以……

虽然明知按规律会"随机选取",但大家总觉得不可能是初三(3)班以外的人。举个极端的例子,"现象"总不可能让从前在"灾祸"中遇害的老人重新变回"初三学生"混进班里来吧?所以多半会根据"死者"当时的年龄挑选,以便她或他混进班里时,年龄上不显得矛盾。复活"死者"并不代表让他/她返老还童。

今年的第二名"死者"是三年前四月在市立医院病故的藤冈未咲。

因为母亲离婚后再婚的缘故,她去年才搬来夜见北附近居住。那时"现象"已经开始了。但她今年并没有出现在夜见北初三(3)班的教室里,而是在三年前她度过生命最后时光的市立医院里,按照三年前的死亡时间,以一名住院病人的身份重新出现在那间病房里。

四月二十一日,升入初三之后,我第一次来医院的"诊所"看病时,在通往门诊楼一层大厅的路上,脑海里忽然闪出了一个印象:"对了,好像班里有个同学在这儿住院。"也许就是在那个瞬间,我的大脑里被植入了"有个姓牧濑的同班同学从四月初一直请病假"这段伪造的记忆。

第二名"死者"并不是从一开始就存在的,而是在十月中旬,大概是二十日前后悄无声息地出现在我们的生活里。并且,她出现的地点不是在教室,而是在病房这个不同于以往的地方。"现象"赋予了她初三(3)班学生的身份。

她的出现不仅改变了当时人们的一切记忆,甚至回溯到更早以前进行了修改。自从她出现,三月讨论"对策"时,她主动开口说"那就由我来吧"也成了大家公认的"事实"。江藤甚至深信不疑,认为去年转学来的牧濑是自己的好友……

教室里的桌椅数量从那时起忽然变得合乎逻辑了。人人都相信多出来的那套桌椅是"正在住院的牧濑同学的座位"……虽然,如果深入思考,就会发现这其中实际上也有些小小的漏洞,但居然没有一个人注意到。或者说,在某种"力量"的操弄下,我们即使察觉到某些地方不对劲,也发现不了问题。

至此,今年的"死者"和"不存在的人"各有两名,"力量"又达到了平衡。然而这种平衡随着叶住在五月宣布放弃"不存在的人"时又被打破了,"灾祸"终于降临。

回头想想,自从"灾祸"被触发,作为新的"对策",泉美居然请求让牧濑来接替叶住担任第二个"不存在的人",真是太讽刺了。

五月底,泉美和江藤一起去医院探望牧濑,拜托她担任第二个"不存在的人"。在那之后不久,泉美第一次与戴着"玩偶之眼"的鸣见面了。现在我总算明白为什么泉美当时会那么震惊、困惑。

一定是因为她看到了鸣的长相。

她长得实在太像病房里的牧濑了。为什么她们俩竟会如此相似？所以泉美才会有那种反应……

七月，鸣看出泉美就是"死者"，随后我们让她回归"死"。然而她并不是唯一的"死者"，第二名"死者"牧濑未咲仍然在。"力量平衡"仍然倒向"死亡"那一边。结果，"灾祸"一直持续了到九月……

不过，牧濑未咲原本是藤冈未咲，也就是鸣的双胞胎妹妹。直到三年前的四月，她还一直存在于这个世界上。这次被"现象"复活，成了初三（3）班的一员。这时她的年龄就成了漏洞。为了强行合乎逻辑，"现象"又制造出一段"伪造的记忆"，并把这段记忆植入每个人的头脑："鸣除了双胞胎妹妹，还有一个小三岁的妹妹……"

这里又派生出一个小小的问题。

对记忆的再次篡改并不能抹杀之前"鸣的双胞胎妹妹已于三年前病故"的事实，所以"双胞胎妹妹"和"小三岁的妹妹"都使用了"未咲"这个名字。这就显得很古怪。所以……

我向鸣询问她双胞胎妹妹名字的时候，鸣（现在回头想想，她那时奇怪地沉默了很久）告诉我"她叫未咲"。然而在那之后不久，我俩就再也想不起来了。如今我才彻底明白，那应该是"现象"所采取的补救措施吧。

……

在我沉思的时候，时间飞快流逝了。四点二十五分了！我看了看时间，慌忙站起身来。

约好的时间是四点半，地点是我们常去的那座步行桥。

动作快的话，应该刚好来得及。

然而等我赶到桥下,桥上却不见一个人影。我松了口气,慢慢朝桥上走去。此刻,时间正好是四点半。

对面出现了一个人影。是她,见崎鸣。

*

自十二日以来,这是我第一次见到鸣,也是第一次听到她的声音。

那天之后,我曾给她打过几次电话,但都没有接通。后来发了邮件,也一直没收到她的回复。即便如此,我也不好因此就追到御先町她的家里去。

直到昨晚她给我发来了一封邮件。

"明天下午四点半,在夜见山河上的那座桥见面。"

黑衣黑裙,鸣的一身打扮像是丧服。

此时夕阳西斜,把一切景色都染上了深红色。我俩分别从桥的两端相向而行,在桥的中间站住了。

"还好吗?"这次先开口的是鸣,"伤都好了?"

"嗯,没事了。"

"去学校了吗?"

"从上周起正常上课了。"

"听说矢木泽得救了?"

"嗯。听说奇迹般地康复着呢。"

"太好了!"

"是啊。"

鸣的口气和语调一如往常,还是那个我熟悉的她。她脸上照例毫无表情,这倒也没什么奇怪的,然而我还是很紧张。

"嗯……见崎学姐呢?你怎么样?"

"我?"她歪了歪头,随即又轻轻地点了点头,"已经没事了。"说着,她慢慢眨了眨眼。

她今天没戴眼罩,左眼窝里是一只略带棕色的黑色义眼。

"自那以来,一直没法忘了她。不过,我不再强迫自己去想那些了。"

"嗯……我能问个问题吗?"

"什么问题?"

"你跟住院的牧濑,怎么……就是……你是怎么跟她见面、交流的?"

"从我妈妈……哦,就是美都代……那儿听说了她的情况,我时常去医院探望她,有时候还会通电话。有一次不是还在医院被你撞见了吗?"

"嗯。"那次我先是在医院里看到了雾果老师(实际上是美都代女士),之后遇见鸣主动跟我打招呼,当时我真是大吃一惊。后来,我俩还一起去了医院的屋顶……

"那次我也是刚探望她出来。嗯,美都代跟我一起去的。不过那时候我还不知道她是初三(3)班的学生。或者说,根本没料到……这些话,暑假时我都跟你说过吧?"

"嗯,说过。"我应了一声,不由得又加了一句"对不起"。

"哦,没什么。"虽然她嘴上这么说,但心里还是很难过吧。

"你不需要说对不起。"鸣又对我说。

"可是……"

"再过几年,就算我们不愿意,也都会忘了。"鸣把目光转向桥下的河水，身子靠在了桥栏杆上。我也走过去，双手搭在栏杆上，与她肩并肩站着。

该说些什么呢？我思忖着。

其实我有很多事想问她。

比如说，十二日那天，在牧濑未咲的病房里，自美都代女士离开到牧濑未咲熟睡之前，她俩都谈了些什么？在漫长的住院生活期间，未咲一个人是怀着怎样的心情度过每一天的？当水果刀刺入胸膛，睁开眼睛的未咲在最后一刻对鸣说了些什么？……然而，我决定，还是把这些疑问都深埋在心底。

那又该说些什么呢？

说点儿什么都好。说点儿无关紧要的吧——我左思右想，却仍毫无头绪。

啊，对了，说说十一日晚上鸣给我发的那封邮件怎么样？就是矢木泽自杀那天，我回到家里已经筋疲力尽，连打开电脑的力气都没有了，所以直到十三日才看到她的邮件。

"十五岁生日快乐。"她那封邮件其实让我很开心。要不趁现在再谢谢她……不，她写那封邮件的时候肯定已经……

从桥上朝下望去，夜见山河的河水映照着夕阳，美不胜收。

然而，我又一次想起了往事。

不到二个月之前的那个晚上，在同一座桥下流淌不息着的却是滚滚激流。而且，大概就在我们现在站着的这个地方，泉美纵深一跃，跳入了滚滚的河水……想到这里，我的心不由得又阵阵刺痛。然而正像鸣所说的，这些记忆和痛苦最终都会逐渐淡化，直至彻底消失。

"有件事，我一直觉得是个谜……总也弄不明白。"我终于说出了口。

"什么事?"

我飞快地瞥了一眼鸣的侧脸。"八月为什么会平安无事?明明还有一名'死者'存在,为什么'灾祸'会暂停?"

"为什么……"鸣望着河水,喃喃地念叨着。

我忽然想到一个答案。"也许是因为刚刚消灭了一名'死者',所以'灾祸'临时暂停了一个月?"

"有可能,不过……我也不清楚,"鸣心不在焉地甩甩头说道,"'现象'原本就是'超自然的自然现象',所以,也许会跟天气一样反复无常。"

"反复无常?那也太……"我刚要争辩,忽然又闭上了嘴。我们都不想再谈论这个话题了。

*

"对了,"沉默了许久,鸣忽然开口说,"前几天,榊原给我来电话,说要趁十一月连休时回来看看。"

"榊原学长要回来?"

"嗯。他还说,到时候要约你一起见个面。"

这次,榊原学长每每在紧要关头帮了大忙,我对他由衷地感激。如果能见面,我不仅要当面道谢,还要向他请教很多事。

"去年、前年的盂兰盆节,他都回来过。今年错过了,所以他大概想找个别的时间回来一趟。"

"哦……"

"他回来是为了给一个很重要的人扫墓。"

"很重要的人?"我虽然并不知道那是什么人,却莫名地感到又是羡慕,又是心酸。

很重要的人,无论生者或死者。我是否也有这样一个对自己来说"很重要的人"?

我又转头看看鸣,然后仰头望向暮色中的天空。河水缓缓地流着,水声潺潺。我忽然想,假如时间能永远停留在这一刻该有多好。

"该回去了,"鸣终于说,"雾果女士最近有点儿神经紧张。"

"因为美都代阿姨?"我问。

鸣没有回答,反而忽然问了我一句:"自那天之后,月穗阿姨有没有跟你联系过?"

"打过几次电话。"我吐了一口气。

"跟她说话了?"

我无声地摇摇头。

"甚至没接电话?"

我点点头。

"一次也没接?"

我又默默地点点头。

"是嘛,"鸣说着,见面以来第一次露出了微笑,"按你自己的想法去做就好。"

临别时,鸣像是又想起了什么。"对了,好像上次跟你提过,过一阵子,我们去'湖畔之家'怎么样?"

"诶?"我不由得吃了一惊,避开了她直视着我的目光。

"暑假去绯波町的时候,我特地去看过了,那栋房子还跟以前一模一样……不过,也许有一天它会被拆除或卖掉。"听她的口气，说的都是真的。

我猛地抬起头。鸣也立即转头看着我。

"过一阵子……那就明天春天怎么样？"她说，"当然，我们要对所有人都保密。只有我俩，悄悄去那里来一次探险……怎么样？去吗？"

在她的追问下，我不禁有些窘迫，不知该如何作答……

"已经没事了，阿想。"

我默默地点点头。

要去看看吗？去吧。对，把一切都告诉晃也舅舅。我想。

我要告诉他，今年夜见北初三（3）班也遇到了空前凶猛的"灾祸"。可是，晃也舅舅，我没有逃跑。

我伸出双手，久违地搭成了虚拟取景框，对准天空中飘浮着的云彩，"咔哒"一声按下了想象中的快门。

不知从什么地方传来了一声轻响。染红了周围一切风景的晚霞，一瞬间似乎全都不见了……我慌忙寻找鸣的身影。然而我根本不必如此惊慌，因为她寸步不离，站在原地，就在我身边。

"那，今天就再见啦！"说着，鸣转过身。

我克制着想追上去的愿望，目送着那个黑色背影平静地走在桥上。

忽然，从斜前方追来一阵风，我感到了一种远比秋风冰冷的寒意，不由得颤抖了一下——只有一下。

后记

这部作品是我于二〇一三年出版《替身S》之后睽违七年的长篇小说。

写完《替身S》不久，我就开始构思这部作品。以前我曾有过完成该系列另一部续作的想法，但最后还是决定先放在一边，着手写这一部。

自二〇一四年秋季起，这个故事在《野性时代》上以连载形式刊出。我本以为，顺利的话会在两年内，最长不超过三年就把它完成。然而如同以往，我还是过于乐观了。动笔之后，我便一度陷入了低谷，中间不得不暂停了整整一年，最后花了五年才终于连载完毕。之后，我又把体量已经相当大的原稿修改到令自己满意的程度，终于可以交付出版了。

创作期间，我时常惶恐不安，疑心自己是否能把这本书写得引人入胜，又或者干脆怀疑自己是否能写完，因为与我迄今为止的作品相比，这本书的结构迥然不同。加上我早已不再年轻了，对自己的体力和精力也不太自信了。开始长期连载后，我时常担心自己会在未完稿前倒下（这种压力相当紧迫）。因此，本书终于得以出版时，我着实松了口气。

无需我在此赘言吧？但我还是想谈几句这个故事的背景。

《替身》和《替身S》都是发生在一九九六年的故事。正如书名所示，这本书讲述的则是二〇〇一年发生的事。书中出现的手机当然都是功能机，即所谓的翻盖机。用手机发送邮件的做法当时还不普遍，用手机拍照并发送给别人的功能更是非常少见。实际上，所谓拍照发邮件这种服务是在当年夏天才开始流行的。本书中提及的邮件主要是指用电脑通过电子邮箱发送的。人们联接互联网的方法仍以"窄带"为主……这就是当时的时代背景。自然，最近二十年，情况已经发生了翻天覆地的变化。

在写作的过程中，我拼命回忆着当年的种种体验。假如能让读者怀着"居然还有过这种事"的好奇心回到二〇〇一年的夜见山市，我将会非常开心。

二〇二〇年，一场意料之外的疫情席卷了全世界，引发了史诗级的大混乱。在这样一个年份，"暌违七年的长篇新作"终于得以出版，从某种意义上说，或许是颇具意义的机缘。

这是一部令人极度紧张而又不甚严肃的小说。在一场毫无道理的"灾祸"中，接二连三地有人死去。然而，假如它能令读者暂时忘掉眼前这充满压力的现实，短暂地沉浸在一个荒诞无常的虚构故事中，身为作者，我将大感欣慰。

正如我在开头所说，《替身》还将有一部续作，大概会是该系列的最后一部。在创作本书的过程中，我已经埋设了几条线索布局……不过，何时开始动笔，是否能最终完成，目前还是未知数。我已身心俱疲，打算暂时离开夜见山市一段时间，之后重新寻找机会。

最后是我的谢辞。

感谢长期陪伴我走过创作之路的《野性时代》历任责任编辑福岛麻衣、中村僚、岩桥真实等。岩桥先生和伊知地香织女士对这部作品的单行本出版给予了莫大的支持。

感谢我的长期支持者金子亚规子女士,她称得上是这个系列的总顾问了。

感谢插画师远田志帆女士和装帧设计铃木久美女士。

除此之外,还要感谢参与本书出版的许多朋友,他们在各个方面都给予了我许多帮助。

由衷地感谢你们。

绫辻行人
二〇二〇年夏